本书系云南省"区域高水平大学"
云南民族大学中国语言文学专业建设成果
李骞 主编

刘辰翁文学评点寻绎

焦印亭 著

中国社会科学出版社

图书在版编目（CIP）数据

刘辰翁文学评点寻绎／焦印亭著 . —北京：中国社会科学出版社，2015.9
ISBN 978 - 7 - 5161 - 6457 - 0

Ⅰ.①刘…　Ⅱ.①焦…　Ⅲ.①刘辰翁（1233～1297）—文学评论—研究
Ⅳ.①I206.2

中国版本图书馆 CIP 数据核字（2015）第 152522 号

出 版 人	赵剑英
选题策划	郭沂纹
责任编辑	郭沂纹　安　芳
责任校对	王　斐
责任印制	李寡寡

出　　版	中国社会科学出版社
社　　址	北京鼓楼西大街甲 158 号
邮　　编	100720
网　　址	http://www.csspw.cn
发 行 部	010 - 84083685
门 市 部	010 - 84029450
经　　销	新华书店及其他书店

印刷装订	三河市君旺印务有限公司
版　　次	2015 年 9 月第 1 版
印　　次	2015 年 9 月第 1 次印刷

开　　本	710×1000　1/16
印　　张	17
插　　页	2
字　　数	291 千字
定　　价	59.00 元

凡购买中国社会科学出版社图书，如有质量问题请与本社营销中心联系调换
电话：010 - 84083683

目　　录

引　言

刘辰翁及其评点研究现状

　　刘辰翁［刘辰翁（1232—1297），字会孟，号须溪，宋庐陵人（今江西省吉安县人）］是宋元之际一位影响颇大的文学家和文学评论家，他一生笔耕不辍、著述颇丰，现存诗 203 首、词 354 首、文 249 篇，在诗歌、词、散文方面均有建树。其诗文批点种类繁复，现存有 30 余种，内容包括经、史、子、集各个方面。在诗歌方面，除了对李白、杜甫、王维、孟浩然、韦应物、李贺、王安石、苏轼、黄庭坚、陆游等唐宋名家进行评点外，有特色的二、三流诗人，他也极为关注，共评点 48 位唐代诗人和五位宋代诗人。他对散文的评点主要见诸《班马异同评》，以及对老子、庄子、列子、荀子等家的评点。尤其显著的是，他对《世说新语》的评点，开创了小说评点之风，很受后人重视。在他之前，没人像他那样能对诗歌、散文、小说进行广泛而深入的评点，罗根泽先生称之为中国文学批评史上"全副精神，从事评点第一人"。他无疑在文学评点历史上占有相当重要的地位，是中国历史上第一位文学评点大师。

　　在文学史上，刘辰翁是一位既有影响又有争议的人物，后人对他的评价褒贬不一。由于刘辰翁官位不显，仕宦的时间又很短，《宋史》无传，其生平事迹的记载颇多矛盾与讹误之处。在元、明、清三代，刘辰翁的研究少人问津，有的只是只言片语的简短评述，谈不上系统的研究，直到清末，情况才稍有改观。新时期的研究，大多沿袭旧说，故在刘辰翁的研究中还有一些问题不清楚，有不少尚待开掘之处。比如，关于他的生卒年，说法就不一致，他生平中的一些问题还存在分歧。有人说他出自陆象山之门，清人厉鹗即持此说，王鸣盛不同意此说并进行过辩驳。饶宗颐《词集考》卷六《宋代词集解题》同意王说。但程千帆、吴新雷《两宋文学史》、缪钺《灵谿说词》却仍依旧说，认为刘辰翁曾就学于陆象山。这个问题是值得进一步研究的。

新时期的刘辰翁研究，仍然远远不够，且关注的主要为词的创作和文学评点，翻检元、明、清三代典籍以及现当代的研究著述论及其诗歌的不多，相对于刘辰翁多方面的文学成就和文学评点的巨大影响以及他在文化史上的特殊地位而言，历史和现实中的研究状况，仍有不少缺憾和不尽如人意的地方。本选题的意义在于通过对刘辰翁文学评点的专门研究，澄清过去的模糊认识，同时，我们可以发现处于草创阶段的新生事物的特点，亦能寻绎出他所创立的评点方式、评点术语、评点标准对后世的启发和影响，明清时期评点之学形成声势浩大、蔚为大观的局面，与刘辰翁文学评点的影响是密不可分的。刘辰翁诗、词、文众多，另有多种诗文批点，对这一著述繁富很有特色的学者型作家的深入研究以及对其诗、文、词的文本细读，可以将宋诗、宋词、宋文的研究引向更为深入的层面，特别是通过对刘辰翁在宋末元初所产生的广泛影响的审视，能够发现宋元易代之际文学的发展演变状况和文学评价的审美趋向，对这一特定历史时期文学性质的准确把握是科学研究元代文学绕不开的一个起点，也是进行元代文学深入研究的一块基石。新时期对其词和文学评点的研究偏重，介绍得多，几乎众口一词，尚缺乏深入细致的剖析与总结。对他的评价还停留在印象式的层次上，没有取得客观、公允、令人满意的结论。因此对其留下的所有作品和文学评点进行全面的研究是十分必要的。

关于刘辰翁的生平，20 世纪 80 年代以来有两篇值得注意的文章：一为马群的《刘辰翁事迹考》[①]，二为吴企明的《刘辰翁年谱》。[②] 前者考证了刘的一生行迹，虽名为事迹考，却具有年谱的性质，尽管尚有不完善之处。后者资料更为翔实，内容也更为丰富，基本上理清了刘一生的重要行踪，但亦有部分语焉不详。1997 年，《吉安师专学报》第十八卷第三期发表了刘宗彬的《刘辰翁年谱》，作者得地利之优势，发掘出了一些珍贵的史料和家谱资料，对刘辰翁的家世和经历作了详细的考证。

---

① 《词学》第一辑，华东师范大学出版社 1981 年版。
② 《中国韵文学刊》1990 年第 5 期。

　　刘辰翁是宋代一位有影响的文人，在元、明亦有较高的声誉。张寰《刘须溪先生记钞序》说："寰早尝读刘先生会孟之辞，见其奇诡伟丽，变化不常，未尝不废卷以叹，谓古今以文名家者众矣，其为体要不能同，然皆有蹊径可窥，法度可守，若斯人者，盖能自立机轴，成一家言。"①韩敬《刘须溪先生记钞引》称赞道："余偶于故篋中得记稿一帙，瑰奇磊落，想见其人，每读数过，辄恐易尽，真枕珍帐秘也，先生生党禁之时，超然是非之外，复不为训诂纠缠，不为理学笼络，点笔信腕，自以抒写灵灏，鼓吹风雅，极其魄力所至，左愚谿而右聱叟，他不足与方驾也。"②四库馆臣对其《须溪四景诗》的评价也比较高：谓其"所作皆气韵生动，无堆排涂饰之习"③。然令人遗憾和不解的是，对刘辰翁这样一位诗文兼擅的巨手，新中国成立前后的文学史著作，对其诗文的成就关注不够，或是以无甚特色、了无成就敷衍而过。

　　对刘辰翁的文学成就，学人大多关注其词。须溪词的艺术很有特色、也有较高的造诣。一代词宗夏承焘先生《瞿髯论词绝句》云："稼轩后起有辰翁，旷代词坛峙两雄。憾事筝琶银甲硬，江西残响倚声中。"④ 对其评价基本是肯定的。须溪词共有354首，数量仅次于辛弃疾、苏轼。明清两代对须溪词的关注比较少，只有杨慎、沈雄、王奕清等少数几人评论过，但话语寥寥，谈不上深入的探讨。清季况周颐的《蕙风词话》才给须溪词以较为全面公允的评价，他将须溪词与苏辛词进行联系，并将其归入苏辛词派，这对后世的影响颇大。游国恩等编的《中国文学史》，唐圭璋、潘君昭《唐宋词学论集》，程千帆、吴新雷《两宋文学史》《龙榆生词学论文集》等都将刘辰翁列入苏辛词派。但亦有看法比较独特的，如王易《词曲史》却把刘辰翁划入姜派。刘辰翁究竟是豪放派、婉约派，也是值得进一步讨论的。

　　80年代以来，在注意须溪词辛派特点的同时，对须溪词内容和艺术的研究逐渐深入，刘辰翁的研究，相对来说，词比诗文、评点要充分得多。例如葛晓音《唐宋诗词十五讲》，认为刘辰翁晚年有意"以词存史"，

---

① 段大林校点：《刘辰翁集·附录》，江西人民出版社1987年版，第460页。
② 同上书，第461页。
③ 永瑢等：《四库全书总目》，中华书局1965年版，第1410页。
④ 夏承焘：《夏承焘集》（第2册），浙江古籍出版社、浙江教育出版社1998年版，第563页。

缪钺的《论刘辰翁词》《不无危苦之词，惟以悲哀为主——评李清照、刘辰翁、汪元量三家的元夕词》① 都认为刘辰翁的元夕词寄托了亡国之思。严迪昌《论辛弃疾的咏春词》一文指出："咏春词是辛派词人抒发爱国情怀的传统题材，刘辰翁的咏春词受到了辛弃疾的咏春词的很大影响。"② 受严文的启发，进一步发挥阐发的有顾宝林的《刘辰翁咏春词的意蕴解读》、郭延龄的《山中岁月海上情——辛派词人刘辰翁和他的〈柳梢青·春感〉》、田芳的《须溪词论》。③ 关于辛弃疾对后世词人的影响以及刘辰翁对辛词的接受，朱丽霞和李璞的研究引人注目。不过要指出的是，大多数论者的焦点侧重于须溪词的节令词和咏春词上，诚然，刘辰翁以此来抒发家世之感和亡国之痛，但是刘辰翁词的内容和艺术特点还远不止此，尚有更多的内容值得进一步探讨。

对刘的诗文评点，前人和今人的评价是褒贬不一的，有赞扬的，如吴澄《大酉山白云集序》："近年庐陵刘会孟，于诸家诗融液贯彻，评论造极。"④ 但也有贬之者，如《四库全书总目提要》说："辰翁论诗评文，往往意取尖新，太伤佻巧，其所评点，如《杜甫集》、《世说新语》及《班马异同》诸书，今尚有传本。大多破碎纤仄，无裨来学。"⑤ 刘辰翁评点的具体情况如何，有何成就和特点，又有何不足，这也是值得进一步深入研究的，近年来，发表在学术期刊上关于刘辰翁文学评点的论文也有一些，对刘的评点成就、特色作了探讨，但这方面显然还有深入的必要。刘辰翁在大量的诗文序跋和评点中鲜明地提出了自己的文学见解，其中二十多篇序文和三十多部评点还未进行系统的归纳和整理。有关其诗文评点的论述大同小异，附和雷同得多，对他的诗文理论仍要做进一步的挖掘，特别是何种原因促使他以"全副精神，从事评点"，他的文学创作与其评点之间有何关系？

总的来说，对宋末元初这样一位具有民族气节，诗、文、词兼擅、著作繁富的学者的关注还远远不够，对其生平事迹的认识仍有不少模糊需要

---

① 《文史知识》1988 年第 10 期、《四川大学学报》1985 年第 3 期。

② 《辛弃疾研究论文集》，中国文联出版公司 1993 年版。

③ 分别见《江西教育学院学报》2004 年第 4 期、《榆林高专学报》1998 年第 3 期、《吉首大学学报》1996 年第 1 期。

④ 吴澄：《吴文正集》卷一九，文渊阁《四库全书》本。

⑤ 永瑢等：《四库全书总目》，中华书局 1965 年版，第 1409 页。

考辨的地方，有必要做进一步的澄清和认识。其诗歌、散文，除了前人零星简短、只言片语的评述外，尚未做深入的探析。从元、明两代前人的序跋和评论中，可以看出，刘辰翁在元明两代的影响是相当大的，但何以在清代受到冷落？其大量的诗文词赋都散佚了，而其评点却保留下来很多，这都需要做深入的探索。

刘辰翁集文学家、评论家、学者于一身，其从事的创作和评论带有明显的时代特征，他的著述涉及唐宋与元初的诸多内容。例如刘辰翁生在江西，与江西诗派有千丝万缕的联系；同时受教于欧阳守道、江万里两位理学家门下，有较深的理学渊源；生活在宋元之交，有深沉的亡国之痛与故国之思，诗歌受永嘉四灵和江湖派诗风的濡染也是不可避免的。因此本书虽是个案专题研究，但涉及的问题相当多。本书拟将刘辰翁置于宋末时代和文化背景下，以文学评点为中心，对刘辰翁之评点进行全方位与多角度的审视和考察，力求在已有研究的基础上有所发展、完善和创新，获得对刘辰翁评点的全面认识，对他在文学批评史和文化史上的地位做出准确科学的评价。

综上所述：刘辰翁以一人之力，对众多唐宋名家诗人、诗歌和先秦诸子散文、著名史书、小说做详尽和系统的评点，是一项开拓性的工作。其评点摆脱了以往评点为科举考试服务的目的，专以文学论工拙，是无功利的审美把握。他开创和稳定了双行夹批这一最常见的评点形式；创造了一系列的评点语汇，后人沿袭而用；他重主观、重文本的评点特点，对后世产生了重大影响，如钟惺、谭元春等人的评点方法就明显受其熏染。

目前刘辰翁评点的相关研究主要表现在如下三个方面。

（1）前人对其评点褒贬不一，而赞誉居多。

元人吴澄《大酉山白云集序》赞曰："近年庐陵刘会孟，于诸家诗融液贯彻，评论造极。"① 明人胡应麟将其与严羽、高棅并称："严羽卿之诗品，独探玄珠；刘会孟之诗评，深会理窟高廷礼之诗选，精极权衡。"② 刘辰翁在杜诗研究史上的贡献在于继宋代整理、集注、编年、分类之后，又兴起评点一派，故胡应麟将其杜诗评点与五臣注《选》、郭象注《庄》

---

① 吴澄：《吴文正集》卷一九，文渊阁《四库全书》本。
② 胡应麟：《诗薮》，上海古籍出版社 1979 年版，第 191 页。

相提并论。但亦有贬之者，如四库馆臣于《四库全书总目》中说："辰翁论诗评文，往往意取尖新，太伤佻巧，其所评点……大多破碎纤仄，无裨来学。"①

概之，赞誉者有元人程钜夫、吴澄等，明人胡应麟、杨士奇、胡震亨、单复、凌濛初等，清人钱谦益、赵殿成、宋荦等；贬之者有明人杨慎，清人金圣叹、钱曾、纪昀等。

（2）现存收录有刘辰翁评点的著作，其评点经过辑校、整理的极少。

现存收录刘辰翁评点的著作，大多是元、明的刊本，分散收藏于全国多家图书馆，绝大多数没有经过整理出版，读者不易见到。目前可见的有吴企明《李贺研究资料汇编》《宋诗话全编》中收录了其一小部分诗歌评点，朱铸禹《世说新语汇校集注》、刘强《世说新语汇评》收录了其小说评点。

（3）全面介绍刘辰翁评点及对某一评点个案、某一方面、层次的研究。

这些成果多发表在学术期刊上，如孙琴安《刘辰翁的文学评点及其地位》、杨星映《刘辰翁在中国古代小说批评史上的地位》、陈金泉《刘辰翁小说评点的美学思想》、周兴陆《刘辰翁诗歌评点的理论与实践》、汤江浩《论刘辰翁评点荆公诗之理论意蕴》、张静《刘辰翁杜诗批点本的三种形态》《刘辰翁有意评点过词吗？》、曹辛华《论刘辰翁的小说评点修辞思想——以〈世说新语〉评点为例》。

这些研究显然为本书提供了重要的研究思路和方法指导，但也存在一些不足。

（1）对刘辰翁评点的评价是褒贬不一，但从元、明两代前人的序跋和评论中，可以看出刘辰翁的诗、文、小说评点在元、明两代的影响相当大，刘辰翁评点的具体情况如何，有何成就和特点，又有何不足，是值得进一步探讨和深入研究的。

（2）现有辑录、整理的刘辰翁评点，尚有不少遗漏与讹误，数量上不及其全部评点的十分之一。

（3）目前对刘辰翁评点的研究，主要还停留在全面介绍及某一评点个案、某一方面、层次的研究，忽略了最基础的文献整理及在此基础上系统的归纳和整理，忽略了其文学创作与文学评点之间的关系，忽略了何以

---

① 永瑢等：《四库全书总目》，中华书局 1965 年版，第 1409 页。

其大量的诗、文、词、赋都散佚了而评点却被保留下来。

　　本书的价值和意义在于：

　　评点是一种具有中国民族特色的独特批评形式，其分析方式特殊，不但提醒读者注意诗眼、字眼，而且需要读者认真细致地加以体会。如姚鼐《答徐季雅》所云："圈点启发人意，有愈于解说者也。"①《与陈硕士笺》"文家之事，大似禅悟，观人评论圈点，皆是借径。"②

　　评点展示的不仅是批评家的阅读过程与心得体会，而且对于揭示作者的为文用心，分析作品的利弊得失，帮助读者重新发现作品的价值都有重要的作用，评点是在读者与作者之间架起的一座桥梁。正如李卓吾评点《水浒传》卷首"发凡"所云"书尚评点，以能通作者之意，开览者之心也"。③ 和评点相比，当今任何学术论文都是越俎代庖，研究者以自己的身影遮挡了读者直接去获得审美直感。研究评点，积累古人对某些文本的阅读经验，可以激活当代人对于古代文学文本的审美敏感，借着前人之光进入文本世界。当今中国文学批评史"史"的研究主要集中于专书、专论、诗话、词话、序跋等方面，大量的文学评点尚未纳入其研究视野，深化中国文学批评史中"史"的研究，文学评点是值得重视的拓宽领域，特别是研究文本阅读史、文学接受史，均应从评点入手。立足于评点文献整理，对深化中国文学批评史的历史性研究具有重要意义。

---

① 姚鼐：《答徐季雅》，《惜抱轩尺牍》卷二，国学扶轮社，清宣统二年铅印本。
② 姚鼐：《与陈硕士笺》，《惜抱轩尺牍》卷五，国学扶轮社，清宣统二年铅印本。
③ 李卓吾评点《水浒传》卷首"发凡"，明袁无涯本。

第 一 章

评点溯源及促使刘辰翁
专事文学评点的因素

第一节　评点溯源

"评点是一种具有中国作风和中国气派的独特理论批评形式，它充分地发扬了中华民族的思维特色，在流传过程中逐渐扩大其影响，终于成为我国文学理论批评中的一种不可替代的重要形式。"[1] 这一批评文体与其他文学批评样式不同，这是一种超越文字形式的特殊的分析方式，不但提醒读者注意诗眼、字眼，而且需要读者认真细致地加以体会，与直接的文字批评是不同的。正如姚鼐所云："夫文章之事，有可言喻者，有不可言喻者。不可言喻者要必自可言喻者入之。……圈点启发人意，有愈于解说者也。"[2] "文家之事，大似禅悟，观人评论圈点，皆是借径。一旦豁然有得，呵佛骂祖，无不可者。"[3]

评点是用符号和文字，随文予以解析，其作用是显而易见的，前人已经充分地认识到了这一点：

> 书尚评点，以能通作者之意，开览者之心也。得则如着毛点睛，毕露神采；失则如批颊土涂面，侮辱本来。今于一部之旨趣，一回之警策，一句一字之精神，无不拈出，使人知此为稗家史笔，有关于世道，有意于文章，与向来坊刻，迥乎不同。如按曲谱而中

---

① 顾易生、蒋凡、刘明今：《宋金元文学批评史》，上海古籍出版社1996年版，第724页。
② 姚鼐：《答徐季雅》，《惜抱轩尺牍》卷二，国学扶轮社，清宣统二年铅印本。
③ 姚鼐：《与陈硕士笺》，《惜抱轩尺牍》卷五，国学扶轮社，清宣统二年铅印本。

节，针铜人而中穴，笔头有舌有眼，使人可见可闻，斯评者所最贵者耳。①

　　古人著书为文，精神识意固在于语言文字，而其所以成文义用或在于语言文字之外，则又有识精者为之圈点，抹识批评，此所以筌蹄也。能解以意表而得古人已亡不传之心，所以可贵也。近世有肤学颛固僻士，自诩名流，矜其大雅，谓圈点抹识沿于时文伧气，丑而非之，凡刻书以不加圈点评识为大雅……试思圈点抹识批评亦顾其是非得真与否耳。岂可并其直解意表得古人已亡不传之妙者而去之哉。②

吴承学先生也指出：

　　读一般文学批评文字就如同读山水游记，而读评点文字就如同在导游的引导下徜徉于山水之间。评点虽然简短，标志的位置却是相当重要。同一个字或点抹，用在何处却是见出功力的。这就如同看戏，是否在恰当的地方喝彩足以看出观众的水平来。③

郭绍虞先生在论及圈点的意义时，亦有精辟的见解：

　　为文既别有能事，知文亦别有精诣，则评点之学，一般人视之为陋……于是圈点评识以使人识其秘妙所在，这原是不得已的办法，并不是吐己之所尝而哺人以授之甘。因为不如是，不易知古人之甘苦，不能得古人深妙之心。④

　　"中国古代文学批评就其最有民族特点，同时又使用得最为广泛而持久者言之，有选本、摘句、论诗诗、诗格、诗话和评点。其中评点方式的

---

① 李卓吾评点《水浒传》卷首"发凡"，明袁无涯本。
② 方东树：《考盘集文录》，《方植之全集》卷五《书归震川史记圈点评例后》，清光绪刊本。
③ 吴承学：《现存评点第一书——论〈古文关键〉的编选、评点及其影响》，《文学遗产》2003年第4期。
④ 郭绍虞：《中国文学批评史》下卷，百花文艺出版社1999年版，第342页。

形成时间最晚,因此它所吸收的因素也最为复杂。"① 可见,对评点进行沿波溯源的探讨亦并非易事。

评点起源于何时,学界的说法有多种:章学诚《校雠通义·宗刘》云:"评点之书,其源亦始钟氏《诗品》、刘氏《文心》。然彼则有评无点,且自出心裁,发挥道妙。又且离诗与文而别自为书,信哉,其能成一家言矣!"② 曾国藩《经史百家简编序》与章学诚说法大致相同,其云:"梁世刘勰、钟嵘之徒,品藻诗文,褒贬前哲,其后或以丹黄识别高下,于是有评点之学。"③ 这两种说法认为评点起于梁代。

也有说起于唐代的,袁枚《小仓山房文集·凡例》曰:"古人文与圈点,方望溪先生以为有之,则筋节处易于省览。按唐人刘守愚《文冢铭》云有朱墨围者,疑即圈点之滥觞,姑从之。"④

还有说起于宋代的,如吴瑞草《瀛奎律髓重刻记言》云:"诗文之有圈点,始于南宋之季而盛于元。虽曰一人之嗜憎未免有偏着,然当时评骘诸公皆作家巨子,各具手眼。其所圈识,如与作者面稽印可,能使其精神眉目轩豁呈露于行墨之间,非若近世坊刻勉强支缀者比。学者且当从此领会参入,而后渐次展拓,即古人全体之妙,不难尽得。"⑤《四库全书总目提要》卷三七《苏评孟子》亦云:"宋人读书,于切要处率以笔抹,故《朱子语类》论读书法云,先以某色笔抹出,再以某色笔抹出。吕祖谦《古文关键》、楼昉《迂斋评注古文》亦皆用抹,其明例也。谢枋得《文章轨范》、方回《瀛奎律髓》、罗椅《放翁诗选》始稍稍具圈点,是盛于南宋末矣。"⑥ 叶德辉云:"刻本书之有圈点,始于宋中叶以后。岳珂《九经三传沿革例》有圈点必校之语,此其明证也。孙记宋版《西山先生真文忠公文章正宗》二十四卷,旁有句读圈点。……森志、丁志、杨志宋刻吕祖谦《古文关键》二卷,元刻谢枋得《文章轨范》七卷,又孙记元版《增订校正王状元集注分类东坡先生诗》二十五卷,庐陵须溪刘辰翁批点,皆有墨圈点注。刘辰翁,字会孟,一生评点之书甚多。同时方虚谷

---

①　张伯伟:《中国古代文学批评方法研究》,中华书局 2002 年版,第 590 页。

②　章学诚著,叶瑛校注:《文史通义校注》,中华书局 1985 年版,第 590 页。

③　曾国藩撰,李瀚章辑:《曾文正公全集》,传忠书局,清同治光绪间刻本。

④　袁枚:《小仓山房文集》(下册),上海古籍出版社 1988 年版,第 1152 页。

⑤　方回选评,李庆甲集评校点《瀛奎律髓汇评》,上海古籍出版社 1986 年版,第 1815 页。

⑥　永瑢等:《四库全书总目》,中华书局 1965 年版,第 307 页。

回，亦好评点唐宋人说部诗集，坊估刻以射利，士林靡然向风，有元以来，遂及经史。……大抵此风滥觞于南宋，流极于元明。"① 方孝岳在《中国文学批评》中论及吕祖谦的《古文关键》时，也涉及评点的起源，他说："祖谦这书，虽是为初学而设，但是影响很大，开了后来的'评点之学'。他这书，在每篇文章夹行之中，旁注小批，又于文中紧要的字句旁边，画一直线（评点家所谓'掷'或'抹'），使人注意。初学的人看起来，确实很足以启发的。后来方回的《瀛奎律髓》有评注，有圈点，也是这一路。"②

但有的学者认为，评点的起源更早，是在梁代以前，钱钟书先生说："陆云《与兄平原书》。按无意为文，家常白直，费解处不下二王诸《帖》。什九论文事，着眼不大，着语无多，词气殊肖后世之评点或批改，所谓'作场或工房中批评'也。方回《瀛奎律髓》卷一○姚合《游春》批语为'诗家有大判断，有小结裹'；评点、批改侧重成章之词句，而忽略造艺之本原，常以'小结裹'为务。苟将云书中所论者，过录于机文各篇之眉或尾，称赏处示以朱围子，删削处示以墨勒帛，则俨然诗文评点之最古者矣。"③ 据此，有学者称"诗文评点的雏形最早可追及太康年间。……如此一来，章学诚所认为的文学评点源流考，当可再往前追至少二百年。"④

综合前人的意见和相关的文献记载，试做推论：评点是受章句、注疏、笺释影响并在它们广泛流行后兴起的一种文本解读方式。虽然它产生的具体年代难以准确地断定，但有一点可以肯定，评点的萌芽应是很早就产生了，保守的估计是在汉代。评点这种富于传统的批评样式，它的起源是与汉民族的学术文化密切相关的，"文学评点形式是在多种学术因素的作用下形成的。这主要有古代的经学、训诂句读之学、诗文选本注本、诗话等形式的综合影响。古代经学有注、疏、解、笺、章句、章指等等方式。如章句，汉代常用分章析句的方式，对经书的意义文句文字进行辨析。如《毛诗注疏》在每篇诗之后，都有分多少章，每章几句的说明。

---

① 叶德辉：《书林清话》卷二，中华书局 1957 年版，第 33—34 页。

② 方孝岳：《中国文学批评》，《中国文学八论》本，中国书店 1985 年版，第 78 页。

③ 钱钟书：《管锥编》，中华书局 1986 年版，第 1215 页。

④ 赖静玫：《刘辰翁诗歌评点论析——以唐代诗歌为研究中心》，台湾淡江大学硕士学位论文，2003 年，第 40 页。

又如章指，即对经书章节主旨的阐说。汉赵岐注《孟子》最早采用此方法，于各章之末，每每概括其大旨。西汉以后，有经学家把传注附于经文下。最初，传注附录于整部经文后，两者不相掺和。后来，传注分别被附在各篇、章之后，经传合而为一。以后，又句句相附，传注一律放在相应的各句之后，如郑玄的《毛诗笺》《礼记注》。这种附注于经的阐释方式，的确便于读者的阅读理解。经注相连，为了避免相混，经用大字，注用小字，并把注文改为双行，夹注于经下。文学评点中的总评、评注、行批、眉批、夹批等方式，是在经学的评注格式基础上发展起来的。至于评点的符号，是在古代读书句读标志的基础上进一步发展起来的。句读与评点当然分属语法与鉴赏两个不同的系统，但两者关系相当密切，当句读方式由语法意义扩大至鉴赏意义时，文学性质的圈点也就产生了"①。古书评点中的点画、点勘源于唐代，是读书人于切要处以笔点抹，如韩愈《秋怀诗》之七所说"不如觑文字，丹铅事点勘"。点勘笔抹之时，包含了作者的心得与评价，已具备了后世评点的雏形。笔抹的形式最早为长抹，后来增加了圈、逗、撇、捺等多种记号，罗根泽先生说："抹乃抹画，疑即点画，朱子所谓'先以某色笔抹出，再以某色笔抹出'，正是韩愈所谓'丹铅事点勘'。大概最早的抹画止施于文章的关键之处，后来也施于警册之句，施于关键之处的是长画，施于警册之句的是短画，短画逐渐变为点，由点又扩充为圈。元刊本东坡诗及明刊本杜工部诗的点都是长画，其形为——，元刊本李长吉歌诗，王荆文公诗，则或为长画，其形与杜苏诗同；或为撇画，其形为丿；或为捺画，其形为乀；或为逗画，其形为′；（四书皆原中央图书馆藏）元刊本王右丞集没有撇画，余三种杂用，捺画下垂，其形为丿（据四部丛刊影印本），他书亦往往如此。这些书都点于刘辰翁，而形样纷然不同，究竟原出刘辰翁或改于后人不可知，但撇画捺画显然是长画的蜕变，而逗画则当是缩抹。明刊本罗椅和刘辰翁两家放翁诗选的点大半为长画，而一句之旁，便有时为撇画、捺画或逗画（据四部丛刊影印本），亦可证撇捺点是抹的无意或有意的蜕化，意义与作用完全相同。明刊本方逢辰点的止斋奥论用圆点，其形为·（原中央图书馆藏本），想又是缩抹的圆描。后来的点止用缩抹圆描两种，所以洪武正韵

---

① 吴承学：《评点之兴——文学评点的形成和南宋的诗文评点》，《文学评论》1995 年第 1 期。

为'注也'，由是点的意义与'画'不同，而点抹遂歧为两种。"① 罗根泽先生进而指出："韩魏所谓点勘之勘，并不同于今人所谓校勘，而是指以己意'批评'。""所以评的起源虽很早，而这种指陈关键利病的随文批评，实出于点勘标注，是唐宋人的新法。"②

评点在发展演进的过程中有几个突出的影响因素。首先是科举取士和试场考评风气。"唐宋以后的科举制度，有利于打破魏晋六朝的士族门阀制度。出身于中下层的士人，也有了仕进的机会。由唐及宋，每科进士从二、三十名发展到二、三百人，规模越来越大，人们对于科举的热衷也与日俱增。因此，科场的一举一动，颇为引人注目。而科场考试，考官非一，他们总要确立一定的标准来衡诗裁文，并且时加评语，以便取信于人。""受科场考评优劣的影响，唐宋时代评文衡诗风气甚盛。"③ 王谠《唐语林》卷三《赏誉》记载：贞元间，唐德宗亲自"试制科于宣德殿。或下等者，即以笔抹至尾。其称旨者，必吟诵嗟叹。……公卿无不服上精鉴"。④ 在科举制度的推动下，南宋到元初这一时期出现了几部重要的评点著作，如吕祖谦《古文关键》、楼昉《崇古文诀》、真德秀《文章正宗》、王霆震编《新刻诸儒批点古文集成前集》、刘震孙编《新编诸儒批点古今文章正印》以及魏天应编、林子长注的《论学绳尺》等。这些都是实用性很强的科举考试论策的参考书，同时在文学批评史上，亦有重要的成就和影响，如《古文关键》，陈振孙《直斋书录解题》说其"标抹注释，以教初学"。⑤ "吕祖谦在一些文章的夹行之中，旁注小批，又于文中关键的字句旁边，进行标抹，以引起读者的重视，他还在书中详细批点了文章的命意、布局、用笔、句法、字法等等，示学者以门径，所以谓之'关键'。《古文关键》卷首有题为《看古文要法》，分'总论看文字法''看韩文法''看柳文法''看苏文法''看诸家文法''论作文法'和'论文字病'八节，对古文的欣赏和写作，提出了一些具体的法则。如其'总论看文字法'：第一看大概主张。第二看文势规模。第三看纲目关键：

---

① 罗根泽：《中国文学批评史》（第三册），上海古籍出版社1984年版，第261页。
② 同上书，第262页。
③ 顾易生、蒋凡、刘明今：《宋金元文学批评史》，第726—727页。
④ 王谠撰，周勋初校正：《唐语林》，中华书局1987年版，第277页。
⑤ 陈振孙著，徐小蛮、顾美华点校：《直斋书录解题》，上海古籍出版社1987年版，第451页。

如何是主意首尾相应；如何是一篇铺叙次第；如何是抑扬开合处。第四看警策句法：如何是一篇警策；如何是下句下字有力处；如何是起头换头佳处；如何是缴结有力处；如何是融化屈折剪裁有力处；如何是实体贴题目处。在'总论看文字法'之后，紧接着是'论作文法'。'看文'是手段，'作文'才是目的。在此之前，文集、选本首要功能是鉴赏，是文人提高艺术修养的必要手段，故往往只注释字句，标明典故，疏通文意，从来不详论文章的作法。而《古文关键》则实用性很强，使读者通过'四看'，既领会名著的精华，也学会了实际的写作技巧；指导写作，成为最直接的目的。这可以说是一种创举，也是文学批评向实用目的、功利目的发展的一个重要转折。"①

其次，受《古文关键》影响的是楼昉的《崇古文诀》（《迂斋古今文标注》），也是当时颇有代表性的评点著作，陈振孙说："大略如吕氏《关键》，而所取自史、汉以下至于本朝，篇目增多，发明尤精，学者便之。"② 与《古文关键》只选唐宋文不同，《崇古文诀》选录了秦汉至宋代古文，而且评语精当，正如刘克庄所说："迂斋标注者一百六十有八篇，千变万态，不主一体，逐章逐句，原其意脉，发其秘藏，尊先秦而不陋汉唐，尚欧曾而并取伊洛。"③ 从前人的记载中可以看出，此书对当时的考生揣摩举业起了一定的作用，陆心源云："闲尝采集先□□以来迄于今时之文，得一百六十有八篇，为之标注以谂学者，凡其用意之精深，立言之警拔，皆探索而表章之，盖昔人所以为文之法备矣。"④《四库全书总目提要》亦云："宋人多讲古文，而当时选本存于今者不过三四家。……世所传诵，惟吕祖谦之《古文关键》，谢枋得《文章轨范》及昉此书而已。而此书篇目较备。繁简得中，尤有裨于学者。"⑤ 真德秀之《文章正宗》也是这一时期重要的选集评点著作，它不仅收古文，也收诗歌，虽然其内容是以"明义理切实用为主"，体现了理学家的观念和标准，但在评点历史上具有非同一般的规范作用，《南雷文定·凡例》云："文章行

① 吴承学：《评点之兴——文学评点的形成和南宋的诗文评点》，《文学评论》1995 年第 1 期。
② 陈振孙著，徐小蛮、顾美华点校：《直斋书录解题》，第 452 页。
③ 刘克庄：《迂斋标注古文序》，《后村先生大全集》卷九十六，《四部丛刊》本。
④ 陆心源：《皕宋楼藏书志》卷一一四《清人书目题跋丛刊》（一），中华书局 1990 年影印本，第 1287 页下。
⑤ 永瑢等：《四库全书总目》卷一八七，第 1699 页。

世，从来有批评而无圈点，自《正宗》《轨范》肇其端，相沿以至荆川《文编》、鹿门《八家》。一篇之中，其精神筋骨所在，点出以便读者，非以为优劣也。"①

"真正显示自吕祖谦开始的评点本古文选集实为科举考试参考书的，是谢枋得的《文章轨范》。"② 书中所选的各文都有详细的批评圈点，中肯细致，辨析入微。全书按"王侯将相有种乎"分为七卷，意在告诉读者，无论出身如何，只要中举，就能出将入相，所选的文章都是取"古文之有资于场屋者"，且"标揭其篇、章、句、字之法"③，全书以士子学习场屋程文的进度来进行安排，七卷分为两大部分，前两卷为"放胆文"，后五卷为"小心文"，编者通过批评圈点的方式，旨在详细地说明写文章时应注意的具体问题，试图指导读者怎样才能写出合格的文章来。

因此，《四库提要》说："凡吕祖谦之《古文关键》，真德秀之《文章正宗》，楼昉之《迂斋古文标注》，一圈一点，无不具载。"④ 可见，评点已经于此时基本形成，但评点的主要是文，而尚未广泛地扩展到诗歌与小说，这是与科举考试科目的变化和改革密切相关，《宋史》做了这样的记载：

> （王安石）曰："……今以少壮时，正当讲求天下正理，乃闭门学作诗赋，及其入官，世事皆所不习，此科法败坏人材，致不如古。"既而中书门下又言："……宜先除去声病偶对之文，使学者得专意于经术……"熙宁三年，亲试进士，始专以策，定著限以千字。旧特奏名人试论一道，至是亦制策焉。帝谓执政曰：对策亦何足以实尽人材，然愈以诗赋取人尔。⑤

于是罢诗赋试，"每试四场，初大经，次兼经，大义凡十道，次论一

---

① 《四库全书存目丛书》（集部205），齐鲁书社1997年版。
② ［日］高津孝：《科举与诗艺——宋代文学与士人社会》，潘世圣等译，上海古籍出版社2005年版，第82页。
③ 王守仁：《重刻文章轨范序》，谢枋得《文章轨范》卷首，文渊阁《四库全书》本。
④ 永瑢等：《四库全书总目》卷一八七，第1702页。
⑤ 脱脱：《宋史》卷一百五十五"选举一"，中华书局1977年版，第3617—3619页。

首，次策三道"。①

因此马端临说：宋代科举"变声律为议论，变墨义为大义"。② 元人倪士毅亦有相关的记载：

> 按宋初因唐制，取士试诗赋。至神宗朝王安石为相，熙宁四年辛亥议更科举法，罢诗赋，以经义论策试士，各占治《诗》《书》《易》《周礼》《礼记》一经，此经义之始也。宋之盛时，如张公才书《自靖义》，正今日作经义者所当以为标准。至宋季则其篇甚长，有定格律。首有破题，破题之下有接题，有小讲，有缴结，以上谓之冒子。然后入官题，官题之下有原题，有大讲，有余意，有原经，有结尾。篇篇按此次序，其文多拘于捉对，大抵冗长繁复可厌。③

可见，"宋代的科举科目繁多，但为人重视者仍然是进士科，进士科的考试，自王安石立经义而废诗赋，至元祐年间又有所变化，终宋之世，兴废分合，几经反复。但从总体上说，在进士科的考试中，诗赋的地位下降，经义、策论的地位上升是大趋势"。④ 故这一时期的评点著作，多涉及文而较少涉及诗歌，对文的评点又多讲究文法、格式、文脉、字眼、结构等为文的具体作法。可见，这一时期的评点是为科举服务的工具，而不是纯粹的学术著作，直到刘辰翁的出现，才使诗文评点摆脱了为科举而设的目的，而专以文学批评的标准来进行审视和判断。正如罗根泽先生所言："吕谢诸家的评语，也是'以时文之法行之'。评点的作用，当时本来是'取便科举'……但同是宋末元初的刘辰翁，以全副精神，从事评点，则逐渐摆脱科举，专以文学论工拙。"⑤ 从这层意义上说，刘辰翁在中国文学评点史上处于重要的转掭地位，他使评点从实用功利的局限中转向了艺术的广阔天地，也回归了文学的本位。因此"评点之作，并非刘辰翁首创，宋时早已诞生了若干种诗文评点之作。但是，因其数量少，质

---

① 脱脱：《宋史》卷一百五十五"选举一"，第3618页。
② 马端临：《文献通考》卷三十二《选举考五》，中华书局1986年影印本。
③ 倪士毅：《作文要诀·自序》，国家图书馆藏元刻本。
④ 张伯伟：《中国古代文学批评方法研究》，中华书局2002年版，第569页。
⑤ 罗根泽：《中国文学批评史》（第三册），第263页。

量又不高，加以流传不广，几乎嗣响无闻。因此，严格说来，刘辰翁的诸多评点，仍然属于开创阶段的代表作。其诗文评点，在当日文坛首屈一指"。① 在他之前，没人像他那样能对诗歌、散文、小说进行广泛而深入的评点，"他的评点出现于文坛时，才使中国的评点文学充实丰富起来，形成了坚实广大的基础"。② 他无疑在文学评点历史上占有相当重要的地位，是"中国第一位杰出的评点大师"。③

第二节　促使刘辰翁专事文学评点的因素

刘辰翁从事文学评点的时间大约在德祐年间。这在他评点著作的题记中，可以得到证实，宋本《须溪先生校点韦苏州集》十卷拾遗一卷中云："德祐初，初秋看二集，并记。"其子刘将孙《刻长吉诗序》中亦云："先君子须溪先生于评诸家最先长吉，盖乙亥避地山中，无以纾思寄怀，始有意留眼目，开后来，自长吉而后及于诸家。尚恨书本白地狭，旁注不尽意，开示其微，使览者隅反神悟，不能细论也。"④ 可见刘辰翁的评点是在德祐乙亥（1275）以后进行的，此时，宋朝的大势已去，刘辰翁感觉回天乏术，无能为力，也就"知其不可而不为"，托迹方外，但作为深受理学濡染的一介儒生，进不能以武力安邦，退不能放情山水，忘却尘世；更不能出仕元朝，沦为贰臣，因此其心情是极为悲伤、苦闷和彷徨的，他的这一心境，其子刘将孙曾云："先生登第十五年，立朝不满月，外庸无一考。当晦明绝续之交，胸中郁郁者一泄之于诗，其盘礴礧积而不得吐者，借文以自宣，脱于口者，曾不经意，其引而不发者，又何其极也。"⑤

其后裔刘为先《续刻须溪先生集略序》中亦云：

> 诸书多所评点。……因忆当赵宋社屋之后，信国知其不可而为之，先生知其不可而不为，挂冠史馆，诡迹方外，而惟是放于笔墨，

---

① 顾易生、蒋凡、刘明今：《宋金元文学批评史》，第724—725页。
② 孙琴安：《中国评点文学史》，上海社会科学院出版社1999年版，第70页。
③ 同上书，第55页。
④ 刘将孙：《刻长吉诗序》，《养吾斋集》卷九，文渊阁《四库全书》本。
⑤ 刘将孙：《须溪先生集序》，《养吾斋集》卷十一，文渊阁《四库全书》本。

作悲愤无聊之语，无地不记，无书不评，夫岂以文章显哉！盖亦托文章以隐耳。张孟浩比之伯夷、陶潜，诚论其世以知其人，读其文章以知其节意。……千载上下，真同一避世之心也。①

明代的陈继儒在《刘须溪评点九种书序》中对刘辰翁此时评点批书的心态剖析得更为细致：

> 当宋家末造之时，八表同昏，四国交阻，刀槊耀日，烽烟翳天，车铎马铃，半夜戛戛驰枕上，书生老辈偷从墙隙户窦窥觇，莫敢正视。先生何缘得此清暇，复美笔概文史耶？抑亦德祐前应举所读书也。德祐以后，军学十哲像左袒矣，万里以故相赴止水死矣，文文山入卫，征勤王师，无一人一骑至矣。大势已去，莫可谁何。先生进不能为健侠执铁缠稍，退不能为遗人采山钓水，又不忍为叛臣降将，孤负赵氏三百年养士之厚恩。仅以数种残书，且讽且诵，且阅且批，且自宽于覆巢沸鼎、须臾无死之间。正如微子之麦秀，屈子之离骚。非笑非啼、非无意非有意，姑以代裂眦痛哭云耳。……须溪笔端有临济择法言，有阴长返魂丹，又有麻姑搔背爪，艺林得此，重辟混沌乾坤。第想先生造次避乱时，何暇为后人留读书种？更何暇为后人留读书法？而解者咀其异味异趣，遂为先生优游文史，微渺风流，虽生于宋季，而实类晋人。得无未考其世乎？②

在这样的心境与背景下，他只有转诸文学评点来寄托自己的情感。他自己曾说："甲子，则予与渊明命也，亦本无高处，正自不得不尔。'八表同昏，平路伊阻'。诵《停云》此语，泪下霑土，何能无情？"③ 因此，刘辰翁的文学评点实在是其侘傺无聊之日的寄托，是借他人之酒杯，浇自己胸中之块垒。刘辰翁无力改变时局，但又不甘心于被异族统治的既定事实，内心是极为复杂痛苦和无奈的，借诗文评点来"纾思寄怀"，表达自己的思想倾向。故从刘辰翁的评点中我们不仅能看到他在艺术形式方面的

---

① 段大林：《刘辰翁集·附录》，第 466 页。
② 《四库禁燬书丛刊》集部六十六册，北京出版社 1998 年版，第 551—552 页。
③ 《虎溪莲社堂记》，《刘辰翁集》，第 84 页。

真知灼见，亦能从字里行间感受到他对时代离乱的哀伤和民族气节的激扬。例如《世说新语》卷下《企羡第十六》第二则"王丞相过江自说，昔在洛水边数与裴成公、阮千里诸贤共谈道。羊曼曰：'人久以此许卿，何须复尔？'王曰：'亦不言我须此，但欲尔时不可得尔。'"刘辰翁批云："至无紧要语，怀抱相似。"王导所言，看似无关紧要，但实际上流露出了深深的中原沦丧的故国之痛，这种与刘辰翁所处时代相似的兴亡之悲，激起其感情上的共鸣，而生"怀抱相似"的感慨。《韦苏州》卷八《九日》："今朝把酒复惆怅，忆在杜陵田舍时。明年九日知何处，世难还家未有期。"刘辰翁的批语为："可悲。伤世与余同患，亦似同吟。"在此，刘辰翁通过评点抒发了个人的愁绪。其他如《集千家注批点·补遗杜工部诗集》卷六《寄岳州贾司马六丈巴州严八使君两阁老五十韵》"此时霈奉引，佳气拂周旋"句下，刘辰翁批为："描摸老成，乱来读此十字哀痛来生。"《集千家注批点·补遗杜工部诗集》卷十《遣忧》"乱离知又甚，消息苦难真。受谏无今日，临危忆古人"句下，刘辰翁的批语为："如此苦语，无限哀愁。忠臣更事之感，后世之痛，百世同之。"《须溪批点李壁注王荆公诗》卷十一《朝日一曝背》"弹作南风歌，歌罢坐长叹"句下，刘辰翁的批语为："附仰自足，而有忧世之心，非为己饥己寒也。""瘠被栖栖者，遗世良独难"句下，刘辰翁批为："语不多而怨长。"基于此，揭傒斯曾高度评价刘辰翁的评点："须溪衰世之作也，然其论诗，数百年来一人。"① 当今学者指出，"揭示诗歌沉著的悲剧精神和巨大的悲剧感染力是刘辰翁评点的重要内容"。② 刘辰翁藉评点以寄情志，评点是其抒发被压抑的感情的载体。因此，有学者认为，"刘辰翁亦透过遍览群书的评点过程，进行一连串抚平心灵遭逢家国倾覆悲痛之自我疗伤，透过文学阅读与书写的烙印，即是返照自身幽微的一种生命治疗"。③

　　评点，这一批评文体在其产生和发展的过程中与科举有着密切的关系，而刘辰翁的评点已经逐渐脱离了科举考试的功利性，他本人虽然参加过童子试、乡试并最终通过科考中过进士，然而他对科举考试的弊端却有

---

　　① 揭傒斯：《吴清宁文集序》，《文安集》卷八，文渊阁《四库全书》本。
　　② 周兴陆：《刘辰翁诗歌评点的理论和实践》，《华中师范大学学报》1996 年第 2 期。
　　③ 赖静玫：《刘辰翁诗歌评点论析——以唐代诗歌为研究中心》，台湾淡江大学硕士学位论文，2003 年，第 123 页。

着不同于常人的认识，他曾说：

> 士不幸而用所学于科举，其得失饥渴、升沉胜败，曾不如庶人之常业。虽有宽易静笃之君子，十上五黜，幸不黜，愈恨恨，乃甚于黜。使夫怜伤太息者，犹惑于其命，则所以烦瞀摧废，当何如而益退。然确死而浩然，盖夺精失营者，莫科举之为累，而其厄穷不闷者，必学道之有得也。①

在刘辰翁看来，士子一心向往科举登第，期间说不尽的"得失饥渴、升沉胜败"，因而"夺精失营"，此为科举所累，丧失了为学的根本之道。他认为为学的根本不在于登第富贵与否，而在于学术与人品，他说：

> 余既言三代余民受罔极之恩于夫子者，又欲陋巷时贤，以身之贫贱学其为夫子者，盖进取之事，不在科举，而在学术与人品，此世道之古也。②

> 然学校科举绝有愧于道，孰能学校科举外而求志，又孰能用学校科举而成之。③

> 科目兴，类起徒步致富贵，然再世则不可复贱，衣冠文雅，化及群从，高者矜持自喜，下者轻侠不逞……而区区求如江左风流，亦不可得矣。④

由于刘辰翁本人对科举的弊端认识深刻，故其评点不是以科举所重的文为核心，而是以诗歌为重心，这与当时科举被废除、诗歌风气日益兴盛密切相关。刘辰翁《程楚翁诗序》曰："科举废，士无一人不为

---

① 《丁守廉墓志铭》，《刘辰翁集》，第 218 页。
② 《临江军新喻县学重修大成殿记》，《刘辰翁集》，第 2 页。
③ 《鹭州书院江文忠公祠堂记》，《刘辰翁集》，第 86 页。
④ 《兰玉书院记》，《刘辰翁集》，第 62 页。

诗。于是废科举十二年矣，而诗愈昌。前之亡，后之昌也，士无不为诗矣。"①

元人陆文圭也指出："科场废三十年，程文搁不用，后生秀才气无所发泄，溢而为诗。"② 欧阳玄亦有类似的见解："宋末须溪刘会孟出于庐陵，适科目废，士子专意于诗，会孟点校诸家甚精，而自作多奇崛，众翕然宗之，于是诗又一变矣。"③

刘辰翁从事文学评点的另一重要原因是教授门生子弟，他的家乡——江西吉安教育和文化发达，州学、县学、书院甚多，教学设施齐备，欧阳修讲述这一状况时云：吉州州学"有堂筵斋讲，有藏书之阁，有宾客之位，有游息之亭。严严翼翼，壮伟闳耀，而人不以为侈"。④ 明人吴云的《吉州人物传略》称宋代的吉安府"家有诗书，人多儒雅，序塾相望，弦诵相闻，敦庞而多寿考，艺文而盛儒术，士夫秀特，文章盛于江右"。当地人求学热情高，因此聚徒讲学者很多。刘辰翁从事文学评点除了"纾思寄怀"，其次就是教授门生儿子的需要，这在其评点的批语中有明确的记载：《集千家注批点·补遗杜工部诗集》卷五《秦州杂诗二十首》其二："苔藓山门古，舟青野店空。月明垂夜露，云逐度西风。"句下刘辰翁评曰："可言云逐风，不可风逐云，诗才不须如此，评以喻儿辈。"其子刘将孙在《笺注王荆文公诗序》中亦言："先君子须溪先生于诗喜荆公，尝点评李注本，删其繁，以付门生儿子。"刘辰翁之评点写给"门生儿子"供"儿辈"阅读，这一点在其子刘将孙的《高绀泉诗序》中有生动详细的记载：

> 玄度诗本从雾霈入，初见来贽二篇，关涉宏阔，俯仰有态。先君子须溪先生即援笔，点如雨，和诗深致其意，自是从容议论，倾倒契悟，行吟提携，夜坐共赋，一朝出同门诸子上。或媚且疾，而先生益亲之。尝嘿自笑曰："吾具眼，岂轻许可耶？"一日得其《见寄闽归诗》见间，取朱笔赏记荧煌，复笑曰："其以示群儿尔。嚚嚚自尊大，曾当吾意如此耶？自揆造语尝有此，吾靳不赏耶？"嗟乎！玄度

① 《刘辰翁集》，第 177 页。
② 陆文圭：《跋陈元复诗稿》，《墙东类稿》卷九，文渊阁《四库全书》本。
③ 欧阳玄：《罗舜美诗序》，《圭斋文集》卷八，《四部丛刊》本。
④ 《欧阳文忠公集·居士外集》卷十三《吉州学记》，《四部丛刊》本。

得此语，可以传其诗矣。①

因此，台静农在论及刘辰翁评点时，曾这样写道：

> 《四库提要》对辰翁也有批评……所谓"破碎纤仄"与"剪裁罗
> 绮"，并无二致。辰翁生当宋末，其诗学不免受"四灵"、"江湖"余
> 风的影响，境界不高。而其所以专事评点者，则因国亡隐遁家居，以
> 次教授后生，如其子将孙所说"以传门生儿子"……②

刘辰翁从事评点一个不可忽视的因素是宋代的文学批评十分发达，是
一种高度自觉的文学批评。从当时文人的随思、随感、随录的札记体文章
以及序跋、笔记、杂论、笺注等著作中，都可看到他们对文学的见解，宋
人谈诗论诗的风气和诗话的崛起推动了评点的发展，当时为便于读者阅读
和理解作品为宗旨的注诗风气的兴盛，对评点的演进也有极大的促进作
用，特别是诗话这一评论文体更是对评点产生了不可低估的影响，诗话是
一种集品、说、考、述、纪为一身自由随意包容性很强的批评文体，它没
有严密的逻辑体系和完整的理论框架，内容驳杂，始终以作家作品的具体
评论为主，断语多而推论分析少，往往以比较排比的方式评骘高下，这
种批评停留在具体作品的现象层次，多用语录和笔记的著述形式，是随
所得而录的笔记体，宋人撰写诗话与其说是著述，不如说是在排遣、抒
发文人自己的胸臆。从某种意义上说，评点其实就是批评类诗话被赋予
了新的形式，是宋代以诗话为中心的批评方式在新时期的变种，这也是
刘辰翁专以文学论工拙的评点不同于为科举考试为宗旨的一个重要
原因。

宋人读书态度认真，熟读精思，喜欢独立思考，大胆怀疑，讲究虚心
涵泳，读书有心得即写入所读的作品中，黄庭坚说他读杜诗"欣然会意
处，辄欲笺以数语"。③ 理学家朱熹谈到他的读书方法时云："某二十年
前得上蔡语录观之，初用银朱画出合处；及再观，则不同矣，乃用粉笔；

---

① 刘将孙：《养吾斋集》卷十一，文渊阁《四库全书》本。
② 台静农：《记王荆公诗集李壁注的版本》，《台静农论文集》，安徽教育出版社 2002 年版，
第 163 页。
③ 黄庭坚：《大雅堂记》，《豫章黄先生文集》卷十七，《四部丛刊》本。

三观则又用墨笔，数过之后，则全与元看时不同矣。"[①] 这种风尚均对刘辰翁的评点产生了不可低估的影响。此外，宋代经济的繁荣，印刷术的发达，宋代文化的普及，在客观上也对刘辰翁的评点有巨大的促进作用。

① 黎靖德编，王星贤点校：《朱子语类》卷一百四，中华书局 1986 年版，第 2614 页。

第 二 章

刘辰翁评点著作考述

刘辰翁评点过的著作、作家非常多，至今有 30 余种流传于世，他的评点已经成为原作版本流传过程中的主要组成部分，并对后世产生了深远的影响。他所评点对象的体裁涉及诗歌、散文、词、小说，内容包括经部、史部、子部、集部、丛部各个方面。在他之前，没人像他那样能对诗歌、散文、小说进行广泛而深入的评点，他无疑在文学评点历史上占有相当重要的地位，他不仅是中国历史上第一位文学评点大师，而且在评点发展历程中也处于重要的转捩地位，在后世得到了很高的评价。"三君皆具大力量，大识见，第自运俱未逮。"[1] 又说："刘辰翁虽道越中庸，其玄件邃览，往往绝人，自是教外别传，骚坛巨目。"[2] 胡震亨也很推崇刘辰翁的评点："宋人诗不如唐，诗话胜唐。南宋人及元人诗话，又胜宋初人。如严之吟卷，刘之诗评，解会超矣。"[3] 当然，也有对刘辰翁的评点进行非议的，如杨慎、金圣叹、纪昀，但不管后人的评价和争议如何，刘辰翁作为中国古代第一个文学评点大师则是当之无愧的。

根据现存目录文献的记载，对刘辰翁评点过的著作略作考述，以管窥其在评点历史上的卓越贡献。

---

[1] 胡应麟：《诗薮》外编卷四，上海古籍出版社 1979 年版，第 191 页。
[2] 胡应麟：《诗薮》杂编卷五，第 321 页。
[3] 胡震亨：《唐音癸签》卷三十二，上海古籍出版社 1981 年版，第 332 页。

第一节　现存评点著作

一　散文类

（一）《大戴礼记》十三卷

莫友芝著、傅增湘订补的《藏园订补郘亭知见传本书目》卷二记载曰："汉戴德撰，宋刘辰翁评，明朱养纯参。明朱氏刊本，九行二十一字，白口，四周单拦，二册，余藏，明末劣本。"[①]　沈治宏、刘琳《现存宋人著述总录》云："（汉）戴德撰，（宋）刘辰翁、（明）朱养纯等评。明朱养纯花斋刻本。"[②]　现藏于北京大学图书馆和浙江宁波天一阁。《中国古籍善本书目·经部》也著录此书。书中"花斋评订大戴礼记·凡例"云：

> 余幼读礼经，长而治诗，讽咏之余，每释两毛而永怀二戴。第小戴记已立之学官而大戴书则未有识者，余故不惮借须溪笔，集诸名家评识。一为表章复增订于吾党，二思念兄弟以志不朽。

（二）《越绝书》十五卷

《现存宋人著述总录》"史部·杂史类"著录云："（汉）袁康撰，（宋）刘辰翁评。明嘉靖二十一年刻本。现藏于北京市国家图书馆。"[③]《中国古籍善本书目·史部》亦有著录。

（三）《班马异同评》三十五卷

《班马异同评》一书多名，如《班马异同》《史汉异同》《班马异辞》《马班异辞》。著作权也存在争议，有的说是倪思，有的说是刘辰翁。明人杨士奇的跋这样记载：

> 右史汉异同，近从邹侍讲借录，凡三册。此书吾郡前辈家有之，相传作于须溪，而编内不载；观其评论批点，臻极精妙，信非须溪不

---

①　莫友芝著，傅增湘订补：《藏园订补郘亭知见传本书目》，中华书局 1993 年版，第 66 页。

②　沈治宏、刘琳：《现存宋人著述总录》，巴蜀书社 1995 年版，第 14 页。

③　同上书，第 38 页。

能。然《文献通考》云，倪思撰《班马异同》三十五卷，思以班史仍《史记》之旧而多删改，务趋简严，或删而遗其事实，或改而失其本意，因其异可以知其优劣，所论正与今所录者合，而卷说亦同。岂非书作于倪，而评论批点出于须溪邪？永乐壬寅八月既望，庐陵杨士奇识。[1]

《新编天一阁书目》著录为："《史汉异同》三十五卷，宋倪思撰，元刘会孟评，明李元阳校。"[2] 明人祁承㸁的《澹生堂藏书目》卷四记载曰："《班马异同》六册，三十五卷，倪思、刘会孟评。"[3] 孙星衍《平津馆鉴藏书籍记》卷二云：

> 《班马异同》卅五卷，题宋倪思撰，元刘会孟评，明李元阳校。前有目录一卷，后有永乐壬寅杨士奇跋、嘉靖丁酉汪佃序。据杨汪两跋，此书本名《史汉异同》，不题撰人姓名。旧未有刻本，李元阳付梓，据《文献通考》题作倪思，改名《班马异同》。每页十八行，行十九字。《史记》大字作正文，《汉书》小字注末。[4]

书中吴广霈的题记对其行款和流变所作的描述更有利于我们认识此书：

> 考此书确系刘须溪评定倪文节公思之书也。……此书《书录解题》原作《马班异辞》，名似较正，不知何时乃易今名，其作俑于《文献通考》耶？国朝海昌许黄门相卿，苦其细书，文相连属易于混淆，乃另为《史汉方驾》。同者从中大书，异者分左右行书，右史左汉。《四库提要》谓其条理井然，较思书为胜。此书曾校勘于乾嘉一代，顾从未获见者何钦？会当访求而并读之。吉安吴剑叟吴广霈手记。[5]

---

① 《班马异同评》，《续四库全书》本。
② 骆兆平：《新编天一阁书目》，中华书局1996年版，第99页。
③ 《明人书目题跋丛刊》本，书目文献出版社1993年版，第966页。
④ 孙星衍：《平津馆鉴藏书籍记》，上海古籍出版社2008年版，第69页。
⑤ 《班马异同评》，《续四库全书》本。

　　针对一书多名和作者的问题，《四库全书总目》作了这样的判断：《班马异同》为倪思所撰，加入刘须溪的评语则为《班马异同评》。这一论断得到了后人的认可。《四库全书总目》卷四五"史部·正史类一"《班马异同》条下云：

　　　　旧本或题宋倪思撰，或题刘辰翁撰。杨士奇跋曰，《班马异同》三十五卷，相传作于须溪。观其评泊批点，臻极精妙，信非须溪不能。而《文献通考》载为倪思所撰，岂作于倪，而评泊批点出于须溪邪？其语亦两持不决。按通考之载是书，实据《直斋书录解题》。使果出于辰翁，则陈振孙何时得为著录，是故可不辨而明矣。①

　　《四库全书总目》卷四六"史部·正史类存目"《班马异同评》条下云：

　　　　宋倪思撰，刘辰翁评。……此书据文义以评得失，尚较为切实。然于显然共见者，往往赘论，而笔削微意罕所发明。又倪思原书，本较其文之异同。辰翁所评，乃多及其事之是非。大抵以意断制，无所考证。既非论文，又非论古，未免两无所取。杨士奇跋，以为臻极精妙，过矣。旧无专刻，仅附倪思书以行。然究为辰翁之书乱思之书，故有疑《班马异同》即为辰翁作者。今各著录，俾两不相淆焉。②

　　刘辰翁之评点在《班马异同》中占有重要的位置，以至于人们忘记了它的真正作者，而误为是刘辰翁所撰。叶德辉《郋园读书志》卷三的著录曾高度评价了刘辰翁对《班马异同》的评点：

　　　　《班马异同》三十五卷，宋陈振孙《直斋书录解题》云倪思撰，自元刘辰翁评本行，或遂误为刘撰。博览如明之杨士奇跋此书曰："《班马异同》三十五卷，相传作于须溪，观其评泊批点，臻极精妙，信非须溪不能。而《文献通考》载为倪思所撰，岂作于倪，而评泊

　　① 永瑢等：《四库全书总目》，第401页。
　　② 同上书，第417页。

出于须溪邪?"其言殊为可笑。《文献通考》以为倪思撰者,明引陈氏曰,即《直斋书录解题》也。陈氏先于须溪,使果为须溪之书,《直斋》胡为著录?缘当时须溪评点诸书风行,坊肆刻是书者,但题须溪名,不题撰人名,故士奇未之深考,遂有此两可之词。亦足见须溪议论入人之深,故使读者数典而忘其祖矣。①

同样,明天启甲子年刻本韩敬之序也十分推崇刘辰翁之评点:

乡先正宋倪文节公有《班马异同》一书,当时馆阁极重之,又得须溪先生评定,遂使龙门、兰台精神面目从故纸生动,真读史者一快助也。文节以直谏著光、宁时,重华之对、姜氏之讲,明大伦于天下,皆言人所不能言。当侂胄柄国,士大夫捐弃廉耻,匍匐私门,恩主、恩父之称遍于缙绅,谁感以骑虎不下面斥之者。既弥远拜相,制词僭错,公抗疏引董贤事折之,遂得罢归。其生平如此。归而逍遥兼山、雪水之间,读书谈道,自谓有十五乐而无一忧,有三十幸而无一败;意其胸次洒洒,真足上下千古,宜乎为须溪先生所服膺也。余又尝见元张浩赠须溪诗曰:"首阳饿夫甘一死,叩马何曾罪辛巳。渊明头上漉酒巾,义熙以后全无人。"盖宋祀既移,终身不出,与史记避纣、汉书之不事莽者,同一风致,岂独以赏鉴擅长耶?先生视文节为前辈,偶得其书,亲为品骘,条分缕析,比他帙更精;繇其姜桂性合,兰茝臭同,故于操斛之中,寓执鞭之意。不然,当日蓬山、风池之间,著述殊夥,岂无有作南园记、撰元龟策者,何足辱先生一唾哉?余既为节乡人,而发先生遗书颇多,故尚论其世以告世之善读班马者。西吴后学韩敬题。②

《藏园订补郘亭知见传本书目》卷四也著录有刘辰翁评点的《班马异同》,此为嘉靖十六年李元阳刻本。此外,台湾也有两个附有刘辰翁批语的《班马异同评》。《国立中央图书馆善本序跋集录》记载:"《史汉异同补评》存三十三卷十册,旧题宋刘辰翁评,明凌稚隆订补,明万历间吴

---

① 叶德辉:《郘园读书志》,上海古籍出版社 2010 年版,第 117—118 页。
② 《须溪评点班马异同三十五卷》,国家图书馆藏明天启刻本。

兴凌氏刊本，缺卷三十四、三十五。"① 台湾《国家图书馆善本书志初稿》著录有《订补班马异同》十二卷十二册："宋倪思撰，旧题宋刘辰翁评，明孙矿增订。左右双边。每半叶九行，行十九字，注文小字单行，字数同。版心花口。第一帙项羽本纪书眉处附钞刘辰翁评语，第一至七页有朱笔圈点。孙矿增订处多在史汉纪书。"②

根据《现存宋人著述总录》"史部·纪传类"的记载，倪思撰、刘须溪评的《班马异同》三十五卷，明刻本藏于北京大学图书馆和上海图书馆。明嘉靖十六年（1537）李元阳刻本藏于北京市国家图书馆和杭州大学（今浙江大学）图书馆。

（四）《史汉方驾》三十五卷

该书亦有刘辰翁的评点，叶德辉《郋园读书志》卷三云："此书即本《班马异同》，稍为厘定，改题此名。……其评语一本之须溪而稍有增淆……"③

（五）《荀子》二十卷

《现存宋人著述总录》"子部·周秦诸子类"云："（唐）杨倞注，（宋）刘辰翁、（明）孙矿等评，明末刻本，清傅山批校（存十七卷），现藏北京市国家图书馆。"④

（六）《阴符经》一卷

《现存宋人著述总录》"子部·道教类"记载："宋刘辰翁评，明汤显祖解。明唐瑜刻本。现藏浙江省图书馆。"⑤ 书中《刻阴符经略纪》云：

> 《阴符》者，黄帝之书。或曰受之广成子，或曰受之玄女，或曰黄帝与风后玉女论阴阳六甲，退而自著其事。旧有七贤注，太公、范蠡、鬼谷、留侯、武侯、李筌、张果注是也。又有骊山老母口授并李筌疏别为本，是为李筌所注《阴符》。古传者张果得于道藏，不详何代人，因编次之，今在张注本内。古注自李筌、李鉴、杨晟，淳风以下，唐宋相继何止数十家，今不概入。朱晦翁读《阴符》，深喜自然

---

① 《国立中央图书馆善本序跋集录·史部》，台湾"国立中央"图书馆 1993 年版。
② 《国家图书馆善本书志初稿·史部》，台湾"国家"图书馆 1997 年版。
③ 叶德辉：《郋园读书志》，第 118 页。
④ 沈治宏、刘琳：《现存宋人著述总录》，第 91 页。
⑤ 同上书，第 168 页。

之道静，故天地万物生天地之道浸，故阴阳生四语，所注时有真切处。须溪刘氏评语皆可作注，苦不多。皇朝钜儒会多，传注惟海若解最称玄畅，附录卷左。以约略《阴符》之全义云。新都唐瑜公华父诠次。

王重民《中国古籍善本书目·子部》亦著录此书。

（七）《老子道德经》二卷

《现存宋人著述总录》"子部·周秦诸子类"云："刘辰翁评点，明杨谶西编，明天启刻本《合刻宋刘须溪点校书九种附一种》之一，现藏上海图书馆。"[①]按：《现存宋人著述总录》著录《合刻宋刘须溪点校书九种附一种》本的馆藏地有误，此书存于北京市国家图书馆和福建省图书馆，而非上海图书馆。

（八）《庄子南华真经》三卷

《现存宋人著述总录》"子部·周秦诸子类"记载："林希逸口义、刘辰翁点校，明万历十年徐常吉刻本，现藏北京市中国科学院图书馆。"另一条著录云："《庄子南华真经》三卷，刘辰翁评点，明杨谶西编，明天启刻本《合刻宋刘须溪点校书九种附一种》之一。"[②]此书存于北京国家图书馆和福建省图书馆。

（九）《南华经》十六卷

《现存宋人著述总录》"子部·周秦诸子类"记载："晋郭象注，宋林希逸口义、刘辰翁点校，明王世贞评点、陈仁锡批注。明刻四色套印本，现藏国家图书馆和上海图书馆。"[③]《藏园订补郘亭知见传本书目》卷十一下亦著录有"明凌氏刻五色套印本"："晋郭象注，宋林希逸口义、刘辰翁点校，明王世贞评点、陈仁锡批注。明吴兴凌氏刊五色套印本，八行十八字，白口，四周单拦，郭象淡墨，林希逸胭脂，王世贞朱红，刘辰翁深青，是为五色套印评注。"[④]

此外，杨黛的《林希逸庄子口义知见版本考述》中，还列举了五种载有刘辰翁评语的《庄子口义》的版本。除上述两种外，其他三种是：

---

① 沈治宏、刘琳：《现存宋人著述总录》，第 91 页。
② 同上书，第 94 页。
③ 同上。
④ 莫友芝著，傅增湘订补：《藏园订补郘亭知见传本书目》，第 48 页。

明小筑刊《刘须溪九种》本，现藏于日本国会图书馆内阁文库。元刊刘辰翁批点《鬳斋三子口义》本，现藏于台湾"国立中央"图书馆。清覆刊明刻四色套印本《南华经》十六卷，晋郭象注，宋林希逸口义、刘辰翁点校，明王世贞评点、陈仁锡批注。清张照批校，莫棠跋，现藏于北京市文物局。①

刘辰翁对《庄子口义》的批点，徐常吉在《刘须溪点校庄子口义序》中称誉有加：

> 惟宋林鬳斋氏口义颇著于近代，然句句而订之，字字而释之，恐非庄子曼衍谬悠之意；求其隐约连缀、深中骨窍，则刘须溪氏为最善。两家者即使蒙庄复生直可与之引证矣。②

（十）《列子冲虚真经》二卷

《现存宋人著述总录》"子部·周秦诸子类"记载："刘辰翁评点，明杨谠西编，明天启刻本《合刻宋刘须溪点校书九种附一种》之一。"③ 此书存于北京国家图书馆和福建省图书馆。

（十一）《鬳斋三子口义》十四卷

此书又名《须溪点校三子口义》《刘须溪先生批注三子》。清人姚际恒《好古堂书目》著录："《须溪点校三子口义》，六本。"台湾《国立中央图书馆善本书志初稿》著录曰："老子口义二卷、列子口义二卷、庄子口义十卷、元刊本。四册。宋林希逸撰，刘辰翁批点。四周单边，间有左右双边。每半页十一行，行十八字，注文小字双行，字数同，版心黑口。"现藏台湾"国立中央"图书馆。

叶德辉《郋园读书志》卷五的著录对其内容和性质做了详尽的说明：

> ……此元刘辰翁批点老、庄、列三子，即用《鬳斋口义》本。明天启甲子闻启祥校刻，大题"老子道德经卷上"，次行"须溪刘辰翁会孟评点"，不标口义，亦不题林希逸名，下卷同。前有刻书"凡

---

① 《文史》第四十七辑，中华书局 1999 年版。
② 国家图书馆藏明天启刻本《合刻宋刘须溪点校书九种附一种》
③ 沈治宏、刘琳：《现存宋人著述总录》，第 94 页。

例"云："老、庄、列三子，须溪原评点鬳斋口义，然经刘丹铅，林义每堕，故各称原经，不标林目。须溪不独著语本文，兼评驳林注，因林显刘，故并林注存之。老、列善本授自于御君氏，独庄太多，因用徐徼弦删定本。林注不全刻，止存刘语所及者，亦以此书主刘不主林故。"然则此三子之均不题林希逸名，非作者本心，乃刻者私意也。①

刘辰翁对三子的批点，韩敬之序给予了高度的评价：

能不向三子下注脚者，始能注脚三子，须溪先生所评唱是也。先生眼如簸箕，手如霹雳，而又胸无宿馅，故能伐山缒宝，缩海煎龙，经其点缀，茎草皆栴檀、片砾皆黄金也。自玄牝之宗参如霞笈，漆园郑圃一切指为世外忽荒之谈，有能捉松枝麈、坐乌皮几者，晋魏之下殆有几人？先生生理学窟中，独舍筏迷津，索珠罔象，标引旨趣，兴会风流，微言不绝，其兹赖乎？尝论经史之绝，非绝于焚经束史者也，乃绝于穷经断史者也。故辅嗣与易为奴，子玄借庄作寇，沿及濂洛之世，编贯诗书，穴穿义理，圣贤眼目尘埋极矣。惟玄学一派尚留混沌，此亦妳图赢烬所留也，林氏鬳斋遽施十重铁步障自卫，非先生以谈笑解之，此段膏肓更种入腐儒知见，将羽陵小酉尽扫之老蟫宿蠹之腹而后止耳。故三子之遇先生，较六经诸史之遇诸儒，幸不幸较然分矣。昔雪岩长老别先生时，赠以白纸一幅，先生亦自谓，半生于圣人语言横说竖说，穿过祖师鼻孔，独似眉毛眼睫上犹有些子。直待拈起白纸，超然相失，一以坑焚，不敢再看。此后又大字小字，挥写无限，都非孤负也，其游戏三昧如此，当时亦悔都下注脚矣。有能堪破先生此重公案者，始可扬袂而谈玄，不然几何不误入嵇、阮裈中哉？吴兴后学韩敬识。②

（十二）《广成子》一卷
阳海清编撰《中国丛书广录》记载："《广成子》一卷，宋苏轼注，

---

① 叶德辉：《郋园读书志》，第216页。
② 国家图书馆藏明天启刻本《合刻宋刘须溪点校书九种附一种》卷首。

宋刘辰翁等评，明溪香馆刻本。"① 收在明天启武林坊刻本《合诸名家批点诸子全书》中。现藏国家图书馆和上海图书馆。

（十三）《古三坟》一卷

阳海清编撰《中国丛书广录》记载："《古三坟》一卷，宋刘辰翁等评，明快阁刻本。" 收在明天启武林坊刻本《合诸名家批点诸子全书》中。② 现藏国家图书馆和上海图书馆。

（十四）《史记评林》一百三十卷

明凌稚隆辑，明万历二年至四年，凌稚隆刻本。现藏国家图书馆、上海图书馆、天津图书馆、上海辞书出版社图书馆、四川大学图书馆、西南民族大学图书馆、江苏启东市图书馆。

（十五）《汉书评林》一百卷

明凌稚隆辑，明万历九年凌稚隆刻本。现藏国家图书馆、北京大学图书馆、中国人民大学图书馆、北京师范大学图书馆、上海图书馆、浙江省图书馆、湖北省图书馆、江苏省苏州市图书馆等 49 家图书馆。

二　诗歌类

（一）李贺诗

在文学史上，李贺并非一流的诗人，但其产生的影响却丝毫不亚于一流诗人。在唐代即有影响的李贺诗歌在宋末元初更是被广大文人所接受。正如胡震亨所云："宋初诸子，多祖乐天；元末诗人，竟师长吉。"③ 刘辰翁对李长吉歌诗的评点则为李贺诗在文人中的广泛接受起到了推动作用，其子刘将孙《刻李长吉诗序》曰：

> 先君子须溪先生评诸家诗，最先长吉。盖乙亥避地山中，无以纾思寄怀，始有意留眼目。开后来，自长吉而后及于诸家。尚恨书本白地狭，旁注不尽意，开示其微，使览者隔反神悟，不能细论也。自是传本四出，近年乃无不知读长吉诗，效昌谷诗。然类展转讹脱。剑江王庭光笃好雅尚，取善本校而刻之，寄声庐陵，俾识其端，亦所不可

---

① 阳海清编撰：《中国丛书广录》，湖北人民出版社 1999 年版，第 643 页。
② 同上。
③ 胡震亨：《唐音癸签》卷四，第 37 页。

闻者莫能载也，何以为是编言哉！第每见举长吉诗教学者，谓其思深语浓，故语适称而非刻画，无情无思之辞，徒苦心出之者。若得其趣，动天地泣鬼神者，故如此。又尝谓吾作《兴观集》最可发越动悟者在长吉诗。呜呼！姑著其常言之浅者于此，凡能读此诗者，必能解之矣。其万一有所征也。①

元人程钜夫《严元德诗序》也指出："自刘会孟尽发古今诗人之密，江西诗为之一变，今三十年矣，而师昌谷、简斋最盛，余习时有存者，无他，李变眩，观者莫敢议；陈清俊，览者无不悦，此学者急于人知之弊也。变眩清俊，固非二子之本，亦非会孟教人之意也，因其所长各有取焉耳。"②

刘辰翁评点李贺诗正值蒙元灭宋，避地山中之时，其评点是借以"纾思寄怀"，常人以为幻怪荒诞、奇诡神秘的李贺诗，刘辰翁看来却是"思深语浓""语适称而非刻画"，并非"无情无思之辞，足以动天地泣鬼神"。这是以逸民心态为主导的"期待视野"的结果，是借前人之酒杯浇自己亡国灭家、惨创孤愤的心中块垒。因此其评点带有鲜明的历史印记，也只有像刘辰翁那样身遭世变，目击艰辛，经历过创巨痛深的评论家才能深刻地把握李贺诗遣词命意的奇崛险怪和幽冷艳丽的色彩中所蕴含的深沉意蕴。其《评李长吉诗》这样评价：

旧看长吉诗，固善其才，亦厌其涩。落笔细读，方知作者用心，料他人观不到此，是千年长吉犹无知己也。以杜牧之郑重为叙，直取二三歌诗而止，始知牧亦未尝读也。即读亦未知也。微一二歌诗，将无道长吉者矣。谓其理不及骚，未也，亦未必知骚也。骚之荒忽，则过之矣。更欲仆骚，亦非也。千年长吉，余甫知之耳。诗之难读如此，而作者常呕心何也。樊川反复称道形容，非不极致，独惜理不及骚，不知贺所长正在理外，如惠施坚白，特以不近人情而听者惑焉，是为辨，若眼前语，众人意，则不待长吉能之，此长吉所以自成一

①　刘将孙：《养吾斋集》卷九，文渊阁《四库全书》本。
②　程钜夫：《雪楼集》卷十五，文渊阁《四库全书》本。

家欤。①

刘辰翁对李贺诗的评点很为明代的刻书大家凌濛初所看重，他在朱墨套印本《李长吉歌诗》四卷外诗集一卷的跋文中极为服膺：

> 今世词家为歌诗者，无不喜拟长吉，亦一时之变也。先辈称，善言诗者咸服膺宋刘须溪先生。李文正公《麓堂诗话》，称其语简意切，别自一机杼，诸人评诗者皆不及，良然。自杜少陵以下，诸名家皆有评，而其于长吉击节弥甚，盖长吉谲怪，先生亦刻意摹索而有得。至谓千年长吉，甫有知己。以诮樊川，雅自负可知已。近世徐文长亦有评，恐未必能及先生，当自有辨之者。樊川叙云止四卷，外卷乃唐李公藩所遗，恐有赝者窜入，先生恐已疑之矣。请以政之喜为体者。吴兴凌濛初识。②

《四库全书总目提要》卷一五〇"集部·别集类三"著录《笺注评点李长吉歌诗》时，也肯定了刘辰翁对李贺诗的评点：

> 旧本题西泉吴正子笺注，须溪刘辰翁评点。……辰翁论诗以幽隽为宗，逗后来竟陵弊体。所评杜诗，每舍其大而求其细。王士禛顾极称之。好恶之偏，殆不可解。惟评贺诗，其宗派见解，乃颇相近，故所得较多。今亦并录之，以资参证焉。③

历代评点、笺注李贺诗的本子很多，而"评点本最古的是庐陵刘辰翁评《李长吉歌诗》四卷外诗集一卷。此本有李商隐撰小传，刻本最多"。④ 现在大陆通行的是《四库全书》本。除四库本外，《现存宋人著述总录》"集部·别集类"著录两种："《李长吉歌诗》四卷外集一卷，唐李贺撰，宋吴正子笺注，刘辰翁评点，明天启刻《合刻宋刘须溪点校书九种》本，清吴翼心跋并录金俊明、何焯、何煌批校。现藏天一阁。"

---

① 《刘辰翁集》，第 210—211 页。
② 明凌濛初刻朱墨套印本《李长吉歌诗》四卷外诗集一卷。
③ 永瑢等：《四库全书总目》，第 1293 页。
④ 万曼：《唐集叙录》，中华书局 1980 年版，第 232 页。

"《李长吉歌诗》四卷外集一卷，唐李贺撰，宋刘辰翁评点，明凌濛初刻闵氏朱墨套印本盛唐四名家集本，清李尧臣跋，现藏国家图书馆。"①《中国古籍善本书目·集部》另著录一种明澄荬堂刻本唐《李长吉歌诗》四卷："唐李贺撰，宋吴正子笺注，宋刘辰翁评点，明张睿卿补笺。"现藏于中国科学院图书馆和中山大学图书馆。从明清两代的书目中，还可以看出，刘辰翁评点的本子多是明凌濛初刻本及其覆本，如《藏园订补郘亭知见传本书目》卷十二下中著录："唐李贺撰，宋刘辰翁评。明天启间凌濛初、凌毓枬刊本，八行十九字，白口，左右双拦，朱墨本。有凌濛初跋，末署纪年以后题'侄毓枬校'。"②

收录刘辰翁评点的李贺诗集本现藏于国家图书馆、中国科学院图书馆和中山大学图书馆、浙江宁波天一阁。

（二）王维诗

收有刘辰翁评点的王维诗集，流传很广。因此，版本较多。清人赵殿成在笺注整理《王右丞集》时指出，"据所见而论，惟须溪评本为最善"。③据此可见，刘辰翁的评点在王维诗集编刻流传过程中的重要地位。王维的《辋川集》在南宋时名不见经传，到明清时期备受推崇，刘辰翁的评点功不可没。《辋川集》是研究王维诗歌"以禅入诗"艺术特色的重要作品，对这一特征的认识是从刘辰翁首次评点《辋川集》后才日益受到重视的，就目前现有的史料，在唐宋时代，除了刘辰翁，尚无人将王维的习禅与其诗歌艺术联系起来，借此，王维获得了"诗佛"的独特地位。评《辛夷坞》云："其意亦欲不着一字，渐可语禅。"总评《辋川集》云："首首素净。"此外，另如，刘辰翁在评点《鹿柴》"返景入深林，复照青苔上"句时赞同苏轼的评价，云："无言而有画意。"可以说，刘辰翁评点王维诗歌抓住了他"诗中有画"和"以禅入诗"两个最为显明的特色。

题名为刘辰翁点校王右丞集的版本有两种：一为元刻本《须溪先生校本唐王右丞集》六卷。陆心源《仪顾堂题跋》卷一〇记载："每半页八行，行十二字，旁加环直，间有评语……盖皆须溪笔也。盖亦从宋麻沙本

---

① 沈治宏、刘琳：《现存宋人著述总录》，第225—226页。
② 莫友芝著，傅增湘订补：《藏园订补郘亭知见传本书目》，第56页。
③ 赵殿成：《王右丞集笺注》，上海古籍出版社1984年版，第1页。

出耳。"① 张元济《涵芬楼烬余书录》亦著录此书:"唐王维撰,元刊本二册。……此本亦自可贵,半页八行,行十二字。须溪批语多散于当句之下。明人重刻本则尽去其句旁之圈点。《唐书》言维死,代宗访其文章,维弟缙表上十卷。顾千里谓题'右丞集'者,为建昌刻本。前六卷诗,后四卷文,蜀本第二以下全错乱,误入王涯诗三十篇。此梓诗六卷,未误入王涯诗,必从建昌本出。然酺宋楼陆氏有是本,固是十卷。此盖佚去文四卷耳。"② 《藏园订补郘亭知见传本书目》卷十二上也著录此书并称其"为所能借得之最善之本",《四部丛刊初编》即据此本影印。另一种为明弘治刻本《唐王右丞诗刘须溪校本》六卷,书前吕夔的重刊序云:"诗凡六卷,并附裴迪诸人诗共若干首,刘须溪盖尝校之。"张元济《涵芬楼烬余书录》著录此书:"明弘治刻本,三册。"现藏于国家图书馆。《藏园订补郘亭知见传本书目》卷十二上、《增订四库简明目录标注》卷十五、《明代版刻综录》卷二等多家书目著录。

　　另有几种题名不著刘辰翁评点,但收有刘评的版本,分别是:《类笺唐王右丞诗集》十卷、《唐王右丞文集》四卷,张元济《涵芬楼烬余书录》著录云:"唐王维撰,明顾起经笺,明嘉靖刊本,十册。卷首顾起经《笺刊书序》,次王缙《进王右丞表》,唐代宗《批答手敕》,次新、旧《唐书》两本传,次《新唐书·宰相世系表》,次《王右丞年谱》,次《王集外编》,次《诸家同咏集》,次《诸家赠题集》,次《历朝诸家评王右丞诗画钞》,次凡例、正讹,次目录。《诗集》十卷,《文集》四卷,次无锡顾氏奇字斋开局氏里……《诗集》均题'宋庐陵刘辰翁评,明勾吴顾起经注'。……"③ 此书前有顾起经的《题王右丞诗笺小引》云:"偶获公集一编,四三诵之,自刘会孟批校外无别语。"《四库全书总目提要》卷一七四"集部·别集类存目一"也著录此书:"是集以王维诗分类重编……各为笺注,而以刘辰翁评散附句下,冠以本传、年谱,别以外编、遗诗及同咏赠答画评附后。其文集四卷,则绝无笺注,大都区别繁碎更甚于王洙之割裂杜诗、王十朋之窜乱苏集。"④ 《中国善本书提要》《天禄琳琅书目》卷一八、《藏园订补郘亭知见传本书目》卷

---

①　《清人书目题跋丛刊》(二),中华书局 1990 年版,第 120 页。
②　《张元济古籍书目序跋汇编》,商务印书馆 2003 年版,第 655—656 页。
③　同上书,第 657 页。
④　永瑢等:《四库全书总目》,第 1534 页。

十二上、罗振常《善本书所见录》卷四、明祁承爜《澹生堂藏书目》卷十三亦著录此书。

《王摩诘诗集》七卷本。《新编天一阁书目》著录曰："唐王维撰，宋刘辰翁评点，明吴兴凌濛初刻套色印本。"[①] 此书有凌濛初跋，也被著录于耿文光《万卷精华楼藏书记》卷一百五、《藏园订补郘亭知见传本书目》卷十二上、《明代版刻综录》卷四等中。

《唐王右丞诗集》六卷。《藏园订补郘亭知见传本书目》卷十二上记载云："唐王维撰，宋刘辰翁评，明顾可久注。九行十七字，白口，左右双栏。有'嘉靖己未岁季冬月几望洞易书院梓行'牌记二行。"[②]《增订四库简明目录标注》卷十五著录是书"九行十七字，附刘辰翁评点"[③]。是书的记录也见于《藏园群书经眼录》与《北京图书馆古籍善本书目》。

收录刘辰翁评点的王维诗集本现藏于北京国家图书馆、云南大学图书馆、北京大学图书馆、北京师范大学图书馆、复旦大学图书馆、华东师范大学图书馆、上海社会科学院图书馆、天津图书馆、浙江宁波天一阁、上海辞书出版社图书馆、安徽省图书馆、四川省图书馆、中国社会科学院文学所图书馆、中共北京市委图书馆、上海图书馆、宁夏大学图书馆、吉林省图书馆、安徽省图书馆、安徽省博物馆、湖南省图书馆、清华大学图书馆、中央民族大学图书馆、新疆大学图书馆、青海省图书馆、南京图书馆。

（三）孟浩然诗

刘辰翁在评点孟浩然的诗中，全面评述了孟诗的艺术风格、语言修辞技巧及篇章结构上的特点，明确标出了孟诗"清"的风格，第一次突出了孟诗风格自然的特征，指出了孟诗的好处不在"强作"，也指出了孟诗无俗气的根据在于"随意唱出"。与此同时，辨识了前人对孟诗的评价，批驳了孟诗"枯涩、枯淡之气"的成见和误解，肯定了孟诗在语言艺术上具有"活、泛语神奇、洗练"等特征。

刘辰翁评点的《孟浩然诗集》，元代就曾刊刻过，明高儒《百川书志》卷十四云："《孟浩然诗集》三卷，须溪刘辰翁批点，诗二百二十三

---

① 骆兆平：《新编天一阁书目》，中华书局1996年版，第125页。
② 莫友芝著，傅增湘订补：《藏园订补郘亭知见传本书目》，第96页。
③ 邵懿辰撰，邵章续录：《增订四库简明目录标注》，上海古籍出版社1979年版，第651页。

首。"①《增订四库简明目录标注》卷十五著录《孟浩然诗集》："元刊刘
须溪评点本。"《藏园订补郘亭知见传本书目》卷十二上也说："元刻须溪
评点本，强分门类。"明人顾道洪在刊刻《孟浩然诗集》的"凡例"中亦
有相同的记录："余家藏《孟浩然诗集》凡三种，一宋刻本；一元刻本；
即刘须溪评点者；一国朝吴下刻本，即高岑王孟十二家者。暇日集览，窗
几参互考订，多见异同。因以宋本为近古，庶鲜失真，乃依之为准则。互
有字异者，……附照须溪评点增入，以备观览。……元本刘须溪批点者，
卷数与宋本相同，编次互有同异……"②

　　明人刊刻、刘辰翁评点的《孟浩然诗集》计有：顾道洪刊本。《新编
天一阁书目》著录曰："《孟浩然诗集》三卷，唐孟浩然撰，明顾道洪刊
本。二册。"③《增订四库简明目录标注》卷十五著录是书说"明顾道洪
刊本。三卷。佳。"④《藏园订补郘亭知见传本书目》卷十二上记载了此书
的行款："十行十八字，白口，四周单拦。"⑤清人丁丙《善本书室藏书
志》卷二四、《明代版刻综录》卷八有相同的记录。

　　明活字印本、《须溪先生批点孟浩然集》三卷。《现存宋人著述总录》
"集部·别集类"记载："唐孟浩然撰，宋刘辰翁评点，明活字印本，现
藏上海图书馆。"⑥傅增湘《藏园群书经眼录》著录此书曰："九行十九
字，分游览、旅行、送别、宴乐、怀思、田园、美人、时节十类。"⑦缪
荃孙《艺风藏书记》卷六著录此书云："明活字本有正德元年黎尧卿跋。"
《藏园订补郘亭知见传本书目》卷十二上、《增订四库简明目录标注》卷
十五亦著录了此书。此本中黎尧卿的序对刘辰翁的评点给予了充分的
肯定：

　　　　诗至三百篇后，一变而为离骚，降而至于唐，偶俪作矣。虽鸣金
　　戛玉，体制百出，然求其探玄窔、谲奇磊落，讽之有余味者，李杜二
　　公而已，二公洞视万古，吞吐宇宙，又掺三昧，手具法藏，眼故笔

① 高儒：《百川书志》，上海古籍出版社 2005 年版，第 203 页。
② 明万历四年顾氏藻翰堂刻本《孟浩然诗集》。
③ 骆兆平：《新编天一阁书目》，第 126 页。
④ 邵懿辰撰，邵章续录：《增订四库简明目录标注》，第 652 页。
⑤ 莫友芝著，傅增湘订补：《藏园订补郘亭知见传本书目》，第 101 页。
⑥ 沈治宏、刘琳：《现存宋人著述总录》，第 223 页。
⑦ 傅增湘：《藏园群书经眼录》，中华书局 1983 年版，第 1012 页。

端，光焰万丈。二公而下称为大家数者，几何一□？偶得襄阳孟浩然之作，如秋高气清，天宇澄碧，明月半上，青云自流，其兴致辽远，不在李杜之下。而刘须溪又诗流之善评者，搜玄猎奇，句为评点，读之愈有风味也。遐想高标，方置几案批阅。忽白下□子安至见悦之，坚请受梓，乃恨其蠹败也。掇拾散帙，补其缺而审其讹谬，付之匠工，期与好事者共之。惜乎当时所作相传辄自毁裂不尽得也，今已矣，谁将质之？聊书以志岁月。天子时改元正德四月吉，赐进士出身奉仪大夫南京兵部郎中东川黎尧卿识。①

明凌濛初刻套色印本《孟浩然诗集》二卷。《藏园订补郘亭知见传本书目》卷十二上著录是书曰："明万历天启年间凌濛初朱墨印《盛唐四名家集》本。八行十九字，白口，左右双拦，有凌濛初跋，又有凌毓柟校题名。"② 日本人表野和江《明末吴兴凌氏刻书活动考》亦记载了此本："《孟浩然诗集》二卷。唐孟浩然撰，宋刘辰翁评，明李梦阳参评，有凌濛初跋，万历间凌濛初刊朱墨套印本。"③ 通过此书中凌濛初的跋可以使我们清楚地认识到刘辰翁批校本的价值：

> 《襄阳诗集》，刘须溪先生批校本乃其全者。今更得友人潘景升所梓行，则复有李空同先生所参评，间相攻驳，亦有删削。盖李以崛起关中，雄视千古，故每于格调之间深求之，亦然可以见言诗者之一斑。今全录则从刘本，次第则从李本，以李每言若干首为一格，若从刘则李批不协矣。独《除夜诗》："渐与骨肉远，转于童仆亲。"为崔塗作，而旧所刻孟集皆有之，声调意趣虽似相近，然唐王士源序云，诗二百一十八首，今皆逾其数，则向未流传，错杂恐亦不免，非易牙亦难辨渑淄矣。吴兴凌濛初识。④

明刻本《孟浩然集》四卷。《中国古籍善本书目·集部》著录："《孟浩然集》四卷，明刻本。清印印川校，清佚名校并录刘辰翁评。"

---

① 明活字本《须溪先生批点孟浩然集》卷首。
② 莫友芝著，傅增湘订补：《藏园订补郘亭知见传本书目》，第 101 页。
③ ［日］表野和江：《明末吴兴凌氏刻书活动考》，《中国典籍与文化》2003 年第 3 期。
④ 明凌濛初刻套色印本《孟浩然诗集》二卷。

收录刘辰翁评点的孟浩然诗集本现藏于国家图书馆、北京师范大学图书馆、上海图书馆、复旦大学图书馆、山东大学图书馆、四川大学图书馆、重庆图书馆、广东图书馆、浙江省图书馆、湖南省图书馆、北京大学图书馆、故宫博物院图书馆、吉林大学图书馆、天津图书馆、南京图书馆、辽宁省图书馆等。

（四）韦应物诗

刘辰翁不仅评点韦应物诗，而且还作有《韦苏州诗序》总评韦诗，这很有助于我们认识韦应物诗歌的艺术特点，《韦苏州诗序》云：

> 诗难评，观诗亦复不易。忆与陈舜卿诵韦苏州一二语，高处有山泉极品之味，共恨未见全集。偶郡有京递，舜卿附急足，半月得之。报予共读数首辄意倦，再看复然。复取前选语视上下殊不逮。因不感复论。予后得此本，卧起与俱，久而形神相入，欲就舜卿语，而故人不可得矣。今人尝诵“兵卫森画戟，燕寝凝清香”，政尔无谓。惟朱韦斋举“诸生时列坐，共爱风满林”，乃能令人意消，颇有悟入，然全集若此，无数诗经评泊，别是眉目。如“白日淇上没，空闺生远愁”，正似不著一字坐见消魂。“逍遥无一事，松风入南轩”，此起此结，复在比兴之外，岂可以心力为之？苏州五字已多，即“他乡到是归”，是他人几许造次能道其春容。若“佳人亦携手，再往今不同”，其含情欲诉，乃在数字之后。“风澹意伤春，池寒花敛夕”，襟怀眼景攀折如此，又岂更道哉！后来非无富健如古文，痛快如口语者，亦犹唐书瘦硬，宋帖跌宕，望而可爱，然去八法愈远，王濛在诸作中最疏拙，然简淡别有风韵者，以其未失八法也。苏州佳致，不数二谢，独不知有学韦诗如濛帖者否？皎然空学其外，未得其内。①

经刘辰翁评点的韦应物诗，宋代即有刊印，题名为《须溪先生校点韦苏州集》，罗振常《善本书所见录》卷四云：

> 宋刊本。前有草堂庐陵刘辰翁序二页（序后有须溪等木刻四印），此嘉祐元年太原王钦臣记二页，次目录三页，线口，上下鱼

---

① 《刘辰翁集》，第439页。

尾，十行十六字。书口字数或有或无，评在每句下，宋讳概不缺笔。板框较巾箱本略大，而较普通本小，高五寸弱，半页，阔三寸强，初印，甚精。……每卷第二行题苏州刺史韦应物拾遗，后有德祐初秋须溪题记，合论苏州及孟浩然诗歌，共七行。后又有"孟浩然诗陆续梓行"二行，每行四字。①

清人彭元瑞《天禄琳琅书目后编》卷六《韦苏州集》条下的著录记载道：

> 宋有墨迹跋二：一云："应物居官自愧，闵闵有恤人之心，其诗如深山采药，饮泉坐石，日晏忘归；孟浩然如访梅问柳，偏入幽寺。二人意趣相似，然入处不同。韦诗润处如石，孟诗如雪，虽淡无色彩，不免有轻盈之意。德祐初秋看二集，并记，须溪。"一云："韦苏州集易读，不易学。比陶之自然，又有异趣。须溪评犹仿佛可见，不用意不能似，用意又不复似，是以为难尔。至正丁酉九月十五日天全叟题。"以二跋证之为宋本无疑。须溪，刘辰翁号。天全叟无考。②

刘辰翁评点的韦应物诗，元代也有刊印，题名为《须溪先生校本韦苏州集》，《现存宋人著述总录》"集部·别集类"记载："《须溪先生校本韦苏州集》十卷拾遗一卷，唐韦应物撰，宋刘辰翁校评，元刻本，现藏天津图书馆和南京图书馆。"③《天禄琳琅书目》卷六著录此书云："右识语一作小行书，用笔高古，考《西江志》：'辰翁姓刘名会孟，庐陵人……'书中有'漱石枕流印'，当为辰翁托方外时所寄意者。以此证之是书为元初刊本益信。""或谓公诗不琢句、不用事、不炼词、不知公之所以为唐大家者，或谓此也。晴窗点检，遂为三卷。辰翁志。"④《藏园订补郘亭知见传本书目》卷十二上详细记载了《须溪先生校本韦苏州集》十卷拾遗一卷：

---

①　罗振常：《善本书所见录》，商务印书馆 1958 年版，第 139 页。
②　《清人书目题跋丛刊》（十），中华书局 1995 年版，第 309 页。
③　沈治宏、刘琳：《现存宋人著述总录》，第 223 页。
④　《清人书目题跋丛刊》（十），第 122 页。

　　唐韦应物撰，宋刘辰翁校点，元刊本，十行十六字，细黑口，左右双栏，版心记字数，上下不一。首有刘辰翁序，此王钦臣旧序，次目录。行间有点掷，异字注本字下，评语在每句或每首之末。末附拾遗一卷，诗八首。又有德祐初刘辰翁跋七行，与孟浩然并举。末书"孟浩然诗陆续梓行"二行，其拾遗标题改为《须溪先生校点韦苏州集》，与卷首作"校本"者异。①

清人丁丙《善本书室藏书志》卷二四著录了一种宋刊配元本的《韦苏州集》：

　　《韦苏州集》十卷，拾遗一卷。宋刊配元本……此前四卷宋刊本，每半页十行，行十八字，当即棚本行款，乃项氏、席氏翻雕祖本。后六卷配元刊校点本。卷末有题云："应物居官自愧，闵闵有恤人之心，其诗如深山采药，饮泉坐石，日晏忘归。德祐初，须溪记。"又"孟浩然诗陆续梓行"八字。殆麻沙本也。②

　　刘辰翁评点韦应物诗，明代的刊本有弘治四年张习刻本。《现存宋人著述总录》"集部·别集类"记载："《韦苏州集》十卷，拾遗一卷。明弘治四年张习刻本。现藏上海图书馆。"③国家图书馆也藏有此书。张习的跋叙述了刊刻的缘由：

　　公为苏州时，年已五十余，在郡公暇，即与秦系、丘丹、顾况辈相唱和，风流雅韵，播于吴中，或推为人豪，或目为诗仙。信州刺史刘太真尝与书云："宋、齐间，沈、谢、吴、何，始精理意，缘情体物，备诗人之旨。后之传者，甚失其原。惟足下制其横流，于所作见焉。"感"画戟清香"之词，极为警册，宜当时推重如此。罢守后，寓永定寺而终。其诗冲淡而有意义，自成一家体。东坡尝效其《寄全椒道士》诗，卒不可及。先正教人作诗须从陶、韦门中来，以其

---

① 莫友芝著，傅增湘订补：《藏园订补邵亭知见传本书目》，第115页。
② 丁丙：《善本书室藏书志》，《清人书目题跋丛刊》（二），中华书局1990年版，第684页。
③ 沈治宏、刘琳：《现存宋人著述总录》，第223页。

无声色臭味之杂，而可发幽闲萧散之趣也。旧有刘须溪校注本十卷，兹重刊示同志耳。吴门后学张习识。①

另有凌濛初刻朱墨套印本。日本人表野和江《明末吴兴凌氏刻书活动考》记载了此本："《韦苏州集》十卷附一卷。唐韦应物撰，宋刘辰翁等评，万历间凌濛初刊朱墨套印本。"②

收录刘辰翁评点的韦应物诗集本现藏于天津图书馆、南京图书馆、上海图书馆与国家图书馆。

（五）孟郊诗

刘辰翁评点孟郊诗很受后人重视，有较高的版本价值，正如沈增植在其《海日楼题跋》卷一《孟东野集跋》中云："刘须溪所评唐、宋人集，大都旧本。近校出《陈简斋集》，胜四库官书远甚。此孟集亦旧本⋯⋯"③ 根据日本人表野和江《明末吴兴凌氏刻书活动考》的结论："《孟东野诗集》十卷，唐孟郊撰，宋刘辰翁等评点，有凌濛初跋，万历间凌濛初刊朱墨套印本。"④ 可见，此书常见的版本是凌濛初刊朱墨套印本。此书中的凌濛初跋语流露出了他对刘辰翁评点的喜爱和渴求：

> 余既刻刘须溪所评诸家诗，已而思吾乡孟东野，其奇险可与长吉鬼怪对垒。且须溪先生评诗为最广，而唐诸选中亦时见有评其数首者，意必有其本如诸家，而无从见也。遍索之，偶获一宋雕不于武康户古家，上有评点，以为必须溪无疑。及阅其序，则宋景定时天台国材成德，以宰武康为梓行其集而评之者。国于时无所表见，今世亦罕知之，宜其未必有当。乃字栉句比，其雌黄处，亦时得三昧焉。宋人不能诗而言诗，亦其偏有所至耶？独其剧贬休文之品而崇尚东野，谓其行吟溪曲，泊无宦情。然味其诗，亦未免感时伤世，幽愤过多，如所谓"空将泪见花"等语，与襄阳之孟纯是旷达者，局器大小，固有别也。余梓其诗以配长吉，亦因附其评以佐须溪之未备，遂并言

---

① 明弘治四年张习刻本须溪先生校本《韦苏州集》。
② ［日］表野和江：《明末吴兴凌氏刻书活动考》，《中国典籍与文化》2003 年第 3 期。
③ 沈增植：《海日楼札丛》（外一种），中华书局 1962 年版，第 28 页。
④ ［日］表野和江：《明末吴兴凌氏刻书活动考》，《中国典籍与文化》2003 年第 3 期。

其所见如此。吴兴凌濛初识。①

《增订四库简明目录标注》卷十五亦著录的明代闵氏套版本《孟东野诗集》十卷中也收录有刘辰翁的评点。《明代版刻综录》卷五记载有此书。

收录刘辰翁评点的孟郊诗集本现藏于上海图书馆与国家图书馆。

（六）李白诗

刘辰翁评点的李白诗现有凌濛初刊朱墨套印本。日本人表野和江《明末吴兴凌氏刻书活动考》记录此本云："《李白诗选》五卷。唐李白撰，明杨慎等选、宋刘辰翁等评，有凌濛初凡例，万历间凌濛初刊朱墨套印本。"②

（七）杜甫诗

刘辰翁一生对杜诗用力最多，在所有的诗歌评点中，他对杜诗评点的数量最多，批语也最多，诗共计 350 多首，批语共计 470 多条。由于刘辰翁所处的时代、个人的经历与才学诸因素，使他对杜诗学的贡献很大，是杜诗研究史上的一个大家，其贡献在于继宋代整理杜诗、集注杜诗、编年杜诗、分类杜诗之后，又兴起评点一派。其子刘将孙曾云："先君子须溪先生，每浩叹学诗者各自为宗，无能读杜诗者，类尊丘，而恶睹昆仑。平生屡看杜集，既选为《兴观集》，他评泊尚多，批点皆各有意，非但谓其佳而已。"③ 洪业在《杜诗引得序》中称赞道："宋人之于杜诗，所尚在辑校集注，迨南宋之末，黄蔡二本已造极。元人别开生面，一转而为批选。……顾惟刘辰翁以逸才令闻，首倡鉴赏，于是选隽解律之风大起。"④ 明末清初的钱谦益亦说"元人及近时之宗刘辰翁，皆奉为律令，莫敢异议"。清人宋荦亦云："至于杜诗有评、有批点自刘辰翁须溪。""须溪评杜有盛名，更元明三四百年，学者多宗焉。"⑤ 刘辰翁评论杜诗："开选隽

　① 明代凌濛初刻套印本《孟东野诗集》十卷。

　② ［日］表野和江：《明末吴兴凌氏刻书活动考》，《中国典籍与文化》2003 年第 3 期。

　③ 刘将孙：《杜工部诗集序》，《集千家注批点·补遗杜工部诗集》卷首，台北大通书局 1974 年版。

　④ 洪业：《杜诗引得序》，上海古籍出版社 1985 年版，第 40 页。

　⑤ 宋荦：《读书堂杜工部诗集注解序》卷首，《四库全书存目丛书》集部第 5 册，齐鲁书社 1997 年版，第 511、512 页。

解律、析奇评赏之风，在元明两代，影响甚大。"① 这些评价虽然有溢美之词，但清人杨绍和客观地指出："须溪评点虽未尽当，而足使灵悟处要自不乏，亦读杜诗者不能废也。"② 可见，刘辰翁评论杜诗，在杜诗的研究中占有重要的地位，具有积极的参考价值。刘辰翁批点的杜诗，元、明、清三代都有刊印，流传很广，特别是元、明两代翻印带有刘辰翁批点的杜集最多，正如明人单复《读杜诗愚得自叙》云："近世咸重须溪刘氏评点杜诗，家传而人诵。"③ 这在三代的书目中的记载也很多，保守的估计有 30 多种。大致可分为"须溪评点"系列、"集千家注系列""其他系列"。

（1）《须溪评点选注杜工部诗》二十二卷，元彭镜溪集注，元刻本。此书明周弘祖《古今书刻》，清赵用贤《赵定宇书目》和《近古堂书目》卷下著录。根据此书前刘辰翁弟子罗履泰的《须溪评点选注杜工部诗序》可知，该书是彭镜溪"铨摘旧注"并辑录刘辰翁的批点而成书，"序"详述了书的来龙去脉：

> 旧见《后村诗话》中，评王杨卢骆，证以杜诗，颇有贬数子意，尝疑后村误认杜诗为贬语。一日，须溪谈此，先生因出所批示本示仆曰："吾意正如此。"时《兴观集》未出也，惟末章仆有欲请者，客至而罢。每自恨赋远游、并索居，望先生之庐有不能卒业之愧。后尝思之，盖谓区别裁正浮伪之体，而亲风雅为师，则于数公之上，转益多师，而汝师尽在是也。后欲从先生究竟，而究竟不可作矣。古人文章高处，虽在笔墨畦径之外，然必通其文义，乃能得其兴趣。唐人语法与宋人异，杜公语法又不与唐人尽同。此虽枝叶末流，倘不了然于心目之间，而欲径造意想之外，譬如食果，不嚼而咽，终未能尽其味也。今《兴观集》行，不载此，每念复见先生所示本不可得。族孙祥翁得其本以示仆，视《六绝句》批语，则昔所见也。其舅氏彭镜溪又铨摘旧注，不失去取，刻之以便览者。使学者人人得窥前辈读书法度，触类求之，岂独兴于诗而已哉。先生教人初意，于是有所推广

---

① 钱谦益：《钱注杜诗》，上海古籍出版社 1958 年版，第 4 页。
② 杨绍和：《楹书隅录初编》卷四，《清人书目题跋丛刊》（三），中华书局 1990 年版，第510 页。
③ 单复：《读杜诗愚得自叙》，《四库全书存目丛书》集部第 4 册，第 4 页。

云。后学罗履泰以通谨序。①

此书明代也有刊刻，《藏园订补郘亭知见传本书目》卷十二上集部二上、《增订四库简明目录标注》卷十五亦著录了此书，并云"环玉山房刘须溪评杜诗二十二卷……似元刻本"。②

（2）《须溪批点杜工部诗注》残十八卷。张元济《涵芬楼烬余书录》著录云："唐杜甫撰，宋刘辰翁批点，元刊本，六册，唐荆川唐六如旧藏。半叶九行，行十八字。小注双行，字数同。卷首序目及卷四、五、六均佚失，余略残缺。有钞配，均明人手笔。"③《藏园订补郘亭知见传本书目》卷十二上集部二上、《增订四库简明目录标注》卷十五亦录有此本。

（3）《须溪批点杜工部诗注》二十二卷，傅增湘《藏园群书经眼录》卷二十云："唐杜甫撰，宋刘辰翁批点……"

（4）《须溪评点选注杜工部诗》二十二卷，增赵东山类选杜工部诗一卷，增虞伯生注杜工部诗一卷。《现存宋人著述总录》"集部·别集类"记载："唐杜甫撰，宋刘辰翁批点，元虞集注解，赵汸批评，增赵东山类选，元赵汸辑并注，增虞伯生注，元虞集辑并注。明云根书屋刻本。现藏北京图书馆和北京市委图书馆。"④ 此书明高儒《百川书志》卷十四、明祁承㸁《澹生堂藏书目》卷十三、清瞿镛《铁琴铜剑楼藏书目录》卷十九、《藏园订补郘亭知见传本书目》卷十二上集部二上、《增订四库简明目录标注》卷十五亦有著录。《书海拾贝——杜甫草堂博物馆馆藏精品版本卷》云藏有此书的重刻本，记载曰："《须溪评点选注杜工部诗》二十二卷，元彭镜溪集注，附赵东山类选杜诗一卷、虞伯生注杜诗一卷，明正德四年东川黎尧卿重刻本，前有罗履泰序。"⑤ 周采泉《杜集书录》内编卷二"须溪评点选注杜工部诗二十四卷"条下云："明正德四年黎尧卿刻于河南。每半页十一行，行十八字，白口。版心上有'云根书屋'之

①　周采泉：《杜集书录》，上海古籍出版社1986年版，第94页。
②　邵懿辰撰，邵章续录：《增订四库简明目录标注》，第649页。
③　《张元济古籍书目序跋汇编》，第657页。
④　沈治宏、刘琳：《现存宋人著述总录》，第224页。
⑤　丁浩编：《书海拾贝——杜甫草堂博物馆馆藏精品版本卷》，四川文艺出版社1998年版，第28页。

记。"① 由此可见，这两种书均为其重刻本，属于同一版本系统。傅增湘《藏园群书经眼录》卷二十著录此书云："唐杜甫撰，宋刘辰翁、元虞集、赵汸批点评注，明云根书屋刻本，十一行十八字。前罗履泰序，本书首叶标题'须溪刘辰翁评点'，'元虞集伯生注解''东山赵子常批注'三行。版心上有'云根书屋'之记，下方有'绍续其裘永宝无斁'八字，皆篆书，后有东川黎尧卿跋九行。"② 黎尧卿的跋文对刘辰翁的批点评价甚高：

> 杜少陵诗，纵横辟和，隐隐蛟龙在空，变化倏忽，谁得而踪迹之。恨旧注坌冗，探公心曲者尠。顷居秣陵，乃得刘须溪批本，读之如获珙璧。续见赵东山五言批评，又复明备不揣，并虞伯生七言注，统三子合为一编，以便检阅。其缺解，质以全集补之。噫，骚坛亦幸矣。东川黎尧卿跋。③

（5）《刘须溪批点杜诗》二十四卷。高儒《百川书志》卷十四云："宋须溪刘辰翁批点，又集诸家注，编以岁月，不拘体裁，间有阙略，取虞伯生、赵子常评解补益。"④

另外，明晁瑮《晁氏宝文堂书目》亦记载有《刘须溪批点杜诗》，但无卷数。

（6）《刘须溪杜选七卷增赵东山五言类选一卷增虞伯生七言杜选一卷》。《现存宋人著述总录》"集部·别集类"记载："明方升刻本，现藏北京图书馆。"⑤

（7）《集千家注批点杜工部诗》二十卷，元刻本。清瞿镛《铁琴铜剑楼藏书目录》卷十九记载道："《集千家注批点杜工部诗》二十卷，元刊本。题'须溪先生刘会孟评点'，不著何人编辑。须溪子将孙序为高楚芳以旧注删订重刊，诗中旧注皆各标名，其不标名及圈点，皆须溪笔。"⑥

---

① 周采泉：《杜集书录》，第97页。
② 傅增湘：《藏园群书经眼录》，第1034页。
③ 明刻本《须溪评点选注杜工部诗》二十二卷卷首。
④ 高儒：《百川书志》，上海古籍出版社2005年版，第203页。
⑤ 沈治宏、刘琳：《现存宋人著述总录》，第224页。
⑥ 瞿镛：《铁琴铜剑楼藏书目录》，上海古籍出版社2000年版，第494页。

孙星衍《平津馆鉴藏书籍补遗》"元版"条下云:"《集千家注批点杜工部诗》二十卷,题'须溪先生刘会孟评点',前有大德癸卯刘将孙序,后有'须溪刘氏''将孙''尚友父'五木印,杜工部诗年谱一卷,目录一卷。……然则此本是高楚芳所编,每卷后有补注,刻页末卷已缺,系后人抄补。黑口,版每页二十二行,行二十二字。"① 《增订四库简明目录标注》卷十五著录此书云:"《集千家注批点杜工部诗》二十卷,元高楚芳编,阳湖孙氏有元刊本。每页二十二行,行二十二字。"② 高楚芳是须溪的及门弟子,编订此书后,曾请须溪子将孙作序,刘将孙之序不但详尽叙述了刊刻的经过,而且还对其父的评杜颇有揄扬与溢美之词:

> 有杜诗来五百年,注者以二三百数。然无善本,至或伪苏注,谬妄钳劫可笑。自或者谓少陵诗史,谓少陵一饭不忘君,于是注者深求而强附,句句字字必传会事实曲折,不知其所谓史、所谓不忘者,公之天下,寓意深婉,初不在此。诗有风有隐,工部大雅与三百篇相望,讵有此心胸哉?此岂所以为少陵!第知肤隐,以为忠爱,而不知陷于险薄,凡注诗尚意者,又蹈此弊,而杜集为甚。诸后来忌诗、妒诗、疑诗、开诗祸,皆起此而莫之悟,此不得不为少陵辨之也。先君子须溪先生,每浩叹学诗者各自为宗,无能读杜诗者,类尊丘,而恶睹昆仑。平生屡看杜集,既选为《兴观集》,他评泊尚多,批点皆各有意,非但谓其佳而已。高楚芳类粹刻之,后删旧注无稽者、泛滥者,特存精确必不可无者,求为序以传。坡公谓杜诗似《史记》,今闻者持以坡语,大不感异,竟无能知其所以似《史记》者。予欲著之此,又似评杜诗为僭。独为注本言之:注杜诗如注《庄子》,盖谓众人事、眼前语,一出尽变。事外意、以外事,一语而破无尽之书,一字而含无涯之味。或可评不可注,或不必注,或不当注。举之不可偏,执之不可著,常辞不极于情,故事不给予弗也。然讵能尔尔。是本净其繁芜,可以使读者得于神,而批评摽掇足使灵悟,故草堂集之郭象本矣。楚芳于是注,用力勤、去取当、校正审,贤他本草草籍吾家名以

---

① 《平津馆丛书》本。

② 邵懿辰撰,邵章续录:《增订四库简明目录标注》,第 649 页。

欺者甚远。相之者，吾门刘郁云。大德癸卯冬庐陵刘将是尚友书。①

傅增湘《藏园群书经眼录》卷十二记载："《集千家注批点杜工部诗集》二十卷文集二卷附录一卷。唐杜甫撰，宋黄鹤补注，宋刘辰翁批点，元至大元年云衢会文堂刊本，十四行二十四字，黑口，左右双拦。前大德癸卯冬庐陵刘将是尚友序，此目录，次年谱，次附录。目录后有'云衢会文堂戊申孟冬刊'牌子，大字占六行。"②可见此书与《集千家注批点杜工部诗》二十卷属同一版本系统。施廷镛编著、李雄飞校订的《古籍珍稀版本知见录》"元本"条下亦记载此本。

（8）《集千家注批点杜工部诗》二十卷，高楚芳编，元大德时刻本。孙星衍《孙氏祠堂书目》内编卷四载"《集千家注批点杜工部诗》二十卷，元高楚芳编，刘辰翁批点，元大德刊本"。③

（9）《集千家注批点杜工部诗集》二十卷，附录一卷。傅增湘《藏园群书经眼录》卷二十记载："唐杜甫撰，宋黄鹤补注，宋刘辰翁批点，元刊本，十二行二十三字，注双行同，黑口，四周双拦。首卷次行题'须溪先生刘会孟评点'，行间有圈点，每卷后有补注。末有钱氏手跋……"此外，傅增湘《藏园群书经眼录》卷十二还著录了四种版本的《集千家注批点杜工部诗集》二十卷，"均署名'唐杜甫撰，宋黄鹤补注，宋刘辰翁批点。'分别是：明初刊本，十行十六字，有评点；明汪谅重刻广勤堂本，十二行二十字。有'汪谅重刻'钟式木记，'广勤堂'鼎式木记；明嘉靖己丑靖江藩府懋德堂刻本，前有靖江自序。阔扳大字，八行十八字，黑口，四周双拦。前有年谱，附刘辰翁批点；日本五山翻元刊本，十四行二十五字，行间有点抹，篇中有批注，与余所藏元刊本同。"④

（10）《重刻千家注杜工部诗》二十卷，文集二卷，年谱一卷，附录一卷。明万历九年陇西金銮刻本。《中国古籍善本书目·集部》著录，现藏成都杜甫草堂。

---

① 刘将孙：《杜工部诗集序》，《集千家注批点·补遗杜工部诗集》卷首，台北大通书局1974年版。
② 傅增湘：《藏园群书经眼录》，第1031页。
③ 孙星衍：《孙氏祠堂书目》，清李氏木犀轩刻本。
④ 傅增湘：《藏园群书经眼录》，第1032—1033页。

（11）《集千家注批点补遗杜工部诗集》二十卷，文集二卷，年谱一卷，附录一卷。《新编天一阁书目》著录曰："唐杜甫撰，元刘会孟评点，黄鹤补注。明明阳山人校刻本。"①

（12）《集千家注批点补遗杜工部诗集》二十卷，附录一卷，年谱一卷，明正德年间刘氏安正堂刻本。周采泉《杜集书录》内编卷二云："明正德八年刘氏安正堂刻本，北京图书馆所藏者，有瞿子邑、□曼如两跋。"②

（13）《集千家注批点补遗杜工部诗集》二十卷，文集二卷。明嘉靖九年陈沂序刻。清丁丙《善本书室藏书志》卷二四著录云："前载杜工部年谱一卷、目录一卷，与元椠同，特无将孙序耳。"③

（14）《杜诗选》六卷，明杨慎选评，明天启年间闵氏刻朱墨套印本，现藏成都杜甫草堂。

（15）《杜子美诗集》二十卷，《合刻宋刘须溪点校书九种》本，现藏国家图书馆等国内多家图书馆。

（16）《杜子美诗集》二十卷，明刊《沧浪须溪评点李杜诗》本，现藏国家图书馆。书前闻启祥的《沧浪须溪评点李杜诗序》不仅详细介绍了合刻李杜诗的缘由，并且对严羽、刘辰翁两家的批点进行了比较和评价，序云：

> 世之言诗者恒忌说理，稍涉庄语便目为宋人。然则诗只为风流淫丽之资，而松以前之作者皆不式于理之人乎？恐殆不然。余谓诗生于情而本于理，第情以人殊，理以代异，古及汉魏，情理浑冥，如玉在璞，难可剖陈。若晋理则慧而隽，唐理则雅而夷，宋理则端而实。世出之不同，其于理则一也。然而其人则有不可以一概者，如严沧浪、刘须溪，皆宋人也。沧浪谓论诗如论禅，又云"诗有别趣，非关理也"；须溪谓学诗者各自为宗，又云"长吉正在理外"。两人愈若水融，而两人之情抱又自有异。严似唐人，刘似晋人；其于诗家，则严似李白，刘似少陵。盖皆不为世拘，不为理缚者也。刘评杜诗久传于

---

① 骆兆平：《新编天一阁书目》，第125页。
② 周采泉：《杜集书录》，第105页。
③ 《清人书目题跋丛刊》（二），第679页。

世，无可与匹。兹于樵川旧家忽得严所评李诗，从未精刻者，合之如延平龙剑，光焰射斗何止万丈。不惟使李杜并生，亦觉严刘同世矣。然则宋正可与言诗理，岂得为宋病哉？且诗必尊唐，乃世人相承习气。余独谓宋人善理者不言理，沧浪、须溪是也。其他即达其端实之旨，亦宁受理咎，必不落纤巧儇薄一路。其于三百篇纯正浑厚之意，犹力能存之。欲挽世习政宜于宋人觅规绳、具手眼者，当不以余言为矫也。盖世之论诗者多矣，惟沧浪为金刚择法眼，须溪为老吏案狱手，其于评点李杜，更有分路扬镳、晤言一室之妙，试观其一铨一驳，皆开人心眼。似即可见严、刘之宗趣，而说诗者亦可以无忌于理矣。余兹因合刻，适有触于胸中所欲言，故不复论李杜诗，亦不复举论李杜之诗者，论之而但论唐宋之合者如此。己巳仲春方圆庵主闻启祥书。①

(17)《杜工部诗》二十卷，元高楚芳编，明毛晋重订，明崇祯年间毛氏自刻本。周采泉《杜集书录》内编卷二记录有此本。现藏成都杜甫草堂。

(18)《杜子美七律诗》一卷。《美国国会图书馆藏中国善本书目》记载云："《杜子美七律诗》一卷，明朱墨本。八行十八字。唐杜甫撰，明郭正域批点。按郭氏不言出于自选，盖依伪虞集本也。闵齐伋跋云：'先生而前，在宋唯刘须溪时寄此意。是用取先生所手校于南雍者，更付之梓，而黛书刘语以附云。'此本凡三色，然则朱书者郭正域评，黛则刘辰翁语也。郭正域序，闵齐伋跋。"②

(19)《刘会孟批点杜诗》二十卷。清钱曾《虞山钱遵王藏书目录汇编》卷七著录此书。

收录刘辰翁评点的杜甫诗集的版式与收藏情况如下：

《须溪评点选注杜工部诗》二十二卷，元彭镜溪集注，元刻本。现藏成都杜甫草堂博物馆。

《须溪评点选注杜工部诗》二十二卷，元彭镜溪集注，明环玉山房刻本。现藏成都杜甫草堂。

《须溪批点选注杜工部诗》二十二卷，增赵东山类选杜工部诗一卷，

---

① 明崇祯年间刻本《沧浪须溪评点李杜诗》卷首。
② 王重民辑录，袁同礼重校：《美国国会图书馆藏中国善本书目》，文海出版社 1972 年版。

增虞伯生注杜工部诗一卷。此本每半页十一行，行十八字，四周单边，白口，另被北京大学图书馆、浙江省图书馆、南京图书馆收藏。

《刘须溪杜选》七卷（宋刘辰翁辑），增赵东山五言类选一卷（元赵汸辑），增虞伯生七言类选一卷（元赵汸辑并注）。明方升刻本，此本每半页十行，行十八字，四周单边，黑口。现国家图书馆收藏。

《须溪批点杜工部诗注》二十二卷，存十八卷（二至三、七至二十二），明初刻本。现国家图书馆收藏。

《杜子美诗集》二十卷，明刻本。书前有须溪之子刘将孙序及须溪对杜诗的总评若干条。现国家图书馆、北京大学图书馆、上海图书馆、南京图书馆、复旦大学图书馆有藏。此本每半页九行，行二十字，四周单边，白口。

《杜工部诗集》二十卷，宋庐陵刘辰翁会孟评点、元庐陵高崇兰楚芳编、明常熟毛晋重订，明崇祯三年毛氏自刻本。书前有须溪之子刘将孙序，半页九行，行二十字，左右双边，白口，单鱼尾。现藏成都杜甫草堂。

《刘须溪批点杜诗》二十四卷。明高儒《百川书志》卷十四云："宋须溪刘辰翁批点，又集诸家注，编以岁月，不拘体裁，间有阙略，取虞伯生、赵子常评解补益。"该本只见于目录，收藏情况不详。

《刘会孟批点杜诗》二十卷。清钱曾《虞山钱遵王藏书目录汇编》卷七著录此书，现收藏情况不详。

《集千家注批点杜工部诗》二十卷，元刻本。元高楚芳编，高楚芳为刘辰翁弟子，书前有大德癸卯刘将孙序，黑口，每页二十二行，行二十二字。现藏北京大学图书馆。

《集千家注分类杜工部诗》二十五卷，年谱一卷。宋东莱徐居仁编次、宋临川黄鹤补注，元皇庆元年建安余氏勤有堂刻本，二十四册，半页十二行，行二十字，小字双行，二十六字，上下小黑口，双鱼尾，双边。现藏南京图书馆与成都杜甫草堂。

《集千家注分类杜工部诗》二十五卷，附文集二卷、年谱一卷。宋东莱徐居仁编次、宋临川黄鹤补注，元至正二十二年广勤堂刻本，三十册，此本版式、行款、字数与余氏勤有堂刻本相同，当为其翻刻本。现成都杜甫草堂、国家图书馆、上海图书馆、华东师范大学图书馆、甘肃省图书馆、复旦大学图书馆有藏。

《集千家注分类杜工部诗》二十五卷。宋东莱徐居仁编次、宋临川黄鹤补注，元刻麻沙本，十八册，半页十二行，行二十字，小字双行，行二十六字，上下黑口，双鱼尾，双边，版心有卷次页数。现藏成都杜甫草堂。

《集千家注批点杜工部诗集》二十卷，文集二卷。宋庐陵刘辰翁会孟评点、元庐陵高崇兰楚芳编集，元至大元年云衢会文堂刻本，九册，缺十四、十五、十六三卷，半页十四行，行二十四、五、六字不等，细黑口，双鱼尾，左右双边。现藏成都杜甫草堂。

《集千家注批点杜工部诗集》二十卷，文集二卷。现存一至十二卷。宋庐陵刘辰翁会孟评点、元庐陵高崇兰楚芳编，元刻本，六册。半页十四行，行二十五字，间有十三行者，小字双行，行二十六字，细黑口，双鱼尾，左右双边。现藏成都杜甫草堂。

《集千家注批点杜工部诗集》二十卷，元刻本。半页十三行，行二十三或二十四字，小字双行同，黑口，左右双边。成都杜甫草堂、国家图书馆、北京大学图书馆、复旦大学图书馆有藏。

《集千家注批点杜工部诗集》二十卷，文集二卷、年谱一卷、附录一卷，元刻本。杨守敬跋。半页十三行，行二十三字，小字双行同，黑口，四周双边。国家图书馆收藏。

《集千家注批点杜工部诗集》二十卷，文集二卷、年谱一卷、附录一卷。明洪武元年会文堂刻本。半页十四行，行二十六字，小字双行同，黑口，四周双边。现藏成都杜甫草堂、国家图书馆、天津图书馆、复旦大学图书馆。

《集千家注杜工部诗集》二十卷、文集二卷。刘辰翁评点、高楚芳编，明嘉靖十五年明易山人校刻本。半页八行，行十七字，小字双行，字数同，白口，双边，双对鱼尾，版心有卷次页数，中缝有刻工姓氏。另有嘉靖十五年玉几山人校刊本，行款、字数、版式与之相同。现均藏成都杜甫草堂。

《集千家注杜工部诗集》二十卷。刘辰翁评点、高楚芳编，明万历九年黄升刻本，二十四册。半页八行，行十七字，小字双行，字数相同，白口，左右双边，单鱼尾，页码下有写、刻工姓名，楷书。现藏于成都杜甫草堂。

《重刻千家注杜诗全集》二十卷，文集二卷，年谱一卷，附录一卷。

明万历九年陇西金銮刻本，十二册。半页十行，行二十二字，小字双行，字数相同，白口，左右双边，单鱼尾，版心有卷次页数，诗句下及篇末载刘辰翁评语。现藏成都杜甫草堂、北京师范大学图书馆、中国科学院图书馆、山东大学图书馆、浙江省图书馆。

《集千家注杜工部诗集》二十卷、文集二卷。刘辰翁评点、高楚芳编，明万历三十年长洲许自昌校刊本，十二册。此本与明易山人刻本、玉几山人校本行款相同，各卷书名次行有长洲许自昌校刻字样。现藏成都杜甫草堂。

《集千家注杜工部诗集》二十卷。刘辰翁评点、高楚芳编，清乾隆七年怡亲王胤祥明善堂刻本，十二册。此本与明易山人刻本、玉几山人校本行款相同，唯用楷书写刻。现藏成都杜甫草堂、国家图书馆。

《集千家注批点补遗杜工部诗集》二十卷，附录一卷，年谱一卷。明正德年间刘氏安正堂刻本，半页十行，行二十三字，小字双行，字数相同，黑口，四周双边。现藏国家图书馆、鞍山市图书馆、江苏邗江区档案馆。

《集千家注批点补遗杜工部诗集》二十卷，年谱一卷。明嘉靖九年王九之刻本，八册，诗依年编次，书前有陈沂序，半页十二行，行二十三字，小字双行，字数相同，白口，单边。现藏成都杜甫草堂。

《杜子美七律诗》一卷。现藏美国国会图书馆。

《杜子美诗集》二十卷。《合刻宋刘须溪点校书九种》一百零一卷、附一种八卷本。现藏国家图书馆、福建省图书馆。

《集千家注杜工部诗集》二十卷、文集二卷。《李杜合刊》本，明许自昌辑，明万历刊本。现藏于上海图书馆、天津图书馆、南京图书馆、浙江省图书馆、福建师范大学图书馆、重庆市图书馆、宁夏回族自治区图书馆。

《集千家注杜工部诗集》二十卷、文集二卷。《李杜全集》四十八卷本，明许自昌编，明万历三十年许自昌刻本。半页九行，行二十字，白口，四周单边。现藏于成都杜甫草堂、南京图书馆、湖南师范大学图书馆。

《杜诗选》六卷，《李杜诗选》本，明杨慎选，明天启年间乌程闵齐伋刻本。杜诗依年编次，不分体例。半页八行，行十八字，白口，单边，版心刻书名、卷数、页数。现藏于成都杜甫草堂、南京图书馆。

《杜子美诗集》二十卷。《李杜全集》四十二卷本，明崇祯二年闻启祥刻本，半页九行，行二十字，白口，四周单边。现藏于清华大学图书馆、文化部文学艺术研究院、上海辞书出版社图书馆、山东省图书馆、烟台市图书馆。

《杜诗通》四十卷。《李杜诗通》六十一卷本，明胡震亨撰、清顺治七年朱茂时刻本，六册。半页九行，行十九字，细黑口，单边，单鱼尾，版心刻书简名、卷次、页数。诗分体编次。现藏于成都杜甫草堂、故宫博物院、重庆市图书馆、复旦大学图书馆、上海师范大学图书馆、南开大学图书馆、天津师范大学图书馆、苏州市图书馆、无锡市图书馆等多家图书馆。

（八）《刘辰翁批点三唐人诗集》十四卷

刘辰翁的批点，明茶陵派领袖李东阳称赞道："先辈称，善言诗者咸服膺宋刘须溪先生，李文正公《麓堂诗话》称其语简意切，别自一机杼，诸人评诗者皆不及，良然。"① 由于刘辰翁评点本拥有不小的附加价值，因此受人喜爱，极为盛行，销路很好。正如叶德辉《书林清话》卷二《刻书有圈点之始》所云："刘辰翁，字会孟，一生评点之书甚多。同时方虚谷回亦好评点唐宋人说部诗集。坊估刻以射利，士林靡然向风。"② 书商们为了盈利，就将这些别集评点本汇集起来组成总集本，其中最多的是唐人诗集的合刻本。《明代版刻综录》卷四云："《刘辰翁批点三唐人诗集》十四卷，明凌濛初辑，明万历吴兴凌濛初刊朱墨套印。"此书主要收录刘辰翁对王维诗和孟浩然诗的评点，北京大学图书馆收藏。日本人表野和江《明末吴兴凌氏刻书活动考》记录此本云："《刘辰翁批点三唐人诗集》十四卷，凌濛初辑，万历间凌濛初刊朱墨套印本。"

（九）《韦孟全集》

此书为《韦苏州集》与《孟浩然诗集》的合集本。《现存宋人著述总录》"丛部"记载："《韦孟全集》，刘辰翁批点，明袁宏道评，明刻本，国家图书馆和上海图书馆收藏。"③ 罗振常《善本书所见录》卷四"宋刊本《须溪先生校点韦苏州集》十卷拾遗一卷"下云："每卷后有德祐初须溪题记，合论苏州及孟浩然诗格，共七行。后又有'孟浩然诗陆续梓行'二行，每行四字。"④《中国古籍善本书目·集部》亦著录此书。

国家图书馆、上海图书馆、复旦大学图书馆、浙江省图书馆、湖南省

①　李东阳：《李长吉歌诗跋》，明凌濛初刻朱墨套印本《李长吉歌诗》。
②　叶德辉：《书林清话》，第33页。
③　沈治宏、刘琳：《现存宋人著述总录》，第312页。
④　罗振常：《善本书所见录》，第140页。

图书馆收藏。

（十）《陶韦合集》十八卷附二卷

日本人表野和江《明末吴兴凌氏刻书活动考》记录此本云："《陶韦合集》十八卷附二卷。凌濛初编，宋刘辰翁等评，明末凌濛初刊朱墨套印本。"① 现藏国家图书馆。

（十一）《王孟诗评》九卷

此书是《王摩诘诗集》七卷与《孟浩然诗集》二卷的合刊本，《中国丛书综录》与《现存宋人著述总录》"丛部"均记载："清光绪五年巴陵方氏碧琳琅馆刊朱墨印本。"现国内多家图书馆收藏。书前方氏的跋文叙述了二书合刊的由来：

> 《王右丞诗》七卷，《孟襄阳诗》上下二卷，皆宋须溪刘氏评本。王诗有明苏州顾华玉评，孟诗有明北地李献吉评，明乌程凌稚成合刻时所附入也。右丞诗多后人所乱，锡山顾氏类笺颇称详备，然如《与苏卢二员外期游方丈诗》本王昌龄所作，《游悟真寺诗》本王缙作，《闺人赠远》《塞上曲》《陇上行》《从军辞》《平戎辞》《献寿辞》诸诗多王涯作，其张说、卢纬卿、钱仲文、张仲素诗混入尚多，别择未为精审，故国朝赵殿成笺注皆据刘本。《襄阳集》，如《示孟郊诗》宋洪容斋尝疑其时代不相及，《长安早春》一首本张子容作，见于《文苑英华》，流传错杂，恐亦不免。凌氏是集书后固言之矣。会孟以文名于宋末，当文体冗滥之余，欲矫以清新幽军。其所评点，如《杜工部诗》《世说新语》《班马异同》诸书，往往标举纤巧，惟于二家诗尚得其要，殆性情相近欤？空同、东桥在正嘉十子中最为杰出，所评深明诗法，有俾来学。凌刻王集用刘校七卷本，不用顾氏十卷本，孟集虽参用李本而次第仍遵刘本，可称完善。且板本清朗，圈点亦精，别本字句互异者咸载于旁，有资校勘刻之以便诵读，非谓二集流传之本以此为最佳也。光绪六年孟春，巴陵方功惠谨跋。②

---

① ［日］表野和江：《明末吴兴凌氏刻书活动考》，《中国典籍与文化》2003 年第 3 期。

② 《王孟诗评》九卷，清光绪五年巴陵方氏碧琳琅馆刊朱墨印本。

现国家图书馆、北京师范大学图书馆、上海图书馆、复旦大学图书馆、山东大学图书馆、四川大学图书馆、重庆图书馆、广东图书馆收藏。

（十二）《盛唐四名家集》二十四卷

此书包括《王摩诘诗集》七卷（唐王维撰，宋刘辰翁、明顾璘评）、《孟浩然诗集》二卷（唐孟浩然撰，宋刘辰翁、明李梦阳评）、《李长吉歌诗》四卷外诗集一卷（唐李贺撰，宋刘辰翁评）、《孟东野诗集》十卷（唐孟郊撰，宋国材、刘辰翁评）。《中国古籍善本书目·集部》著录此书。

北京大学图书馆、北京师范大学图书馆、故宫博物院图书馆、吉林大学图书馆、天津图书馆、南京图书馆、浙江省图书馆、辽宁省图书馆藏有此本。

（十三）王安石诗

刘辰翁对王安石诗歌的批点，在篇目和条数上仅次于杜诗，篇目近310篇，批语近360条。他批点王安石诗是在李壁笺注王荆文公诗的基础上进行的。对此，王水照先生有详尽的说明：

> 到了大德五年，此书经刘辰翁评点，又删略李注，由刘的门人王常予以刊行。书有宋詹大和所编《王荆文公年谱》，目录后有王常刊记。今北京图书馆藏有一部。刘辰翁之子刘将孙于大德五年作序云："李笺比注家异者，间及诗意；不能尽脱窠臼者，尚袭常眩博。没句字附会，肤引常言常语，亦跋涉经史。先君子须溪先生于诗喜荆公，尝点评李注本，删其繁，以付门生儿子。"这里透露出一个重要事实，刘辰翁已将李注作了删节；其删节的原意似为便于门生儿子的诵读，于是公开版行，不料此删节本却广为流传，原本几成绝迹了。①

刘将孙为此书的首次版行作序，不但评价了荆文诗与李壁注，也述及了刊刻的由来：

> 洛学盛行而欧苏文如不必作，江西派接而半山诗几不复传，诸老心相服各有在，而世俗剽耳附声者，往往可叹也。开禧参政雁湖李氏，独笺临川诗于共惩荆舒之后，与象山记祠堂磊磊恨意相似，文章

---

① 《王荆文公诗李壁注》"前言"，上海古籍出版社1993年版，第4页。

行义，固各有必不可概掩者，然东南仅刻两本，眉久废、抚亦落。士大夫或白首不及见，以是藏本极少，亦牵连役役至此。李笺比注家异者，间及诗意；不能尽脱窠白者，尚袭常眩博。没句字附会，肤引常言常语，亦跋涉经史。先君子须溪先生于诗喜荆公，尝点评李注本，删其繁，以付门生儿子。安成王士吉往以少俊及门有闻，日以书来订请曰"刻荆公诗，以评点附句下，以雁湖注意与事确者类篇次，愿序之"。于是荆公诗当粲然行世矣。公诗为宋大家，非文人诗，而具用文法抑光耀，以朴意融制作为载体，陶冶古今而呼吸。如今精变尘秕而形神俱妙。其核也，如老吏之约三尺；其丽也，又如一笑之可千金。历选百年亦东京之子美也，独其不能如子美之称于唐者，相业累之耳。呜呼！使公老翰林学士蹑然一代词宗，亦何必执政邪？论诗人与论人物异，论行事意见又异。雁湖笺此诗尚以明君怨直议论，盖共正之，然彼咏明君耳。何与大节而刺剟玼之，因士吉刻本记先君子所尝为荆公感叹者于此，而非敢评公诗也。大德辛丑冬至嗣子将孙谨书于汀沜之如舟轩。①

收有刘辰翁批语、李壁笺注的王荆文公诗在元代有两种刻本：一为大德五年王常刊刻的《王荆文公诗笺注》五十卷，傅增湘《藏园群书经眼录》卷十三云："《王荆文公诗笺注》五十卷，宋李壁撰，刘辰翁评点，元刊本，十一行二十一字，细黑口，左右双拦。前年谱六页，目录三卷。题'雁湖李壁笺注''须溪刘辰翁评点'。卷中有圈点评语，'评曰'二字作阴文，在每句下。"②一为大德十年毋逢辰重刻的《王荆文公诗》五十卷。王岚云："大德十年，于临川得李壁笺注善本，重刻于考亭（今福建建阳西南），并撰序文一篇，是为福建刊本。今人董康《书舶庸谭》卷三曾载日本'图书寮'（今宫内厅书陵部）藏有一本，半页十一行，行二十一字，黑口，前有'大德丙年中秋龙门毋逢辰序'，书口标'王文公诗集'，系刘辰翁评点本。"③《日本藏宋人文集善本钩沉》著录此书曰："宫内厅书陵部藏，共十三册。每半页十一行，行二十一字，黑口，双边。本文首

① 《王荆文公诗李雁湖笺注》，民国十一年（1922）海盐张氏清绮斋本。
② 傅增湘：《藏园群书经眼录》，第1158页。
③ 王岚：《宋人文集编刻流传丛考》，江苏古籍出版社2003年版，第166页。

行题'王荆公诗卷之一'，次行题'雁湖李壁笺注'，第三行题'须溪刘辰翁评点'。"① "这以后出现的李注刻本，都是经刘辰翁删节评点之本"。②

收录刘辰翁评点的王安石诗集本现藏于国家图书馆、日本宫内厅书陵部。

（十四）苏轼诗

苏轼诗集的版本在流传过程中可分为三类：一为全集本，二为分类注本，为编年本。其中收有刘辰翁评点的，大多保存在分类注本中。刘辰翁评点苏诗很为当时人看重，刘尚荣指出，"约在宋末元初，市面上又出现一部《增刊校正王状元集注分类东坡诗》，二十五卷，七十八类。除仍署'王十朋龟龄纂集'外，增署'东莱吕公祖谦分类，庐陵须溪刘辰翁批点'。……此书借王十朋、吕祖谦、刘辰翁三位学者的大名，得以在金、元、明三朝广为流传，后来朝鲜、日本亦有翻刻。"刘辰翁"于普及苏诗，亦有功焉"，"苏诗类注本在元明时期的广为流传，很大程度上借助于刘辰翁的批点"。③

收有刘辰翁批语的苏诗类注本主要有以下几种：

（一）《王状元集百家注分类东坡先生诗》二十五卷，《东坡纪年录》一卷。傅增湘《藏园群书经眼录》卷十三云："《王状元集百家注分类东坡先生诗》二十五卷，宋苏轼撰，题宋王十朋纂集，刘辰翁批点。《东坡纪年录》一卷，宋傅藻撰。元建安熊氏刊本，十一行十九字，注双行二十五字，黑口，左右双拦。首赵公衮、王十朋序，次诸家姓氏，次门类，题东莱吕公祖谦伯恭分类，凡八十二类。次纪年录，次各卷目录，诸家姓氏及门类，书名上加增刊校正四字，姓氏后有牌子，文曰：'建安熊氏鼎新绣梓'篆文二行。……"④

（二）《王状元集诸家注分类东坡先生诗》二十五卷。傅增湘《藏园群书经眼录》卷十三记载道："《王状元集诸家注分类东坡先生诗》二十五卷，宋苏轼撰，题宋王十朋纂集，宋刘辰翁评点。元刊本，十一行十九字，黑口，左右双拦。题庐陵须溪刘辰翁批点。行间有圈点，诗题下或诗

---

① 　严绍璗：《日本藏宋人文集善本钩沉》，杭州大学出版社1996年版，第49页。

② 　王岚：《宋人文集编刻流传丛考》，第167页。

③ 　刘尚荣：《苏轼著作版本论丛》，巴蜀书社1988年版，第55、62页。

④ 　傅增湘：《藏园群书经眼录》，第1169—1170页。

后有评语，诸家注首一字人名用阴文。"①

（三）《王状元集百家注分类东坡先生诗》二十五卷。傅增湘《藏园群书经眼录》卷十三记载道："《王状元集百家注分类东坡先生诗》二十五卷，宋苏轼撰，题宋王十朋纂集，刘辰翁批点。明刊本，十二行二十一字，注双行二十六字，细黑口，左右双拦，间有上下双拦左右单拦者，颇为罕见，版心上鱼尾下记'坡诗卷几'等字，下鱼尾下记叶数。序跋牌记已佚。"②

（四）《增刊校正王状元集注分类东坡先生集》二十五卷。《嘉业堂藏书志》卷四"宋别集类"著录云："元刻本。首行：宋礼部尚书端明殿学士兼侍读学士赠太师谥文忠公苏轼。次行庐陵须溪刘辰翁批点。每半叶十二行，行大二十一字，小双行二十六字，高六寸五分，广四寸三分，黑口，双边。上鱼尾下署'坡诗卷几'，下鱼尾下叶数。……"③

（五）《增刊校正王状元集注分类东坡先生诗》二十五卷。有元庐陵坊刻十二行本，刘尚荣云："此书题名《增刊校正王状元集注分类东坡先生诗》，二十五卷，七十八类。每半叶十二行，行二十一字，小注双行，行二十六字。黑口，双鱼尾，两鱼尾间题'坡诗卷 X'，下鱼尾下记叶数。全书首载王、赵二序，次'姓氏'，次目录，次《纪年录》署傅藻撰。姓氏后有'庐陵□□□书堂新刊'双行木记。此书既有虞本的'增刊校正'，又有熊本的刘辰翁批点，综合二本所长。编次与二本稍异：虞本卷二十三'题咏上'与'题咏下'连接，此书则将'题咏下'改置于'游赏'类之后，与'题咏上'分隔，显然编排不当，疑属错简。原书亦为盛昱遗书，傅增湘所见，今存台湾'国立中央'图书馆，大陆未见传本。"④ 此书《藏园订补邵亭知见传本书目》卷十三上亦著录。

其他元刻"增刊校正"刘批本，"尚有北京大学图书馆藏《增刊校正王状元集诸家注分类东坡先生诗》二十五卷，书名比虞本多'诸家注'三字，分类编次同虞本。除保留虞本的'增刊校正'内容外，又补添了刘辰翁评点，是虞本与熊本的结合。北京图书馆、上海图书馆、辽宁省图

---

① 傅增湘：《藏园群书经眼录》，第 1170 页。
② 同上。
③ 缪荃孙、吴昌绶、董康：《嘉业堂藏书志》，复旦大学出版社 1997 年版，第 535 页。
④ 刘尚荣：《苏轼著作版本论丛》，第 82 页。

书馆、四川省图书馆有该书残帙"①。

另有明刻本，如汪氏诚意斋本和刘氏安正书堂本。刘尚荣《百家注分类东坡诗集》云："明成化间出现的'汪氏诚意斋集书堂新刊'的苏诗类注本与'刘氏安正书堂'所刻类注本，与上述元庐陵坊刻十二行本的书名、版式、卷数、类别等全同，当是据庐陵坊刻本而翻刻。"② 傅增湘《藏园群书经眼录》卷十三也记载了一种明刻本："《增刊校正王状元集注分类东坡先生诗》二十五卷，宋苏轼撰，题宋王十朋纂集，刘辰翁批点。明刊本，十二行二十一字，注双行二十六七八字，细黑口，四周双拦。诗注各家姓氏后有牌子，已挖去，盖欲充宋元刊本也。"③ 此外，题名《增刊校正王状元集注分类东坡先生诗》域外有日本松柏堂刊本、朝鲜铜活字刻本。根据严绍璗《日本藏宋人文集善本钩沉》的记录，在日本还有一种题名为《王状元集百家注分类东坡先生诗》二十五卷的刻本，也载有刘辰翁的批点。书云："《王状元集百家注分类东坡先生诗》二十五卷，宋苏轼撰，刘辰翁批点。此本系中国元代刻工陈孟才、陈伯寿、俞良甫等渡日者，仿照元刻本覆刻。"④

苏诗类注本之外、收录刘辰翁批语的主要有以下两种：一为《苏东坡诗集》二十五卷。《现存宋人著述总录》"集部·别集类"著录："《苏东坡诗集》二十五卷，苏轼撰，刘辰翁评点。明天启刻本《合刻宋刘须溪点校书九种附一种》本。"⑤ 二为《选东坡诗注》二十卷。台湾《国家图书馆善本书志初稿》著录云："宋苏轼撰，刘辰翁批点。四周单边。每半页九行，行十七字，注文小字，单双行俱有，每行字数同正文。版心白口。……全书二十卷，依文体分类。全书有朱、墨、青三色笔圈点、批语。"

收录刘辰翁评点的苏轼诗集现藏于国家图书馆、辽宁省图书馆、天津图书馆、四川眉山市三苏文物保管所、上海图书馆、四川省图书馆、北京大学图书馆、重庆图书馆、台湾"国立中央"图书馆、台湾"国家图书馆"。

---

① 刘尚荣：《苏轼著作版本论丛》，第 82 页。
② 同上书，第 83 页。
③ 傅增湘：《藏园群书经眼录》，第 1171 页。
④ 严绍璗：《日本藏宋人文集善本钩沉》，第 66 页。
⑤ 沈治宏、刘琳：《现存宋人著述总录》，第 237 页。

（十五）陈与义诗

刘辰翁评批的简斋诗占其全部诗作的四分之一，且以五古的数量最多，他评批简斋诗时，很少涉及创作动机、时间、地点等外围问题，多属摘句赏析批评，较少对诗篇作总体评价，他关注最多的是诗篇的结尾，共评价了近70首诗歌的尾联和末句。从其评点中，我们看不出他对简斋诗的总体评价，但其在《陈简斋诗序》中，用形象的语言和比较的方法对简斋诗与其他几位著名的诗人作了整体评价：

> 诗无论工拙，恶忌矜持。"瞻彼日月"，不在情景入玄，"彼黍离离"，不分奇闻异事，流荡自然，要以畅极而止。彼"訏谟定命，远犹辰告"，虽为德人深致，若论其感发浓至，故不如"昔我往矣，杨柳依依"之句。比之柔肠易断，复何以学问着力为哉！诗至晚唐已厌，及近年江湖又厌，谓其和易如流，殆不可庄语，而学问为无用也。荆公妥帖排奡，时出经史，然体格如一。及黄太史矫然特出新意，真欲尽用万卷，与李杜争能于一辞一字之顷，其极至寡情少恩，如法家者流。余尝谓晋人语言，使壹用为诗，皆当掩出古今，无它，真故也。世间用事之妙，韩淮阴所谓是在兵法。诸君未知之者，岂可以马尾而数、虫鱼而注哉！后山自谓黄出，理实胜黄。其陈言妙语，乃可称破万卷者，然外视枯槁，又如息夫人，绝世一笑自难。惟陈简斋以后山体用后山，望之苍然，而光景明丽，肌骨匀称。古称陶公用兵得法外意。以简斋视陈、黄，节制亮无所及；则后山比简斋，刻削尚似，矜持未尽去也。此诗之至也。吾执鞭古人，岂敢叛去，独为简斋放言？或问："宋诗，简斋至矣，毕竟比坡公如何？"曰："诗道如花，论高品则色不如香，论逼真则香不如色。"庐陵须溪刘辰翁序。①

刘辰翁在论及陈与义诗时，明确指出其诗是"望之苍然，而光景明丽，肌骨匀称"。后山与简斋相比，其不足是"刻削尚似，矜持未尽去也"。简斋与坡公相并而论则是"诗道如花，论高品则色不如香，论逼真则香不如色"。在刘辰翁看来，黄庭坚诗的缺点在于"其极至寡情少恩，如法家者流"。后山则是"然外视枯槁，又如息夫人，绝世一笑自难"。

---

① 《简斋诗集序》，《刘辰翁集》，第440页。

由此可见，他认为陈与义诗是在山谷、后山之上，为宋诗之至，能够与苏轼诗一比高低，二人各有千秋，论"香"则简斋在东坡之上，论"色"则东坡在简斋之上。

刘辰翁批点陈与义诗的版本，根据《现存宋人著述总录》"集部·别集类"著录："须溪先生评点简斋诗集十五卷，陈与义撰，刘辰翁评点。元刻本，现藏日本静嘉堂文库。日本重刻嘉靖朝鲜本，现藏北京大学图书馆。"① 由此可见，现存《须溪先生评点简斋诗集》的版本有两个，分别是元刻本和日本重刻明嘉靖朝鲜本。严绍璗《日本藏宋人文集善本钩沉》著录了元刻本："元刊本，静嘉堂文库藏，原稽瑞楼旧藏。每半页八行，每行十六字，注文双行，黑口。是书前有刘辰翁序文一篇。《仪顾堂续跋》断此本为麻沙本。"② 《藏园订补郘亭知见传本书目》卷十三下中著录了日本重刻明嘉靖朝鲜本："卷一赋，卷二至十三诗，卷十四赞铭，卷十五无住词。有明嘉靖二十三年甲辰朝鲜柳希春跋。又甲申岁日本江宗白翻刊跋，盖日本翻明嘉靖二十三年朝鲜刊本也。"③ 傅增湘《藏园群书经眼录》卷十四也著录了此版本："日本翻朝鲜古刻本，十一行二十字，注双行，黑口四周双拦，版心题'简斋几'。批语双行，附本句下，行间有圈点，注附每篇后，双行，低一格。卷一赋，卷二至十三诗，卷十四赞铭，卷十五无住词。有刘辰翁序，又朝鲜柳希春跋，录后：'陈简斋集未能盛行于东方，有志学诗者恨之。岁癸卯，宋相麟寿出按湖南，多刊书册，而是集亦预焉。县前宰柳侯泗掌其事，未毕而个满去，今年五月功乃讫。噫！宋相开广文籍嘉惠后学之意于此亦可见其千一云。嘉靖二十三年甲辰五月上瀚，承仪郎行茂长县监柳希春谨跋。金章文、宗修、崇轩、天圭、信连、法灯。刻手僧释雄。都邑记官金克宝。校正幼学张汉雄、李大训。中训大夫行茂长县监柳泗。承训郎守都事李士弼。嘉善大夫全罗道观察使宋麟寿。'又有日本江宗白翻刊跋，其略曰：'宋诗之刊行于国朝者苏、黄两家而已，其他至如后山、简斋今之学者或未尝称其明者。……尝得是集，手写自珍，遂欲锓梓广其传于不朽矣。于是以付剞劂氏……恐未无差讹，请读者订焉。甲申冬十月，江宗白谨跋。'"④

---

① 沈治宏、刘琳：《现存宋人著述总录》，第 248 页。
② 严绍璗：《日本藏宋人文集善本钩沉》，第 117 页。
③ 莫友芝著，傅增湘订补：《藏园订补郘亭知见传本书目》，第 13 页。
④ 傅增湘：《藏园群书经眼录》，第 1212—1213 页。

陈与义诗集刘辰翁评点本现藏日本静嘉堂文库与北京大学图书馆。

（十六）陆游诗

刘辰翁批点陆游诗附于《须溪精选陆放翁诗集后集》八卷中。明清两代多家书目著录，如高儒《百川书志》卷十五，黄虞稷《千顷堂书目》卷三十二，倪灿、卢文弨《补辽金元艺文志》卷四，钱大昕《补元史艺文志》卷四，《近古堂书目》卷下等。《须溪精选陆放翁诗集后集》八卷收诗 200 首左右，刘辰翁批点的有 55 首，批语 63 条。现存的版本都是与《涧谷精选陆放翁诗集前集》十卷别集一卷合刊的本子，重要的版本有以下几种。

（1）元刊本。傅增湘《藏园群书经眼录》卷十四也著录了此版本："《涧谷精选陆放翁诗集前集》十卷，宋陆游撰，罗椅辑。《须溪精选陆放翁诗集后集》八卷，宋刘辰翁辑。别集一卷。元刊本，十一行二十字，黑口单阑。有道光黄莹圃跋，又道光癸未一跋。"①

（2）明弘治十年冉孝隆刻本。《现存宋人著述总录》"集部·别集类"著录此书云："《涧谷精选陆放翁诗集前集》十卷《须溪精选陆放翁诗集后集》八卷别集一卷，陆游撰，前集宋罗椅选，后集宋刘辰翁选，别集明刘景寅选。明弘治十年冉孝隆刻本。清丁丙跋，现藏南京图书馆。"②《四库全书总目》卷一六〇详细记载了此书：

　　《放翁诗选》前集十卷后集八卷别集一卷（兵部侍郎纪昀家藏）。宋罗椅、刘辰翁所选陆游诗也。前集椅所选，元大德辛丑其孙憼始刻之。前有憼自序，后集辰翁所选，前后无序跋。椅间有圈点而无评论。辰翁则句下及篇末颇有附批。大致与所评杜甫、王维、李贺诸集相似。明人刻辰翁评书九种，是编不在其中。盖偶未见此本。详其词意，确为须溪门径，非伪托也。末有明人重刻旧跋，蠹蚀断烂，几不可读，并作者姓名亦莫辨。其可辨者，惟称弘治某年得于余杭学究家，属其同年余杭知县冉孝隆校刻之耳。又称放翁集钞本尚存，然闻而未尝见。独罗涧谷、刘须溪所选在，胜国时书肆尝合而梓行，以故转相钞录，迄今渐出。而印本则见亦罕矣云云。据其所言，则两人本

①　傅增湘：《藏园群书经眼录》，第 1149 页。
②　沈治宏、刘琳：《现存宋人著述总录》，第 254 页。

各自为选。其《前集》、《后集》之目，盖元时坊贾所追题矣。跋又有附者去之之语，故两集所录，无一首重见。末附为《别集》一卷，不题编纂名氏，其诗皆见《瀛奎律髓》中，以跋中方虚谷句推之，知作跋者所辑，以补二集之遗。……①

清丁丙《善本书室藏书志》卷三十也著录了此书，并对《四库全书总目》的著录作了进一步的说明：

> 四库著录者与此卷数符合，惟重刻旧跋蠹蚀断烂，仅得约略。此虽钞本，前有弘治十年吴郡杨循吉序云："放翁为南渡诗人大家耳，年又最寿，故其作不啻万首，今涧谷、须溪所选殆十一耳。二家最好，微有不同，然搜元猎奇，班班略备。刘户部生之蜀人，雅工吟咏，近以监税使杭，遂用余力使翁诗一新云。"又有刘景云识后云："放翁全集有钞本尚存，然未尝见也。独涧谷、须溪所选当。胜国时书肆尝合而梓行，故传录渐出而印本则见亦罕矣。弘治丁巳在杭学究家购得梓本，窃意谢叠山以涧谷为诗派之灵光；揭曼硕以须溪为诗流之善评，要皆具眼，非苟焉者，而况放翁之诗乎？顾其书岁久且弊，字循多误，乃举似善鸣先生正定，又因取方虚谷所编《律髓》，悉检翁诗，钞出与选复者，去之为别集附焉，以备一家之言。会余杭尹冉君孝隆，同年友也，偶见悦之，遂辱授梓而赘其始末。"别集末有"国子监前赵铺新刊"一条，盖杭城按察司之旧。②

《嘉业堂藏书志》卷四则综合两家著录，对此书作了简明扼要的介绍：

> 《涧谷精选陆放翁诗集前集》十卷《须溪精选陆放翁诗集后集》八卷别集一卷，前集题：放翁陆游务观撰，涧谷罗椅子远选。后集题：须溪刘辰翁会孟选。……此集罗选者十卷，曰《前集》。刘选者八卷，曰《后集》。两集所选，无一首复见，盖当时书坊并刻时所删而题其目，复取方虚谷所编《律髓》中放翁诗，去其复者，另为

---

① 永瑢等：《四库全书总目》，第 1381 页。
② 《清人书目题跋丛刊》（二），第 760—761 页。

《别集》一卷附于后。窃意谢叠山以涧谷为诗派之灵光；揭曼硕以须溪为诗流之善评，要皆具眼，非苟焉者，则此集当为放翁一生精华之所萃，读陆诗者能无宝之。首有大德辛丑子远孙罗憼序，序后有"今按旧本，此序止为涧谷所选者作"一行，盖大德刊本止有涧谷所选十卷，此明合刻本也。①

此本《书林清话》卷五也有著录，《四部丛刊初编》收录的就是此本。

（3）明嘉靖十三年黄漳翻刻本。傅增湘《藏园群书经眼录》卷十四也著录了此版本：

《涧谷精选陆放翁诗集前集》十卷，宋陆游撰，罗椅辑。《须溪精选陆放翁诗集后集》八卷，宋刘辰翁辑。别集一卷。明嘉靖十三年黄漳刻本。十一行二十字，四周双阑。前集题"涧谷精选"，后集题"须溪精选"，前集首叶第三行题"莆田澹峰黄漳仲澜重刊"。有大德辛丑罗憼序，弘治十年吴郡杨循吉序，又南京户部主事蜀刘景寅序，嘉靖十三年甲午秋孟月吉旦徵仕郎知宜黄事莆田澹峰黄漳序。按：此书旧有元刊本，刘景寅以授余杭尹冉孝隆使刻之。黄漳又再刻之宜黄，即此本也。②

由此可见，此本是明弘治十年冉孝隆刻本的翻刻。

（4）《名公妙选陆放翁诗集》二卷。《藏园订补郘亭知见传本书目》卷十三下著录此本："日本刊《名公妙选陆放翁诗集》，十行二十字，是翻元本者。"台湾藏有此书，台湾《国家图书馆善本书志初稿》著录云："四周双边，每半页十行，行二十字。版心黑口。……开卷即正文。尾题'陆放翁诗集终'，下则小字署'弘化乙巳三月中浣书于丹泉寓舍'。……卷首无序，末亦无跋。全书称'名公妙选陆放翁诗集'，实分前、后两集，前集系节录自涧谷罗椅所选之放翁诗，取五、七言古诗别为一卷；后集则为须溪刘辰翁所选，多为古诗，少数五、七言点缀其间。文中有朱笔圈点校改。"③

---

①　缪荃孙、吴昌绶、董康：《嘉业堂藏书志》，第570页。
②　傅增湘：《藏园群书经眼录》，第1249页。
③　莫友芝著，傅增湘订补：《藏园订补郘亭知见传本书目》，第88页。

陆游诗集刘辰翁评点本现藏于国家图书馆、上海图书馆、南京图书馆、台湾"国家图书馆"。

（十七）汪元量诗

刘辰翁之所以编选、评点汪元量诗歌，是在于他对爱国诗人汪元量作品中所表现的批判现实的精神称赏备至。在刘辰翁看来，汪元量的诗不仅对权奸误国作了深刻的揭露，而且对元统治者残酷折磨宋三宫的行径作出了如实的描绘和有力的控诉；对流落大都的宋宫人怀念故国的心声，也作了忠实的记录；他的诗歌不但具有高度的文学价值，也有直接的历史意义。他高度评价了汪诗是"随事纪实"、缘情而发、如赋史传，是一个时代社会生活的形象的历史，《湖山类稿序》云：

> 杭汪水云，以布衣携琴渡易水，上燕台。侍禁时，为太皇、王昭仪鼓琴奉卮酒。又或至文丞相锒铛所，为之作《拘幽》以下十操，文山亦倚歌而和之。昔者乌孙公主、王昭君，皆马上自作曲，钟仪之絷，南冠而操土音。自作乐，使人听乐，孰乐？或谓作者之悲，不如听者之乐。听者之乐，复不知旁观者之悲也。汪氏之琴，天其使之娱清夜、释羁旅耶？何其客之至此也。琴本出于怨，而怨者听之亦乐，谓其能雪其心之所谓也。当其奏时，如出乎人间，落乎天上，殆泊与淡相遇，而卒归于无有，其亦有足乐耶？归江南，入名山，着黄冠，据槁梧以终，又起而出乎江湖，迩者，名人胜士以诗见。其诗自奉使出疆，三宫去国，凡都人忧悲恨叹无不有。及过河所历皇王帝伯之故都遗迹，凡可喜、可诧、可惊、可痛哭而流涕者，皆收拾于诗。解其囊，南吟北啸，如赋史传，亦自有可喜。余盖不忍观之。孰不游也，以琴遇少，琴能诗又少，余欲尽其卷计之，而不胜其壹郁也。①

刘批《湖山类稿》深受历代书商与藏书家的重视，钱谦益《绛云楼题跋》"汪水云诗"条下曰："《水云诗集》刘辰翁批点刊行者，藏书家必有全本，当更与好古者共购之。"② 从当时的文献记载中可以看出，元、明两代《湖山类稿》流传较广的即为刘辰翁批点的五卷本。在清代，由

---

① 汪元量著，孔凡礼辑校：《增订湖山类稿》，中华书局1984年版，第185—186页。
② 钱谦益：《绛云楼题跋》，上海古籍出版社2005年版，第113页。

于种种原因，人们已经无法看到当年刘辰翁批点的全本了。清人汪森序《湖山类稿》曰：

> 汪水云《湖山类稿》五卷，为刘辰翁批点，无叙引及锓刻年月，卷首脱落四版，集中字句间有漫漶而不可读者。因检钱虞山所藏云间旧钞二百二十余首，互为参订，复者去之，阙者存之，编为《外稿》，附于五卷之末。又从《宋遗民录》取廼贤、刘辰翁、文天祥、马廷鸾、周方、赵文、李钰诸序，并录之以置简编。[1]

吴炜的《水云集跋》亦有类似的记录：

> 余又得水云《湖山类稿》一帙，系元刻刘须溪评本，与此编互有不同。暇日校对，研朱点出，因知水云诗散落多矣。二本缺一不可。牧斋尚书以不得见《类稿》为恨，余并得插架，殊可喜也。雍正癸卯中元，风起乍凉，书堂检对，因笔。潭花居士吴炜。[2]

现在比较容易见到的是清人鲍廷博的"知不足斋丛书"本，书后的跋对编刻此书作了说明，庶及有利于我们进一步了解：

> 按晋江黄氏书目，汪水云《湖山类稿》，凡十三卷，又《水云词》三卷，访之藏书家，均未之见也。此五卷，为刘须溪选定，前脱四翻，岁久纸弊墨渝，字句更多缺蚀。今刻本已不复村，辗转传抄，并其批点失之，间存评骘数语而已。余从《宋遗民录》补入须溪元序及同时诸贤题识五首，因合《水云诗集》刻之。所惜与文山先生狱中唱和之作及廼易之所云章丞相鉴、邓礼部光荐、谢国史枋得三序，无从补录耳。乾隆乙酉五月既望，得闲居士鲍廷博识于知不足斋。[3]

---

① 汪元量著，孔凡礼辑校：《增订湖山类稿》，第191页。
② 同上书，第193页。
③ 汪元量：《湖山类稿五卷水云集一卷附录二卷》，"知不足斋丛书"本。

《湖山类稿》刘辰翁评点本现藏于国家图书馆、清华大学图书馆、北京市文物局、上海博物馆、南京图书馆。

最后，需要指出的是，刘辰翁对诗人、诗歌的批点还有不少不见于其评点专书，而被其他著作所收录的，如《千家诗注》《删补唐诗选脉会通评林》《唐诗品汇》等。

《千家诗》不分卷，明钞彩绘本。上图下文，红格，白口，四周双边。现藏北京国家图书馆。

《明解增和千家诗注》是明代宫廷内府皇太子的专用读本，宋谢枋得辑，明钞彩绘本。现存在世的主要有国家图书馆所存谢枋本卷二，台北故宫博物院存彩绘插图本卷一。台北故宫博物院存彩绘插图本卷一，书高32.2厘米，宽21.3厘米，以厚皮纸抄写，朱绘边栏界行，上图下文，红格，白口，四周双边。

《删补唐诗选脉会通评林》，明周珽集注，陈继儒批点，明崇祯八年（1635）毂宋斋刻本，三十二册四函。现藏清华大学图书馆、北京市文物局、上海图书馆、复旦大学图书馆、辽宁大连图书馆、山东师范大学图书馆、苏州市图书馆、无锡市图书馆、安徽省图书馆、河南省图书馆、四川省图书馆、成都杜甫草堂。十行十八字，小字双行同，白口，左右双边。

《唐诗品汇》在中国文学史上是一部著名的诗歌选本，编选者高棅在历代评论家中于刘辰翁情有独钟，共收录有刘辰翁批点的47位诗人的近550首诗歌，批语740多条。因引用刘辰翁批语很多，很多地方只好用"刘云"代称，他还特别指出："批语无姓氏者系刘须溪评，后仿此。"①他所评点的诗人有：李白、杜甫、陈子昂、张九龄、王维、孟浩然、韦应物、储光羲、常建、柳宗元、陶翰、戴叔伦、韩愈、孟郊、李贺、沈千运、王建、孟云卿、张继、崔颢、张籍、张谓、卢仝、裴迪、郎士元、卢纶、刘商、杨衡、王缙、贺知章、高适、岑参、武元衡、刘长卿、王之涣、贾岛、姚合、骆宾王、杜审言、苏颋、杜牧、钱起、卢象、司空曙、崔涂、皇甫曾、李憕。可见凡是在唐诗史上有特色的诗人，都进入了他批点评骘的视野。

---

① 高棅：《唐诗品汇》，上海古籍出版社1982年版，第14页。

三　小说类

《世说新语》

刘辰翁对《世说新语》的评注，开了小说评点的先河。从《李卓吾评点世说新语补》二十卷中李卓吾的批语在形式上与刘辰翁一样可以看出，其小说评点不仅在形式上开启了李卓吾等小说评点家的总批、回批、夹批等评点方式，而且在小说美学观念等重要问题上开了明清诸小说评点家的先河。他在批注《世说新语》时，从思想内容和艺术技巧等方面入手，虽寥寥数语，但很有见地，能很好地引导读者去认识、欣赏与鉴别，对《世说新语》的广泛流传产生了不可低估的作用，对后世的《世说新语》评点家凌濛初、王世贞、王世懋、杨慎、李贽等具有重大的影响，其评点已和刘孝标的注释一样，成为《世说新语》中不可缺少的、有价值的组成部分，明末许自昌《樗斋漫录》在评论李卓吾等小说评点时，就推刘辰翁为小说评点的开山祖师，这一称号他是当之无愧的。

《世说新语》的版本比较多也比较复杂，现存刘辰翁批点的《世说新语》版本共有三卷本、六卷本、八卷本及其他本几大系统。

（1）三卷本。沈得寿《抱经楼藏书志》卷四十六著录："《世说新语》三卷，明万历刻本。宋临川王刘义庆撰，梁刘孝标注，宋刘辰翁批。"① 明天启年间《合刻宋刘须溪点校书九种》中收录的《世说新语》也是三卷。日本人澁江全善、森立之《经籍访古志》著录："《世说新语》三卷，元椠本，昌平学藏，刘辰翁批点本，删略注文。"现藏国家图书馆和福建省图书馆。

（2）六卷本。明人祁承煠《澹生堂藏书目》卷七记载："《刘须溪批点世说新语》四册，六卷。"② 耿文光《万卷精华楼藏书志》卷九十九著录云："《世说新语》六卷，补四卷。明凌濛初原刻《世说》六卷，有刘辰翁评。即此本。"③ 《藏园订补郘亭知见传本书目》卷十一上著录有："《世说新语》六卷，宋刘辰翁、刘应登、明王世懋评。明凌濛初、凌瀛初刊朱、黛、黄、黑四色套印本。有凌瀛初跋，谓瀛初先刻二刘批本，已

---

① 沈得寿：《抱经楼藏书志》，《清人书目题跋丛刊》（五），中华书局1990年版，第512页。

② 《明代书目题跋丛刊》，第991页。

③ 《清人书目题跋丛刊》（九），中华书局1993年版，第876页。

复增王氏批点，分三色以别之。六册。余藏。别有八卷本，与此分卷不同，似即以此本增补者，余亦有之。"①

现藏首都图书馆、北京师范大学图书馆、上海图书馆、辽宁省图书馆、吉林省图书馆、浙江省温州市图书馆、湖北省图书馆、武汉市图书馆、襄樊市图书馆、长江大学图书馆。

（3）八卷本。钱曾《读书敏求记》云："宋刻《世说》三卷，刘辰翁批点刊行，元板分为八卷。……此书经须溪淆乱卷帙，妄为批点，殆将丧斯文之一端。"② 杨绍和《海源阁书目》著录云："明闵氏批点《世说新语》八卷，刘宋刘义庆撰，梁刘孝标注，宋刘辰翁、刘应登、明王世懋评，明凌瀛初刻四色套印本。"③ 台湾《国家图书馆善本书志初稿》也有此本的著录："《世说新语》八卷八册，元坊刻本。宋刘义庆撰，梁刘孝标注，宋刘辰翁批点。……左右双边，每半叶十行，行十七字。注文小字双行，字数同。版心小黑口，双黑鱼尾，中间记书名卷第、页次。'批'字以墨盖子白文别出，刘氏批点附在每条正文和注文后。"日本人表野和江《明末吴兴凌氏刻书活动考》也记载有八卷本："《世说新语》八卷，宋刘义庆撰，梁刘孝标注，宋刘辰翁等评，明万历间凌濛初刊朱墨蓝三色套印本。"④ 现藏国家图书馆、北京大学图书馆、北京师范大学图书馆、上海图书馆、西北大学图书馆、山东省图书馆、甘肃省图书馆、新疆大学图书馆、南京图书馆、上海辞书出版社图书馆、天津图书馆、南开大学图书馆、天津师范大学图书馆、山西省图书馆、辽宁省图书馆、吉林大学图书馆、东北师范大学图书馆、黑龙江大学图书馆。

此外，《世说新语补》二十卷和《李卓吾评点世说新语补》二十卷，两书也收录有刘辰翁的批语。严灵峰在《跋明刊〈世说新语补〉》中作了详细的介绍：

> 《世说新语补》二十卷，王世贞删定何良俊《语林》补如《新语》，由张文柱次第修注并订何氏之乖迕及益其注之未备者而成。首

---

① 莫友芝著，傅增湘订补：《藏园订补郘亭知见传本书目》，第 5 页。

② 钱曾：《读书敏求记》，书目文献出版社 1984 年版，第 78 页。

③ 杨绍和著，王绍曾、崔国光整理：《订补海源阁书目五种》，齐鲁书社 2002 年版，第 996 页。

④ ［日］表野和江：《明末吴兴凌氏刻书活动考》，《中国典籍与文化》2003 年第 3 期。

题"宋刘义庆撰，梁刘孝标注，宋刘辰翁批，明何良俊增，王世贞删定，王世懋批释，张文柱校注"。全书双行夹圈点，眉批则刘辰翁、王世懋两家说也。……无求备斋尚存有《李卓吾评点世说新语补》二十卷，首题"宋刘义庆撰，梁刘孝标注，宋刘辰翁批，明何良俊增，王世贞删定，王世懋批释，张文柱校注"。此系据张文柱刊本而加如入李贽批点者。即眉拦加入李贽眉批，甚为简略，以文评为主，刘、王二氏批语则仍其旧。惟补入之何良俊《语林》之上，在眉拦内刊一"补"字耳。①

《世说新语补》二十卷，现藏国家图书馆、北京师范大学图书馆、中国科学院图书馆、中共北京市委图书馆、上海图书馆、复旦大学图书馆、华东师范大学图书馆、上海师范大学图书馆、天津图书馆、内蒙古师范大学图书馆、辽宁省图书馆、山东省图书馆、南京图书馆、江苏扬州图书馆、南京市博物院、苏州文物管理委员会、浙江天一阁、浙江省平湖市图书馆、安徽大学图书馆、安徽省博物馆、武汉大学图书馆、湖南省图书馆、湖南师范大学图书馆、广东中山图书馆、四川省图书馆、四川师范大学图书馆。

《李卓吾评点世说新语补》二十卷现藏四川大学图书馆。

四　诗、文、小说合集

《合刻宋刘须溪点校书九种》一百零一卷，附一种八卷。

该丛书集中地保存了刘辰翁的评点，也是刘辰翁文学评点的集中体现和代表作，是研究刘辰翁文学评点绕不开的一部著作。它是明天启年间杨谠西（杨人驹）为收录须溪点校诸种书而刻，现藏国家图书馆和福建省图书馆。包括：《老子道德经》二卷、《庄子南华真经》三卷、《列子冲虚真经》二卷、《班马异同评》三十五卷、《世说新语》三卷、《王摩诘诗集》六卷、《杜子美诗集》二十卷、《李长吉诗集》四卷外卷一卷、《苏东坡诗集》二十五卷，另附《刘须溪先生记钞》八卷。《北京图书馆古籍善本书目》著录："《合刻宋刘须溪点校书九种》一百一卷，附一种八卷。存九种七十四卷。明天启刻本，二十六册，九行二十字，白口，四周单边。"闻启祥《刻刘须溪评九种书序》详细叙述了刊刻的由来，并流露出

---

① 严灵峰主编《书目类编》，成文出版社有限公司1978年版，第36252页。

对刘辰翁评点的服膺之情：

> 看书者若看山水，有致疑于荆榛灌莽之间而忽得清泉奇石者，向亦尝隐突于人之目而人不见也。有已经名赏之地而别有逢于丽谯深展之间者，隐突已消而人又难见之山水亦有遇也。故旧山不堪废而庋也，旧水不堪卷而藏也，以俊人之目尝来耳。故古书不堪唯而然也。刘会孟者，看书之俊者也，亦独好看俊书，故曰"吾读书未有若老庄用意之苦也"，故曰"观杜诗各随所得也"，故曰"长吉正在理外"。吾观其评列子而每亦有御风之句，吾观其评王维而每亦有诗中有画，东坡之开辟实与子美同功，谁能忘其粗率而信之？若夫班马之异同与世说之三绝并陈何如？若此九种者，亦何异九疑？亦何异九日？他席之逢也，谓刘氏之评书而不能生人之疑，不能使人之不随名赏而尽也。吾岂信之？吾甥杨人驹不看书而亦俊者也，不能使书不俊而多病，不肯不看书力少而借观于刘氏之清泉奇石，因而登其丽谯着其深展，诚有之矣。念其板刊，若将复莽也，为之精刻而合其九，图畅也；命工曰，字画要若春窠嫩竹，点圈要若缀露寒星，图灿也。病革坐茵褥而犹进一张，微笑云斯志可谓笃矣。今人骐乃毕其志，天下读书者即不病而借力于此，岂曰非书之又一遇乎？人之有所创获，白关借不借也。吾甥有《左传》评其所消隐突甚多，他日刻之，必又有能出俊目者，岂下九种哉？九种之外有记钞，是评九种之人之书也。杨犹爱之。甲子仲冬檀居士闻启祥题于龙泓草堂。①

而另一明人陈继儒所作的《刘须溪评点九种书序》则高度评价了刘辰翁的崇高品格和其文学评点，这对我们深刻地认识刘辰翁从事评点的心态和动机很有帮助：

> 《刘须溪先生集》有百卷，其子尚友亦能文。予所见《记钞》七十篇，及批评杜诗、《世说新语》止矣。武林杨人驹复得老、庄、列，得李长吉，得苏子瞻，得王孟，得《班马异同》，裒为九种。而辛稼轩词、陆放翁集则待访焉。闻子将精校之，学者始睹须溪先生之

---

① 见《合刻宋刘须溪点校书九种》，（北京）国家图书馆藏明刊本。

大全，真秋林第一快事也。先生名辰翁，字会孟，以太学生壬戌廷试，言"济邸无后可恸，忠良戕害可伤，风节不竟可憾"大忤贾平章，置丙第。以亲老请濂溪书院山长，荐居史馆，除博士，皆固辞。丙子宋亡，托游方外，盖殿讲欧阳巽斋之弟子，信国文文山之友，文忠江万里之幕客也。文文山谓"巽斋之门，非将则相"，又有《与架阁刘会孟书》。视其师友先生，故是磊落忠孝人。非止于异书中作自了汉者。当宋家末造之时，八表同昏，四国交阻，刀槊耀日，烽烟翳天，车铎马铃，半夜戛戛弛枕上，书生老辈偷从墙隙户窦窥喋，莫感正视。先生何缘得此清暇，复美笔慨文史耶？抑亦德祐前应举所读书也。德祐以后，军学十哲像左衽矣，万里以故相赴止水死矣，文文山入卫，征勤王师，无一人一骑至矣。大势已去，莫可谁何。先生进不能为健侠执铁缠稍，退不能为逋人采山钓水，又不忍为叛臣降将，孤负赵氏三百年养士之厚恩。仅以数种残书，且讽且诵，且阅且批，且自宽于覆巢沸鼎、须臾无死之间。正如微子之麦秀，屈子之离骚。非笑非啼、非无意非有意，姑以代裂眦痛哭云耳。吴草庐称"须溪之文奇绝变化，子尚友之文浩瀚演迤，皆能自成一家。"惜其父子失编《宋史》，并集百卷皆不传。独喜评点九种书，不为胡血腥风所吹尽，垂及吾明，出见于闻子将、杨人驹手中。其须溪之子云哉！须溪笔端有临济择法言，有阴长返魂丹，又有麻姑搔背爪，秋林得此，重辟混沌乾坤。第想先生造次避乱时，何暇为后人留读书种？更何暇为后人留读书法？而解者咀其异味异趣，遂为先生优游文史，微渺风流，虽生于宋季，而实类晋人。得无未考其世乎？故悲而叙之如此！①

此书多家目录著录，《增订四库简明目录标注》卷十六著录《须溪集》十卷时，随即记载："须溪批点老、庄、列、班马、世说、摩诘、子美、长吉、子瞻诗凡九种。"清人沈复粲《鸣野山房书目》卷五著录云："刘须溪点九种二十五本。老子道德经、列子冲虚经、庄子南华经、李长吉、王摩诘、杜子美、苏东坡、世说新语、班马异同。"② 王士祯《香祖

---

① 《四库禁燬书丛刊》集部六十六册，北京出版社 1998 年版，第 551—552 页。
② 沈复粲：《鸣野山房书目》，上海古籍出版社 2005 年版，第 155 页。

笔记》亦记载了此本："《续文献通考》载刘辰翁《须溪集》一百卷，今所传止《记略》二卷，及批点老、庄、列、班马、世说、摩诘、子美、长吉、子瞻诗九种耳。"①《中国丛书广录》《中国科学院图书馆藏中文古籍善本书目》均有此书的记载。

清人何属乾认为《刘须溪评点九种书》是刘辰翁思想的一个重要体现，并与其文学创作密不可分、融为一体。《刘须溪先生记钞序》云：

> 然吾尝阅先生点次九种书，于是录老、庄、列，于诗选摩诘、长吉、子美，于史辨班马异同；在晋则《世说》三绝，在宋则喜苏东坡，其刻本精核动人，省览非若是集隐突不可句读，何为也哉！岂品骘古人则了了，而自我作古，后生不逢辰，多忧谗畏讥，留行间疑案，俟百世下有知我者，仍取《记钞》，而品骘之会心与语言之表耶！予有不敏，爱日思沐，望月思浴，敬谬评曰："兹集也，时而谈玄，忘乎刘之为老也；时而逍遥，忘乎庄之为刘也；或乘风而行，若列子代御也；有摩诘之画意，不必见于诗也；才如长吉，而非近于思也；忠爱似子美，不悲而歌，不哭而痛也；学兼班马，不能分异同也；语多旷达，如东坡居海岛，而无谪遣之戚也。是三绝益以四绝，九种合为一种也。"先生其诺而许我乎？②

第二节　见于文献记载现已散佚之评点著作

一　《唐百家诗选》

王安石编选的《唐百家诗选》，刘辰翁曾加以评点，但现已散佚，从现存的文献中，可以看出刘辰翁当年确曾评点过，刘将孙《唐诗选序》云：

> 唐诗亡虑数百家，往往特中唐以后所传。荆公因宋次道家本选之，称百家固未备。世谓三司吏人乱摽贴，非初本。先君子须溪先生点校熟复，疑荆公别有选者。然唐诗浩繁杂袭，得此本读之者，亦胜

---

① 王士祯：《香祖笔记》，上海古籍出版社 1982 年版，第 234 页。
② 《刘辰翁集》，第 462 页。

如尽读诸集也。……此本经先君子论订提掇，特欲以启后学矍矍之机。古云谭见心诗，称能品，先君子深尝爱之。已而名士刻雅南者，多选其作，取吾家荆公选诗本刻之，寄声为序。予惧夫览者徒能疑于是编，乃上下论之。非日辨其不然，聊以广惑者之意。虽不必如荆公所谓，观此而足，抑以此选此评而观唐诗，不亦可哉。①

二 《文选》诗

虽然刘辰翁评点过的《文选》诗现已散佚，但杨慎《升庵诗话》卷十二"刘须溪"条下的记载足以证明，他当年确曾评点过《文选》诗：

世以刘须溪为能赏音，为其于《选》诗、李杜诸家皆有批点也。予以为刘须溪元不知诗，其批《选》诗首云："诗至《文选》为一厄。五言盛於建安，而勃窣为甚。"此言大本已迷矣。须溪徒知尊李杜，而不知《选》诗又李杜之所自出，予尝谓须溪乃开剪裁缎铺客人，元不曾到苏杭南京机房也。②

三 《古今诗统》

钱大昕《补元史艺文志》卷四著录："刘辰翁《古今诗统》六卷。"
沈璟《补辽金元艺文志》亦云："刘辰翁《古今诗统》六卷。"
杨慎《升庵诗话》卷七"洛春谣"中提及此书云：

刘须溪所选《古今诗统》，亡其辛集一册，诸藏书家皆然。予于滇南偶得其全集，然其所选，多不惬人意，可传之止十之一耳。辛集中皆宋人诗，无足采取，独司马才仲《洛春谣》、曹元宠《夜归曲》，尚有长吉、义山之遗意，今录于此。③

根据杨慎"亡其辛集"的说法，则此书至少有八卷，应该是一部大型的历代诗选。黄虞稷《千顷堂书目》卷三十一亦著录此书。

---

① 栾贵明辑：《四库辑本别集拾遗》，中华书局 1983 年版，第 509—510 页。
② 丁福保：《历代诗话续编》，第 888 页。
③ 同上书，第 769—770 页。

四　《兴观集》

这是刘将孙汇集其父评点唐宋诗之集子的部分节录，今已不传，刘辰翁《题刘玉田选杜诗》："予评唐宋诸家，类及复作者深意，跋涉何限。吾儿独取其间一二句可举者，录为《兴观集》。然概得其散碎简径选语，若上下极论，长篇大意，与诸作互见，不止此。盖此编与吾所选多出入，凡大人语，不拘一义，亦其通脱透活自然。"① 刘将孙《刻李长吉诗序》曰："先君子又尝谓吾作《兴观集》最可发越动悟者，在长吉诗。"② 刘辰翁弟子罗履泰的《须溪评点选注杜工部诗序》云：

> 旧见《后村诗话》中，评王杨卢骆，证以杜诗，颇有贬数子意，尝疑后村误认杜诗为贬语。一日，须溪谈此，先生因出所批示本示仆曰："吾意正如此。"时《兴观集》未出也，惟末章仆有欲请者，客至而罢。每自恨赋远游、并索居，望先生之庐有不能卒业之愧。……今《兴观集》行，不载此，每念复见先生所示本不可得。③

五　陶渊明诗

刘辰翁对诗歌的评点多集中在唐、宋，尤其以唐代诗人居多，但从现存的文献记录中可以发现，他对先唐的陶渊明和阮籍的诗歌亦进行过评点，尽管我们现在已无法看到他对二人诗歌的评点。刘辰翁对陶渊明诗颇有偏爱，在他评点其他唐宋诗歌时，多将陶诗作为参照和标准，如评储光羲的《田家杂兴八首》其二曰："渊明之趣。"其八云："比陶差健而瞻然，各自好。"④ 在《虎溪莲社堂记》中，更是明确地表达了自己对陶渊明诗的独特感情：

> 予尤以贫似渊明，独诵其诗辞，百世下仿佛求一语不可得，以此愧恨。天其以予畸于彼而合于此，牵帅山水，至此逋播耶？何虎溪同、莲社同，道人相得又同？志为此堂记。甲子，则予与渊明命也，

---

①　《题刘玉田选杜诗》，《刘辰翁集》，第208页。
②　刘将孙：《养吾斋集》卷九。
③　周采泉：《杜集书录》，第94页。
④　高棅：《唐诗品汇》卷十，上海古籍出版社1982年版，第143页。

亦本无高处，正自不得不尔。"八表同昏，平路伊阻"，诵《停云》
此语，泪下霑土，何能无情？①

根据历代书目的记载，刘辰翁批校的陶渊明诗有如下几种：明人赵琦美
《脉望馆书目》著录《陶渊明诗刘须溪批点》二本。②《经籍访古志》卷
六记载《须溪校本陶渊明诗集》："朝鲜国刊本，青归书屋藏。首有梁昭
明太子序及目录，卷首题须溪校本陶渊明诗集卷上，次行靖节先生陶元
亮。每半页十行，行十六字，界长六寸四分，幅四寸六分，末有成化癸卯
平尹皙希点新刊跋，又题'前沙斤道驿丞郑瑞书户长郑自良刻'数字。"③
日本人桥川时雄的《陶集版本源流考》也述及了刘辰翁批校的陶渊明文
集，其书卷六云："明成化刊，刘须溪校本，在朝鲜仿刻之大字本，未详
仿刻年月，原本与韦苏州本合编。"④

六　阮籍诗

现在虽然无法看到刘辰翁批点的阮籍诗，但从明人杨慎的《升庵诗
话》所记的一条材料中，足以说明刘辰翁当年的确批点过阮籍的诗歌，
《升庵诗话》卷十二云：

> 阮籍《咏怀诗》"西游咸阳中，赵李相经过。"颜延年以为赵飞
> 燕李夫人。刘会孟谓"安知非实有此人，不必求其谁何也"，不详诗
> 意。"咸阳""赵李"谓游侠近幸之俦，《汉书·谷永传》"小臣赵李
> 从微贱尊宠，成帝常与微行"者，籍用赵李字正出此。若颜延年之
> 说赵飞燕李夫人，岂可言"经过"？如刘会孟言当时实有此人，唐王
> 维诗亦有"日夜经过赵李家"，岂唐时亦实有此人乎？乃知读书不详
> 考深思，虽如延年之博学，会孟之精鉴，亦不免失之，况下此者耶？
> 《诗话补遗》云："按，《汉书》乃赵季李款。"⑤

---

① 《刘辰翁集》，第 84 页。
② 《明人书目题跋丛刊》，第 1486 页。
③ ［日］涩江全善、森立之撰：《经籍访古志》清光绪十一年姚氏铅印本。
④ ［日］桥川时雄：《陶集版本源流考》，北平文字国盟社民国二十年。
⑤ 丁福保：《历代诗话续编》，中华书局 1983 年版，第 874—875 页。

此外，从相关文献记载的线索中，我们发现，刘辰翁当年评点的唐宋诗人还有刘禹锡与黄庭坚、司马槱、曹元宠。

杨慎《升庵诗话》卷十六"明月可中"条下记载：

刘禹锡《生公讲堂》诗："高坐寂寥尘漠漠，一方明月可中庭。"山谷、须溪皆称其"可"之妙。①

《庐陵县志》"刘须溪先生小纪"云："庐陵刘辰翁会孟，号须溪，于唐人诸诗集及李杜黄大家皆有批点，又有批评三子口义及点校《史汉》《世说新语》，士林服其鉴赏之精博，然不知其节行之高也。"

可惜刘辰翁对两位诗人诗歌的评点，现都已经散佚，我们无法获知管窥。

---

① 丁福保：《历代诗话续编》，第744页。

第 三 章

刘辰翁文学评点的特色

第一节　专以文学论工拙

前已所述，评点这一文体的产生与科举考试有十分密切的关系，宋代很多的评点著作，如吕祖谦的《古文关键》、楼昉的《崇古文诀》、真德秀的《文章正宗》、谢坊得的《文章规范》、王霆震编的《新刻诸儒批点古文集成前集》、刘震孙编的《新编诸儒批点古今文章正印》以及魏天应编、林子长注的《论学绳尺》等，都是以"时文之法行之"，目的均在于"取便科举"。而刘辰翁则摆脱了评点为科举而设的目的，专以文学评点为成书的主旨，他的评点对象诗多而文少，足以说明这一点。他在诗歌评点中，从不注意创作背景，也不理会一首诗的写作时间和写作地点，更极少去涉及诗歌外围问题的考证，字词的训诂和典故的诠释他也较少顾及，他对诗歌的评点完全是从文学的角度来进行的，或从诗体的起源和发展来批评，或从章法结构，或从风格特色，或从表现手法，或从诗歌的立意和主旨，或从实词、虚词的用法，不一而足。总之，其诗歌评点立足于诗歌本体，细论用字造句的奥妙，剖析创作手法和艺术特色，综合品赏诗歌的内容、风格、造境和修辞的技巧。例如评陈与义《纵步至董氏园亭三首》其三末句"十丈虚庭借雨看"云："'借'字用得奇杰。"这是评论下字遣词的得失。评陈与义《和张规臣水墨梅五绝》其一末句"桃李依然是奴仆"云："末七字宛转三折，收拾曲尽。"此为剖析做法。总评全篇的如陈与义《跋任才仲画两首大光所藏》其二，曰："造意脱洒，语更不废。"

刘辰翁所选择评点的散文也与一般辅助读书人科举考试的入门书不同，而不具有强烈的实用功利色彩，从其评点的对象《大戴礼记》《越绝书》《阴符经》《老子》《列子》等中我们可以清楚地看出，其评点完全是从个人的兴趣出发决定取舍，是一种纯粹的无功利目的的文学评点。例如：

《大戴礼记》卷四《曾子本孝第五十》开篇"曾子曰：忠者，其孝之本欤！"此句刘辰翁批曰："起得奇。"

《越绝书》卷一《越绝荆平王内传》"王以奢为无罪，赦而蓄之，其子又何适乎？"句上，刘辰翁批曰："此三句深郁含蓄，有无限意味。"

《越绝书》卷二《越绝外传传记吴地传》开篇部分，刘辰翁批曰："'辟塞'二字甚奇且新。"

《越绝书》卷五《清棐内传》末尾，刘辰翁批曰："收得古健。"

《荀子》卷十六《正名篇第二十二》"故期命辩说也者，用之大文也，而王业之始也"句下，刘辰翁批曰："语精而句链。"

《老子》卷上《大道汜兮章第三十四》第一句"大道汜兮其可左右"，刘辰翁批曰："偶然一语皆写得别。"

《庄子》卷八《天道第十三》开篇，刘辰翁批曰："才看一二语便不类前篇。"

篇末批云："每读，每叹，能言者不能加矣。"

《南华经》卷二《齐物论第二》中，刘辰翁有批语曰："影已无形之物，芒两又非影之比也。寓又寓者也。意奇语奇事又奇，待有所待甚精，相待之无穷而是者皆无所待，则俱空矣。"

《南华经》卷二《齐物论》"昔者庄周梦为蝴蝶，……此之谓物化"，刘辰翁有批语云："梦觉齐，人物齐，是非齐，生死齐，尽在是矣！奇又奇也。他人于此，必在齐上收接，却冷转一语，翻尽从前许多话柄，曰周与蝴蝶必有分矣。不知者以为尚生分别，知者以为人牛俱失之机也。正言似反。"

《南华经》卷七《天地第十二》中，刘辰翁批云："偶有一语，亦自可诵，秦汉文字安得此。"

《南华经》卷十一《山木第二十》中"螳螂捕蝉"的故事，刘辰翁批曰："此与《战国策》同，《战国策》不及者，又弹黄雀故也。作文如画，画者当留不尽之意，如执弹而留是也，此间妙意在捐弹而走。"

难能可贵的是，刘辰翁还以读小说的态度来阅读《庄子》：

《南华经》卷十四《则阳第二十五》开篇，刘辰翁批曰："荐人必待其所敬，人能言之。此从夷节归上生得枝叶活，若但言夷节不若公阅休，亦无意思。虽小小说说，亦必有情致。"

《南华经》卷六《胠箧第十》"故尝试论之世俗，所谓知者，有不为大盗积者乎？所谓圣者，有不为大盗守者乎？"句上，刘辰翁批云："起语突兀，本是小说家，充拓变态，至不可破。他人著书证以数语已不啻。其妙在三反四覆，驰骤之极，卒归于道德之意，虽尽人间情伪，终以设喻，此其不可执着者。谓其愤疾，直浅浅者也。"

《班马异同评》是一部史学著作，也是刘辰翁散文评点的一个重要领地，在所有他评点的散文中，此书的评语最多，但他却极少从史事的真伪、史料的考证、撰史的体例、史学思想等方面入手进行评价，而是从文学的角度加以评判。例如：

《班马异同评》卷五《留侯世家》，刘辰翁批云："将极言有鬼神，却从无鬼神说，满纸奇怪，亦不得不尔，引而归之天，正郑重。及论其形貌，亦爽然自失，言笑有情，却不郑重，极闲散。"

《班马异同评》卷一《项籍》鸿门宴一节，刘辰翁批云："叙楚汉会鸿门宴事，历历目睹，去毫发渗漉，非十分笔力，模写不出。"

《班马异同评》卷二《高祖本纪》，刘辰翁批云："《汉书》劝羽攻荥阳，汉王患之，较直；《史记》再出'绝食'，愈窘，不是重出。《汉书》说'食尽降楚'，是看得此时项王左右皆为汉金所饵，故呼'万岁之城东观'。暮夜夹击者，为子长叙事磊落不可及处。"

《班马异同评》卷九《魏豹彭越传》，刘辰翁批云："此赞曲折，语意甚奇，能言豪杰中事，取于众人所不取，亦其所遇素意如此。"

由此可见，刘辰翁对《班马异同》的批点，与其本人的历史观点和态度毫无联系，他所关注的是两书写作与艺术上的特点、成就以及不足。

如《班马异同评》卷十一《樊哙郦商夏侯婴灌婴传》评蒯通之事，刘辰翁批云："观其言武陟已去，蒯通又来，此岂可以常法拘？其中有成安、广武，又有说龙且者，随事随笔，跋涉愈多，岂不能别为《蒯通传》？《汉书》移此于彼，儿童之见也。"《史记》叙述蒯通之事附于《张耳陈余传》中，这是故事情节发展的要求，自然引发出许多英雄人物，《史记》作者这样处理是成功的艺术安排，而《汉书》则拘于史家之"常法"单独为蒯通立传，刘辰翁认为他不懂艺术创作，优秀的作品并没有一成不变的模式。因此，他讥讽《汉书》的做法为"儿童之见"。

他的过人之处还在于认识到了正史中的虚构性，以评价小说的标准来点评人物的塑造、情节的展开以及结构的安排：

《班马异同评》卷二十八《淮南衡山列传》，刘辰翁批为："《汉书》'被流涕'感动；《史记》游谈如赋，近于小说矣。"

《班马异同评》卷五《留侯世家》开篇，刘辰翁批云："从沧海君得大力士，已怪。百二十斤椎举于旷野之外，而正中副车，岁架炮不如也。如此大索而不能得良，非自免并隐力士，此大怪事。卒归坯上，老父又极从容，如同时亲见，乃今人以为小说不足信者，即子房时时自道，容有疑之者矣。此皆不可意测，不可语解，但觉古人如在眼前，亦不足辨。妙处正在'履我'，又'业'已如此，省此，顿失数倍意态。'随目之'亦不可失，此'去'下'曰'字换文目。盖如见其人，如闻其语。'黄石'句，'尝习诵读'，秃写皆不偶然。试使子房自己或后人得传，必为不能知。子长之曲折具，略不少省，何也？"

《班马异同评》卷二十六，《司马相如上》："梁孝王令与诸生同舍。相如得与诸生游生居数岁，乃著《子丘之赋》，会梁孝王卒，相如归而家贫，无以自业。素与临邛令王吉相善，吉曰：'长卿久宦游，不遂而困，来过我。'于是相如往舍都亭。"刘辰翁批云："赋成而王卒、而困，是临邛令哀古人之困。岂无他料理？顾相与设画，次第出此言，是一段小说耳。子长以奇著之，如闻如见，乃并与其精神意气，隐微曲折尽就，盖至俚亵，而尤可观。使后人为之，则秽矣。"

刘辰翁以文学的视角来进行评点，更突出地体现在他对《世说新语》的批点中。首先，他认识到了《世说新语》的艺术性在于具有虚构的特征：

《世说新语》卷下《容止第十四》第一则："魏武将见匈奴使，自以形陋不足雄远国，使崔季珪代，帝自捉刀立床头。既毕，令间谍问曰：'魏王何如？'匈奴使者曰：'魏王雅望非常，然床头捉刀人，此乃英雄也。'魏武闻之，追杀此使。"刘辰翁批云："谓追杀此使，乃小说常情。"

《世说新语》卷下《简傲第二十四》第十一则"王子猷作桓车骑骑兵参军，桓问曰：'卿何署？'答曰：'不知何署，时见牵马来，似是马曹。'桓又问：'官有几马？'答曰：'不问马，何由知其数？'又问：'马比死多少？'答曰：'未知生，焉知死？'"刘辰翁批云："亦似小说书袋子。"

《世说新语》卷下《假谲第二十七》第五则"袁绍年少时曾遣人夜以剑掷魏武，少不下箸。魏武揆之，其后来必高，因帖卧床上，剑至果高"刘辰翁批云:"自非露卧,剑至即上,又不如迁以避之,小说多巧。"

刘辰翁从文学的角度来审视《世说新语》,这与刘知几指责《世说》失实大相径庭,书中魏武闻追杀匈奴使者一节,刘知几反复论证此事不合惯例,必为捏造,而刘辰翁则能从小说创作规律的高度来进行评价,达到了对全书的审美认识和把握。

《世说新语》是志人小说,其特点是通过只言片语和行动来刻画人物的性格,刘辰翁准确地捕捉到了这一点,他在评点时,十分注意人物的语言、行动和细节对塑造人物形象的作用。例如:

《世说新语》卷上《德行第一》第八则:"陈元方子长文,有英才,与季方子孝先各论其父功德,争之不能决,咨于太丘。太丘曰:'元方难为兄,季方难为弟。'"刘辰翁批云:"家翁语。"陈太丘意谓元方、季方兄弟才德俱优、功业德行难分上下。此处刘辰翁的批语熨帖、亲切,富于人情味。把一位善于言辞、善于治家的一家之长的风趣性格给揭示出来。

《世说新语》卷上《言语第二》第三十二则"卫洗马初欲渡江,形神惨悴,语左右曰:'见此芒芒,不觉百端交集。苟未免有情,亦复谁能遣此!'"刘辰翁批云:"似痴、似懒,似多、似少,转使柔情易断,非丈夫语,然非我辈,未易能言。"此则故事记录的是卫玠在天下大乱之际与家人别离的场景。卫玠深知此次流亡未必有生还之日,面对一江春水,家国之忧,身世之感,千头万绪,纷至沓来,让人百感交集。刘辰翁以痴、懒、多、少四个字和"非丈夫语",准确地概括了卫玠这样一个颖识通达、感情丰富但又性格脆弱的人物形象的品貌特征。

《世说新语》卷上《言语第二》第五十五则"桓公北征,经金城,见前为琅琊时种柳,皆已十围,慨然曰:'木犹如此,人何以堪!'攀枝执条,泫然流泪。"刘辰翁批云:"写得沈至正在后八字耳。若止于桓大口语,安得如此凄怆!"桓温在咸康七年(公元341年)曾任琅邪内史,自任琅邪内史至此次伐燕,已近三十年,时桓温已届暮年,故有此感慨。刘辰翁的批语准确地揭示了桓温内心深处的复杂情感,撬动人的心智。

《世说新语》卷中《夙惠第十二》第二则:"何晏七岁,明惠若神。魏武奇爱之,因晏在宫内,欲以为子。晏乃画地令方,自处其中。人问其故,答曰:'何氏之庐也。'魏武知之,即遣还。"刘辰翁批云:"字形语势皆绘,奇事奇事。"这一细节突出了一个早富智慧、聪明伶俐的少年才子的形象。从刘辰翁的批语中透露出了他的审美观，他认为通过艺术细节去表现人物的品性特征，往往能取得出人意料的审美效果，由此可以看出，他对细节的评点很有见地，切中了小说艺术的某些规律。

《世说新语》卷下《简傲第二十四》第十四则"谢万北征，常以啸咏自高，未尝抚慰众士。谢公甚器爱万，而审其必败，乃俱行，从容谓万曰：'汝为元帅，宜数唤将宴会，以说众心。'万从之。乃召集诸将，都无所说，直以如意指四左云：'诸君皆是劲卒！'诸将甚愤恨之。谢公欲深著恩信，自队主将帅以下，无不深造，厚相逊谢。及万事败，军中因欲除之。复云：'当为隐士。'故幸而得免。"刘辰翁批云："甚得骏态。"谢万出身士族，高傲狂妄，身为元帅，却不知抚慰众士，以搔痒的如意指点诸将，态度轻慢，又说了很不得体的话，实在是一个傲慢愚蠢之人，刘辰翁用"甚得骏态"四字来形容谢万富于特征的动作，突出了他呆直愚蠢的品性。

《世说新语》中的故事情节一般比较简单，因此刘辰翁对此的批点相对较少，但一些较长的篇幅他还是没有放过，如卷上《文学第四》第五十三则"张凭举孝廉出都"一节，刘辰翁批云："此纤细曲折可尚。"《方正第五》第二十五则"诸葛恢大女适太尉庾亮儿"一节，刘辰翁批云："委屈细碎可观。"可见，刘辰翁认为小说的情节应当委婉曲折，细致入微，这样的铺设，读者才会喜读。在《德行第一》第四十五则"吴郡陈遗"篇上批云："如此细事写得宛至，更有不厌。"

在刘辰翁的批点中，他认识到了小说在人物塑造、情节开展、语言运用上远比史书生动丰富，小说在情节的展开上波澜起伏，远比平实客观地叙述历史事件的史籍形象感人，故他认为小说胜于史书，在艺术魅力上小说超越史书，这是难能可贵也是极有见地地触及了小说之所以为小说的艺术特征。《世说新语》卷下《尤悔第三十三》第十三则"桓公卧语曰：'作此寂寂，将为文、景所笑。'既而屈起坐曰：'既不能流芳后世，亦不足复遗臭万载邪？'"刘辰翁批云："此等大有俯仰，大胜史笔。"

第二节　从读者感受的角度进行评点

纵观刘辰翁的文学评点，不着力于语义的辨析、语源的考证和本事的索引，而多关注于自己"反复作者深意"后的真切体验，其评点多从读者接受的角度来进行，注重读者的感受与联想，他的很多评语就是叙述个人阅读的感发和联想，因此刘辰翁的评语一半是论诗，一半是叙述自己的感受。例如：

《须溪批点选注杜工部诗》卷二《陪郑广文游何将军山林十首》其三，刘辰翁批曰："吾读此再四，感叹甚多。"

《须溪批点选注杜工部诗》卷四《乐游园歌》句"此身饮罢无归处，独立苍茫自咏诗"，句下评曰："每诵此结，不自堪。吾常堕泪于此。"

《须溪批点选注杜工部诗》卷四《渼陂行》"咫尺但愁雷雨至，苍茫不晓神灵意"，批云："吾尝游西湖，遇风雨，诵此语如同舟同时。"

《须溪批点选注杜工部诗》卷五《喜达行在所三首》其一"雾树行相引，莲峰望忽开"，句下评曰："荒村歧路之间，望树而往，傍山曲折，或见其背，或见其面，非身经颠沛，不知其言之工也。"

《须溪批点选注杜工部诗》卷六《寄岳州贾司马六丈巴州严八使君两阁老五十韵》，刘辰翁批曰："乱来读此，哀痛来生。"

《须溪批点选注杜工部诗》卷八《秦州见敕目薛三璩授司仪郎毕四曜除监察与二子有故远喜迁官兼述索居三十韵》"唤人看腰褭，不嫁惜娉婷"，句下刘辰翁批曰："两句开合，谓异昕相邀，自惜过时也，阅世乃知甚恨，诗未易读，初看失之。"

《须溪批点选注杜工部诗》卷八《江畔独步寻花七绝》其一，刘辰翁批曰："每诵四过，可歌可舞，能使老人复少。"

《须溪批点选注杜工部诗》卷九《乾元中寓居同谷县作歌七首》其六，刘辰翁批曰："心所同然，千载如对。"

《须溪批点选注杜工部诗》卷九《蜀相》，刘辰翁批曰："全首如此一字一泪矣，写得使人忍读，更以为至。千载遗下此语，使人意伤；又因老宗，添我憔悴。"

《须溪批点选注杜工部诗》卷十二《登楼》，刘辰翁批曰："谓先主庙中乃亦有后主，此亡国何足祠，徒使人思诸葛《梁甫吟》之恨而已。《梁甫吟》亦废兴之叹也。"

《李壁笺注王荆文公诗》卷七《明妃曲二首》其二"汉恩自浅胡自深，人生乐在相知心"句下，刘辰翁批曰："……三复可伤，能令肠断。"

《李壁笺注王荆文公诗》卷一一《少年见青春》"亦勿怪衰翁，衰强自然异"句下，刘辰翁批曰："语不深伤而悲动左右。"

《李壁笺注王荆文公诗》卷一《少狂喜文章》，刘辰翁批曰："无论相业如何，此岂志富贵者，每诵慨然伤怀。"

评《李壁笺注王荆文公诗》卷二四《飞雁》云："蔼然善怨，闻者犹不堪也。"

评《李壁笺注王荆文公诗》卷二四《招丁元珍》云："志意凄怆，每读想见其难言，不独诗好。"

《李壁笺注王荆文公诗》卷二七《全椒张公有诗在北山西庵僧墁之怅然有感》"幽明永隔休炊黍，真俗相妨久绝弦"句下，刘辰翁批曰："两语宛转凄断。"

《李壁笺注王荆文公诗》卷二八《次韵元厚之平戎庆捷》"胡地马牛归陇底，汉人烟火起湟中"句下，刘辰翁批曰："好气象，尤可想其胸中。"

《李壁笺注王荆文公诗》卷三九《读史》"区区岂尽高贤意，独守千秋纸上尘"句下，刘辰翁批曰："经事方知史之不足信，经事方知史之半为言，吾常持此论，未见此诗，被公道尽。"

评《李壁笺注王荆文公诗》卷四六《读蜀志》云："愈读愈恨。"

《须溪先生校点韦苏州集》卷八《九日》"明年九日知何处，世难还家未有期"评云："可悲隔世，与余同患。"

评《笺注评点李长吉歌诗》之《神絃》云："读此章，使人神意索然，如在古祠幽黯之中，视睹巫觋赛神之状也。"

从以上所举的例子中，可以看出，刘辰翁的评点不是客观、冷静的分析，而是审美主体心意飞扬积极地投向客体，根据自己的生活阅历、趣味以及审美情景去感悟把握诗歌，抒发自己的体验和感慨。这种以审美感受和真实的体验为基础、反复玩味作品、体味其中深厚意蕴的鉴赏品评，是在读者和文本之间动态的关系中逐步实现的。从接受美学的观点来看，"文学作品具有两极，我们可以称之为艺术极和审美极，艺术极是作品的本文，审美极是由读者完成的对本文的实现"。① 因此，刘辰翁的这种评点，读者始终处于能动的再创造状态之中，这和他《题刘玉田选杜诗》所提出的"凡大人语，不拘一意，亦其通脱透活自然"，"观诗各随所得，别自有用"，"用是此语，本无交涉，而见闻各异，但觉闻者会意更佳"

---

① 伊瑟尔：《审美过程研究》，雷佳恒、李宝彦译，中国社会科学出版社1991年版，第27页。

的批评观点是完全一致的，也是他批评理念的一个体现。

第三节　摘句批评与整体评价的统一

摘句批评是我国古代诗歌批评的流传形式之一，批评者主要依靠摘句来说明自己的品藻优劣，通过对具体诗句的例析来阐说诗艺、诗理，体现某种诗学观念和理论。摘句批评在实践中便集中表现为对诗歌作品的形式技巧主要指韵律、字法、句法以及章法等的总结与归纳。古人早就认识到了优秀的诗句在整个篇章中的作用，陆机在《文赋》中说："立片言而居要，乃一篇之警策，虽众辞之有条，必待兹而效绩。"《童蒙诗训》的作者吕本中也认为："文章无警策则不足以传世，盖不能竦动世人，如老杜及唐人诸诗无不如此。"但这种批评一般脱离了原篇上下句的语境，容易犯以偏概全的毛病。

作为生活在摘句批评繁盛期的刘辰翁，受这一风尚的影响是自然的，其评点也是以摘句评判为主，但又表现出了不同于时代的风貌特征，如：《须溪批点选注杜工部诗》卷一《望岳》"岱宗夫如何，齐鲁青未了"句下，刘辰翁批云："望岳而言，即齐鲁青未了五字雄盖一世。青未了，语好。夫字，谁何跌荡，非凑句也，齐鲁跋涉广。"

《须溪批点选注杜工部诗》卷二《奉赠韦左丞丈二十二韵》"白鸥没浩荡"句下，刘辰翁批曰："没字本不如波字之趣，但以上下语势当是没字相应。""万里谁能训"句下，刘辰翁批曰："此起结皆可慨然，非乞怜语也。"

《须溪批点选注杜工部诗》卷十一《奉和严中丞西城晚眺十韵》"地平江动蜀，天阔树浮秦"句，云："动字最佳，长篇着两语如此，岂不轩豁，浮动二字相若，而动为胜。"

《须溪批点选注杜工部诗》卷十六《阁夜》"五更鼓角声悲壮，三峡星河影动摇"句下，刘辰翁批云："此两句对看，自是无穷俯仰之悲，两句共见奇丽，著上句何足表，评诗未易如此。"

评《须溪批点选注杜工部诗》卷二十一《遣怀》"乘黄已去矣，凡鸟徒区区"句云："铺叙俯仰，戢戢典实。"

《须溪先生校点韦苏州集》卷一《拟古》其六"月满秋夜长"句下，刘辰翁批云："但摘一语，谁不知是苏州之妙，然得之全篇甚难，非尝遍阅，不知此篇具眼，变化后来，姑发此例。"

评《笺注评点李长吉歌诗》之《兰香神女庙》云："逐句逐字，尚有可取，全首即无谓。"

从以上的实例可以看出，刘辰翁的摘句批评是就篇论句，通观全首，方见其妙。具体说，是把词放到句、把句放到篇，从艺术情境的整体上去品味词句之妙，这是析微辨细与整体把握的统一。许多文献资料显示，在宋代，人们在谈到诗歌作品时所关心的往往不是完整的诗作本身，只是其中的那些佳句妙语，宋人将摘句批评进一步向细部论说方向发展的同时，弊端也日益彰显，而刘辰翁则纠正了这种偏颇，将诗歌摘句批评往前推进了一步。

严羽《沧浪诗话》云："对句好可得，结句好难得，发句好更难得。"刘辰翁深谙起句和结句在布局谋篇中的作用，故在刘辰翁的摘句批评中，他特别关注于起句和结句的安排，他常用"起得别""起语奇""起得高古""起得浑浑称题""起得雄浑""起得激昂慷慨"等来赞赏诗歌的开头，用"结尤属收拾""结得细润有力"等来肯定结尾，对首尾俱佳的诗篇更是啧啧称赏，如《须溪批点选注杜工部诗》卷二《陪郑广文游何将军山林十首》其三，刘辰翁批曰："吾读此再四，感叹甚多。以其首尾备至故也。"评《须溪批点选注杜工部诗》卷六《曲江二首》其二云："创出高兴，落落酣畅，如不经意而首尾圆活，生意自然，有不可名言之妙。"评《须溪批点选注杜工部诗》卷十二《丹青引曹将军霸》云："首尾悲壮跌荡，皆名言。"评《须溪批点选注杜工部诗》卷十六《殿中杨监见示张旭草书图》云："写得自在，首尾浑浑老成。"评《须溪批点选注杜工部诗》卷二十一《岁晏行》云："首尾痛彻。"

评《笺注评点李长吉歌诗》之《致酒行》云："起得浩荡感激，言外不可知真不得不迁只酒者。末转慷慨，令人起舞。"评《王状元集诸家注分类东坡先生诗》卷一《天竺寺》云："连珠叠璧，谓此首尾重字，境与诗适，可如此，故自佳。"《唐诗品汇》卷六五司空曙《经废宝庆寺》，刘辰翁批曰："起结皆好。"

第四节　颠覆注解，批驳旧说

注解和评点各有千秋，注解着意于发掘文本的原始意义和诗人的创作意图,而评点则着眼于读者对文本阅读的体验和感受。刘辰翁在具体评点的实践中,不仅批点原作本文,而且连前人的注解也一起批点,结果形成了一种阅读和阐释,他多次表达出对注诗者牵强附会、烦琐考证、故作高深的批判态度。例如:

《集千家注批点补遗杜工部诗集》卷四《初月》"光细弦初上,影斜轮未安。微升古塞外,已隐暮云端"后,刘辰翁批曰:"凡诗未尝无所托,第不知注者之谬。"

《须溪批点选注杜工部诗》卷一《赠李白》,刘辰翁批曰:"旧解屑屑难合,此其至浅者。"

评《须溪批点选注杜工部诗》卷三《白水县崔少府十九翁高齐三十韵》云:"岂有解诗专作寓言,使人生厌也。"

评《须溪批点选注杜工部诗》卷六《梦李白二首》其一云:"旧注引屈原事,非是。"

《须溪批点选注杜工部诗》卷九《成都府》,刘辰翁批曰:"语次写景,注者屑屑附会,可厌。"

《须溪批点选注杜工部诗》卷十《漫兴九首》其七,刘辰翁批曰:"平常景,多少幽意,为小儒牵强解了,读之可憎。"评《漫兴九首》其九云:"野人漫兴,深入情尽,岂复有能注者。"

评《须溪批点选注杜工部诗》卷十《戏为六绝句》云:"注为卢王为尔曹,全失先后语意。"

《道德经》卷上《谷神不死章第六》"谷神不死,是谓玄牝。玄牝之门,是谓天地根。绵绵若存,用之不勤"句,刘辰翁批曰:"此章虽注,来子已极意言之而不能言者也。苟知其虚之所存与生之所自,则言已至矣!复欲如老子能言不可得也。林解特以字意常理释之,此其老字注哉?千辛万苦下字,形容惟恐不近,乃不如晦翁两语而足,岂不又可笑哉?"

《道德经》卷上《善行无辙迹章第二十七》,刘辰翁批曰:"此等粗浅,林亦失之。"

《南华经》卷二《齐物论第二》中,刘辰翁评云:"《庄子》文字快活似其为人,不在深思曲说,但通大意,自是开发无限。林解每欲求异,于其本领无见而纤悉致意,只如师旷瞽者,自是扶杖听乐,痴呆入神,岂不名状分晓,何用诡怪牵引。杖策为击乐之器,须用使人耸耳。以此解《庄子》,尤不类。"

《李璧笺注王荆文公诗》卷七《桃源行》"望夷宫中鹿为马"句注后，刘辰翁批云："称二世死处曰望夷，犹称楚细腰、吴馆娃，何必鹿马之地？正在不分时代莽莽，形容世界之所以不可处者，两语慨然。"

《李璧笺注王荆文公诗》卷三十九《读史》"行藏终欲付何人"句注下，刘辰翁批曰："上句谓无易事，下句舍我其谁，注者安知作者之意。"

《王状元集诸家注分类东坡先生诗》卷一《次韵曾仲锡元日见寄》后，刘辰翁批云："谓传柑远寄也，注谬。"

《王状元集诸家注分类东坡先生诗》卷一《梦回文二首》其一"酡颜玉盌捧纤纤"句后，任文孺注云："当作㯟㯟，音师咸切，亦好手貌，乃与韵相协，恐传写误。"刘辰翁针对此注批曰："引韵何不可。"

《王状元集诸家注分类东坡先生诗》卷十一《孙莘老寄墨四首》其二"溪石琢马肝"句注后，刘辰翁批云："有九转丹何必肝石？又但不饥耳，注谬。"

《王状元集诸家注分类东坡先生诗》卷十八《刘贡父见余歌词数首以诗见戏聊次其韵》，刘辰翁批云："上句谓贡父，下句引昭君，衬以自喻，注引宗虇，何为？"

《王状元集诸家注分类东坡先生诗》卷十九《用前韵再和霍大夫》"行看凤尾诏，却下虎头舟"句注后，刘辰翁批曰："虎头谓处州，而注指常州，观诗信注，岂不谬哉！"

对待诗歌中的注释，刘辰翁的态度是"观诗信注，岂不谬哉"。他认为读诗应从诗入手，不能尽信注解。例如《李璧笺注王荆文公诗》卷七《桃源行》，李璧注释说指鹿为马的事并没有发生在望夷宫，并引《高斋诗话》说二句诗所写的历史先后次序颠倒了。而刘辰翁则不讨论这一作品的外围背景，只是就诗论诗。这种对知识性注解的批评，是一种转向文本自身，超越了训诂、传记的再次阅读，正如周裕锴老师所云："刘辰翁以其艺术性的评点对李璧和《高斋诗话》知识性的注解进行了颠覆。"[1]刘辰翁不但颠覆注解，有时还对原作注解进行删改，杨慎《世说旧注序》云："刘孝标注《世说》，多引奇篇奥帙，后刘须溪节之，可惜。"[2]吴骞《拜经楼诗话》卷二也曾提及："宋李雁湖笺注王半山诗集，海盐张氏所

① 周裕锴：《中国古代阐释学研究》，上海人民出版社 2003 年版，第 326 页。
② 丁锡根：《中国历代小说序跋集》，人民文学出版社 1996 年版，第 266 页。

雕者，乃元刘辰翁节本，失雁湖本来面目。"①

刘辰翁在评点中，往往提出与前人或时人不同的见解，带有辩驳的意味。例如：

评《须溪批点选注杜工部诗》卷十六《缚鸡行》云："短篇偶然正合如此，本无奇绝，特评者既过，效者失之。"

评《刘须溪先生评孟浩然诗》中《秋宵月下有怀》云："亦自纤丽，与'疎雨滴梧桐'相似，谓其诗枯淡，非也。"

评《刘须溪先生评孟浩然诗》中《裴司士员司户见寻》云："大巧若拙，或谓杨梅假对，谬论。"

《李壁笺注王荆文公诗》卷三十《即席次韵微之泛舟》"天著岗峦望易昏"句下，刘辰翁评曰："俗子论诗，则此等皆足占平生矣，不然！不然！"

《唐诗品汇》卷三十六柳宗元的《渔翁》，刘辰翁批曰："或谓苏评为当，非知言者。此诗气浑，不类晚唐，正在后两句，非蛇安足者。"

《唐诗品汇》卷四李白的《拟古》"去去复去去"句下，刘辰翁批曰："极其愁思，语意终健古诗，唐诗之异，以此而观，人亦以此。他人不如太白者，情事浅耳。谓其诗十九妇人，非知白者，亦非知诗者。"

第五节　以禅论诗

宋人流行以禅论诗、以禅喻诗，受这种风尚的影响，刘辰翁在批点诗歌的实践中亦时以禅论诗，受宋末禅宗"无言之境"的影响，诗歌论家认为诗歌可以超越语言传达的障碍直接指向言语之外的物态意蕴。"语言文字在诗中的运用活跃到一定程度，使我们不觉语言文字的存在，而一种无言之境从语言中涌出。"② 刘辰翁对这种自然的无言之境推崇备至：

评《集千家注批点补遗杜工部诗集》卷三《送孔巢父谢病归游江东兼呈李白》云："不必有所从来，不必有所指，玄玄众妙门。"

评《须溪先生校点韦苏州集》卷八《闻雁》云："更不须语言。"

---

① 王夫之等：《清诗话》，上海古籍出版社 1983 年版，第 739 页。
② 叶维廉：《中国诗学》，三联书店 1992 年版，第 108 页。

评《须溪先生校本王右丞集》中《使至塞上》云："亦是不用一辞。"评《华子岗》云："萧然更欲无言。"评《辛夷坞》云："其意亦欲不着一字，渐可语禅。"评《冬日游览》云："更似不须语言。"评《山居秋暝》云："总无可点自是好。"

评《刘须溪先生评孟浩然诗》中《夜泊庐江闻故人在东林寺以诗寄之》云："玄之又玄。"评《洛中访袁拾遗不遇》"洛阳访才子，江岭作流人"句下，刘辰翁批云："此惊起，岂待第三语哉！便不着一字，亦自深怨。"

评《笺注评点李长吉歌诗》中《石城晓》云："选语起，佳。不言留别，而有留别之色，妙不着相。"

《李壁笺注王荆文公诗》卷四《拟寒山拾得》其十"若除此恶习，佛法无多子"句下，刘辰翁批云："说得有悟处。"

评《李壁笺注王荆文公诗》卷十一《秋如不可见》"栗栗涧底风，吹我衣与裳。娟娟空山月，照我冠上霜"句云："随分自然，不着一语。"

《李壁笺注王荆文公诗》卷二十三《春日》"室有贤人酒，门无长者车"句下，刘辰翁评曰："正以无字胜。"

《李壁笺注王荆文公诗》卷十八《七星砚》，刘辰翁评曰："从虚入实，矫矫亦不着相，故是此老高处。"

评《王状元集诸家注分类东坡先生诗》卷一《书焦山纶长老壁》云："变化幻实，真是动悟得人。"

《唐诗品汇》卷八储光羲《田家杂兴八首》其七，刘辰翁评曰："不着一语，意自然个中。"

第六节　比较鉴别、追根溯源

比较是我国文学批评中普遍采用的方法，刘辰翁在评点中，亦往往用此方法来说明作家和作品的个性特征。其比较的方法有两种：一为凸现不同或辨出优略、高低；二为在比较中发现彼此的共性；三为比较中理清作者思路。

1. 凸现不同或辨出优略、高低

刘辰翁《孟浩然集》跋云："生成语难得，浩然诗高处，不刻画，只似乘兴，苏州远在其后，而澹复过之。"

又，"韦应物居官，自愧闷闷，有恤人之心。其诗如深山采药，饮泉坐石，日宴忘归。孟浩然如访梅问柳，徧入幽寺。二人趣意相似，然入处不同。韦诗润者如石，孟诗如雪，虽澹无彩色，不免有轻盈之意。"

评《刘须溪先生评孟浩然诗》中《送友人之京》云："甚不多语，神情悄然，比之苏州，特怨甚。"

评《刘须溪先生评孟浩然诗》中《耶溪泛舟》云："诸诗皆极洗练而不枯瘁，又在苏州前，清溪丽景，闲远余情，不欲犯一字，绮语自足。"

《南华经》卷三《德充符第五》"天之和豫通而不失于兑"句，刘辰翁批曰："兑如医家脱证所谓日夜无隙，正谓此也。韩愈说筑河堤障屋檐，如何得似此语妙趣？"

《南华经》卷七《天地第十二》中，刘辰翁批曰："偶然一语，亦自可诵，秦汉文字安得此？"

《王状元集诸家注分类东坡先生诗》卷十三《二虫》，刘辰翁尾批曰："此诗结意如道人玩事之辞，更胜《缚鸡》耳。"

《王状元集诸家注分类东坡先生诗》卷七《和刘道原见寄》后，刘辰翁批曰："后村《送巽翁》用'淮南'、'冀北'，虽切一时，安得似此雄浑。"

《须溪先生评点简斋诗集》卷十七《正月十二日自房州遇虏至奔入南山十五日抵回谷张家》"久谓事当尔，岂意身及之"句下，刘辰翁批曰："恨恨无涯，又胜子厚《白发》，每见潸然。"

《须溪先生评点简斋诗集》卷二十一《寒食日游百花亭》"晴气已复浊，虚馆可淹留"句下，刘辰翁批为："胜《选》。"

《李壁笺注王荆文公诗》卷八《即事六首》其二，刘辰翁批曰："如此写景，复胜古诗十九首，以其意不在景也。"

评《李壁笺注王荆文公诗》卷四十一《东皋》云："虽用白语，动盪不同。"

评《王状元集诸家注分类东坡先生诗》卷一《四时词》云："秾丽称情，高胜太白。"

评《王状元集诸家注分类东坡先生诗》卷二十二《送苏伯固效韦苏州》云："尽是好诗，第去苏州尚远。"

《唐诗品汇》卷六李白《寻阳紫极宫感秋作》诗末，刘辰翁评云："其自然不可及矣，东坡和此有余，终涉拟议。"

《唐诗品汇》卷十五柳宗元《晨诣超师院读禅经》，刘辰翁尾批曰：

"此处言不可尽，然去渊明尚远，是唐诗中转换耳。"

《唐诗品汇》卷十五总评柳宗元云："子厚古诗，短调纡郁，清美闲胜；长篇点缀精丽，乐府托兴飞动，退之故当远出其下，并言韩柳，亦不偶然。"

《唐诗品汇》卷二十韩愈《秋怀诗十一首》其四，刘辰翁尾批曰："可与《古诗十九首》上下，而气复过之。"

《唐诗品汇》卷二十六李白《远别离》，刘辰翁尾批曰："参差屈曲，幽人鬼语而动荡自然，无长吉之苦。"

《唐诗品汇》卷四十裴迪《孟城坳》，刘辰翁批云："未为不佳，与维相去远甚。"

2. 在比较中发现彼此的共性

刘辰翁在评点中，往往将风格相近或相同的作家、作品相提并论，以探求他们之间的共同之处：

《集千家注批点补遗杜工部诗集》卷七《寒食》"寒食江村路，风花高写飞"句下，刘辰翁批云："欧公意常近此。"

《集千家注批点补遗杜工部诗集》卷十《别房太尉墓》"近泪无干土，低空有断云"句下，刘辰翁批云："钟情古语，著'低'、'近'二字，惟孟东野有之。"

《李壁笺注王荆文公诗》卷六《明妃曲二首》其二"可怜青冢已芜没，尚有哀弦留至今"后，刘辰翁评曰："却如此结，神情俱敛，深得乐府之体。惟张籍唐贤间或知此。"

《李壁笺注王荆文公诗》卷二十二《定林院》"因脱水边履，就敷床上衾"句下，刘辰翁评曰："有辋川幽澹之趣。"

《李壁笺注王荆文公诗》卷三十七《同长安君钟山望》"东归与续棣华篇"句下，刘辰翁评曰："与坡公'脚力尽时山更好'之句可以并传。"

《李壁笺注王荆文公诗》卷四十二《蒋山手种松》"闻道近来高数尺，此身蒲柳故应衰"句后，刘辰翁评曰："此等即似晋人语言。"

《王状元集诸家注分类东坡先生诗》卷一《和子由寒食》诗后，刘辰翁评曰："自是杜诗样，写得快活。"

《王状元集诸家注分类东坡先生诗》卷七《登云龙山》诗后，刘辰翁评曰："能狂，类太白。"

《王状元集诸家注分类东坡先生诗》卷三十九《次韵定慧钦长老见寄

八首》其一"崎岖真可笑，我是小乘僧"句后，刘辰翁评曰："上句险如岛，何也？"

《须溪先生评点简斋诗集》卷十四《次舞阳》"忧世力不逮，有泪盈衣襟。嵯峨西北云，想像折寸心。"句后，刘辰翁评曰："好似夔后。"

《须溪先生评点简斋诗集》卷二十三《己酉九月自巴丘过湖南别粹翁》"离合不可常，去住两无策"句后，刘辰翁评曰："畅似后山。"

评《须溪先生评点简斋诗集》中《八关僧房遇雨》云："太逼柳州。"

《湖山类稿》卷一《送琴师毛敏仲北行》，在题下，刘辰翁批曰："三诗似山谷。"

《湖山类稿》卷一《杭州杂诗和林石田》，在题下，刘辰翁批曰："此数诗，老杜《秦州》诗。""日月东西驿，乾坤阖闢扉。斯今无二子，空有首阳薇。"句后，刘辰翁批曰："杂老杜诗中不辨。"

评《湖山类稿》中《石头城》"地接汴淮山北去，江吞吴越水东来"句云："许浑诗。"

《唐诗品汇》卷十储光羲《陆著作挽辞二首》其一诗末，刘辰翁批曰："好，似选语。"

《唐诗品汇》卷十七孟云卿《伤时二首》其一诗末，刘辰翁评云："子昂风调。"

《唐诗品汇》卷四十七李白《峨嵋山月歌》诗末，刘辰翁评云："含情凄婉，有竹枝缥缈之音。"

《唐诗品汇》卷七十二张九龄《郡内闲斋》诗末，刘辰翁评云："高爽沉著而句句婉美，韦苏州可得此风味。"

3. 比较中理清作者思路

刘辰翁还常用比较的方法来理清作家的渊源和作品之间的传承影响关系。例如：《集千家注批点补遗杜工部诗集》卷八《丽人行》"鸾刀缕切空纷纶，黄门飞鞚不动尘"句下，刘辰翁评云："形容骄贵，至黄门飞鞚不动尘，自是气象，后来东坡借用，贴出得又明。"

《集千家注批点补遗杜工部诗集》卷八《官池春雁二首》其二"翅在云天终不远，力微赠缴绝须防"句下，刘辰翁评云："句意紧严，后山概得之，故节度森整。"

《集千家注批点补遗杜工部诗集》卷一一《青丝》"十月即为菑粉

期"句后，刘辰翁评云："书生张皇军国，愿幸功成，类如此可叹，子美犹始祖也，至放翁厌矣，吾题吾说于此，亦自厌矣。"

《集千家注批点补遗杜工部诗集》卷十一《过故斛斯校书庄二首》其一"竟无宣室召，徒有茂陵求"句下，刘辰翁评云："极是恨意，后来作者皆不及，简斋步骤略近。"

《集千家注批点补遗杜工部诗集》卷十五《解闷十二首》其八诗末，刘辰翁批为："公诗晚年多倒用，老态其所自得，然未可尽以为法。黄山谷偏嗜此等，日取成家。"

《集千家注批点补遗杜工部诗集》卷十六《滟滪堆》"天意存颠覆，神功接混茫"句下，刘辰翁批为："此坡赋之祖。"

《集千家注批点补遗杜工部诗集》卷十九《岁晏行》诗末，刘辰翁批为："首尾痛彻，子美诗晚年多杂乱，无复语次，如此歌本说'射雁'，隔数句后方出'汝'字应前，未了复言时事，因及'私铸'，私之未了，终以'画角'。老人诗态，不可拘以常格，得以此，失以此。山谷专主此等，流弊至不可读，亦不得不以为戒也。"

《须溪先生评点简斋诗集》卷一《题刘路宣风月堂》"长风将佳月，万里到此堂"句下，刘辰翁批为："脱用韩语，造以己意，便非众人风月。""此君非无心，风月不相忘"句下，刘辰翁批为："又是韩意，用之又别。"

《须溪先生评点简斋诗集》卷二十三《游道林岳麓》"不受安危侵"句下，刘辰翁评曰："并用后山语，而句意弥高。"

《湖山类稿》卷二《扬子江》"蛟龙汹汹争新穴，鸥鹭轻轻下故州"句下，刘辰翁评曰："两句简斋旧语。"

《湖山类稿》卷四《南归对客》题下，刘辰翁批曰："此诗学简斋。"

《须溪精选陆放翁诗集》卷一《泊公安县》"无穷江水与天接，不断海风吹月来"句后，刘辰翁批曰："并用杜语，然亦称。"

《唐诗品汇》卷四李白《古风》"宝剑双蛟龙"篇末，刘辰翁评曰："此篇似学鲍照而作。"

第七节　比喻、象征性的评语

刘辰翁的评语往往借助于比喻、象征性的语言，显得形象生动，给人留下了深刻的印象：

《须溪批点选注杜工部诗》卷八《送远》诗末，刘辰翁批曰："如画出塞图。"

《须溪先生校点韦苏州集》卷一《拟古诗十二首》其一题下，刘辰翁批曰："古别离多矣，此作更古者，以其有清洁自然意，如秋风旷野，自难为怀。"

《须溪先生校点韦苏州集》卷四《秋夜二首》诗末，刘辰翁批曰："吾读苏州诗，至此切怪，其情近妇人。"

《须溪先生校点韦苏州集》卷六《春中忆元二》诗末，刘辰翁批曰："读苏州诗如读道书。"

《须溪先生校点韦苏州集》卷六《起度律师同居东斋院》诗末，刘辰翁批曰："语有仙风道骨。"

评《刘须溪先生评孟浩然诗》中《长安早春》云："是寒食富贵语。"

评《笺注评点李长吉歌诗》中《示弟》"病骨犹能在，人间底事无。"句云："亦是恨意，凄婉如老人语。"

《李壁笺注王荆文公诗》卷十二《示平甫弟》"岂无他忧能老我，付与天地从今始。"句下，刘辰翁批语："有林回弃璧之气。"

《唐诗品汇》卷四李白《妾薄命》"长门一步地，不肯暂回车"句下，刘辰翁批语："似妇人语。"

《唐诗品汇》卷三十六卢仝《楼上女儿曲》"直缘感君恩爱一回顾，使我双泪长潺潺"句后，刘辰翁评曰："滔滔然如弦语怨彻，不复自惜。"

第 四 章

刘辰翁文学评点的常用术语

第一节 奇、味

一 奇

在中国古代文学批评中，"奇"是一个具有丰富内涵的文学观念，常用来表示非同寻常的美。正如傅庚生所云："奇为文辞之极则。"[1] 刘辰翁在评点中用到的"奇"字，都是表示首肯与赞美的。例如：

《大戴礼记》卷四《曾子本孝第五十》开篇，刘辰翁批曰："起得奇。"

《越绝书》卷二《越绝外传传记吴地传》开篇部分，刘辰翁批曰："'辟塞'二字甚奇且新。"

《南华经》卷二《齐物论第二》中，刘辰翁有批语曰："影已无形之物，芒两又非影之比也。寓又寓者也。意奇语奇事又奇，待有所待甚精，相待之无穷而是者皆无所待，则俱空矣。"

《刘须溪先生评孟浩然诗》卷上《同薛八往符公兰若》"谁能效丘也"句后，刘辰翁批曰："末句'也'字似散语，亦奇。"

《笺注评点李长吉歌诗》卷一《雁门太守行》，刘辰翁尾批曰："起语奇。"

评《笺注评点李长吉歌诗》中《拂舞歌辞》"全胜汉武锦楼上，晓望晴寒饮花露"句后，刘辰翁批曰："凡语转奇，惜锦字劣。"

《王状元集诸家注分类东坡先生诗》卷二十一《次韵孔毅父久旱已尔甚雨三首》其二"谁能伴我田间饮，醉倒惟有支头甋"句下，刘辰翁批

---

[1] 傅庚生：《中国文学批评通论》，商务印书馆1947年版，第155页。

曰："奇甚。"

与"奇"相关的评语还有"奇怪""奇隽""神奇""奇丽""甚奇""奇异""峭异""奇崛""奇绝""奇气""奇杰""造奇""警异""别""不凡""不随人后""独取不经人道者""字字不随人后""入手自别""拈出自别"等，这些评语，体现了刘辰翁推崇构思不落常套、超越寻常轨辙，以达到奇谲瑰丽的诗境的文学观念。

二　味

"中国古代文论中的'味'是一个十分重要的范畴，历代文论家、批评家、论味者和以味论诗者绵绵不绝，形成颇具特色的诗味论和辨味批评。"① "'味'很被批评家们看好，而出现的频率和享有的地位都高，其原因，想来是他包含的意思空灵蕴藉，可以表达文学作品摇曳的风神及赏评者精微的感受，标志着文学创作和批评的独诣之境。因而，能否辨味，就成了谈诗论文的一道门槛。"② 作为中国古代的批评家，刘辰翁也不例外，在其评点中也大量使用这一批语，常见的是"有味""无味""味外味"与"无味之味"。

被刘辰翁批以"有味"字眼的，均是对作品的称赞与褒扬。

《须溪批点选注杜工部诗》卷四《乐游园歌》"拂水低回舞袖翻，缘云清切歌声上"句，刘辰翁评云："婉约有味。"

《须溪批点选注杜工部诗》卷十《漫成二首》其二"读书难字过"句，刘辰翁评云："真率有味。"

《须溪批点选注杜工部诗》卷十四《除草》"芒刺在我眼，焉能待高秋"句下，刘辰翁评云："纤纤有味。"

《须溪批点选注杜工部诗》卷十八《谒先主庙》"向来忧国泪，寂寞洒衣巾"句下，刘辰翁评云："其甚自负如此，首尾曲折，句句典实有味，真大手笔。"

《刘须溪先生评孟浩然诗》中《宿立公房》"如何石岩趣，自入户庭坚"句旁，刘辰翁批曰："亦自在有味。"

《李壁笺注王荆文公诗》卷十九《垂虹亭》"中家不虑始"句下，刘

---

① 张利群：《辨味批评论》，广西师范大学出版社 2000 年版，第 115 页。

② 张方：《中国诗学的基本观念》，东方出版社 1999 年版，第 121 页。

辰翁批语："五字有味。"

《唐诗品汇》卷八十五钱起《赠阕下裴舍人》诗末,刘辰翁批曰:"有情、有味、有体、色深可观。"

被刘辰翁批以"无味"字眼的,是指没有艺术魅力的平庸作品,缺乏含蓄蕴藉的审美特质。

《笺注评点李长吉歌诗》卷一《绿章对事》诗末,刘辰翁批语:"苦甚,无味。"

《集千家注批点补遗杜工部诗集》卷十四《园官送菜》"丝麻杂罗纨"句下,刘辰翁评曰:"牵强无味。"

《李璧笺注王荆文公诗》卷三《白鹤吟示觉海元公》"汝谓松死吾无依邪,吾方舍阴而坐露"句下,刘辰翁评曰:"无味。"

被刘辰翁批以"味外味"的作品比批以"有味"的作品在艺术上更胜一筹,"味外味"是表示对其高度的赞扬。

《世说新语》卷上《言语第二》第四十一则"庾公尝入佛图,见卧佛,曰:'此子疲于津梁。'于时以为名言。"刘辰翁评曰:"有味外味。"

《须溪先生校点韦苏州集》卷四《送榆次林明府》诗末,刘辰翁评曰:"此等又味外味。又云无一句不合,路遥句尤极清润,作者可仰。"

《集千家注批点补遗杜工部诗集》卷十一《观李固请司马弟山水图三首》其一"群仙不愁思"句下,刘辰翁评曰:"有味外味。"

在刘辰翁关于"味"的批语中,还有"无味之味",有学者指出:"比'余味''味外味'还要精妙的是'无味'和'无味之味',它指称的是文学作品脱略声臭不可离析的圆美、大美和至美。……显然比'余味''味外味'指向更高的层次。"① 可见,这是对"无味"的否定之否定,是表示肯定的赞许之意。例如:

《须溪批点选注杜工部诗》卷十《过南邻朱山人水亭》"相近竹参差,相过人不知。幽花欹满树,细水曲通池"句下,刘辰翁评曰:"此四句描摸幽兴,无味之味,甚长。"

---

① 汪涌豪:《中国文学批评中感官用语的援用》,载《中国古代文论研究的回顾与前瞻:复旦大学 2000 年国际学术会议论文集》,复旦大学出版社 2002 年版,第 270 页。

第二节　自然、古、情

一　自然

自然是中国古典文艺美学中重要的审美范畴，"自然首先是指不见人为雕琢，文学作品本是作家创造，但文学作品不应让人感到人为雕琢"①。刘辰翁强调文章应"颓然天成"，提倡不用雕琢，在其《松声诗序》和《欧氏甥植序》中，他一再称赏诗贵自然、水到渠成、满心而发、真情流露的自然意境是诗歌的最高境界。因此，在评点中，刘辰翁所用的"自然"一词，都是表示对作品的称赞。例如：

《集千家注批点补遗杜工部诗集》卷六《遣怀》"水静楼阴直"句下，刘辰翁批曰："写景贵得自然。"

《集千家注批点补遗杜工部诗集》卷六《西枝村寻置草堂地夜宿赞公土室二首》其二"月出山更静"句下，刘辰翁批曰："自然境，自然语。"

评《笺注评点李长吉歌诗》卷一《苏小小墓》"无物结同心，烟花不堪剪"句下，刘辰翁批云："妙极自然。"

评《笺注评点李长吉歌诗》中《残丝曲》"花花起作回风舞"句下，刘辰翁批云："自然好。"

《刘须溪先生评孟浩然诗》卷上《与诸子登岘山》诗末，刘辰翁批曰："不必苦思，自然好，苦思复不能及。"

《须溪先生校点韦苏州集》卷三《宿永阳寄璨律师》诗末，刘辰翁批曰："苏州用意常在此等，故精练特胜，触处自然。"

《王状元集诸家注分类东坡先生诗》卷九《刘乙新作射亭》，刘辰翁批曰："诗意感慨自然，诗贵如此。"

《须溪先生评点简斋诗集》卷十九《同左通老用陶潜还旧居韵》"百感醉中起，清泪对君挥"句下，刘辰翁批云："自然之然，不忍言好。"

《李壁笺注王荆文公诗》卷八《陈桥》"纷纷塞路堪追惜，失却新年一半春"句下，刘辰翁批云："为它来处自然，轻轻便足。"

《李壁笺注王荆文公诗》卷四十《题西太一宫壁两首》其一诗末，刘辰翁批曰："语调自然，清绝愁绝。"

---

① 王济民：《中国古代文论陈述》，华中师范大学出版社 2002 年版，第 96 页。

《李壁笺注王荆文公诗》卷四十七《天童山溪上》诗末，刘辰翁批曰："妙处自然，不入思索。"

《唐诗品汇》卷十五柳宗元《掩役夫张进骸》，刘辰翁尾批云："学陶不如此篇逼近，亦事题偶足以发尔。故知理贵自然。"

《须溪先生校本王右丞集》中《晓行巴峡》"晴江一女浣"句下，刘辰翁批云："自然好。"

与"自然"接近的是"天然""本色""随意""不用雕琢"等：

《刘须溪先生评孟浩然诗》中《宿武陵即可》诗末，刘辰翁批语："随意唱出，自无俗气。"

《李壁笺注王荆文公诗》卷三十六《寄王回深甫》"一寸古心俱未试，相思中夜起悲歌"句下，刘辰翁批云："知己情怀语言，不待勉强，读之如林谷风声，悲愤满听，所谓天然。"

《王状元集诸家注分类东坡先生诗》卷十《明日重九亦以病不赴述古会再用前韵》诗末，刘辰翁批曰："不用雕琢。"

《王状元集诸家注分类东坡先生诗》卷十二《申王画马图》诗末，刘辰翁批语："极是本色。"

《须溪评点精选陆放翁集》中《晚兴》诗末，刘辰翁批语："随意衬托，皆及本色。"

二 古

刘辰翁在评李贺的《古邺城童子谣效王粲刺曹操》时云："虽不尽晓刺义，终是古语可爱。"可见，他对"古"是推崇的，故在其批点中，"古"字是表示赞扬的用语。例如：

在《笺注评点李长吉歌诗》中，评《长歌续短歌》云："起六句，皆有古意。"评《上云乐》《秋凉诗寄正字十二兄》皆云："古。"评《休洗红》云："古意。"评《申胡子觱篥歌》云："其长复出二谢，可喜。索意造语，古意。"评《房中思》云："古，情事不害。"

《须溪先生校点韦苏州集》卷八《幽居》"微雨夜来过，不知春草生"句下，刘辰翁批语："古调本色。'微雨'一联似亦以痴得之也。"

《集千家注批点补遗杜工部诗集》卷十二《雨》"飞雨蔼而至"句下，刘辰翁批曰："古意精语。"

《刘须溪评点孟东野诗集》卷二《怨别》诗末，刘辰翁批曰："古意沉着，甚有余情。"

《刘须溪先生评孟浩然诗》中《鹦鹉洲送王九之江左》诗末，刘辰翁批曰："好语，古调。"

《唐诗品汇》卷三陈子昂《感遇三十六首》其十六诗末，刘辰翁评曰："古意。"

《唐诗品汇》卷十储光羲《野田黄雀行》，刘辰翁尾评曰："兴寄杂出，无不有味，愈古愈淡，愈淡愈浓。"

《唐诗品汇》卷二十王建《将归古山留别杜侍御》诗末，刘辰翁评曰："古意。"

《唐诗品汇》卷三十四王建《当窗织》"叹息复叹息，园中有枣行人食"句下，刘辰翁批曰："古。"

刘辰翁对"古"的赞扬是与"晋人语""选语"密切相关的，在他看来，"古"几乎等同于"晋人语""选语"：

《笺注评点李长吉歌诗》中《石城晓》，刘辰翁批云："选语起，佳。"

《须溪先生校点韦苏州集》卷一《效陶彭泽》诗末，刘辰翁评曰："物性两语，似达似怨，甚好。苏州诗去陶自近，至效陶，则复取王夷甫语用之，古知晋人无不有风致，可爱也。"

《李壁笺注王荆文公诗》卷十七《别马秘丞》诗末，刘辰翁评曰："其诗犹有唐人余意者，以其浅浅即止，读之，如晋人语不在多而深情自见也。"

《李壁笺注王荆文公诗》卷二十二《怀吴贤道》，刘辰翁尾评曰："时杂选语，故好。"

《李壁笺注王荆文公诗》卷四十二《蒋山手种松》"闻道近来高数尺，此身蒲柳故应衰"句后，刘辰翁批云："此等即似晋人语言。"

《须溪先生评点简斋诗集》卷十八《雨晴徐步》，刘辰翁尾批云："似可渐近晋人，酷欲复胜《南磵》，亦不可得，然已逼。"

《刘须溪评点孟东野诗集》中《崔明府宅夜观妓》"白日既云暮，朱颜亦已酡"句下，刘辰翁评曰："起作古语，似《选》。"

《唐诗品汇》卷五李白《别鲁颂》，刘辰翁批云："古意，《选》语。"

《唐诗品汇》卷十储光羲《陆著作挽词二首》其一诗末，刘辰翁尾批云："好！似《选》诗。"

三　情

刘辰翁在评点中从读者的角度、融入了个人的情感体验，"情"是其评价作品的一个重要标准。例如：

《笺注评点李长吉歌诗》中《代崔家送客》，刘辰翁批云："有情语，好。"《公莫舞歌》"日炙锦嫣王未罪"句下，刘辰翁评曰："从容模仿，有情最妙。"

《须溪批点选注杜工部诗》卷一《夜宴左氏庄》诗末，刘辰翁评云："寄兴闲远，状景纤悉，写情浓至，而开阖参错，不见其冗，乃此诗妙处。"

《须溪批点选注杜工部诗》卷六《曲江二首》其一"一片花飞减却春"句下，刘辰翁评云："钟情语。"

《须溪批点选注杜工部诗》卷六《题省中院壁》"落花游丝白日静，鸣鸠乳燕青春深"句下，刘辰翁评云："此非旌旗日暖之句，此老健有情。"

《须溪批点选注杜工部诗》卷十二《有感五首》其二"何以报皇天"句下，刘辰翁评云："朴而不可易者，情事蔼然，三百篇之后，少此而已。"

《须溪批点选注杜工部诗》卷十二《别房太尉墓》"他乡复行役，驻马别孤坟"句下，刘辰翁评云："钟情苦语。"

《李壁笺注王荆文公诗》卷四十《春怨》诗末，刘辰翁评云："一往有情。"

《王状元集诸家注分类东坡先生诗》卷一《定惠院寓居月夜偶出》诗末，刘辰翁评云："真景真情。"

《王状元集诸家注分类东坡先生诗》卷一《除夜大雪留潍州元日早晴遂行中途雪复作》诗末，刘辰翁评曰："东风吹宿酒十字，情味俱至。"

《须溪先生评点简斋诗集》中《独立》"难与众人言"句，刘辰翁评云："最是情钟此语。"

《须溪先生评点简斋诗集》中《巴丘书事》"晚木声酣洞庭野，晴天影抱岳阳楼"句后，刘辰翁评曰："亦是极意壮丽，而语少情。"

《须溪先生评点简斋诗集》中《游道林岳麓》诗末，刘辰翁评云："蔼然余情，不废愿望。"

《须溪先生评点简斋诗集》中《登岳阳楼二首》其一"洞庭之动江水西，簾旌不动夕阳迟。登临吴蜀横分地，徙倚湖山欲暮时"句后，刘辰翁评曰："情景融至，尚属细嫩。"

第三节　沉着、沉著、沉至

刘辰翁在评点中还常用"沉着""沉著""沉至"等语，这是表示对作品的肯定与称赞，这些评语大抵是指作品深沉而不轻浮，在结构谋篇上从容不迫恰到好处，文字的背后富含深层的情感与意蕴，具有遒劲浑成的风格。例如：

《须溪批点选注杜工部诗》卷六《瘦马行》诗末，刘辰翁评云："展转沉着，忠厚恻怛。"

·《须溪批点选注杜工部诗》卷十《和裴迪登蜀州东亭送客逢早梅相忆见寄》"若为看去乱乡愁"句后，刘辰翁评曰："亦宛变沉著。"

《须溪批点选注杜工部诗》卷十二《宿府》"永夜角声悲自语，中天月色好谁看"句下，刘辰翁评云："上下沉著。"

《须溪批点选注杜工部诗》卷十九《刈稻了咏怀》"无家问消息，作客信乾坤"句下，刘辰翁评云："结处意沉着，非托之悠悠者。"

《须溪先生校点韦苏州集》卷一《寓居沣上精舍寄于张二舍人》诗末，刘辰翁评曰："寂寞有沉着意。"

《刘须溪评点孟东野诗集》中《怨别》诗末，刘辰翁评曰："便极顿挫，殆不可复得。亦通透有味。古意沉着，甚有余情。"

《李壁笺注王荆文公诗》卷十《思王逢原》诗末，刘辰翁评云："沉著慷慨，真肝膈之悲也。"

《唐诗品汇》卷二十韩愈《感春》诗末，刘辰翁评曰："无紧无要，写得沉至，不同末语动人。"

《唐诗品汇》卷三十四张籍《送远曲》诗末，刘辰翁评曰："能几许得恁沉著宛转数语矣。"

《唐诗品汇》卷六十七张籍《蓟北旅思》"长因送人处，忆得别家时"句下，刘辰翁评云："晚唐更千首不及两语，无紧无要，自是沉著。"

第四节 不可注、不可读、不必注、不可解、不可晓

在刘辰翁的评点中，他明确表示，有些作品根本无法用文字来进行阐释和解析，只能靠读者的感受和意会来把握。他在评点《南华经》卷三《人间世第四》中曾说："此处难以贴说解注，当自得之。盖至于气与符则精矣，不容言矣。"可见，刘辰翁的评点是一种完全不同与注解的客观冷静诠释方式，是站在读者的立场、带有强烈主观色彩的解读。例如：

《集千家注批点补遗杜工部诗集》卷一《与李十二白同寻范十隐居》"入门高兴废"句下，刘辰翁评曰："下注脚不得，终待亲见自喻耳。"

《集千家注批点补遗杜工部诗集》卷七《漫兴九首》其九"谁谓朝来不作意，狂风挽断最长条"句下，刘辰翁批语为："野人漫兴，深入情尽，岂复有能注者？"

在刘辰翁的评点中，他也明确地宣称自己的评点不事训诂：

《南华经》卷五《骈拇第八》开篇：刘辰翁批曰："观书大略如《庄子》，犹不可以训诂理。其所谓性，即所谓德也。其言欲疏，其字错落重出，初非有意，亦非无谓者，故其所以为奇也。"

对刘辰翁评点"不事训诂"的特点，前人给予了高度评价，清人阮元《杜诗集评序》云："评杜者，自刘辰翁须溪始。辰翁铺陈终始，排比声韵，不事训诂，最得论诗体例。"①

与"不可注"相近的是"不可读"。例如：

《集千家注批点补遗杜工部诗集》卷四《得舍弟消息》诗末，刘辰翁评曰："创意苦甚，亦不可读。"

《笺注评点李长吉歌诗》中《假龙吟歌》诗末，刘辰翁尾批云："多不可读。"

《李壁笺注王荆文公诗》卷三十七《离北山寄平父》"日月沄沄与水争，披襟照见发华惊。少年忧患伤豪气，老去经纶误半生。"句下，刘辰翁评曰："四句不可读。"

刘辰翁何以用"不可注""不可读"来评点，其子刘将孙在《杜工部诗集序》中有详尽的解释：

---

① 转引自周采全《杜集书录》，第595页。

　　独为注本言之：注杜诗如注《庄子》，盖谓众人事、眼前语，一出尽变。事外意、以外事，一语而破无尽之书，一字而含无涯之味。或可评不可注，或不必注，或不当注。举之不可偏，执之不可著，常辞不极于情，故事不给予弗也。①

　　在这里，刘将孙剖析了诗歌"不可注""不必注""不当注"的重要原因，也从一个侧面说明了刘辰翁的评点，自觉划清了与注解的界限，在评点史上具有划时代的意义。

　　比"不可注""不可读"走得更远的是"不必可解""不可解""不可晓"这些批语。例如：

　　《李壁笺注王荆文公诗》卷三十三《破琴诗》诗末，刘辰翁评云："事不必相着，语不必可解，自为一时佳趣，非东坡亦何足传？古今小说，有甚胜者。"

　　《笺注评点李长吉歌诗》卷一《贵公子夜阑曲》，刘辰翁尾批曰："语不必可解而得之于心，自洒然迹似，亦其偏得之形容夜色也。"

　　《笺注评点李长吉歌诗》卷一《浩歌》诗末，刘辰翁评云："从南风起一句便不可及，迭荡宛转，沉著起伏，真侠少年之度。忽顾美人，情景俱至，妙处不必可解。"

　　《笺注评点李长吉歌诗》卷三《后圆凿井歌》，刘辰翁尾批曰："凿井浅事，独因辘轳涉及情事，颇欲系日，如此往来，既托之谣体，长吉短语，自不必一一可解。"

　　《笺注评点李长吉歌诗》卷四《月漉漉篇》"月漉漉，波烟下"句下，刘辰翁批云："不可解，亦自好。"

　　《李壁笺注王荆文公诗》卷三十七《书〈浑令公宴鱼朝恩图〉》诗末，刘辰翁批云："真不可晓。"

　　"不可解""不可晓"这些批语，曾引起了后人很多的争议，清人王琦提出了尖锐的批评：

---

　　① 刘将孙：《杜工部诗集序》，《集千家注批点补遗杜工部诗集》卷首，台北大通书局 1974 年版。

观其评赏，屡云"妙处不必可解"，试问作诗至不可解，妙在何处？观古今才人叹赏长吉诸诗，叹赏其可解者乎，抑叹赏其不可解者乎？叹赏其在理外乎，抑叹赏其不在理外乎？予谓须溪评语，疑误后人正复不少，而自附于长吉之知己，谬矣。宋潜溪尝訾刘氏评诗，如"醉翁呓语，终不能了了"，可谓知言。世之耳食者，喜其奇僻过人，出自前人之笔，不惟不敢异同，又从而附述之，是不可以不辨也。①

但也有相反的意见，明人张岱《昌谷集解序》对刘辰翁以"不解解之"的阐释方式给予了高度的评价：

长吉诗自可解。有解长吉者，而长吉遂不可解矣。刘须溪以不解解之，所谓"吴质懒态，月露无情"，此深解长吉者也。……余可不复置解矣，乃余之解长吉也，解解长吉者也。凡人有病则药之，药之不投，则更用药以解药，所谓救药也。药救药，药复救救药，至于不可救药，而病者真死矣。故余之解，非解病也，解药也。……刘须溪则不用药者也。②

"其实真正不甚了了的是王琦诸人，他们以学者的眼光读诗、评诗，所以误解辰翁之评。"③ 从刘辰翁"不可解""不可晓"这些批语中，我们可以看出，这并非字词错误所导致的不可理解，而是感受诗歌的一种状态，这种以不可诠释的方式来阐释诗歌，非常特殊，应该是一种积极的诠释策略。刘辰翁以"不解"的方式解诗，周裕锴老师给以这样准确的概括："刘辰翁说'不可索'之时，已开始站在读者或阐释者的立场，认为诗具有抗诠释性。"④ "事实上，刘辰翁本来就未将'明作者立言之旨意'当作自己评点的任务，他的'醉翁呓语'的确出于一种取消注释、悬置意义的自觉。……宁愿不说破，保存原作的完整性，也不愿乱挥穿凿之

---

① 王琦：《李长吉歌诗汇解》，《李贺诗歌集注》，上海古籍出版社 1978 年版，第 6 页。
② 张岱：《琅嬛文集》，岳麓书社 1985 年版，第 26—27 页。
③ 顾易生、蒋凡、刘明今：《中国文学批评通史——宋金元卷》，上海古籍出版社 1998 年版，第 445 页。
④ 周裕锴：《中国古代阐释学研究》，上海人民出版社 2003 年版，第 281 页。

斧，肆意曲解。"① 因此，刘辰翁所谓的"诗不必可解"不是无法解释，不能批评，而是为读者的积极参与打开了方便之门，他的这种思想在评点杜诗时也表现得比较突出：

《集千家注批点补遗杜工部诗集》卷一《望岳》"荡胸生层云"句下，刘辰翁批云："'荡胸'语不必可解，登高意豁，自见其趣。"

《集千家注批点补遗杜工部诗集》卷十一《题桃树》诗末，刘辰翁批曰："不可解，不必解。"

《集千家注批点补遗杜工部诗集》卷十四《巫峡敞庐奉赠侍御四舅别之沣朗》首句："江城秋日落，山鬼闭门中"下，刘辰翁批云："语不必其尽，不必可解，漫发此义。"

《集千家注批点补遗杜工部诗集》卷十五《秋日寄题郑监湖上亭三首》其三"挥金应物理，施玉岂吾身"句后，刘辰翁批曰："几不可解而甚有味。"

《集千家注批点补遗杜工部诗集》卷十七《晓望》"地坼江帆隐，天清木叶闻"句后，刘辰翁批云："语至不可解则妙矣。"

一些人由于以学者的眼光作学问般的探究，故对刘辰翁的评杜多有批评，元代陈栎云："近见刘须溪《杜诗注》，杜诗本平易易解，而刘批反艰深其辞，却解不得，可怪。"② 明人宋濂在《杜诗举隅序》中亦云："须溪评杜，如醉翁呓语，不甚可晓。"③ 清人王夫之认为："一部杜诗为刘会孟堙塞者十之五。"④ 而另一些人则从不同的角度对刘辰翁的评杜颇有溢美之词，明人胡应麟曰："辰翁解杜，犹郭象注庄，即与作者语意不尽符，而玄言玄理，往往角出，劲拔骊黄牝牡之外，昔人苦杜诗难读，辰翁注尤不易省也。"⑤

从以上的例子和分析中可以看出，刘辰翁所谓的"不可解"并非是批评者说不出什么道理，以此作为借口的遁词，而是尊重了艺术思维的特殊规律，给读者留下了充分的感发思索空间，这一点对后人的启发最多，

---

① 周裕锴：《中国古代阐释学研究》，第300—301页。
② 陈栎：《答吴仲文甥》，《定宇集》卷十，《文渊阁四库全书》本。
③ 宋濂：《文宪集》卷五，《文渊阁四库全书》本。
④ 王夫之：《薑斋诗话》，《清诗话》本，第17页。
⑤ 胡应麟：《诗薮》杂编卷五，第322页。

如明人钟惺云："语固有不必解而至理存者，知此乃可与言诗。"① 清人章学诚亦曰："学文之事，可接受者规矩方圆，其不可接受者心营意造。"②

刘辰翁"语至不可解则妙"的思想深受当时以禅论诗的影响，揭傒斯在《傅与砺诗文集序》中曾云：

> 刘会孟尝序余族兄以直诗，其言曰：诗欲离欲近；夫欲离欲近，如水中月，如镜中花。③

刘辰翁这句话不见于现存的《须溪集》中，但这种观点在其他的诗序中也提到过："同言同意，愈近愈不近。诗至是难言耳。"④ "意愈近而愈不近，著力政难。"⑤ 钱钟书先生对此观点有精辟的论析：

> 傅氏揭序所引辰翁语，虽碎金片羽，直与《沧浪·诗辨》言"神韵"如"水中之月，镜中之象，透彻玲珑，不可凑泊"云云，如出一口。"不可凑泊"、"欲离欲近"，即释典所言"不即不离"。……然则目辰翁为沧浪"正传"，似无不可，何止胡元瑞所谓"别传"哉。……《须溪集》卷六《萧禹道诗序》、《陈宏叟诗序》、《题王生学诗》皆著眼于常人滑过之一字一句，深文穷究，与《诗归》心手相似。傅青主《霜红龛全集》卷二十三《杜遇余论》以钟伯敬与辰翁并称为"慧"，非偶然也。张宗子《琅嬛文集》卷一《昌谷集解序》云："刘须溪以不解解之，此深解长吉者也"；钟伯敬《隐秀轩集·黄集》二《赋得"不贪夜识金银气"序》云："语固有不必解而至理存者，知此乃可与言诗。"则钟谭之隐承辰翁，殆犹辰翁之隐承沧浪欤。⑥

在此之前，钱钟书就曾论及严羽、刘辰翁、竟陵派一脉相承的关系：

---

① 钟惺：《钟伯敬合集》，上海贝叶山房 1936 年版，第 90 页。
② 章学诚著，叶瑛校注：《文史通义校注》，中华书局 1994 年版，第 288 页。
③ 揭傒斯：《傅与砺诗文集序》，《傅与砺诗文集》卷首，《文渊阁四库全书本》。
④ 《刘孚斋诗序》，《刘辰翁集》，第 204 页。
⑤ 《陈生诗序》，《刘辰翁集》，第 205 页。
⑥ 钱钟书：《谈艺录》，第 426—427 页。

　　牧斋以辰翁为竟陵远祖，元瑞以辰翁为沧浪别子，《总目》顾谓渔洋好辰翁为不可解。夫渔洋梦中既与沧浪神接，室中更有竟陵鬼瞰，一脉相承，以及辰翁，复奚足怪。辰翁《须溪集》卷六《评李长吉诗》谓："樊川反复称道，形容非不极至，独惜理不及骚。不知贺所长，正在理外"；评柳子厚《晨起诣超师院读经》诗云："妙处有不可言。"如此议论，岂非钟谭《诗归》以说不出为妙之手眼乎。评《王右丞辋川集·辛夷坞》云："其意亦欲不着一字，渐可语禅"；又每曰："不用一词"，"无意之意，更似不需语言"。岂非沧浪无迹可求，尽得风流之绪余乎。①

　　在此，钱钟书肯定了刘辰翁这种"不可解"是得严羽的绪余而非别传，并影响到竟陵派。其实，受刘辰翁这种思想影响的不单单是竟陵派，其他如谢榛《四溟诗话》曰："诗有可解、不可解、不必解，若水月镜花，勿泥其迹可也。"② 叶燮《原诗》云："诗之至处，妙在含蓄无垠，思致微茫，其寄托在可言不可言之间，其指归在可解不可解之会，言在此而意在彼，泯端倪而离形象，绝议论而穷思维，引人于冥漠恍惚之境，所以为至也。"③ 而常州词派谭献所说的"作者未必然，读者何必不然"④ 则是受其影响进一步发展演变的结果。

---

①　钱钟书：《谈艺录》，第105—106页。
②　丁福保：《历代诗话续编》，第1137页。
③　《原诗/一瓢诗话/说诗晬语》，人民文学出版社1979年版，第30页。
④　谭献：《复堂词话》，人民文学出版社1959年版，第26页。

第 五 章

刘辰翁诗歌小说评点辑校

第一节　刘辰翁评点杜甫诗辑校

刘辰翁是杜诗研究史上的一个大家，其贡献在于继宋代整理杜诗、集注杜诗、编年杜诗、分类杜诗之后，又兴起评点一派。刘辰翁一生对杜诗用力最多，在所有的诗歌评点中，他对杜诗评点的数量最多，批语也最多，诗共计350多首，批语共计470多条。刘辰翁评论杜诗，在杜诗的研究中占有重要的地位，具有积极的参考价值。清人宋荦云："须溪评杜有盛名，更元、明三四百年，学者多宗焉。"[1] 刘辰翁批点的杜诗，元、明、清三代都有刊印，流传很广，特别是元、明两代翻印带有刘辰翁批点的杜集最多，正如明人单复《读杜诗愚得自叙》云："近世咸重须溪刘氏评点杜诗，家传而人诵。"[2] 今以明正德四年（1509）云根书屋刻本《须溪批点选注杜工部诗》为序，参考诸本，全部辑录刘辰翁之杜诗评点。

卷一

《游龙门奉先寺》"天阙象纬逼，云卧衣裳冷"下："卧"字可虚可实。"天阙"语浑，若天阅、天阔，岂不牵强耶？

《赠李白》野人所喜者，疏食第对膻腥，故思青精饭耳。使有大药资隐山林，绝人迹，岂愿见此机巧者乎？旧解屑屑难合，此其至浅者。

《望岳》"岱宗夫如何，齐鲁青未了"下：望岳而言，即齐鲁青未了

---

[1] 宋荦：《读书堂杜工部诗集注解序》卷首，《四库全书存目丛书》（集部第 5 册），齐鲁书社 1997 年版，第 512 页。

[2] 单复：《读杜诗愚得自叙》，《四库全书存目丛书》（集部第 4 册），齐鲁书社 1997 年版，第 4 页。

五字雄盖一世。青未了，语好。夫字，谁何跌荡，非凑句也，齐鲁跋涉广。"荡胸生层云"下："荡胸语不必可解，登高意豁，自见其趣。"

《登兖州城楼》"浮云连海岱，平野入青徐"下：此联宏阔，俯仰千里，青徐二州之境皆距海岱。"孤嶂秦碑在，荒城鲁殿余"下：此联微婉，上下千年，盖叹秦王好大喜功，今仅峄山有石刻在焉，鲁恭王好治宫室，余其地为郡城，曰在，曰余，感慨深矣。然时方承平，故虽衰而不伤。

《临邑舍弟书至苦雨黄河泛滥堤防之患薄领所忧因寄此诗用宽其意》"二仪积风雨，百谷漏波涛"下：大家数语，"漏"字好。

《与李十二白同寻范十隐居》"入门高兴废"下：下注脚不得，终待亲见自喻耳。"向来听《橘颂》"下：甫味李诗虽张翰莼羹之美，不足思也。

《房兵曹胡马》"胡马大宛名"下：言此马大宛所产，故谓之胡。"真堪托死生"下：仿佛老成，亦无玄黄，亦无牝牡。

《画鹰》"素练风霜起，苍鹰画作殊"下：言图写之妙。"攫身思狡兔，侧目似愁胡"下：言体势俯仰，顾盼之似。"绦镟光堪摘"下：絷足丝绳紧处，图辕辂名镟。"堪摘"，犹言可鲜也。

《夜宴左氏庄》"风林纤月落"下：景语闲旷，是起兴。篇末：末谓闻吴咏而思惜游，是摆开说，寄兴闲远，状景纤悉，写情浓至，而开阖参错，不见其冗，乃此诗妙处。

《今夕行》篇末：不深不浅语。

《春日忆李白》"清新庾开府，俊逸鲍参军"下：言其诗兼庾鲍之长，可见真个无敌。"渭北春天树，江东日暮云"下：此言彼我所寓所见，写相望之情，不明言，怀在其中矣。

《郑驸马宅宴洞中》"自是秦楼厌郑谷"下：如此秦楼、郑谷，亦是创见。

《李监宅二首》其二"杂花分户映，娇燕入帘子回"下：点缀纤媚。

《送孔巢父谢病归游江东兼呈李白》篇末：其跌宕创体，类自得意，故成一家言。"春寒野阴风景暮"下：不必有所从来，不必有所指，玄又玄，众妙门。七字浩然，以其将隐也。"惜君只欲苦死留"下：两君见宾主。

《饮中八仙歌》"知章骑马似乘船，眼花落井水底眠"下：浙人补习骑马而喜乘船，意盖嘲之。篇末：注云八篇，近之。吾意复如题画，人用一二语作之成歌，像其醉中失口而成，更是佳处，第难为拘检者道尔。

不伦不理，各极其平生，极其醉趣，古无此体无此妙，谓为八仙甚称。

《冬日有怀李白》"更寻佳树传，不忘角弓诗"下：此与出处别谓他种树为隐者之计，我之不忘如角弓，以其诗故也。

《奉赠韦左丞丈济》"时议归前烈……凤沼接亨衢"下：两语叙其兄弟世美，有前吊后贺之意，而读之亦自可伤。

《杜拉宅守岁》"守岁阿戎家"下：便是题。"椒盘已颂花"下：言其设宴。"飞腾暮景斜，谁能更拘束"下："拘束"接得慷慨。"烂醉是生涯"下：接得慷慨，能自言则达矣。

卷二

《奉赠韦左丞丈二十二韵》"纨绔不饿死，儒冠多误身"下：慷慨悲愤，具见起语。"读书破万卷，下笔如有神"下：此语本夸大，但得"破"字，犹言近万。"赋料扬雄敌，诗看子建亲"下：料他人不能敌看，惟有子建或近。下文用同时前辈俩人，英气拂拂。"白鸥没浩荡"下：没字本不如波字之趣，但以上下语势当是没字相应。"万里谁能训"下：此起结皆可慨然，非乞怜语也。

韦自知杜必尝荐而不达，故有心快快，走踆踆之叹未止，如此悲叹未衰。

《奉留赠集贤院崔于二学士》"家声庶已成"下：此语可念不遇而自决云耳。

《陪郑广文游何将军山林十首》其一"不识南塘路，今知第五桥"下：变自流动。其二"百顷风潭上，千章夏木青"下：看起两句境。其三"汉使徒空到，神农竟不知"下：此两句应异花，言张骞虽到西域得石榴，神农氏虽著本草，皆未尝知有此花。篇末：吾读此再四，感叹甚多。以其首尾备至故也。其四篇末：子美因羡何林之趣，至欲卖花结茅，甚形容其志愿。其五"金鱼换酒来"下：五字足以壮其好事，而贫亦可见，以客而贫在武人，已不易得。"兴移无洒扫"下：五字自真。其九"将军不好武，稚子总能文"下：言外亦具世变。其十"出门流水住"下：水自无住，但出何氏林，便觉得景别如此，最是妙处。

《重过何氏五首》其一"倒衣还命驾，高枕乃吾庐"下：意象真率，备尽曲折。"花妥莺捎蝶，溪喧獭趁鱼"下：花妥、溪喧，与蜻蜓立钓丝，闲趣画境，两极自然。其二"云薄翠微寺，天清皇子陂"下：此联拓开，说寺与陂，皆何氏山林近地之胜境。其四篇末：末美，其有古意，异于时流。其五"到此应常宿，相留可判年"下：谓虽拼一年亦可，何之好客可见。

《投赠哥舒开府翰二十韵》"驾驭必英雄"下：颂赞有体，得故事外意。"乾坤绕汉宫"下：此语在投赠中有气，若铺写宫阙，则俗矣，作者自知之。"轩墀曾宠鹤"下：宠鹤卫懿公事，此语甚愧士大夫。"田猎旧非熊"下：谓得之微贱，诗中开合无限，类年略，举其似。"将与倚崆峒"下：归倚语，不俭相。

《丽人行》"态浓意远淑且真，肌理细腻骨肉匀"下：第三、第四句便尔亲切，盖身亲见之。自与想象次第不同耳。"紫驼之峰出翠釜，水精之盘行素鳞"下：语跌宕称前，鱼肉互见。"鸾刀缕切空纷纶，黄门飞鞚不动尘"下：形容骄贵，至黄门飞鞚不动尘，自是气象，后来东坡借用，贴出得又明。"杨花雪落覆白蘋，青鸟飞去衔红巾"下：画出次第宛然，"杨花""青鸟"两语，极当时拥从如云，冲拂开合，绮丽骏捷之盛，作者之意自不必人人能识也。"炙手可热势绝伦，慎莫近前丞相嗔"下：此两语结上，明后来鞍马又丞相所宠嬖者，又过秦虢也，意极可想。

《送高三十五书记十五韵》"饥鹰未饱肉，侧翅随人飞"下：杜诗每以饥附为当然，亦是偏见，又以况人。

《奉赠鲜于京兆二十韵》"骅骝开道路，雕鹗离风尘"下：意气自得，非独赠人以此。"计疏疑翰墨，时过忆松筠"下：流落无所可入，始知其言之非。

《寄高三十五书记》"主将收才子，崆峒足凯歌"下：言其为哥舒翰所辟，用在幕府，屡尝奏功。"崆峒"，军府所在。

卷三

《上韦左相二十韵》"八荒开寿域，一气转洪钧"下：颂相业多矣，未有如此轩豁快意者。

《奉赠太常张卿二十韵》"方丈三韩外，昆仑万国西"下：仿佛其建节之意。

《赠特进汝阳王二十二韵》"圣情常有眷，朝退若无凭"下：言其不藉责，势语独精嫩。"自多亲棣萼，谁敢问山陵"下：山陵指祖宗，此十字最有体气，味甚长。"淮王门有客，终不愧孙登"下：上下不相照，徒押韵见意，后来陈、黄祖此，皆过。

《前出塞九首》其一篇末：如亲历甘苦。其二"骨肉恩岂断，男儿死无时"下：极征役孤往之苦，人所不能自道，诗笔如此，序情闵劳之际，其庶几乎？"捷下万仞冈，俯身试搴旗"下：赋至此，极可壮可伤，又缓而怨。其四"生死向前去，不劳吏怒嗔"下：不受徒旅欺索之苦。其五"军中异苦乐，主将宁尽闻"下：亦极哀怨之体，所以可传。"挽弓当挽强，用箭当用长。射人先射马，擒贼先擒王"：用谚语，或自作谚语，皆是。"苟能制侵陵，岂在多杀伤"下：此其自负经济者，军中常有此人。其七"浮云暮南征，可望不可攀"下：作者缓急自合。其八"潜身备行列，一胜何足论"下：千载不死，堕泪未干。其九"众人贵苟得，欲语羞雷同"下：乃并与军中忌妒之意得之，必不可少省。

《奉先刘少府新画山水障歌》篇末：清境玄谈，活脱自至。

《后出塞五首》其二"落日照大旗，马鸣风萧萧"下：复欲一语似此，殆千古不可得。其时、其境、其意，即曹子建思魏负横槊间意，赞说不能尽也。篇末：此诗之妙，可以招魂复起。其三"古人重守边，今人重高勋"下：此义亦人所未及也。其五"身贵不足论"下：解事语。"恶名幸脱免，穷老无儿孙"下：写至退军，人则无余矣。《醉歌行》："风吹客衣日杲杲，树搅离思花冥冥"下：人有此情，但写得不浓至而止。

《示从孙济》"平明跨驴出"下：其趣独得。"淘米少汲水，汲多井水浑。刘葵莫放手，放手伤葵根"下："淘米""刘葵"，敬其为人，少可自足，勿多，责望耳。

《曲江三章》其三篇末：雄豪放荡，语尽气尽。他人称豪说霸，更不足道。

卷四

《乐游园歌》"公子华筵势最高"下："势"字似无见。"拂水低徊舞袖翻，绿云清切歌声上"下：婉约有味。"却忆年年人醉时，只今未醉已先悲"下：语达自别。"此身饮罢无归处，独立苍茫自咏诗"下：每诵此语不自堪。又云：吾常堕泪于此。

《渼陂行》"天地黮惨忽异色，波涛万顷堆琉璃"下：渼陂下语辄如此，其阔可想。"琉璃汗漫泛舟入"接叠两字，语如乐府。"水面月出蓝田关"下：写景入微，烟波远近，变态具足。"苍茫不晓神灵意"下：惨怆之容，窈眇之思。寻常赋乐事，则所经历骇愕者，置不复道。吾尝游西湖，遇风雨，诵此语，如同舟同时。

《夏日李公见访》"借问有酒不，墙头过浊醪"下：实事，他人以为不足道。"展席俯长流，清风左右至"下：自得适然。

《遣兴五首》其三篇末：前列其才，后借其势。其五篇末：旷然意外之见，沉着痛快。

《夜听许十一诵诗爱而有作》"清心听鸣镝"下："清心"语好。"风骚共推激，紫燕自超诣"下：皆极形容。

《贫交行》"翻手作云覆手雨，纷纷轻薄何须数"：只从俗谚，略证古意。

《去矣行》"君不见韝上鹰，一饱则飞掣"下：兴托矫矫，令人必以一饱为讳，所谓掇皮皆真。

《高都护骢马行》："此马临阵久无敌，与人一心成大功"下：亦是精语。"雄姿未受伏枥恩，猛气犹思战场利"下：此气骨不可少。"青丝络头为君老，何由却出横门道"下：只如此语绝是。

《戏题王宰画山水图歌》"王宰始肯留真迹"下：戏语名言。"巴陵洞庭日本东，赤岸水与银河通"下：他句法别，谓其或似洞庭与日本与赤岸，然下语恍惚如此，自是老气逼人。

《戏韦偃为双松图歌》篇末：此起此结，吞吸倾倒。

《魏将军歌》"将军昔著从事衫"下：语便奇。"昆仑月窟东崭岩"下：好句法。"酒阑插剑肝胆露，钩陈苍苍玄武暮"下：起伏音节，壮丽甚严。

《赠陈二补阙》篇末：语自风致。

《赠献纳使起居田舍人澄》"晴窗点检白云篇"下：白云不必所出，着"晴窗"字更别。

《赠翰林张四学士》"紫诰仍兼绾，黄麻似六经"下：兼绾六经，高凤聚莺，皆如戏耳。"无复随高凤"下：谓凤飞于高，何物小儿，政是用人名戏笔，与桃红、李白、骥子、莺歌等，其亲狎怨别，不见痕迹转换，而古人厚者自知之耳。

《赠高式颜》篇末：语见胸次，宾主两得之。

《陪诸贵公子丈八沟携妓纳凉晚际遇雨二首》其一篇末：摆脱新异，古无人道，雨至诗成，遂成佳话。

《沙苑行》"往往坡陀纵超越"下：赋至此，方有趣。"角壮翻同麋鹿游，浮深簸荡鼋鼍窟"下：两句奇。言其浴之感龙精气，往往与龙交也，解者本之。"岂知异物同精气，虽未成龙亦有神。"下：豪气劲健，又胜宝剑篇。

卷五

《哀王孙》"屋底达官走避胡"下：起如童谣，省叙事处。篇末：忠臣之尽心，仓卒之隐语，备尽情态。

《九日蓝田崔氏庄》篇末：此诗经诚斋说尽。

《崔氏东山草堂》"爱汝玉山草堂静"下：杜诗七言每纵，亦是一体。"有时自发钟磬响，落日更见渔樵人"下：渐见浑成，天趣自见。"何为西庄王给事，柴门空闭锁松筠"下：因草堂念维，本是蔼然，惜语少成，若吊古耳。

《对雪》"战哭多新鬼，愁吟独老翁"下：此对雪敢事之作，时房相讨禄山大败于陈陶。"乱云低薄暮，急雪舞回风"下：此乃雪景。"瓢弃尊无绿，炉存火似红"下：有炉无火，一字变态，此言雪中寂寞。

《月夜》"遥怜小儿女，未解忆长安"下：愈缓愈悲，俯仰具足。

《遣兴》篇末：落魄怨极，能自道者，语少意多，善自宽。

《苏端薛复筵简薛华醉歌》"文章有神交有道，端复得之名誉早"下：第能此起，不患辞穷。"垂老恶闻战鼓悲，急觞为缓忧心捣"下：此老歌行之妙，有不自知其所至者。"诸生颇尽新知乐，万事终伤不自保"下：可哀。"如渑之酒常快意，亦知穷愁安在哉"下：豪俊。

《春望》篇末：发本白，今更短，亦感时所致，总见伤时之意以结之。

《送率府程录事还乡》"程侯晚相遇，与语才杰立"下：便戏便承。篇末：甚自矜重，相爱至此。

《忆幼子》"骥子春犹隔，莺歌暖正繁"下：本是听莺歌而忆骥子，乃倒着一句，观犹字、正字，可见恨别鸟惊心，此之谓也。

《一百五日夜对月》"斫却月中桂，清光应更多"下：怨而不伤，狂而不直，评者不能及此。

《雨过苏端》"诸家忆所历，一饭迹便扫"下：人情有此。

《哀江头》"欲往城南忘南北"下：如何一句道尽，但常诵之耳。

《大云寺赞公房四首》其一"灯影照五睡，心清闻妙香"下：便尔超悟。"明朝在沃野，苦见尘沙黄"下：时西郊逆贼拒官军。其三"深院果幽期"下：果如所愿，与惬幽期同，但"果"字痛快，随意下字。"开怀无愧辞"下：要此等，如此自好。

《喜达行在所三首》其一"雾树行相引，莲峰望忽开"下：荒村歧路之间，望树而往，傍山曲折，或见其背，或见其面，非身经颠沛，不知其言之工也。

其二"愁思胡笳夕，凄凉汉苑春"下：起见贼中愁悴之感。"间道暂时人"下：五字可伤，即旦暮人耳，暂时更警。三四见脱身归顺，万死一生，言取间隙之道而还，生死不可必也。"司隶章初睹，南阳气已新"下：五六见行在中兴气象，以光武中兴比肃宗即位兴复，所谓不图复见汉官威仪，盖其所喜在此。"喜心翻倒极，呜咽泪沾巾"下：喜极而复泣者，承上言陷贼之久，脱身之难，不能忘其悲感。篇末：此岂随人忧乐语！

其三"归来始自怜"下：远行荒路，间关忧患，累百言不自诉者，一见垂泪。"心苏七校前"下：在他人无此苦，有此苦无此言。曰影静，见乍归无友，曰心苏，见死得生。"七校"，指京师屯卫南北军，七校尉所领也。此以重事本朝，见其喜意，苦语工。

《述怀》"反思消息来，寸心亦何有"下：极一时忧伤之怀，赖自能赋而毫发不失。

《送长孙九侍御赴武威判官》"银鞍被来好"下：鲜丽称事，非老人衰飒语。

《送从弟亚赴安西判官》"帝曰大布衣"下："曰"字疑误。"孤峰石戴驿"下：奇语。"龙吟回其头"下：奇语。

《奉送郭中丞兼太仆卿充陇右节度使》"沙乱雪山清"下：松沙皆属点缀，然无理。"和戎犹怀惠，防边诇敢警"下：上句有风，下句伤时。"无复穗帷轻"下：如箭入昭阳至穗帷金碗，愈甚矣，非所忍言。"云梯七十城"下：语不必属，随意插画。

《哭长孙侍御》"礼闱曾擢桂，宪府屡乘骢"下：见由擢第仕至侍御史，此已尽其平生，故后四句只宽说。"唯馀旧台柏，萧瑟九原中"下：言其甚既没，生涯如流水之尽，世事如浮云之空，只有旧台之柏，萧瑟于墓侧耳。

卷六

《九成宫》"立神扶栋梁，凿翠开户牖"下：二语雄称。"巡非瑶水远，迹是雕墙后"下：感叹之尤得体者也。

《北征》"雨露之所濡，甘苦齐结实"下：长篇自然不可无此。又云：愁结中得从容讽刺，如此语乃大篇兴致。"新归且慰意，生理焉得说"下：《北征》精神全得，一段画意，他人窘态有甚不能自言，又羞置勿道。"洒扫数不缺"下："数"音"朔"。"煌煌太宗业，树立甚宏达"谓每有丧乱，终必反正。

《行次昭陵》"旧俗疲庸主，群雄问独夫"下：有典有则。"风云随绝足，日月寄高衢"下：状他父子间意，父子天属也，于太宗犹尧之禅位于舜，故云。"壮士悲陵邑，幽人拜鼎湖"下：言天变未弭，而指挥安率土，荡涤抚洪炉，则言太宗之意，犹欲勤兵于远也，立志方如此，遽尔升遐，故继之以有陵邑之悲，鼎湖之拜也。"玉衣晨自举，铁马汗常趋"下上句寂寥，下句清爽，皆玄意入冥矣。

《羌村三首》其一"夜阑更秉烛"下："更"字只和去声。"相对如梦寐"下：当时适然，千载之泪常在人目，《诗三百》不多见也。其三"苦辞酒味薄，黍地无人耕"下：黍、秫极是，秫所以造酒，方与下句相应。

《洗兵马》篇末：此诗对律甚严而从容蕴藉。"汝等岂知蒙帝力，时来不得夸身强"下：事到句到，常有余力。"不知何国致白环，复道诸山得银瓮"下：很有风韵。

《腊日》"侵陵雪色还萱草，漏泄春光有柳条"下：此等语，大家数。

《晚出左掖》"归院柳边迷"下：秾丽可想。"避人焚谏草"下：焚谏草者，不欲人知之。能使人见其焚，是犹欲知也，焚且避人，正是点破古事。"骑马欲鸡栖"结语读之数过，恳款忠实。谓为日夕浅耳，亦未尝非日夕意也。

《紫宸殿退朝口号》"香飘合殿春风转，花覆千官淑景移"下：春容富丽，意外意。

《曲江二首》其一"一片花飞减却春"下：钟情语。"细推物理须行乐，何用浮名绊此身"下：小纵绳墨，最是颠倒，律诗不甚缚律者，警策之至，可以动悟，不徒丽句而已。其二篇末：创出高兴，落落酣畅，如不经意而首尾圆活，生意自然，有不可名言之妙。

《曲江对酒》"苑外江头坐不归，水精春殿转霏微。桃花细逐杨花落，黄鸟时兼白鸟飞"下：四句亦自恣肆。

《题省中院壁》"落花游丝白日静，鸣鸠乳燕青春深"下：此非旌旗日暖之句，此老健有情。

《春宿做省》"不寝听金钥，因风想玉珂。明朝有封事，数问夜如何"下：后四句见宿省之情，言不寝而听宫门之开钥，因风而想朝马之鸣珂，以有封事欲奏其急于正君，坐以待旦之意可见也。

《送翰林张司马南海勒碑》"冠冕通南极，文章落上台"下：语壮而险。"不知沧海上，天遣几时回"下：驿程旅馆，又喜又悲。爱之望之，祝之愿之。

《送贾阁老出汝州》"西掖梧桐树，空留一院阴"下：是送同省。

《题郑十八著作丈》"第五桥东流恨水，皇陂岸北结愁亭"下：无相拽是实事，恨水、愁亭，俳语也。篇末：伤悼之作，谓之题，何也？

《奉赠王中允维》"不比得陈琳"下：陈琳犹有草檄，恨也。

《奉赠王中允维》"一病缘明主，三年独此心"下：大家数时时有之，政爱其材。

《端午日赐衣》"意内称长短，终身荷圣情"下：赐衣孰不如此，别是看得好，写得浓厚也。

《至德二载甫自京金光门出问道归凤翔乾元初从左拾遗移华州掾与亲故别因出此门有悲往事》"近侍归京邑，移官岂至尊"下：昔以拾遗从驾还京，至今移外，岂是天子之意，盖直言见忘耳。

《阌乡姜七少府设鲙戏赠长歌》篇末：情致婉娩。

《路逢襄阳杨少府入城，戏呈杨四员外绾甫赴华州日许寄员外茯苓》"寄语杨员外，山寒少茯苓"下：率然语，不俗。

《瘦马行》篇末：展转沉重，忠厚恻怛，感动千古。

《得舍弟消息》"乱后谁归得，他乡胜故乡"下：卒然喜恨之意，备此两言。第言他乡之胜，而故乡之乱可知。篇末：创意苦甚，亦不可读。

《早秋苦热堆案相仍》"七月六日苦炎热"下：似与大历三年调至烛又别。"况乃秋后转多蝇"下：本属无稽，笔纵如此。

《梦李白二首》其一"死别已吞声，生别常恻恻"下：使其死耶，当不复哭矣。乃使人不能忘者，生别故也。"路远不可测"下：因借梦以忧之，且戒之也。"落月满屋梁，犹疑照颜色"下：偶然实景，不可再遇。"水深波浪阔，无使蛟龙得"下：言蛟龙则又因应历江潮而言，下篇舟楫语，同意。旧注引屈原事，非是。

其二"浮云终日行，游子久不至"下：此两诗起语，千言万恨。"三夜频梦君，情亲见君意。告归常局促，苦道来不易"下：梦中宾主语具是。"冠盖满京华，斯人独憔悴"下：语出情痛，自别。"千秋万岁名，寂寞身后事"下：结极惨淡，情至语塞。

《天河》篇末：句意浑浑称题。

《月夜忆舍弟》篇末：浅浅语，使人愁。

《捣衣》篇末：此晚唐极力仿佛之者。

《促织》篇末：言丝管感人，不如促织之甚，以促织声出天真故也。结得洒落，更自可悲。

卷七
无评点

卷八
《秦州杂诗二十首》其四"秋听殷地发"下："殷"字切近悲壮，似题。"殷"犹"隐"也，如云连地而发。"风散入云悲"下：真赋鼓角警句。

其七"无风云出塞"下：妙处举目得之。"属国归何晚，楼兰斩未还"下：风语，此以古事见时事，汉苏武使匈奴留19年归拜典属国。

其八"闻道寻源使，从天此路回"下：无紧要，有风刺。

其九"稠叠多幽事，喧呼阅使星"下：此语可愧当路者，可愧素餐者。

其十三篇末：一样事，写得流丽。结方见泛舟往游，恐如桃源之迷路。其十六"落日邀双鸟"下：急归何足道，有此好语。

《遣兴五首》其一"大哉霜雪干，岁久为枯林"下：十字反复可念，直达前意。

《秋笛》"清商欲尽奏，奏苦血沾衣"下：笛外笛。

《天末怀李白》"文章憎命达"下：诗之妙。"魑魅喜人过"下：四句自不可谓不为魑魅喜人慰其寂寞，乃魑魅犹能知此人之来为喜，则朝廷之士不如魑魅者多矣。观上"憎"字，便见作者之意痛快。

《独立》篇末：作诗者乘兴偶然，自不计其前所谓渺茫，矫首而注者如见，何也？

《野望》"远水兼天净"下：此画可以百里。"独鹤归何晚，昏鸦已满林"下：结是偶然得之，因以成章，不必有来处，兴味自好。

《秦州见敕目薛三琚授司仪郎毕四曜除监察与二子有故远喜迁官兼述索居三十韵》"官忝趋栖凤，朝回叹聚萤"下："叹聚萤"，伤旧日读书之勤也。"唤人看腰褭，不嫁惜娉婷。"下：两句开合，谓异昄相邀，自惜过时也，阅世乃知甚恨，诗未易读，初看失之。

《病后过王倚饮赠歌》"令我手脚轻欲漩，老马为驹信不虚"下：他读得诗，别谓老马及如驹之健唉，不顾其后耳，上下亦通，有味。

《送远》篇末：如画出塞图。

《送人从军》"好武宁论命，封侯不计年"下：意气浩然，可以劝忠，臣非浅浅之丈夫者。

《铜瓶》篇末：八句意正圆。

《观安西兵过赴关中待命二首》其二"孤云随杀气，飞鸟避辕门"下：第言冷肃，亦不足道。

卷九

《寒峡》篇末：怨伤忠厚，得诗人之正。

《龙门镇》"胡马屯成皋，防虞此何及"下：彼屯成皋，而此防龙门，岂相及哉，非后时也。

《凤凰台》"图以奉至尊，凤以垂鸿猷"下：恳至不厌。

《乾元中寓居同谷县作歌七首》其二"长镵长镵白木柄"下：一歌唤子美，二歌唤长镵，岂不奇崛？"邻里为我色惆怅"下："色"字下得好，非必人人为我惆怅而有其色也。其六"溪壑为我回春姿"下：独此歌回春姿者，愿车驾返正之辞也，心所同。然千载如对。其七篇末：声气俱尽。

《剑门》篇末：叹地险而恶负固者。又：散文有所不能及也。

《成都府》"翳翳桑榆日，照我征衣裳"下：有何深意，到处自然。"鸟雀夜各归，中原杳茫茫"下：愤怨悲感，天性切至，读之黯然。篇末：语次写景，注者屑屑附会，可厌。

《卜居》"无数蜻蜓齐上下，一双鸂鶒对沉浮"下：盘涡鹭浴底心性，伯仲之间见伊吕。岐王宅里，崔九堂前。巴峡穿巫峡，襄阳向洛阳。九江落日，一柱观日。遂有冯夷，始知嬴女无数。一双、两个、一行。自去自来，相亲相近。生憎不分，自今以后，此等皆肆笔纵横，有疏野气，大家数不可无。俗眼之所遗，更以为笑。

《春夜喜雨》"润物细无声"下：有善评诗者，以此为相业，亦有味乎，其言之至也，造次勇露，与雨露之所濡，甘苦齐结实两句同，真有德者气象。

《江畔独步寻花七绝》总评：此八九绝（本诗与《漫兴》），皆放荡自然，足洗凡陋，何必《竹枝》《乐府》哉！其一篇末：每诵四过，可歌可舞，能使老人复少。其二"行步欹危实怕春"下：怕春语激。其四篇末：豪直是豪，放直是放，令人爱惜情思，开口亦难。

《江村》"老妻画纸为棋局，稚子敲针作钓钩"下：语意近放。篇末：全首高旷，真野人之能言者。

卷十

《石笋行》篇末：率然两语，补拾成篇，小臣媚至尊，第言其石状蒙蔽，不必指某事某事之牵合譬喻也。

《野老》句首四句下：句句洗削。篇末：此等亦与人意无异也。

《南邻》"秋水才深四五尺，野航恰受两三人"下：浅涨小艇，本是实意，然写此有至足之味。

《过南邻朱山人水亭》"相近竹参差，相过人不知。幽花欹满树，小水细通池"下：此四句描写幽兴，无味至味，甚长。

《散愁二首》"江雨夜闻多"下：江雨而又夜闻，是以愈觉其多。"多"字入妙。

《和裴迪登新津寺寄王侍郎》"蝉声集古寺"下：自然。"风物悲游子，登临忆侍郎"下：游子、侍郎，皆故用俗，故不俗。五六言裴吟诗之情，乃答起句。

《和裴迪登蜀州东亭送客逢早梅相忆见寄》"若为看去乱乡愁"下：亦宛变沉著。

《遣意二首》其一"衰年催酿黍，细雨更移橙"下：自然知是好语，"酿黍""移橙"，不无点检。此以幽事见情。"渐喜交游绝，幽居不用名"下：幽兴亦称。结喜交游渐绝，则幽居何必有名，可见平日为过从所泽，由名之为累也。慕膻之蚁，岂能知之。篇末：怨调。

《漫成二首》其一"野日荒荒白，春流泯泯清"下：言其无声也。两语皆伤心，而"荒荒"尤警。"泯泯"略称，无紧要语，而尽邻里横斜之态。起句工在两双字，写景妙在目前。

其二"仰面贪看鸟，回头错应人"下：偶然语，偶然道之。此十句一句法。"读书难字过"下：真率有味。言年老读书但识大义，不能逐字经意也。

《可惜》"花飞有底急"下：尽情。"可惜欢娱地，都非少壮时"下：所以可惜者，此盖自惜也。四句愤景萧然。

《落日》"落日在帘钩"下：又别。天然晚景，得句在此，因以命题。"芳菲缘岸圃，樵爨倚滩舟"下：且樵且爨，真倚滩之景。"浊醪谁造汝，一酌散千忧"下：语自放荡。

《漫兴九首》其一"即遣花开深造次，便觉莺语太丁宁"下：即遣便教，正是诗意。

其二篇末：疏野有佳致。

其三篇末：其闲情院体又如此。

其四篇末：总如此则乐天矣。

其六篇末：善自遣如此。

其七篇末：平常景，多少幽意，为小儒牵强解了，读之可憎。

其九篇末：野人漫兴，深入情尽，岂复有能注者。

《戏为六绝句》总评：语意甚悲，正是有所激发，托于庾信与后来作者，如杨、王、卢、骆。尔曹轻薄，不见称。第三诗又借王、卢反复言之，以为纵使不及汉魏风骚，毕竟皆异才也。尔曹自负不浅，然过都历块，乃可见耳，所以极形容前辈之未易贬也。注为卢王为尔曹，全失先后语意。才力应难跨数公，公为上所指也。翡翠蓝苕，极纤巧之态。我不是薄他，他自谓方可屈、贾，却恐更堕数公后耳。其不及，则断断不及矣，然不放他人出己上，别更自谓与300篇相近，不知合各师前人也。

卷十一

《戏作花卿歌》"子章髑髅血模糊，手提掷还崔大夫"下：粗言鄙语，调笑入神。

《少年行二首》其一：此少年行四句耳，然极动荡，为劝甚远。

《魏十四侍御就弊庐相别》"远寻留药价"下："留药价"，甚佳。

《王十七侍御抡许携酒至草堂奉寄此诗便请邀高三十五使君同到》"戏假霜威促山简"下："霜威促山简"，语殊不佳，亦是俗见。

《赠别何邕》"沱江不向秦"下：伤心语别。

《水槛遣心二首》其二篇末：结，细润有力。

《奉和严中丞西城晚眺十韵》"地平江动蜀，天阔树浮秦"下："动"字最佳，长篇着两语如此，岂不轩豁，"浮""动"二字相若，而"动"为胜。篇末：暗相亲者，深欲倚以成功业也，惜哉。

《奉济驿重送严公四韵》"几时杯重把，昨夜月同行"下：余情别恨，坐想慨然。"江村独归处，寂寞养残生"下：感知己之辞。

《巴西驿亭观江涨呈窦十五使君》"孤亭凌喷薄，万井逼春容"下："春容"谓水缓势阔，正是形容大体势。

《姜楚公画角鹰歌》篇末：自负愈高。

《又观打鱼》篇末：两篇皆主爱物，此篇赋得又自在，末意不如前篇沉着。

卷十二

《九日登梓州城》"追欢筋力异，望远岁时同"下：老人语，无刻箸。

《严氏溪放歌行》"费心姑息是一役，肥肉大酒徒相要"下：肥肉大酒，其愤懑不平，误时失志。"知子松根长茯苓，迟暮有意来同煮"下：本分好语。

《野望》"山连越巂蟠三蜀，水散巴渝下五溪"下：自然壮丽。

《早发射洪县南途中作》"将老忧贫窭，筋力岂能及"下：人有此叹，十字尽之。起语如此，故别。

《春日戏题恼郝使君兄》"细马时鸣金騕褭，佳人屡出董娇饶"下：造次老成。

《郪城西原送李判官兄武判官弟赴成都府》"远水非无浪，他山自有春"下：谓成都好山别，不足惜，且不见舟楫之苦耳。

《闻官军收河南河北》"却看妻子愁何在，漫卷诗书喜欲狂"下：写喜意真切，愈朴而近。"白日放歌须纵酒，青春作伴好还乡"下：自然是喜意，流动得人。"即从巴峡穿巫峡，便下襄阳向洛阳"下：此何等语，然喜愿之诚有如此，他语不足易也。

《春日梓州登楼二首》其二"天畔登楼眼，随春入故园"下：起因登楼而思故里。"战场今始定，移柳更能存"下：谓未必能存，见故乡杀戮焚荡之余，未可遽返也。"厌蜀交游冷"下：以子美交游，当时蜀胜，犹厌其冷，岂非人情久客，未有不相亲落落者乎，其后又有厌就都城下之句。"应须理舟楫，长啸下荆门"下：蜀中交游既冷落，故园又不可归，于是浩然有去志也欤！

《望兜率寺》"不复知天大"下：谓树密故耳。左见王安中引此，又别有断章，何所不可，亦诗之妙。

《陪李梓州王阆州苏遂州李果州四使君登惠义寺楼阁倚山巅》篇末：语各典雅。

《韦讽录事宅观曹将军画马图》"后有韦讽前支遁"下：以主人对支遁，豪气横出。"腾骧磊落三万匹，皆与此图筋骨同。自从献宝朝河宗，无复射蛟江水中"下：四句沉着，雄丽自在，事事托物，事在言外。

《有感五首》其二"何以报皇天"下：朴而不可易者，情事蔼然，三百篇之后，少此而已。"云台旧拓边"下：此五字，有日蹙百里之悲。其五"领郡辄无色，之官皆有词"下：此"无色"，有词，正合直述。

《送元二适江左》"风尘为客日，江海送君情"下：杂乱之时，作客送客，其情可知。两句浏浏乎其不可极。"经过自爱惜，取次莫论兵"下：事语自别。丹阳系晋室，语其忠，公孙白帝城，则僭伪也。感其经过论兵，岂非藩镇节度使有难言者乎？能如此读，方有少进。此等结语，熟味最是深厚。

《章梓州水亭》篇末：如此用事，自是点缀得人事好。

《薄暮》"寒花隐乱草，宿鸟择深枝"下：此犹郑谷乱后牡丹诗意也。

《丹青引赠曹将军霸》"将军魏武之子孙"下：起语激昂慷慨，少有及此。"文采风流今尚存"下：接得又畅。"丹青不知老将至，富贵于我如浮云"下：突兀四语，能事志意，毕竟往复浩荡，只在里许。又云：自是笔意至此，非思致所及。"迥立阊阖生长风"下："迥"，立意从容。

“榻上庭前屹相向”下：相向语，纤密。“忍使骅骝气凋丧”下：名言。“必逢佳士亦为真”下：谓未遇佳士故。“但看古来盛名下，终日坎壈缠其身。”首尾悲壮动荡，皆名言。

《桃竹杖引赠章留后》“路幽必为鬼神夺，拔剑或与蛟龙争”下：玄又玄，怪又怪，然不可复进，进则刘义矣。

《寄题江外草堂》“我生性放诞，难欲逃自然”下：“难”字误，必“雅”字也。“霜骨不甚长，永为邻里怜”下：语趣凄然。

《山寺（野寺根石壁）》“前佛不复辨，百身一莓苔”下：老语古意。“如闻龙象泣”下：语得深浅。“高人忧祸胎”下：此是章留后厚施，就使兵徒为之，故曰以此抚士卒，然秽杂纷纷，方自此始，故穷子高人共忧之，但语不甚白而意已具矣。“思量入道苦，自哂同婴孩”下：结语忽及此，殊有态味。

《阆水歌》“正怜日破浪花出，更复春从沙际归”下：景少语长。

《登楼》篇末：谓先主庙中乃亦有后主，此亡国何足祠，徒使人思诸葛《梁甫吟》之恨而已。《梁甫吟》亦废兴之感也，武侯以之。

《青丝》“十月即为齑粉期”下：书生张皇军国，愿幸功成类如此，可叹子美犹始祖也，至放翁厌矣，吾题吾说于此，亦自厌矣。

《滕王亭子》“仙家犬吠白云间”下：以亭在观内，故有此句。

《玉台观》其一“始知嬴女善吹箫”下：以观内有滕王亭子，故有吹箫之句。“江光隐见鼋鼍窟，石势参差乌鹊桥”下：虽是江境语，有神嶲。其二“平台访古游”下：又极典重。“彩云萧史驻，文字鲁恭留”下：三四又极典重。

卷十三

无评点

卷十四

《别房太尉墓》　“他乡复行役，驻马别孤坟”下：钟情苦语。著“低”“近”二字，惟孟东野有之。

《春归》“轻燕受风斜”下：有态。

《除草》“芒刺在我眼，焉能待高秋”下：纤纤有味。

《过故斛斯校书庄二首》其一“竟无宣室召，徒有茂陵求”下：极是恨意，后来作者皆不及，简斋步骤略近。其二"断桥无复板，卧柳自生枝"下：又悲于他作。

《到村》"蓄积思江汉，疏顽惑町畦"下：又有意出蜀，不晓人事分尔我，殆众中有不合故。

《宿府》"永夜角声悲自语，中天月色好谁看"下：上下沉著。

《遣闷奉呈严公二十韵》"胡为来幕下，只合在舟中"下：仕官失志，不能决绝如此。

《奉观严郑公厅事岷山沱江图》篇末：此篇句句看画意，政似未离本人出处。谓义尽分明，儿童之见也。

《至后》"青袍白马有何意"下：青袍白马，眼见小子辈纷纷而起，有何意味，谓公止服九品，谬甚。篇末：语极有兴。

《舍弟占归草堂检校聊示此诗》"久客应吾道"下：犹云我道，盖如是，省事语。

《观李固请司马弟山水图三首》其一篇末：有味有味。其二"人间长见画，老去恨空闻"下：自伤足力之不继也，上句亦是愧人之不能往者。"此生随万物"下："万物"语朴，故佳。其三篇末：仍是好语。

《敝庐遣兴奉寄严公》篇末：邀其过我，语涉进退，颇自负。

《春日江村五首》其一"乾坤万里眼，时序百年心"下：使人无复思致，故不可及。其五"群盗哀王粲，中年召贾生"下："群盗""中年"，皆不须事实，正是作者。

《绝句四首》其一"堑北行椒却背村"下：婉曲有趣。其二篇末：此千秋万里是甚气概，非苟也。

《八哀诗·赠司空王公思礼》"飞兔不近驾，鸷鸟资远击"下：言专在外。"昔观文苑传，岂述廉蔺绩"下：甚言文吏之无用，岂景山代思礼乎？

《八哀诗·赠左仆射郑国公严公武》"原庙丹青明，匡汲俄宠辱"下："匡汲"既不偏，"俄宠辱"亦无谓。

《八哀诗·赠太子太师汝阳郡王琎》"虬须似太宗"下：语其所从出，则同然矣。"爱其谨洁极，倍此骨肉亲"下：贴衬得别。

卷十五
无评点

卷十六

《别常微君》"寒衣宽总长"下：少宽为眼。

《十二月一日三首》总评：子美七言律要每每放荡，此又参差约放之，此三首皆然。

《杜鹃》"西川有杜鹃，东川无杜鹃。涪万无杜鹃，云安有杜鹃"下：正是突兀奇怪，欲起后人之疑，作此村朴老人态，且起语参差，何必拘韵，作此者当自知之，如绝句"前年渝州杀刺史，今年开州杀刺史"，何尝不是此样。"身病不能拜，泪下如迸泉"下：此起此结，皆出意表。

《崔评事弟许相迎不到应虑老夫见泥雨怯出必愆佳期走笔戏简》"身过花间沾湿好，醉于马上往来轻"下：上句有风韵。

《武侯庙》"犹闻辞后主，不复卧南阳"下：语绝。又云：上句想望其风采犹在也，下句伤其已死。

《古柏行》"扶持自是神明力，正直原因造化功"下：诗之光气在此。

《七月一日题终明府水楼二首》其二"楚江巫峡半云雨"下："半"字好，看他绛色画。"清簟疏帘看弈棋"下：无一字不画得。

《夜雨》"野凉侵闭户，江满带维舟"下：滑练。

《殿中杨监见示张旭草书图》篇末：写得自在，首尾浑浑老成。

《杨监又出画鹰十二扇》"近时冯绍正，能画鸷鸟样"下：若非老笔粗率，乍见起语，岂不失笑。

《缚鸡行》篇末：短篇偶然，正合如此，本无奇绝，特评者既过，效者失之。

《鸥》"雪暗还须浴，风生一任飘"下：子美赋物别自为体，异于唐人纤巧，然此等又类，可笑。

《猿》篇末：可感。

《麂》"无才逐仙隐，不敢恨庖厨"下：十字无限倾尽。

《鹦鹉》篇末：委折可诵。

《鸡》"纪德名标五"下：非工部则此语失笑。"失次晓无惭"下：五字被讥。

《黄鱼》"长大不容身"下：谓不容其长大，语恨。"泥沙卷涎沫，回首怪龙鳞"下：风雷肯为神，惜其不足以自脱，然于此鱼视泥沙涎沫之龙，又未必不怪其苦也。

《瀼西寒望》"鸥行炯自如"下：三字写鸥之明洁，二句见望中景物之小者，亦佳。"瞿唐春欲至，定卜瀼西居"下：此又以情结之，言来春当卜居此地。

《陪柏中丞观宴将士二首》其一"醉客沾鹦鹉，佳人指凤凰"下：鹦鹉，自负能赋；凤凰，指坐客奇瑞，皆一时实事，谓宴将士不当尔拘哉。

《奉汉中王手札报韦侍御萧尊师亡》"一哀侵疾病，相识自儿童"下：苦语略不费思。

《有叹》"江东客未还"下：自蜀归，皆少言江东。

《不寐》"气衰甘少寐，心弱恨和愁"下：写得婉致，亦自知之耳。弱，本不多，何所愁之多也。

《滟滪堆》"天意存颠覆，神功接混茫"下：此坡赋之祖。"干戈连解缆，行止忆垂堂"下：每以谆复见意，自是家数。

《谒真谛寺禅师》"冻泉依细石，晴雪落长松"下：若无"晴"字，何以成诗。

《又示两儿》"令节成吾老，他时见汝心"下：他时见汝思亲之心，谓身后寒食语，甚苦，且前一首，已悲，此篇更不忍读。

《李潮八分小篆歌》"书贵瘦硬方通神"下：子美书贵瘦硬，谓八分篆耳。"我今衰老才力薄，潮乎潮乎奈汝何"下：古人出语便是肝肺，更自动流，可观此诗，叙古外殊不为发越，故终篇自叹语。

卷十七
无评点

卷十八
《雷·大旱山岳燋》"请先偃甲兵，处分听人主"下：拙甚。"二者存一端，愆阳不犹愈"下：谓旱愈于盗，又何激也。

《季夏送乡弟韶陪黄门从叔朝谒》"莫度清秋吟蟋蟀"下：比吟蟋蟀，亦过，然出于子美，未必不为名言。

《夔州歌》篇末：惟此最得体，疏荡磊落。

《牵牛织女》篇末：谓近虽咫尺，非如期不合，彼淫奔失身，不知丈夫之见有不然者，常悔何及。结十字具有此意，但上面写不甚达，其言君臣之际，则可感矣。

《洞房》篇末：语不迫切而意独至，悲慨满目，然不低黯，故自可望。

《宿昔》篇末：猥亵不凡，风刺具有。

《骊山》"地下无朝烛，人间有赐金"下：使人不忍言好。

《吾宗》"忧国愿年丰"下：山林尘士，婉有余情。

《第五弟丰独在江左近三四载寂无消息觅使寄此二首》其二"风尘淹别日，江汉失清秋"下：情怀恳切，开口便是。

《贻华阳柳少府》"文章一小技，于道未为尊"下："文章一小技"，甫盖自谓，歉然于柳侯之尊己也。本涉用意，而今为名言。由不能文章者，自诡有道，借甫尊己，亦不可不辩也。

《秋风二首》其二篇末：如《竹枝》《乐府》，矫矫长句，不必亲切为已。

《别李秘书始兴寺所居》篇末：磊磊真率语，短而畅。

《谒先主庙》"力侔分社稷，志屈偃经纶"下：首三句总言三国，四句即归刘、亮之君臣也。"杂耕心未已，呕血事酸辛"下：来得浑浑，有无限可感，开基季事，君臣心事，不分远近，不立宾主，老人口，老人耳，仿佛尽之。"竹送清溪月，苔移玉座春"下：寂寞语，奇丽。风动竹开如送月，玉座移于苔上，春惟苔耳。十字开阖古今。"应天才不小，得士契无邻"下：使共果应天运，玄德之才，亦岂小哉！谓武侯相得无比，即比便不可及。"向来忧国泪，寂寞洒衣巾"下：其甚自负如此，首尾曲折，句句典实有味，真大手笔，真先主庙诗，评意皆合。

《秋野五首》其一篇末：小事谁不能道，能道者少。其三"礼乐攻吾短"下：谦厚典型蔼然。"风落收松子，天寒割蜜房"下：幽事楚楚，不俭不寒。"稀疏小红翠，驻屐近微香"下：有典有则，有兴有情，清远闲丽，少见首尾如此可爱，与养雏成鹤，竹笼收果远矣。其五"身许麒麟画，年衰鸳鹭群"下：矜重。

《秋日夔府咏怀奉寄郑监李宾客一百韵》"途中非阮籍，查上似张骞"下："途中""查上"语，何拙也。"披拂云宁在"下："披拂"句，亦不可解。"他日辞神女，伤春怯杜鹃"下：古意不衔。"金篦空刮眼，镜象未离铨"下：自行路难下，欲访僧寻寺，恍惚自道。

卷十九

《十七夜对月》"倚杖复随人"下：自是不经人道，谁不了此。

《咏怀古迹五首》其一首联下：起得磊落。其二篇末：不斤斤用事，结得最高。其三"群山万壑赴荆门"下：起得磊落。

其五"伯仲之间见伊吕，指挥若定失萧曹"下：两语气概别，足掩上句之劣。知己语赞孔明者，不能复出此也。

《九月一日过孟十二仓曹十四主簿兄弟》"老困拨书眠"下：语自称意。

《课小竖锄斫舍北果林枝蔓荒秽净讫移床三首》其一"江猿应独吟，泄云高不去"下：资防应不论，"泄云"，突兀甚。其二"青虫悬就日，朱果落封泥"下：亦眼前人所不到。"全身学马蹄"下：马蹄亦得大意。其三"日斜鱼更食，客散鸟还来"下：幽趣婉密，字意宛转。

《解闷十二首》其三"何人为觅郑瓜州"下：因瓜忆郑审，为金陵有瓜州，号郑瓜州，皆词人风流跌宕之态，亦多此。

其八篇末：公诗晚年多倒用，老态其所自得，然未可尽以为法。黄山谷偏嗜此等，日取成家。其九"炎方每续朱樱献，玉座应悲白露团"下：樱桃荐庙，荔枝继之，故有霜露之感，但语晦然尚可晓。其十一篇末：两语两意。其十二"侧生野岸及江蒲"下：意是如此，但"蒲"欠自注。

《复愁十二首》其四篇末：此在此失，自笑自言。其十二"莫看江总老，犹被赏时鱼"下：谓江仕陈，得赏晚，犹在耳，其意甚悲。

《季秋苏五弟缨江楼夜宴崔十三评事韦少府侄三首》其一"一时今夕会"下："一时"，谓诸客，然合今夕言之，则语病。其三"对月那无酒，登楼况有江"下：扶迹曲折，自不容无。

《秋峡》"全生狎楚童"下：狎至樵竖，且以自全，非无能无志者。

《东屯北崦》"空村惟见鸟，落日未逢人"下：上句只是此意，愈觉萧索。

《秋兴八首》总评：八诗大体沉雄富丽，哀伤无限，尽在言外，故自不厌，确实小家数不可仿佛耳。其一"丛菊两开他日泪"下：此七字出。其二"听猿实下三省泪"下：语古。其三"信宿渔人还泛泛"下：泛泛无所得也。"刘向经传心事远"下，既前后不相涉，只用二人名，亦莫知其意之所在，落落自可。其五"东来紫气有函关"下：律句有此，自觉雄浑。其七"花萼夹城通御气，芙蓉小苑入道愁"下：两句写幸蜀之怨，怀故京之思，不分远近，如将见其实焉。"锦缆牙樯起白鸥"下：对句耳，不足为雅丽。其八"碧梧栖老凤凰枝"下：语有悲慨可念。"佳人拾翠春相问，仙侣同舟晚更移"下：甚有风韵，春字又胜。

《送李八秘书赴杜相公幕》"石出倒听枫叶下，橹摇背指菊花开"下：两语皆目击，自然，而险易天出，极舟行之妙。

《戏作俳谐体遣闷二首》"旧识能为态，新知已暗疏"下：新知渐熟渐厌，未能遽舍其形容世态，深得骨髓，识事之余，倍觉语味。

《刘稻了咏怀》"樵歌稍出村"下："稍"字尤萧索可怜。"无家问消息，作客信乾坤"下：结处意沉着，非托之悠悠者。

《雷·巫峡中宵动》"龙蛇不成蛰，天地划争回"下：每有气魄，变化目前。

《朝二首》"村疏黄叶坠"下：与寒风疏草木不同，不如此有盎色。

《可叹》"古往今来共一时，人生万事无不有"下：此为河东之丑，慨然起兴，以下全不相涉。

《观公孙大娘弟子舞剑器行》"来如雷霆收震怒"下："收"字，谓其犹隐隐有声也，但舞一剑谓其如雷如霆，则悲矣。"罢如江海凝清光"下：名状得意。篇末：子美以诗为散语，故意多词促，此序引张颠草书，隐映颇达情态，非公不闻此妙。

卷二十

《君不见简苏徯》篇末：语虽少，顿挫激越，三四往复，不嫌乱。《赤霄行》"孔雀未知牛有角，渴饮寒泉逢觝触"下：造意甚奇。"江中淘河吓飞燕"下："淘河""飞燕"，本不相涉，用鸀鳿事而去之，真达识也。"记忆细故非高贤"下：明贤高趣。

《寄裴施州》"冰壶玉衡悬清秋"下：物色品目自高，语亦峻直，篇内得此自别。

《奉酬薛十二丈判官见赠》"忽忽峡中睡，悲风方一醒"下：不知其从何来，何所指，但觉彼此有之。"日暮拾流萤"下：以其用孟光、车胤事以美新婚也。隐约之甚。

《晚晴》篇末：语甚悲甚涩。

《夜归》"夜半归来冲虎过"下：非痴非狂语。

《晚》"吾知拙养尊，朝廷问府主"下：欲知朝廷，则问府主，是野人意，但语非又可解为嫌。

《人日》"元日到人日，未有不阴时"下：十字自是惨塞。

《大历三年春白帝城放船出瞿塘峡久居夔府将适江陵漂泊有诗凡四十韵》"伊吕终难降，韩彭不易呼"下：异代同叹。

《送王十五判官扶侍还黔中》"大家东征逐子回"下："逐"字不佳。

《短歌行赠王郎司直》"西得诸侯棹锦水"下：西得诸侯以下，谓王司直知我，我复舍此何何。篇末：豪气激人，堂堂复堂堂。

《王兵马使二角鹰》"中有万里之长江，回风滔日孤光动"下：起得森耸，二角鹰不意出此。

卷二十一

《遣怀》"乘黄已去矣，凡鸟徒区区"下：铺叙俯仰，戢戢典实。

《舟出江陵南浦奉寄郑少尹》"更欲投何处，飘然去此都"下：不知者以为呓语也。"干戈送老儒"下：此"送"字意味别，如送葬之送，皆可伤也。

《秋日荆南述怀三十韵》"结舌防谗柄，探肠有祸胎"下：语甚苦。"霸业寻常体，忠臣忌讳灾"下："霸业寻常体"，谓出游于外，此宗臣所甚讳也。"自古江湖客，冥心若死灰"下：矫然而正。

《江上》"勋业频看镜，行藏独倚楼"下：此等人所共识，诗固难遇。

《哭李尚书哭之芳》"欲挂留徐剑，犹回忆戴船"下：极是伤痛。

《重题》"儿童相识尽，宇宙此生浮"下：怅然何所不尽。

《暮归》"客子入门月皎皎，谁家捣练风凄凄"下：古乐府不及。

《哭李常侍峄二首》其一"一代风流尽"下：自是可感。"犹想映貂金"下：犹有余韵。其二"江汉哭君时"下：可痛。

《登白马潭》"宿鸟行犹去，丛花笑不来"下：鸟则宿矣，吾行犹去，笑亦吾笑，作者自然。

《醉歌行赠公安颜少府请顾公题壁》"君不见西汉杜陵老"下：眼前事，着不见，唐突可人。

《移居公安敬赠卫大郎钧》"卫侯不易得，余病汝知之"下：故有狂态。

《公安送韦二少府匡赞》"时危兵甲黄尘里，日短江湖白发前"下：

语各矜重。

《北风》篇末：皆自重。

《忆昔行》"仙赏心达泪交堕"下：亦恳款数四。"倏忽东西无不可"下：恍惚语。"青兕黄熊啼向我"下：岑寂语，四句极俯仰形容之妙。篇末：此昔行，与昔游皆托方外，便谓直游与事董，殆痴人说前梦。

《岁晏行》篇末：首尾痛彻，子美诗晚年多杂乱，无复语次，如此歌本说"射鹰"，隔数句后方出"汝"字应前，未了复言时事，因及"私铸"，私之未了，终以"画角"。老人诗态，不可拘以常格，得以此，失以此。山谷专主此等流弊，至不可读，亦不得不以为戒也。

《解忧》"减米散同舟，路难思共济"下：言外欷曲。

《宿凿石浦》"缺月殊未生，青灯死分翳"下：极明灭之态，安得不悲。

《宿花石戍》"罢人不在村，野圃泉自注"下：十字画不能尽，举目凄然。

《次晚洲》"摆浪散帙妨，危沙折花当"下：当虽花根，与土垕无当同，然对上文"妨"字则不等陈。俞舜卿谓，余言危沙记险无地标识，故插花以当，亦似有理。

《归雁·闻道今春雁》"见花辞涨海，避雪到罗浮"下：清丽语。

《小寒食舟中作》"老年花似雾中看"下：意虽索寞，语不寒俭。

《奉赠卢五丈参谋琚》"休传鹿是马，莫信鹏如鸴"下："莫信鹏如鸴"，可；鹿为马，不可。

《暮秋枉裴道州手札率尔遣兴寄近呈苏涣侍御》"虚名但蒙寒温问，泛爱不救沟壑辱"下：此皆人情不能无愁者。

《奉送魏六丈佑少府之交广》"错挥铁如意，莫避珊瑚枝"下：殆自道其平生所过，有可思者。

《白凫行》篇末：谣体。

《衡州送李大夫七丈勉赴广州》"南斗避文星，日月笼中鸟"下：日月自属时事，善以自喻，岂不迂甚，惟后取句亦适可，如此相应。

《旅夜书怀》"星垂平野阔，月涌大江流"下：等闲岁月，著一"涌"字，复觉不同。

另有不见于明正德四年云根书屋刻本《须溪批点选注杜工部诗》而

被其他明刻本《须溪批点选注杜工部诗》和明正德八年刘氏安政堂刻本《集千家注批点补遗杜工部诗集》（台北大通书局 1974 年影印本）收录之刘辰翁批点：

《寄岳州贾司马六文巴州严八使君两阁老五十韵》"佳气拂同旋"下：乱来读此十字，哀痛来生。"厩马解登仙"下：浅事不俗，俗意不俚。"书柱满怀笺"下：才复京，便有此乐，是此时残破巡幸，尚自庶几。"应用酒为年"下：甚言避祸之道，可念。篇末：结语如此，使人意尽。

《蜀相》篇末：全首如此一字一泪矣。又云：写得使人不忍读，故以为至。又云：千年遗下此语，使人意伤。

《阁夜》"五更鼓角声悲壮，三峡星河影动摇"下：此两句对看，自是无穷俯仰之悲，两句共见奇丽，著上句何足表，评诗未易如此。

《初月》"光细弦初上，影斜轮未安。微升古塞外，已隐暮云端"下：凡诗未尝无所托，第不知注者之谬。

《白水崔少府十九翁高斋三十韵》篇末：岂有解诗专作寓言，使人生厌也。

《寒食》"寒食江村路，风花高写飞"下：欧公意常近此。

《官池春雁二首》其二"翅在云天终不远，力微矰缴绝须防"下：句意紧严，后山概得之，故节度森整。

《遣怀》"水静楼阴直"下：写景贵得自然。

《西枝村寻置草堂地夜宿赞公土室二首》其二"月出山更静"下：自然境，自然语。

《园官送菜》"丝麻杂罗纨"下：牵强无味。

《题桃树》篇末：不可解，不必解。

《巫峡敞庐奉赠侍御四舅别之沣朗》"江城秋日落，山鬼闭门中"下：语不必其尽，不必可解，漫发此义。

《秋日寄题郑监湖上亭三首》其三"挥金应物理，施玉岂吾身"下：几不可解而甚有味。

《晓望》"地坼江帆隐，天清木叶闻"下：语至不可解则妙矣。

此外尚有不见于杜甫诗集评点专书而被《唐诗品汇》录存的刘辰翁之杜诗评点：

《新婚别》篇末：曲折详至，缕缕凡七转，微显条达。

《无家别》"久行见空巷，日瘦气惨悽"下：经历多矣，无如此语之在目前者。"家乡既荡尽，远近理亦齐"下：写至此，亦无复余恨，此其所以泣鬼神者。

《青阳峡》篇末：谓前险已尽，至此依然相随来也。

《积草岭》篇末：相去尚百里，想像如见顾休焉息焉之志也。

《万丈潭》"青溪合冥寞，神物有显晦"下：便合改视。"闭藏修鳞蛰，出入巨石碍"下：造意语。

《水会渡》"回眺积水外，始知众星乾"下：穷而不涩。

《玉华宫》"不知何王殿，遗构绝壁下"下：哀思苦语，转换简远，有长篇余韵，末更自伤悲，非意所及。篇末：起结悽黯，读者殆难为情。

《晦日寻崔戢李封》"崔侯初筵色，已畏空尊愁"下：写得浓至。

《赠卫八处士》篇末：阳关之后，此语为畅。

《佳人》"夫婿轻薄儿，新人美如玉"下：闲言余语，无不可感。"侍婢卖珠回，牵萝补茅屋"下：似悲似诉，自言自誓，矜持慷慨，修洁端丽，画所不能，如论所不能及。篇末：字字矜到而不艰棘，尽不容尽。

《喜晴》"春夏各有实，我饥岂有涯"下：善自宽。

《白马》篇末：诗或托兴或纪事，托名不必商于不商于也。

《义鹘》"修翎脱远枝，巨颡折老拳"下：此奇事适使子美闻之。

《夜闻觱篥》篇末：君知干戈如此，则不复恨行路矣。实历喟然。

《莫相疑行》篇末：写得彻至，怀抱如洗。

《寄韩谏议注》篇末：此篇多渺茫恍惚，几失韩注，未竟不合。

《骢马行》"银鞍却覆香罗帕"下：无紧要有风味。

《漫兴》篇末：善自遣如此。

《夜宴左氏庄》"风林纤月落"下：是起兴。"春星带草堂"下：景语闲旷。篇末：豪纵自然，结语萧散。

《故武卫将军挽歌》其一"哀诏惜精灵"下：上下含蓄，有美有恨。

《月夜》"遥怜小儿女，未解忆长安"下：愈缓愈悲，俛（俯）仰具足。

《收京三首》其二"又下圣明朝"下：沉痛敦厚，读之堕泪。

《送远》：两语两意别离，则昨日矣。往往古人亦如我也，自怪其情之悲也。"鞍马去孤城"下：如画出塞图矣。

《后游》"花柳更无私"下：必如此，可以言气象矣。

《村夜》"邻火夜深明"下：自然。

《禹庙》"古屋书画蛇"下：皆本色语，暗用。

《哭严仆射归榇》"风送蛟龙雨"下：谓其化为蛟龙而风雨之情境惨然，与天地意称。

《长江》篇末：接上不可晓。

《承闻故房相公灵榇自阆州启殡归葬东都有作》"一德兴亡后"下：岂玄龄后耶？

《船下夔州郭宿雨湿不得上岸别王十二判官》"江鸣夜雨悬"下：精章不刻。

《中宵》"落月动沙虚"下：语无诡时，写景入微。

《日暮》"江山非故国"下：人人能言，人人不能言，与可惜欢娱地同耳。

《登岳阳楼》"乾坤日夜浮"下：气压百代，为五言雄浑之绝。

《江陵望幸》"舟楫控吴人"下：且悲且喜，仓促有气。

《太岁日》"衣冠拜紫宸"下：等常大体。

送严侍郎到锦州同登杜使君江楼燕》"天横醉后参"下：落落有气。

《临邑舍弟书至苦雨黄河泛溢堤防之患簿领所忧用宽其意》"百谷漏波涛"下：大家数语。

《送杨六判官使西蕃》"敕书怜赞普"下：吐蕃君长名。

《冬日洛城北谒玄元皇帝庙》"身退毕周室，经传拱汉皇"下：在周时为柱史毕矣，然能使后代拱而师事之，此诗意也。

《寄李白》"笔落惊风雨，诗成泣鬼神"下：彼此各称，自喻适意，太白足以当之。

《寄彭州高三十五使君适虢州岑二十七长史参三十韵》"词客未能忘"下：物情往往见弃，惟词客未忘耳。"篇终接混茫"下：即子美自道，可为悟人。

《城西陂泛舟》"春风自信牙墙动"下：佳处。

《奉和贾至舍人早朝大明宫》"宫殿风微燕雀高"下：壮丽自是，若非微字清丽，不免痴肥矣，漫发此义。

《宣政殿退朝晚出左掖》"雪残鳷鹊亦多时"下：佳处自在可想。

《曲江》"莫厌伤多酒入唇"下：小纵绳墨，最是倾倒，律诗不甚缚律者。"苑边高冢卧麒麟"下：警策之至，可以动悟，不特丽句而已。

《送韩十四江东省觐》篇末：子美自谓深悲极愁者。

《宿府》"中天月色好谁看"下：上下沉著。

《返照》"归云拥树失山村"下：字字着意。篇末：语不轻易，感恨更多。

《登高》"不尽长江滚滚来"下：句自雄畅。篇末：结复郑重。

第二节　刘辰翁评点韦应物诗辑校

韦应物为中唐著名诗人，长于五言与古体，后期所作山水田园诗，情致风格兼学陶渊明、谢灵运，高雅闲澹，自然淡远，素为后人称颂。对韦应物诗歌特点的认识是与刘辰翁的评点密不可分的。宋末著名遗民和辛派词人的后劲，其诗文批点种类繁复，有散文、小说、诗歌，他对唐宋著名诗人和《世说新语》的评点已成为版本流传中的重要组成部分。其评点在明清两代影响甚大，叶德辉《书林清话》卷二《刻书有圈点之始》云："刘辰翁，字会孟，一生评点之书甚多。……坊估刻以射利，士林靡然向风。"[1] 称其为中国历史上第一个文学评点大师，当之无愧。

据丁丙《善本书室藏书志》，彭元瑞《天禄琳琅书目》，莫友芝著、傅增湘订补《藏园订补邵亭知见传本书目》，罗振常《善本书所见录》记载，经刘辰翁评点的韦应物诗，宋代即有刊印。其后有：元刊本《须溪先生校本韦苏州集》；明刊本弘治四年张习刻本，《韦孟全集》本，万历间凌濛初刻朱墨套印本《韦苏州集》与《陶韦合集》。现存收录刘辰翁评点的韦应物诗集本分别藏于天津图书馆、南京图书馆、上海图书馆与国家图书馆。

本书以福建人民出版社 2008 年影印元刊本《须溪先生校本韦苏州集》（十卷拾遗一卷，首刘辰翁行书序，次王钦臣记。收赋一篇，诗歌571 首）为据，参考他本，依照元刊本卷次全部辑录，冒号后为刘辰翁批语。计：韦苏州诗序一篇，赋一篇，卷一末评，诗歌 136 首，卷末总评。

《韦苏州诗序》：诗难评，观诗亦复不易。忆与陈舜卿诵韦苏州一二

---

① 　叶德辉：《书林清话》，中华书局 1957 年版，第 33 页。

语，高处有山泉极品之味，共恨未见全集。偶郡有京递，舜卿附急足，半月得之。报予共读中读数首辄意倦，再看复然。复取前选语视上下殊不逮。因不感复论。予后得此本，卧起与俱，久而形神相入，欲就舜卿语，而故人不可得矣。今人尝诵"兵卫森画戟，燕寝凝清香"，政尔无谓。惟朱韦斋举"诸生时列坐，共爱风满林"，乃能令人意消，颇有悟入，然全集若此，无数诗经评泊，别是眉目。例如"白日淇上没，空闺生远愁"，正似不著一字坐见消魂。"逍遥无一事，松风入南轩"，此起此结，复在比兴之外，岂可以心力为之？苏州五字已多，即"他乡到是归"，是他人几许造次能道其春容。若"佳人亦携手，再往今不同"，其含情欲诉，乃在数字之后。"风澹意伤春，池寒花敛夕"，襟怀眼景郁折如此，又岂更道哉！后来非无富健如古文，痛快如口语者，亦犹唐书瘦硬，宋帖跌宕，望而可爱，然去八法不觉愈远，王濛在诸作中最疏拙，然简淡别有风韵者，以其未失八法也。苏州佳致，不数二谢，独不知有学韦诗如濛帖者否？皎然空学其外，未得其内。丁亥正月为康绍宗刻此本后书其后，庐陵刘辰翁序。

卷一

《古赋》"夫谓之琼玉窈名器也"句下：入得促甚。"居炎天之赫赫兮独严厉乎"句下：不畅不茂。"实大王罇俎之常品"句下：此处尚可发越。篇末：勇而不瘦，激而不扬，盖有其义而无其辞。

《拟古诗》十二首

其一"驱车背乡国，朔风卷行迹"句下：此背此卷，言之可伤。篇末：四句隐然有味外不可说之味，望之黯然。又云：辞君远行迈倒一"辞"字，古别离多矣，此作更古者，以其有清洁自然意，如秋风旷野，自难为怀。

其二篇末：柔肠欲无而有不可犯之色。又云：吾旧评此诗云：深复深而语浅。"此时深闺妇，日照纱窗里。"谁不能道而点缀搜索，自无以加。又云：结语沉痛伤怀而不为妖荡怨旷之态，如此而止。

其三"芳年乐京国"句下：十字具难并之盛，语不期丽而乐意得于言外，不无流连，淡而不厌。

其四"四壁合清风，丹霞射其牖"句下：别是情丽，超凡入圣，可望而不可及者。末极寻常，以古调胜。又云：吾旧评此诗云：淡而绮，绮而不烦。

其五篇末：常言常语，枯淡欲无。

其六"月满秋夜长"句下：但摘一语，谁不知是苏州之妙，然得之全篇甚难，非尝徧阅，不知此篇具眼，变化后来，姑发此例。

其八篇末：感愤变化，仍复肮脏，悯然一笑，亦占人所未道。

其九篇末"单居谁能裁，好鸟对我鸣"流动自然，复非苦吟所及，末意耿耿，情性适然，不假外物而见。

其十二篇末：不言不笑，情景甚真，但觉丽情绮语，皆不足道。

《杂体》五首

其一篇末：其意正平，而朴素可尚，非无绮丽，静且不躁。

其四篇末：此用人之意也。婉转发越，隐约可恨。

其五篇末：高。又云：古意古语近道。

《与友生野炊效陶体》篇末：含章体素，默合自然。又云：古诗多此意，起两语便尽，中间款曲，政在觥半。

《效何水部》其二篇末：仍且嫩弱。

《效陶彭泽》"物性有如此，寒暑其奈何"下：两语似达似怨，甚好。篇末：苏州诗去陶自近，至效陶则复取王夷甫语用之，故知晋人无不有风致可爱。

《月夜会徐十一草堂》"还题玩月诗"下：亦是把做苏州诗看。

《扈亭西陂燕赏》篇末：浅语流动称情。

《春宵燕万年吉少府中孚南馆》"河汉上纵横，春城夜迢递"下：不独闲静，气概又阔，别是一样，语可讽。

《郡斋春燕》"赏余山景夕"下：两句两色。

《司空主簿琴席》篇末：古调古心。

《与村老对饮》篇末：情语浑成，无限感伤。

卷一末"兵卫森画戟，燕寝凝清香"此语大家翁能自赋予，又未若高筵谈笑，使坐客赋之也。

卷二

《城中卧疾知阎薛二子屡从邑令饮因以赠之》篇末：真素悃款，亦今人所羞道，或者更藏之为恨耳。

《初发扬子寄元大校书》"悽悽去亲爱，泛泛入烟雾"下：至浓至淡，便是苏州笔意。

《淮上即事寄广陵亲故》"秋山起暮钟，楚雨连沧海"下：句佳。"风波离思满，宿昔容发改"下：两语足以极初别之怀。"独鸟下东南"下：偶然景，偶然语，亦不容再得。

《雪中闻李儋过门不访聊以寄赠》"乍迷金谷路"下：自是韦体耳。

《沣上西斋寄诸友》"等陶辞小秩"下：等陶、效朱，何等选语。

《独游西斋寄崔主簿》"幽径还独寻，绿苔见行迹"下：萧然今昔之感。

《善福精舍示诸生》篇末：甚有佳致，可诵。

《寓居沣上精舍寄于张二舍人》"生事萧条空掩门"下：寂寞而有沉着之意，更胜上句。

《沣上醉题寄涤武》篇末：本是恨意，写得放怀可尚，然一往有情。

《西郊期涤武不至书示》篇末：两绝皆极钟情而语更达。

《沣上对月寄孔谏议》篇末：道人语不辛苦，悟者自悟。

《将往滁城恋新竹简崔都水示端》篇末：琼粉语，似辛苦。

《还阙首途寄精舍亲友》篇末：有此景意。

《雪夜下朝呈省中一绝》篇末：却似染俗。

卷三

《郡斋赠王卿》首句下：其诗多此等，极似水味。

《闲居寄诸弟》篇末：使妇人自咏团扇、偶题，岂不凄绝，识此才得为嫩。

《登楼寄王卿》：高视城邑，真复如此开合，野兴甚浓，正是绝意，复赠两联，即情味不复如此。

《寄全椒山中道士》：其诗自多此意，及得意如此亦少。

《寄璨师》篇末：极意自然，又有如此，不足画者，存此为证。

《寄卢陟》篇末：题壁浅浅如是，此一种风气，亦复可诵。

《宿永阳寄灿律师》篇末：苏州用意常在此等，故精练特胜，触处自然。

《雪竹（行）寄褒子》篇末：乍看不上，久觉惨淡善画，故知作者苦心。

《偶入西斋院示释子恒璨》篇末：每以有情作无情语，自是得意。

《寄庐山楼衣居士》篇末：好。又云：楚楚不容易。

《寒食寄京师诸弟》篇末：字字是情是景，不待安排，故以为上。

《秋夜寄丘二十二员外》篇末：其寄丘丹如此，丹答云：露滴梧叶鸣，风秋桂花发，中有学仙侣，吹箫弄山月。便觉句句著力。

《奉训寄示丘丹》篇末：便觉多事。

卷四

《送崔押衙赴相州》篇末：赠人语如此，有味。"黄金四海同"下：甚有气味。

《送李十四山东游》题下：岂非太白即太白李十二。

《送元仓曹归广陵》"旧国应无业"下：可悲。"他乡到是归"下：他人几许造次能通。

《送李儋》"离别何从生，乃在亲爱中"下：起十字自好。

《赋得暮雨送李胄》题下：古赠别分题如此，亦可观。

《送榆次林明府》"逢人关外稀"下：此等亦味外味。"路遥晋山微"下：无一句不合，此句尤极清润，作者可仰。

《送别覃孝廉》"门前芳草多"下：类以为幽致不觉可笑，谁家门前无此。"秭归通远徼"下：却自浑。

《送开封卢少府》"阛街烛夜归"下：俗甚。

《送汾城王主簿》：极秾丽而不脂粉，情理入微。"芳草归时徧"下：闲情婉约，可爱。

《送渑池崔主簿》"当时匹马客"下：如此世态尚可。

《奉送从兄宰晋陵》第三句下：好。

《宴别幼遐与君贶兄弟》篇末：曲折情景甚至。

《送常侍御却使西蕃》"关河逢暮雨"下：好。篇末：四联仄仄。

《送秦系赴润州》篇末：每用方伯字，亦似俗见。

卷五

《任洛阳丞答前长安田少府问》篇末：无甚紧促，怀抱毕陈。

《澧上精舍答赵氏外生伉》"云开小郊绿"下：好。

《长安遇冯著》：冥冥两句好。又云：不能诗者亦知是好。

《淮上遇洛阳李主簿》"窗里人将老"下：此不嫌俚。

《逢杨开府》："身作里中横，家藏亡命儿"下：缕缕如不自惜，写得侠气动荡，见者偏怜。太自亦云："托身白刃里，杀人红尘中。""两府始收迹，南宫谬见推"下：杂出于未然，正是狡猾。篇末：收拾惨怆自不在多。写得奇怪，对仗逼真，旧见诗话至以为不类苏州，平生不知其沈著转换正在武皇升仙，起兴能令读者堕泪。

卷六

《有所思》：逢春感兴，此等语不曾绝，但澹味又别。

《暮相思》"暮归花尽发"句下：此五字亦未易喻。篇末：有情之语有无情之色。又云：只结句十字，神意悄然，得于实境，寻其上四语则顷刻不能为怀，故题曰暮相思，彼安知作者用心苦耶？

《夏夜忆卢嵩》篇末：苦语不自觉。

《春中忆元二》篇末：读苏州诗如读道书。

《自蒲塘驿回驾经历山水》首句下：此在选后，未厌多见。

《伤逝》起两句下：苦语便不自堪。

《出还》篇末：唐人诗气短，苏州气平短，与平甚悬绝，及其悼亡自不能不短耳。短者使人不欲再读。

《送终》篇末：哀伤如此，岂有和声哉。而低黯条达，愈缓愈长。

《除日》篇末：不知何能自述其淹淹者如此。

《对芳树》篇末：亦何尝用意刻削，正自不可复堪。

《月夜》篇末：悲哉，似不能言者。

《叹杨花》篇末：容易愀然。

《夏日》：此夏日诗也，其尤苦者。

《秋夜二首》其一篇末：吾读苏州诗至此，切怪其情近妇人，非靳之也。

《叹白发》篇末：推而不近，然愈迫矣。善怨，非自宽也。

卷七

《登宝意寺上方旧游》篇末：凡语言天趣皆实历，无趣者，虽有味亦短。

《陪元侍御春游》"不因俱罢职"下：有风有味。

《月溪与幼遐君觊同游》"寂寂流莺歇息"句下：语不如歇。又云：

善点景并得语后之趣。

《观田家》篇末：苏州是知耻人，为郡常有岂弟之思。

《与卢陟同游永定寺北池僧斋》"子规啼更深"下：情景至处，又要次第，合有一诗内次第、一句内次第。

《游开元精舍》"孤花表春余"下：便不及上句。

《行宽禅师院》篇末：偏得于此。

《东郊》"青山澹无虑"下：自以为得。"缘涧还复去"句下：游兴，各自写。

《澄秀上座院》篇末：政似不必经意，何往无诗。

《坛智禅师院》"门径众草生"下：著在第一句，故自佳。皆是实趣人，人以为无道者误，则惟恐失之。

《起度律师同居东斋院》篇末：语有仙风道骨。

《同越琅琊山》篇末：不厌寒陋又如此。

《诣西山深师》"扫林驱虎出"下：同是僧境，又何壮也。

卷八

《咏水晶》篇末：吾又疑苏州有痴绝者，于咏露珠尤信，今人始不能痴也。

《咏夜》篇末：上句似禅，下似刻漏。

《咏声》篇末：其姿近道，语此辄超。

《郡内闲居》篇末：意思宽洁。

《燕居即事》篇末：句句实状。

《幽居》篇末：古调本色。又云：微雨一联，似亦以痴得之。

《郊居言志》"余事岂相关"下：好，不曰效陶。实自真意。

《郡中西斋》"山禽时到州"下：人人有此等语，但此自是苏州语耳。

《晓坐西斋》"岩光已知�"下：丽直是丽，未尝不澹。

《同褒子秋斋独宿》篇末：不多可念。

《野次听元昌奏横吹》篇末：此诗亦有此句，去年看此，不如今年之悲也。

《寒食》篇末：欲似晋人诗而极难，兰亭诗自不佳，此结语有情，殆胜选体。

《九日》篇末：可悲，隔世与余同患，亦似同吟。

《秋夜》"明月在林端"下：何必思索，洞见本怀。

《对残灯》篇末：情浓意苦，别近妇儿。

《对芳樽》篇末：跌荡沉至，他牵缀绮；丽，何足语此。

《对萱草》"今夕重生忧"下：众人意非众人语。

《见紫荆花》篇末：不动声色，不能无情。

《对杂花》篇末：怨外之怨。

《种瓜》篇末：亦自有意。

《慈恩寺南池秋荷咏》篇末：一往有情。

《题桐叶》篇末两句下：此等无情憔悴语，他不多见。

《题石桥》"方愁暮云滑"句下：高虚可爱。

《滁州西涧》篇末：此语自好，但韦公体出数字，神情又别。故贵知言，不然不免为野人语矣。好诗必是拾得，此绝先得后半，起更难似，故知作者用心。

《夜闻独鸟啼》"今将独夜意"句下：苦涩。

《闻雁》篇末：更不须语言。

《子规啼》篇末：一作何为情，此必悼亡后作，次第可怜。

卷九

《横塘行》篇末：却是怨意。

《贵游行》篇末：可感。

《酒肆行》篇末：为况甚切。

《相逢行》篇末：极似侠意，又似鬼语。

《乌引雏》篇末：好。

《燕衔泥》"衔泥燕声喽喽尾"下：何似常□。篇末：不如庄子一句高。

《马明生遇神女歌》篇末：与《学仙二首》托意甚严，然首尾太质。

《宝观主白鸜鸽歌》篇末：误字既不可辨，大抵无味。

《弹棋歌》篇末：弹棋法绝，竟亦不省，何语也。

卷十

《听莺曲》"东方欲曙花冥冥"下：望而知为本色人也。

《汉武帝杂歌》三首其二"乃知甘醴皆是腐肠物"下：实话。

《三台词》三首其一篇末：警痛可诵。

拾遗

《陪王郎中寻孔征君》"春城两暂寒"下："暮"字、"微"字、"暂"字参差才足。

韦应物居官自愧，闵闵有恤人之心，其诗如深山采药饮泉坐石，日晏思归。孟浩然如访林问柳偏如古寺，二人趣意相似然如处不同。韦诗润者如石而孟诗如雪，虽淡无采色，不免有轻盈之意。又云：诵韦苏州一二语，高处有山泉极品之妙。

第三节　李贺诗刘辰翁评点辑校

刘辰翁从事文学评点是从李贺诗开始的，时间大约在德祐年间。其子刘将孙《刻长吉诗序》中云："先君子须溪先生于评诸家最先长吉，盖乙亥避地山中，无以纾思寄怀，始有意留眼目，开后来，自长吉而后及于诸家。"① 宋亡之后，刘辰翁无力改变时局，但又不甘心于被异族统治的既定事实，内心是极为复杂痛苦和无奈的，常常借诗文评点来"纾思寄怀"，表达自己的思想倾向。

历代评点、笺注李贺诗的本子很多，而"评点本最古的是庐陵刘辰翁评《李长吉歌诗》四卷外诗集一卷。此本有李商隐撰小传，刻本最多"。②

现在通行的是《四库全书》本《笺注评点李长吉歌诗》。除四库本外，另有明天启刻《合刻宋刘须溪点校书九种》本，明濲菜堂刻本唐《李长吉歌诗》四卷（唐李贺撰，宋吴正子笺注，宋刘辰翁评点，明张睿卿补笺）。收录刘辰翁评点的李贺诗集本，现藏于国家图书馆、中国科学院图书馆和中山大学图书馆、浙江宁波天一阁。各本收录的刘辰翁评点略有异同，今以《四库全书》本《笺注评点李长吉歌诗》为据，参考他本，全部辑录，共131首，供研究者参考。

---

① 刘将孙：《刻长吉诗序》，《养吾斋集》卷九，《文渊阁四库全书》本。
② 万曼：《唐集叙录》，中华书局1980年版，第232页。

《李凭箜篌引》"老鱼跳波瘦蛟舞"下：其形容偏得于此，而于箜篌为近。篇末：状景如画，自其所长。箜篌声碎，有之昆仑玉，颇无谓，下七字妙语，非玉箫不足以当。石破天惊，过于绕梁遏云之上，至教神妪，忽入鬼语。吴质嫩态，月露无情。

《残丝曲》"落花起作回风舞"下：自然好。篇末：不过写蚕事将了，困人天气。不晓沈琥珀何谓？未独赋榆钱，著沈郎，尤劣。

《还自会稽歌》"野粉椒壁黄，湿萤满梁殿"下：椒壁而为野粉，则已颓；殿上而有湿萤，则无殿两字耳。篇末：此拟庾肩吾归自会稽而作，安得不述梁亡之悲。其沈著憔悴，在先言秋衾铜辇之梦，而庾自见。殆赋外赋也。塘蒲之欢，融入秋晚，结语却如此，极是。

《出城寄权璩、杨敬之》篇末：只是古剑。

《示弟》"病骨犹能在，人间底事无"下：亦是恨意，凄婉如老人语。

《竹》"织可承香汗"下：咏竹出此，故奇。

《同沈驸马赋得御沟水》"入苑白泱泱"下：奇崛。"宫人正靥黄"下：似不相涉。"绕堤龙骨冷"：高胜下句。

《始为奉礼忆昌谷山居》"扫断马蹄痕"下：第一句是。篇末：各有幽趣。

《七夕》篇末：鬼语之浅浅者。

《过华清宫》篇末：似幸蜀，称蜀王。

《追和柳恽》"江头楂树香，岸上蝴蝶飞"下：闲远渐近。篇末：甚不草草。就用柳恽句意，颇跌宕，景语亦近自然。

《春坊正字剑子歌》篇末：虽刻画点缀簇密，而纵横用意甚严。剑身、剑室、纹理、刻字、束带、色杂，无一叠犯，仍不妨句意，春容俯仰。"秋郊"语甚奇，不厌再言。

《贵公子夜阑曲》篇末：此贵公子夜阑曲也。以玉带为冷，其怯可见也。语不必可解，而得之心，自洒然迹似，亦其偏得之，形容夜色也。

《雁门太守行》"角声满天秋色里"下：有此一语，方畅。"半卷红旗临易水"下：此等景不可无。篇末：起语奇。赋雁门著紫土，本嫩。后三语无甚生气，设为死敌之意，偏欲如此，颇似败后之作。

《大堤曲》"郎食鲤鱼尾，妾食猩猩唇"下：自然痴騃。篇末：甚言时景之不留，而有愿见之思，有微憾之意。

《蜀国弦》篇末：乍看浑未喻《蜀国弦》，但觉别是一段情绪，自不必语辞也。弦之悲，何以易此。

《苏小小墓》"幽兰露，如啼眼"下：便是墓中语。"无物结同心，烟花不堪剪"下：妙极自然。篇末：参差苦涩，无限惨黯，若无同心语，亦不为到。此苏小小墓也，妖丽闪烁间，意故不欲其近《洛神赋》也。古今鬼语无此惨澹尽情，本于乐章，而以近体变化之，故奇涩不厌。冷翠烛，劳光彩，似《李夫人》。赋西陵，语括《山鬼》更佳。

《梦天》"黄尘清水三山下"下：即桑田本语。篇末：意近语超。其为仙人口说，亦不甚费力，使尽如起语，当自笑耳。

《唐儿歌》"浓笑书空作唐字"下：艳语荡人。

《绿章封事》"石榴花发满溪津，溪女洗花染白云"下：不必题事，但一语如此，谁不惊异，神奇。"短衣小冠作尘土"下：故欲如此反。篇末：苦甚，无味。

《河南府试十二月乐词并闰月》（正月）"上楼迎春新春归，暗黄著柳宫漏迟"下：是辞调。"锦床晓卧玉肌冷，露脸未开对朝暝"下：似美人望春意。

《河南府试十二月乐词并闰月》（二月）"宜男草生兰笑人"下：亦好。篇末：本言别意，苦入《蒿里》。

《河南府试十二月乐词并闰月》（三月）"新翠舞衿净如水"下：皆非众人所赏识，为竹也。"梨花落尽成秋苑"下：自是好句。

《河南府试十二月乐词并闰月》（十一月）篇末："凛严光"，不成句。

《天上谣》"银浦流云学水声"下：浑浑语奇。

《浩歌》"不需浪饮丁都护"下：李白有《丁都护歌》云：一唱都护歌，心摧泪如语。"世上英雄本无主"下：跌荡愁人。"买丝绣作平原君，有酒惟浇赵州土"下：世上英雄本无主杰，特名言绣作，酒浇肝肺，激然。"卫娘发薄不胜梳"下：亦不知何从至此。篇末：从南风起一句，便不可及，跌荡宛转，沉著起伏，真侠少年之度。忽顾美人！情境俱至，妙处不必可解。

《秋来》篇末：非长吉自婉耶？只秋夜读书，自吊其苦，何其险语至此，然无一字不合。

《帝子歌》篇末：徒别，诡而无情。

《秦王饮酒》"酒酣喝月使倒行"下：狂言无当，而有其理。篇末：

杂碎。

《李夫人歌》"青云无光宫水咽"下：至浅语，亦独步。篇末：又似才太过。

《湘妃》"九山静绿泪花红"下：拈出自别。

《南园十三首》其四"三十未有二十余"下：绝句起句。"桥头长老相哀念，因遗戎韬一卷书"下：其用事类此，亦自得也。

《南园十三首》其七篇末：耿耿可念，其词其事，兴托皆妙。

《南园十三首》其八篇末：亦自鲜丽，眼前语无苦，入手自别。

《南园十三首》其十一"手牵苔絮长莼花"下：岂即尊耶？

《金铜仙人辞汉歌》篇末：此意思非长吉不能赋，古今无此神妙。神凝意黯，不觉铜仙能言。奇事奇语，不在言，读"三十六宫土花碧"，铜人泪坠已信，末后三句可为断肠。后来作者无此沈著，亦不忍极言其妙。

《黄头郎》篇末：不当深而深，眼前物易晓，不得苦思。

《马诗二十三首》总评：无一首不好，且无俗料。

《马诗二十三首》其二：赋马多矣，此独取必不经人道者。

《马诗二十三首》其四"向前敲瘦骨，犹自带铜声"下：奇。

《马诗二十三首》其五篇末：来得便是赋意，结束亦俊。

《马诗二十三首》其七篇末：亦有风致。

《马诗二十三首》其八篇末：有风刺，亦自峭异。

《马诗二十三首》其九篇末：别，引龙事慷慨，怨直是怨。

《马诗二十三首》其十篇末：悲甚，此语不可复读，元不苦涩。

《马诗二十三首》其十一"午时盐坂上，蹭蹬溘风尘"下："午时"下的苦，犹简今日中也。字字警，午时著汗故。

《马诗二十三首》其十二篇末：语意皆到，有风致。

《马诗二十三首》其十三篇末：俗语一双呆，奇怪说梦。

《马诗二十三首》其十四篇末：正言似反，无限凄怨，怨乃不及此。

《马诗二十三首》其十五篇末：却是痛快。

《马诗二十三首》其十六篇末：语不硲速，甚言其遇，是诸孙语。

《马诗二十三首》其十七"白铁锉青禾，砧间落细莎"下：亦非俗料。"世人怜小颈，金埒畏长牙"下：有风刺。

《马诗二十三首》其十八"伯乐向前看，旋毛在腹间"下：有玄思。"只今掊白草，何日蓦青山"下：可念。

《马诗二十三首》其十九篇末：无紧要，有意态。又怪，俊劣可喜。

《马诗二十三首》其二十二篇末：超。

《马诗二十三首》其二十三篇末：妙。此是郭景纯、汉武，非仙才意。

《申胡子觱篥歌》"列点排空星，直贯开花风"下：管也奇隽。"心事如波涛，中坐时时惊"下：极善，自道。篇末：其长复出二谢，可喜。索意造语，欲过古人。

《老夫采玉歌》篇末：谓长绳悬身，下采溪水，其索意之苦，至思念其子，岂特食蕶而已。又云肠草，不必草名断肠之类，以其念子，视此悬磴之草如断肠然，苦甚。

《伤心行》篇末：略尽旅况。

《湖中曲》篇末：起一句尽寄书，催晚语，自清练。

《屏风曲》篇末：好。

《南山田中行》"萤低飞，陇径斜"下：每造语，不觉其苦。"灯如漆，点松花"下：翻漆灯，又别。

《贵主征行乐》篇末：李意至此，习气尽见，此人间常事，猥态何以能言。

《罗浮山人与葛篇》"依依宜织江雨空"下：妙意殆不可继。篇末：贺虽苦语，情固不浅，又极明快，体嫩。

《宫娃歌》"啼蛄吊月钩栏下，屈膝铜铺锁阿甄"下：两语极是憔悴。篇末：意到语尽，无复余怨矣。哀怨竭尽。丽语犹可及，深情难自道也。

《堂堂》篇末：好不知魂，情幽人何许得此，令人愁。堂堂复堂堂者，高明之怨也，然语意险涩，非久幽犹困，得之无聊，未足以知此。

《勉爱行二首送小季之庐山》其一"岂解有乡情？弄月聊鸣哑"下：只是一雁。其二"欲将千里别，持此易斗粟"下：非深爱不能道此兄弟情。此语甚悲，别其弟。"真可念郊原，晚吹悲号号"下：语自不同，读亦心呕。

《致酒行》"零落栖迟一杯酒"下：好。"主父西游困不归"下：此语谓答。四句好，流动无涯。"我有迷魂招不得"下：又入梦境。篇末：起得浩荡感激，言外不可知，真不得不迁之酒者，末转慷慨，令人起舞。

《长歌续短歌》"凄凄四月阑，千里一时绿"下：好。篇末：非世间人，世间语。起六句皆有古意，春去之感，捉月之悲，皆极言秦王不可见之恨。题曰《长歌续短歌》，复以歌意终之。

《公莫舞歌》"日炙锦嫣王未醉"下：从容模仿，有情最妙。篇末：不必有其事，幽与鬼谋。才子赋古，但如目前，至三看宝玦，始喻本末，自不待言。抱天语奇俊，俯仰甚称事情，复作项伯口语，尤壮。

《昌谷北园新笋四首》其一篇末：高甚。

《昌谷北园新笋四首》其二篇末：好语。昌谷新笋，写得如此渺茫。

《昌谷北园新笋四首》其四篇末：却不为佳。

《恼公》"单罗挂绿蒙，数钱教妳女"下：情态别。"心摇如舞鹤，骨出似飞龙"下：怪，怪。"春迟王子态，莺啭谢娘慵"下：情景入微。"月明中妇觉，应笑画堂空"下：何者不可言。

《感讽五首》其一篇末：此亦非经人道语。

《感讽五首》其二篇末：以介子喻贾生，怨彻今古，末吊文帝，犹自蔼然。

《感讽五首》其三篇末：不犯俗尘。人情鬼语，殆不自觉，结句十字，可笑可伤。

《感讽五首》其四篇末：托之君平、康伯，而举世可见，安能免此，其妙在言外。末语不可收拾之，收拾更佳。

《感讽五首》其五"山瞿泣晴漏"下："山瞿"二字亦奇。

《追和何谢铜雀妓》篇末：不必苦心，居然自近选语。以长吉赋铜雀妓，宜有墓中不能言者，却止如此，亦近大雅。

《送秦光禄北征》"风吹云路火，雪污玉关泥"下：倒语。"黄龙就别镜，青冢念阳台"下：亦属恍惚。

《谢秀才有妾缟练改从于人秀才引留之不得后生感忆。座人制诗嘲诮贺复继四首》其三"夜遥灯焰短，睡熟小屏深"下：自是好语，不必题事。

《代崔家送客》篇末：有情语，好。

《追赋画江潭苑四首》其四篇末：流丽。

《贾公闾贵婿曲》"燕语踏帘钩"下：画意。

《赠陈商》"人生有穷拙，日暮聊饮酒"下：此语深。"逢霜作朴樕，得气为春柳"下：亦高。

《奉和二兄罢使遣马归延州》"人归故国来，笛愁翻陇水"下：好。

《题赵生壁》篇末：语有清福。题壁如此，必皆实事，变化得不俗，自是长吉语意，托之赵生耳。

《感春》"上幕迎神燕，飞丝送百劳"下：偶然耶。"胡琴今日恨，急语向檀槽"下：字字不随人后。

《蝴蝶飞》篇末：好。质而不俚，丽而不浮。似谣体，似令曲，不厌其碎，蝴蝶语最妙。

《牡丹种曲》篇末：又校自在。

《后园凿井歌》篇末：极似古意。凿井浅事，犹因辘轳涉及情事，颇欲系日，如此往来，既托之谣体，长吉短语，自不必一一可晓。

《开愁歌》篇末：甚可念，甚可念。

《秦宫诗》"鸾篦夺得不还人"下：亦是妙思。篇末：钩深索隐，如梦如画。极言梁氏连夜盛宴，而秦宫得志可见。至调鹦鹉，夜半煮，无不可道，故知作者妙于形容，未更奴态，人所不能尽喻。赋秦宫似秦宫，何多才也。

《古邺城童子谣效王粲刺曹操》篇末：虽不尽晓刺意，终是古语可爱。

《房中思》篇末：古。情事不斉。

《石城晓》"月落大堤上，女垣栖乌起"下：胜选。篇末：选语起，佳。不言留别，而有留别之色，妙不著相。

《苦昼短》篇末：亦犹多神俊。

《昌谷诗》"阴藤束朱键，龙帐着魑魅"下：此像设问意。"碧锦帖花柽，香衾事残贵"下：犹是说兰香庙意，谓异代而人事之。

《秋凉诗寄正字十二兄》篇末：好。

《艾如张》篇末：似古诗，乃不觉其垂花插髻者。"艾"，音"乂"。非后面分明艾叶是。

《上云乐》篇末：又古。是乐神之辞。

《摩多楼子》篇末：此等痛快。

《猛虎行》"道逢驺虞"下：好。"牛哀不平"下：奇怪。篇末：甚疾吏之辞。言吏畏严刑，犯险穿虎而行。

《苦篁调啸引》"请说轩辕在时事"下：徘体得之是。"无德不能得此管，此管沉埋虞舜祠"下：以此寄兴，甚奇。

《拂舞歌辞》"全胜汉武锦楼上，晓望晴寒饮花露"下：凡语转奇，惜"锦"字劣。

《夜坐吟》"帘外严霜皆倒飞"下：奇语。

《巫山高》"楚魂寻梦风飒然"下：七字分明巫山。

《江南弄》"酒中倒卧南山绿"下：无不奇绝。

《荣华乐》"十二门前张大宅"下：张姓第大，诡为此名。"铜龙啮环似争力"下：至无紧要，却有思索。"海素笼窗空下隔"下："海素"，似谓月。

《神弦曲》"旋风吹马马踏云"下：自是一种邪见，偏善其时景情态。

《沙路曲》"帝前动笋移南山"下：看他匠转语意。

《兰香神女庙》篇末：逐句逐字，尚有可取，全首却无谓。

《长平箭头歌》"直余三脊残狼牙"下：善赋。

《江楼曲》"鲤鱼风起芙蓉老"下：龙化也。"晓钗催鬓语南风，抽帆归来一日功"下：俊快浓至。

《塞下曲》"胡角引北风，蓟门白于水"下：悲壮斗绝。篇末：清壮。

《五粒小松歌》"蛇子蛇孙鳞蜿蜿"下：皆不成语。"月明白露秋泪滴，石笋溪云肯寄书"下：谓树与峰别。

《休洗红》篇末：古意。

《野歌》"枯荣不等嗔天公"下：落落豪意。

《将进酒》篇末：哀怨豪畅，故是绝调，极是快句，可人可人。

《美人梳头歌》篇末：如画，如画，有情无语，更是可怜。无语之语更浓。

《月漉漉篇》"月漉漉，波烟玉"下：不可解，亦自好。篇末：未厌脂粉。

《官街鼓》篇末：神奇至于仙，极矣。犹屡言仙死，不怪不怪，乃大怪也。

《出城别张又新酬李汉》"今将下东道，祭酒而别秦"下：必不碌碌。

《假龙吟歌》篇末：多不可读。

《有所思》篇末：清嫩。

《昆仑使者》"元气茫茫收不得"下：甚有风刺。篇末：也好，此其悲茂陵也。

《谣俗》篇末：好。

《神弦》篇末：读此章，使人神意索然，如在古祠幽黯之中，视睹巫觋赛神之状也。

《怀春引》篇末：叙事浅直，殊异长吉，徒以鬼、苦、血、死，效颦为诡耳。

《有所思》篇末：亦直致，异长吉。

第四节　刘辰翁评点王安石诗歌辑校

李壁注《王荆文公诗》是与施（元之、宿）、顾（禧）《注东坡先生诗》和任渊集注黄（庭坚）、陈（师道）诗齐名的宋诗宋注，为历代学者所推重。然由于多种原因，李壁注《王荆文公诗》在南宋印数不多流传也不广。李壁注《王荆文公诗》能得以传世并逐渐盛行，刘辰翁功不可没。

南宋末年，刘辰翁为接受门生子弟，曾取此书进行评点，认为李壁注太繁，对其做了删节，于元大德五年（1301）由其门人王常刊刻行世。刘辰翁之子刘将孙作序，序曰："李笺比注家异者，间及诗意；不能尽脱窠臼者，尚袭常眩博。没句字附会，肤引常言常语，亦跋涉经史。先君子须溪先生于诗喜荆公，尝评点李注本，删其繁，以付门生儿子。安成王士吉往以少俊及门，有闻，日以书来定请，曰刻荆公诗，以评点附句下，以雁湖注意与事确者类篇次，愿序之。于是荆公诗粲然行世矣。"① 王常题记亦云："仆顷闻诗于须溪先生，及半山则恨李注本极少，于是先生出示善本，并得望指点。兹不敢私，命刻之梓，期与四方学者共之。"② 元大德十年（1306），毋逢辰得到了王常的刻本，翻刻重印。此后刘辰翁的删节本得以传世并传入朝鲜半岛。

刘辰翁的评语或置于句下，或置于篇末，或混杂于注中，涉及内容十分广泛，大多是对诗句或全篇总体上的艺术感受和把握。但亦有对王安石诗歌和李壁注的批评之语。对李壁之注，刘辰翁的评点涉及面颇广，有失注者，有不必注者，不当注者，有注烦琐者，更多的是对李壁之注的不以为然。

收有刘辰翁批语、李壁笺注的王荆文公诗在元代有两种刻本：一为大德五年（1301）王常刊刻的《王荆文公诗笺注》五十卷，一为大德十年

---

① 《王荆文公诗李雁湖笺注》，南京图书馆藏民国十一年海盐张氏清绮斋本。
② 《王荆文公诗李壁注》卷首，上海古籍出版社 1993 年版。

（1306）毋逢辰重刻的《王荆文公诗》五十卷。"这以后出现的李注刻本，都是经刘辰翁删节评点之本"。①

刘辰翁对王安石诗歌的批点，是在李壁笺注王荆文公诗的基础上进行的。在篇目和条数上仅次于杜诗，篇目近 310 篇，批语近 360 条。今以复旦大学王水照先生引介回国、上海古籍出版社 1993 年影印出版的朝鲜活字本《王荆文公诗》李壁注为次序，并参考他本，辑录刘辰翁的全部评点。

卷一

《元丰行示德逢》篇末：田翁邻并得雨欢呼，人情自不能不尔，第归之帝力。引用湖阴，政似避险。

《后元丰行》"虽非社日长闻鼓"句下：上句自好，又著两句分疏。

《夜梦与和甫别如赴北京时和甫作诗觉而有做因寄纯甫》"鼎茵暮年悲"句下：只是古人语写入老少，无限凄紧。"诗言道路寒，乃似北征时"句下：十字婉转都尽。

《纯甫出僧惠崇画要予作诗》首句下：起得突兀。"往时所历今在眼"句下：增入乡思蔼然。"洒落生绡变寒暑"句下："从旱云六月"至此，收拾变化，楚楚有情。"粉墨空多真慢与"句下：两句似羡，政是过度处。"曾见桃花静初吐"句下：题画亦是众意，此独写到同时，不惟萧散襟度，又不可及，比杜老、韩干又高，真宰相用人意也。故结语极佳，有风有叹。

《题徐熙花》篇末：语含讥而未达。

《题燕侍郎山水图》首句下：造意如画。"苍梧之野烟漠漠"句下：恍惚入玄。"不意画中能更睹"句下：收拾不易，他人六句三折则促矣，此独有余。篇末：忽尽黯然，亦是起语已绝，付之潇洒，少不为乏。

《己未耿天骘著作自乌江来予逆沈氏妹于白鹭洲遇雪作此诗寄天骘》篇末：无一句可点，而情景皓然；无一字剩，故不俗。

《招约之职方并示正甫书记》"鬼营诛荒梗"下：鬼营似谓古冢耳。"耕锄聊效釐"下："效釐"字收拾一篇。

《同王浚贤良赋龟得升字》"盛溲除聋岂必验"下：自"支床"至

---

① 王岚：《宋人文集编刻流传丛考》，江苏古籍出版社 2003 年版，第 167 页。

此，叠用出处对字，颇嫩。

《示元度》篇末：转入无情，收结恨短。

《张明甫至宿明日遂行》"得子如得公，交怀我欣戚"下：每语出一"公"字，肯款至尽，自不为厌。

《杏花》首句下：楚楚有来历。篇末：初看身影甚朴，末意风情殊别，殆是绝唱。

卷二

《闻望之解舟》篇末：以为解舟之赠，甚非佳语。

《法云》"扶舆渡焰水"下：度阳焰犹可，焰水却未喻，亦未见其工耳。末句下：只如此最好。

《弯碕》"培芳卫岑寂"下：却似三谢。末句下：似赘。

《步月二首》其一篇末：痴欲更绝。

《两山间》"便是眼中山"下：甚达。

《题晏使君望云亭》末句下：嫂韵可备笑谈。

《新花》篇末：短绝可诵。

《四皓二首》其二篇末：真世外之言。当其来时，不知将易太子也。使其为太子故，岂不自量非力所及，又岂足以动老人之心哉？语短味长如此。

《真人》篇末：采集为诗，欲时时诵之耳。

《梦黄吉甫》篇末：皆情钟之语。

《游土山示蔡天启秘校》"妄言屦齿折"下：折自是折，不以喜故入内，而亟为欲谁语？

卷三

《用前韵戏赠叶致远直讲》"讳输宁断头，悔悟乃批颊"下：十字颇得情态。

《白鹤吟示觉海元公》"汝谓松死吾无依邪，吾方舍阴而坐露"下：无味。

卷四

《题半山寺壁二首》其二篇末：甚善甚善。

《拟寒山拾得》其四篇末：妙。

《拟寒山拾得》其七篇末：《华严经》云："不由他悟"。

《拟寒山拾得》其十"若除此恶习，佛法无多子"下：说得有悟处。

《拟寒山拾得》其十一篇末：切近《乐府杂录》傀儡起汉平城之围。

《拟寒山拾得》其十六末句下：快。

《吾心》篇末：展转发明，甚有警，发他人不到。

《病起》篇末：此等语不厌举似。

《独归》末句下：知惭知足语。

《独卧有怀》末句下：看似容易。

《跋黄鲁直画》篇末：不作复何久？

卷五

《秋热》"老衰奄奄气易夺"下：语则则无一字闲阙。末句下：比之"桃笙""葵扇"之句更是深远，真书生白发之见也。

《望钟山》篇末：其诗每欲为萧然者，更胜思索。

《谢公墩》末句下：不多不浅，造词名言。

《和耿天骘同游定林寺》篇末：近陶。

《杂咏八首》其五篇末：自次篇至此，耿耿如有恨事。

《张良》篇末：能评能消，一语已多。

《司马迁》篇末：欺以自私为隐情，惜己也。语意甚厚。

《诸葛武侯》篇末：只杜子美数诗后，岂复可着手？此独以节度胜，亦如八阵，首尾情势俱极，有传有赞，无一字欠剩，包括众作。

卷六

《幽谷引》篇末：意者为滁人作也，非醉翁莫能称。谆至往复，此《罗池》词更畅，与"攘旨否，听妓乐"同意。

《明妃曲二首》其一"泪湿春风鬓角垂"下：太嫩。"当时枉杀毛延寿"下：此"归来"二字，转换迎送不觉，已极老手。其下一句一折，无限哀愁，有长篇所不能叙。又极风致，如"意态由来画不成"是也。"人生失意无南北"下：一样。"君不见"，乐府常语耳，此独从家人寄声得之。读者堕泪，但见蔼然，无嫌南北。

《明妃曲二首》其二"传与琵琶心自知"下：浅浅处亦有情。"弹看飞鸿劝胡酒"下：七字俯仰何堪。"人生乐在相知心"下：正言似反，与《小弁》之怨同情，更千古孤臣出归，有口不能自道者。乃从举声一动出之。谓为背君父，是不知怨者也。三复可伤，能令肠断。"可怜青冢已芜没，尚有哀弦留至今"下：却如此结，神情俱敛，深得乐府之体。惟张籍、唐贤间或知此。

《桃源行》"望夷宫中鹿为马"下：称二世死处曰望夷，犹称楚细腰、吴馆娃，何必鹿马之地。"秦人半死长城下"下：正在不分时代莽莽，形容世界之所以不可处者。两语慨然。"避世不独商山翁"下：题外题，事外事。"采花食实枝为薪"下：七字尽自足之趣。"虽有父子无君臣"下：闲处著褒贬，用古语，得新意。"山中岂料今为晋"下：两语互换，且喜且悲。末句下：此虽世外语，却属议论，书生之极致也。

《食黍行》篇末：本无富贵，亦失情爱，语甚选甚悲。

《叹息行》末句下：语深厚，有俯仰。

《送春》篇末：信非公诗，有得有失。

《兼并》"兼并乃奸回"下：说未有敝，因其行事，遂疑其说之都非儒者之反复也。使他人赋此，为有志，为名言。

《和吴御史汴渠诗》"机巧到莛芒"下："莛芒"似是锌于所用之法，两字方得合。篇末：其自负经济可见，甚言汴河之利也。

卷七

《虎图》首句下：此句最难起。"熟视稍稍摩其须"下：他说虎处不过两三句，却有许多雍容调度。末句下：自然知是画虎。

《和冲卿雪并示持国》篇末：岂以前韵为未足展骥，广之使畅，因亦曰和邪？

《送石赓归宁》篇末：亦不多少。

《送张拱微出都》篇末：悠然不自得之意，非强点缀林下风景者。

《白沟行》篇末：谓通国以和好为久可待，不复越白沟一步也。

《河间》"乃知阴自修，彼不为倾商"下：十字不特未尽，更自有病。末句下：老人语。

《陈桥》"纷纷塞路堪追惜，失却新年一半春"下：为它来处自然，轻轻便足。

《澶州》"去都二百五十里"下：以见当日危甚亡具。末句下：语如不着褒贬，熟味最高。

卷八

《送李屯田守桂阳二首》其一末句下：首尾语。

《即事六首》其一篇末：古意。

《即事六首》其二李壁注"与荆公诗意类"下：甚相远也。篇末：如此写景，复胜古诗十九首，以其意不在景也。

《别谢师宰》"鸡鸣黄尘波浪其"下：句自好。

《骐骝》篇末：来处平凡，甚不可测。

《送程公辟之豫章》篇末：只如此结合，何用商量。

《凤凰山二首》其一篇末：赖其能言，尚可想见。

《凤凰山二首》其二篇末：怨达。

卷九

《和微之登高斋》篇末：三诗牵强，皆未精。又时时多一韵，如第二篇"才"字，第三篇"该"字。

《书任村马铺》篇末：俯仰情景如见，极人事所不能言。

《葛蕴作巫山高爱其飘逸因亦作两篇》其一"下有出没瀺灂之蛟龙"下：三语便不可羁。篇末：直是脱洒。

《葛蕴作巫山高爱其飘逸因亦作两篇》其二篇末：怪愈怪，奇愈奇，而正大切实，隐然破千古之惑。其飘然天地间意，陋视能赋。

《久雨》篇末：谓世道必至重思舜时。

卷十

《和吴冲卿鸦树石屏》"造始乃与元气并"下：三反五折，如出不穷。"画工粉墨非不好"下：看他收。末句下：如此结甚佳，不是鼠尾。

《送裴如晦宰吴江》"涝水何由宁"下：不可解，疑是八州水未尽如太湖，故云。与后《送洺倅》说引漳，可见素志。

《送裴如晦即席分题三首》其二"风作鳞之而"下：牵强，不足贵。

《韩持国从富并州辟》"势若朽易拉"下：谓荐贤如拉朽，似不切。"说将尚不纳"下：此语却如有憾。"意愿多所合"下：一转至此，殊抱耿耿。

《思王逢原》篇末：沉著慷慨，真肝膈之悲也。

《登景德塔》"贵气即难攀"下：乃有低视一世，下侣渔樵之意。第语不自遂而止。

《思古》篇末：只一"羞"字映前，注得明畅。

《寄孙正之》篇末：皆非儿女间意。

卷十一

《晨兴望南山》篇末：此井亦是实境，第言在严凝中尚自如玉，有以自见。

《结屋山涧曲》篇末：尽不相妨。

《朝日一曝背》"弹作南风歌，歌罢坐长叹"下：附仰自足，而有忧世之心，非为己饥己寒也。篇末：语不多而怨长。

《少狂喜文章》篇末：无论相业如何，此岂志富贵者，每诵慨然伤怀。

《少年见青春》"努力作春事"下：政是妙寄。"亦勿怪衰翁，衰强自然异"下：语不深，伤而悲，动左右。

《山田久欲拆》"侧见星月吐"下：老成无所不见。

《散发一扁舟》"迢迢藕花底"下：自是好语。

《秋日不可见》"栗栗涧底风，吹我衣与裳。娟娟空山月，照我冠上霜"下：随分自然，不着一语。

《我欲往沧海》篇末：客是亲见其言如此，无所奈何，直相与浮沉末流而已。

卷十二

《汉文帝》"丧短生者偷"下：死人众非轻者，意也；生者偷生者，罪也。后人据此，非是。篇末：语少刻，第严重如史笔。

《田单》篇末：整整欲竭。

《相送行效张籍》篇末：虽为惜别，语近妇人，极难言之悲。

《阴漫漫行》"更听波涛围野屋"下：情切语工。篇末：极是恨痛。

《一日归行》篇末：此悼亡之作也，古无复悲于此者。

《汴流》"处处蝉声令客愁"下：哀愁跌宕，俯焉欲俯。

《阴山画虎图》篇末：只如此，自有风刺，真得体。

卷十三

《杜甫画像》"竞莫见以何雕锼"下：语少惫。

《送宋中道通判洺州》"功成人始思"下：东坡亦有孙莘老说湖州事，前辈用心略同。而可成与否，不能必也。

《孙长倩归辉州》"奔逸不可航"下：来得怪。"溪涧之日短，江海之日长"下：两语奇。

《云山诗送正之》末句下：旧见"本云"后有"不可"，似顺。

卷十四

《示平甫弟》"岂无他忧能老我，付与天地从今始"下：有林回弃璧之气。

《信都公家白兔》篇末：备数可尔，无甚得意。

《同昌叔赋雁奴》"频惊莫我捕，顾谓奴不直"下：十字既尽曲折，下又言雁奴中语，所以沉著。

《老树》李壁注"此诗托意甚深，当是更张后作"下：本无甚意，未必此时。篇末：三反四折，终是世故有情，非为己之叹也。

《飞雁》篇末：蔼然善怨，闻者犹不堪也。

卷十五

《彼狂》"上智闭匿不敢成"下：本说以文鸣之弊，却推论至此，甚贱能言。

《寄题郢州白雪楼》篇末：谓每降愈下也。

《和王乐道烘虱》篇末：事猥陋，语精密。

《水车》末句下：极其主张，不及抱瓮最是。

卷十六

《明州钱君倚众乐亭》"一夫伐鼓灵鼍壮"下：百女自多，一夫恨少。

《和微之药名劝酒》"独醒至死诚可伤"下：至此不类药名，但觉痛快。末句下：妙。

《客至当饮酒二首》其二篇末：豪落感激，参差跌绝。

《饮裴侯家》篇末：自讪自诳，殊有襟度。

卷十七

卷十七末：其诗犹有唐人余意者，以其浅浅即止，读之如晋人语，不在多而深情自见也。

卷十八

《自州追送朱氏女弟宿木瘤僧舍每日度长安岭至皖口》"天低浮云深，更觉所向高"下：如此十字亦难得。

《七星砚》篇末：从虚入实，矫矫亦不着相，故是此老高处。

《九鼎》篇末：语不少多，复不深辨，皆是。

《书会别亭》篇末：不特高古，缠绵之音，阔达之度，皆有可诵。

《题舒州山谷寺石牛洞泉穴》末句下：甚似晋语，晋人乃不能及。

卷十九

《垂虹亭》"中家不虑始"下：五字有味。篇末：亦自三折，浩有情事。

《三女岗十》"此恨亦难平"下：不问三女何说，直仿佛自足己意，最是。"音容若有作，无力倾人城"下："有"，当作"可"。

《赠曾子固》篇末：顿挫竭尽。

卷二十

《寄赠胡先生》"不复俾倪蔡与崔"下：他人用不到此。

《澶州》"岂独讥当世"下：无谓。

卷二十一

《寄慎伯筠》题下"或云王逢原作"下：是。

《三月十日韩子华招饮归城》"暴谑一似渔阳挝"下：不似不似，知何人诗？

《勿去草》"或云是杨次公诗"下：是。

卷二十二

《欣会亭》"晚食静适已"下：郑重自陈。篇末：汝今自奇。

《定林院》"因脱水边履，就敷床上衾"下：有辋川幽澹之趣。

《送张甥赴青州幕》"人情每期费"下：它用期费，别似谓屡约不来者。"少留班露草"下：下五字又悲。

《送张宣义之官越幕二首》其一篇末：著意似唐，稍涉变体。

《送赞善张君西归》篇末：从上至此，语意甚悲，谓不再见也。

《送邓监簿南归》"水阅公三世"下：亦自苦语，第平易，不甚觉。

《秋夜二首》其二篇末：竟无一字放过。

《昼寝》"万事总无如"下：造奇。

《雁》篇末：句意蔼然。

《寄西庵禅师行详》"归漾晚云间"下：别做就一种五字。

《怀吴贤道》篇末：时杂选语，故好。

《静照堂》"任公蹲会稽"下：任公语本不相涉，用得奇崛，使人想见其处。

《重游草堂寺次韵三首》其一"鹰无变遁心"下：变化本事。

《自白门归望定林有寄》"忽然芳岁残"下：渐近自然。

《宿定林示宝觉》"天女穿林至"下：谓霜。

《草堂》"隐或寄公朝"下：解嘲语。

《怀古二首》其一篇末：此欲以渊明同社见己意，善哉！善哉！

卷二十三

《与宝觉宿僧舍》"扰扰复翩翩"下："翩"，岂音"翻"耶？

《游栖霞庵约平甫至因寄》篇末：即问舍求田，意最高而更婉美。

《春日》"室有贤人酒，门无长者车"下：正以无字胜。

卷二十四

《次韵冲卿除日立春》"人从故得新"下：议论之自然者。

《题友人郊居水轩》"非无仕进媒"下：有味。篇末：别别。

《何处难忘酒二首》其一"岩谷死伊周"下：此生此死，无限恨意。

《送孙子高》"客路贫堪病"下：即如"可"字、"肯"字，谓不堪也。

《自白土村入北寺二首》其二篇末：此等仅可数首。

《还家》"阁目数重山"下：殊未佳，何也？

《答许秀才》"其辞多慨然"下：甚不恶。

《吴江》"天人五湖深"下：景语适称。"柑橘无千里"下：承得浑。篇末：闲处着一语，便不可堪。其弃国载西子皆在焉，不独自以其霸者之佐也。

《江》"赢缩旦相随"下：第二句难下。"泥沙拆蚌蛤"下：不分细大，谓藏珠。

《贾生》篇末：谓今比谊时，更自不容，唯有蹈海不止，汝生流涕而止，注误。

《世事》"宜见古人羞"下：语欲沉剧。

《招丁元珍》篇末：志意凄怆，每读想见其难言，不独诗好。

《游杭州圣果寺》篇末：所谓妥帖力排奡，两诗皆然。

卷二十五

《孤桐》篇末：自状太切，故是一病。

《冬至》"都城开博路"下：京俗如此，纵博无禁。

《次韵留题僧假山》篇末：甚自超。

《双庙》"无地与腾骧"下：起便哀痛。"谁令国不亡"下：十字尽他千百语。"西日照窗凉"下：只作景语，最妙。

卷二十六

《段约之园亭》篇末：本说家山乐，却如此转来。

《酴醾金沙二花合发》"人有朱铅见即愁"下：意外意。

《辄次公辟韵书公戏语申之以祝助发一笑》篇末：间生，其戏也，谓不止此也，故祝云。

《次韵致远木人洲二首》其二"有干作身根作头"下：又奇。

《次韵酬龚深甫二首》其一"东挽三杨仍有樛"下："樛"字韵强，故对以愁耳。

《次韵酬龚深甫二首》其二篇末：杜诗，语拙。

《送许觉之奉使东川》"后会感期黄耇日"下：此语亦今人以为讳者。

卷二十七

《雨花台》"北寻难忘草堂灵"下：自然。

《小姑》篇末：弄玉、飞琼豪，四字无谓，唯实用了。

《招吕望之使君》篇末：甚怨。

《公辟枉道见过获闻新诗因叙叹仰》篇末：事、句严密如此。

《全椒张公有诗在北山西僧者墁之怅然有感》"真俗相妨久绝弦"下：两语宛转凄断。末句下：著"疑邂逅"，又好。

《岭云》"交游涣散渊明喜"下：政是用事意。

《莫疑》"真心自放赤松烟"下："烟"字欠考。

《读眉山集次韵雪诗五首》总评：其读坡集，喜而屡和，然节度严整未足当韩豪也。其五"岂能舴艋真寻我"下：去访戴太远，又用意之弊。

卷二十八

《次韵元厚之平戎庆捷》"汉人烟火起湟中"下：好气象，尤可想间胸中。

《谒曾鲁公》篇末：终无佳话。

《驾自启圣还内》"天子当怀霜露感"下：语朴厚。

《和御制赏花钓鱼诗二首》"朱蕊受风天下暖"李壁注下：注及"天下"，使人面赤。

卷二十九

《和杨乐道韵六首》其一"尚忆当年应鹄头"下：公用"鹄"字，只是白袍耳。

《和杨乐道韵六首》其二"静间金舆穿树影，清含玉漏过墙声"下：下句最好。

《崇政殿详定幕次偶题》"宫花一段锦新翻"下：不成锻炼。

《详定试卷二首》其一"勋业安能保不磨"下：名言痛快。

《详定试卷二首》其二"今日论才将相中"下：含味无穷。

《春风》末句下：最是愁意。

《永济道中寄诸弟》"更绝荒陂人马劳"下：写得出。

《将次相州》首句下：起得便慷慨。"气力回天到此休"下：语醋畅。

《次韵平甫喜唐公自契丹归》篇末：乃用陆贾归橐为戏耳。

《尹村道中》"更觉黄云是塞尘"下：过墓之词。

《次韵酬府推仲通学士雪中见寄》"何如云屋听窗知"下：萧然。

《送刘和甫奉使江南》"无人敢劝公荣酒"下：劝酒语，必有为。

卷三十

《即席次韵微之泛舟》"天著岗峦望易昏"下：俗子论诗，则此等皆足占平生矣，不然！不然！

《示长安君》"昏昏灯火话平生"下：自在浓至。

《思王逢原三首》其二"妙质不为平世得，微言惟有故人知"下：上句可哀。

卷三十一

《次韵徐仲元咏梅二首》其二"肤雪参差是太真"下：和韵两太真。

《筹思亭》篇末：讥此亭有名无实也，果然。

《愁台》末句下：是愁台语。

《郑子宪新起西斋》末句下：小儿语。

卷三十二

《丁年》篇末：二诗如杂。

《送逊师归舒州》"亦见桐乡诸父老"下：多见"亦"字。

《寄平甫》"求田问舍转悠悠"下：比挟策读书语更胜。

卷三十三

《酬慕容员外》李壁注下："江尤"欠欠。

《华藏院此君亭》"自许高材老更刚"下：语无含蓄风致，故当悔之。

《寄余温卿》李壁注下：只是封书泥，空引许多事。

《奉酬永叔见赠》李壁注下：谓吏部指谢朓，尤谬。

卷三十四

《次韵平甫金山会宿寄亲友》"远有楼台只见灯"下：是望中意。

《送何圣从龙图》末句下：孙高如何？

《始于韩玉汝相近居遂相与游今居复相近而两家子唱和诗相属因有此作》"当时岂意两家子，此地更为同社人"下：重用。

卷三十五

《落星寺》"雁飞云路声低过，……不才羞作等闲来"下：后四句自不为佳，声过低，尤可笑。

《清风阁》"平看鹰隼去飞翔"下：平平有味。

《留题微之廨中清辉阁》"宣室应疑鬼神事"下：著得"疑"字好。

《酬微之梅暑新句》末句下：非佳语。

《玉晨大桧鹤庙古松最为佳树》"材大贤于人有用，节高仙与世无情"下：句木。

《葛溪驿》篇末：情景句句字字合读之，每不可堪读。

卷三十六

《寄曾子固》"斗粟犹惭报礼轻，……戮力乘田岂为名"下：四句重用。"更觉秋风白发生"下：前偶成第一首，改寄南丰，如此首尾不似前作自在。

《寄王回深甫》"窗间暗淡月含雾，船底飘摇风送波"下：月雾暗淡，语最凄塞，惟船底二字，郑重遂减。"一寸古心俱未试，相思中夜起悲歌"下：知己情怀语言，不待勉强，读之如林谷风声，悲愤满听，所谓天然。

卷三十六卷末：尝见引同时或后人诗注，意不知荆公尝见如此等否？本不用看，亦不能忘言。

卷三十七

《次韵王禹玉平戎庆捷》"天子坐筹星两两，将军归配印累累"下："两两""累累"，佳对。

《和金陵怀古》"数帆和雨下归舟"下：画尽无涯之景。

《离北山寄平父》"日月汩汩与水争，披襟照见发华惊。少年忧患伤豪气，老去经纶误半生"下：四句不可读。

《寄孙正之》"一箪五鼎不须论"下：皆除服后诗。

《清明辇下怀金陵》篇末：凄怆流丽俱极。

《同长安君钟山望》"东归与续棣华篇"下：与坡公"脚力尽时山更好"之句，可以并传。

《松江》"五更缥缈千山月，万里凄凉一笛风"下：上句无用。

卷三十八

《江上》"春风似补林塘破，野水遥连草树高"下：上句先得。

《寄石鼓陈伯庸》"时伴君心夜斗间"下："伴君心"，不成语。

卷三十九

《自金陵至丹阳道中有感》"空场老雉挟春骄"下：丽句而有凄怆之至，然犹属有待，若山借扬州，则超远不可及已。

《读史》"自古功名亦苦辛"下：他来处便有说。"行藏终欲付何人"下：上句谓无易事，下句舍我其谁。注者安知作者之意？"区区岂尽高贤意，独守千秋纸上尘"下：经事方知史之不足信，经事方知史之半为言，吾常持此论，未见此诗，被公道尽。

《送江宁彭给事赴阙》"粉闱鸡舌更须含"下：非佳语。

卷三十九末评：公律诗甚严，得意亦少，其拙也，有书生词赋之气。

卷四十

《聊行》篇末：其淡荡自足，古人所未到，几于道矣。

《染云》篇末：初看郑重，熟味自然。

《沟港》篇末：比望花随柳，更极风流。

《霹雳沟》篇末：妙！此其暗用崔护，变化泠然。

《昭文斋》篇末：虽出米意，引庄语近戏，竟似浅浅。

《台上示吴愿》篇末：不惟弗意体制，往来好其顿挫恨惋，萧然晚悟，十字奇绝。

《传神自赞》篇末：是公透澈，岂比野狐哉？传神自赞，第一句如此，妙！妙！妙！

《池上看金沙花数枝国醁酿架盛开》篇末：诗意如有所指，生此话柄。

《移松皆死》篇末：虽属戏笑，使人别有所省。

《山中》篇末：朝暮如此，可见情事。

《被召作》篇末：北山，陟岵之恨也。

《再题南涧楼》"南涧水悠悠"下：坟墓之感，与前篇相属，故曰

"再题南涧"。

《南浦》篇末：渠兴未尽在。

《秣陵道中口占二首》其一篇末：顷倒自然。

《代陈景初书于太一宫道院壁》篇末：殆借此道士雪屈。

《泊姚江》篇末：学韩沄沄。

《楼上》篇末：玉台体不能言已。

《春晴》篇末：也极痴嫩。

《将母》篇末：二十字孤恨宛然。

《送望之赴临江》篇末：送人作守，独举此细事，细事且然。

《送丁廓秀才归汝阳》篇末：可谓不伤。

《梅花》篇末：句意高绝。

《春怨》篇末：一往有情。

《离升州作》篇末：五字自别。

《题西太一宫壁两首》其一篇末：语调自然，清绝，愁绝。

《题西太一宫壁两首》其二篇末："持"字自是，不须著一字，自是好，是谓六言。

卷四十卷末评：五言绝难得十首好者，荆公短语长事，妙冠古今。

卷四十一

《歌元丰五首》其四篇末：《元丰行》两首又益以此，却似著迹。

《棋》"切可随缘道我赢"下：虽是噫笑，人我未忘。

《春郊》篇末：写得轻冷。

《九日》篇末：语极萧然。

《东皋》篇末：虽用白语，动盪不同。

《一陂》篇末：野意，宜《竹枝》《欸乃》。

《老嫌》"百岁用痴能几许"下：翻得亲切。

《南浦》篇末：若无如许句法，匿名何用？看它流丽，如景外景。

《竹里》篇末：众人语。

《秋云》首联下：两句皆不为佳。

《木末》篇末：如画两叠。

《初夏即事》篇末：别是幽胜，令人识宰物气象。

《千蹊》篇末：语亦活动。

卷四十二

《北陂杏花》篇末：静态自可。

《北山道人栽松》篇末：超然一至于此。

《蒋山手种松》"闻道近来高数尺，此身蒲柳故应衰"下：此等即似晋人语言。

卷四十三

《悟真院》篇末：妙意。

《金陵郡斋》篇末：语有恨意。

《送黄吉父三首》其三：甚达，可诵。

卷四十四

《金陵即事三首》其二篇末：无奇。《金陵即事三首》其三"背人相唤百般鸣"下：无名不为雅。

《九日赐宴琼林苑作》"饱食太官还惜日"下：此岂志富贵者？

《道傍大松人取为明》篇末：语真意厚。

《见鹦鹉戏作》"直须强学人间语，举世无人解鸟言"下：翻一句更佳。

《邵平》"独傍青门手种瓜"下：好。

《神物》篇末：能言自异。

《春雨》篇末：解不通。

卷四十五

《题张司业诗》末句下：第张诗乃不尽然。

《书汜水关寺壁》篇末：似有似无，说尽里许，诗之所以能言。

《和崔公度家风琴八首》其八篇末：此风琴似风马耳，若挂琴风中，其妙非此可比。诗固未知。

卷四十六

《访隐者》篇末：不类公诗，以其韵短。

《杂咏六首》其六篇末：非闲居诗也。

《山前》篇末：隐者词。

《张良》"汉业存亡俯仰中"下：此所谓不倡之妙也。

《曹参》篇末：妙。

《韩信》篇末：也说得别。

《范曾二首》其一篇末：特见。

《读〈后汉书〉》篇末：伤之甚。

《读蜀志》篇末：愈读愈恨。

《读开成事》篇末：后来类此，可叹。

卷四十七

《泊姚江》篇末：好。

《汉武》篇末：形容武帝不须多。

卷四十八

《次韵张仲通水轩》篇末：如此引贺诗似戏，非前人比。

《宰嚭》篇末：偏宕可怜。

《鱼儿》篇末：可风曲学。

《天童山溪上》篇末：妙处自然，不入思索。

《别鄞女》篇末：惨绝。

《咏月》篇末：以最高层为谶，则此句当如何？小人多忌，漫寄一笑。

《金山》篇末：即是前《金山寺》第一首，疑改本，然不及。

《对棋呈道原》篇末：造词古意，可传。

《子贡》篇末：信大于国，身重于天下。

卷四十九

《神宗皇帝挽词二首》其一"聪明初四达，隽乂尽旁求"下：十字尽当日倚任意，第初字不满，在今人则以为谤。诸老风流笃厚，未尝及此。

《神宗皇帝挽词二首》其二篇末：此老佛心肠，无甚情事。

《太皇太后挽词二首》其一"《关雎》求窈窕，《卷耳》念勤劳"下：十字欲不可动。

《韩忠献挽词二首》其二篇末：语意甚悲，为有憾，非也。

《故相吴正宪公挽词》篇末：乃极不满耳。

卷五十

《孙威敏公挽词》"兴废岂人谋"下：起得慨叹。

《崇禧给事马兄挽词二首》其一"甘留所憩棠"下：句好。

《陈动之秘丞挽词二首》其一"论今我未平"下：甚顿挫抑扬，何也？

《陈动之秘丞挽词二首》其二"似欲来为瑞"下：好。

第五节　高棅《唐诗品汇》中刘辰翁评点辑校

　　评点大师刘辰翁的评点很受后人重视，其评点已成为版本流传中的重要组成部分。明代高棅的《唐诗品汇》收录了许多不见于和不同于刘辰翁评点专书的批语，辑录这些批语对于研究其评点和所评诗人具有重要的文献价值与学术意义。

　　《唐诗品汇》在中国文学史上是一部著名的唐诗选本，编选者高棅在历代评论家中对刘辰翁情有独钟，共收录有刘辰翁批点的50位诗人的541首诗歌，批语720多条。其中有不少批语不见于刘辰翁的评点专书，而被《唐诗品汇》所收录。他所评点的诗人有：李白、杜甫、陈子昂、张九龄、王维、孟浩然、韦应物、储光羲、常建、柳宗元、陶翰、戴叔伦、韩愈、孟郊、李贺、沈千运、王建、孟云卿、张继、崔颢、张籍、张谓、卢仝、裴迪、郎士元、卢纶、刘商、杨衡、王缙、贺知章、高适、岑参、武元衡、刘长卿、王之涣、贾岛、姚合、骆宾王、杜审言、苏颋、杜牧、钱起、卢象、司空曙、崔涂、皇甫曾、李憕、沈颂、张南史、无名氏。可见凡是在唐诗史上有特色的诗人，都进入了他批点评骘的视野。因引用刘辰翁批语很多，书中很多地方只好用"刘云"代称，他还特意指出："批语无姓氏者系刘须溪评，后仿此。"①

　　本书以上海古籍出版社1981年影印明汪宗尼校订本为据，依照次序全部辑录，冒号后为刘辰翁批语。

---

　　①　高棅：《唐诗品汇》，上海古籍出版社1982年版，第172页。

卷一
无评点

卷二
张九龄《巫山高》其七 "高明逼神恶" 下：能言。

卷三
陈子昂《感遇三十六首》：古诗唯参同契似先秦文，他如道家生神章、度人歌类欲少异世人者，此诗于音节犹不甚近，独刊落凡语，存之隐约，在建安后自为一家，虽未极畅达，如金如玉，概其质矣。

《感遇三十六首》其一：其诗于内外或自有见，月本阴也而谓之幽阳，三五阳也，而平明已缺，极似契语。其二：又以芳草为不足也。其三：此首用事造语皆有味，又胜建安古诗，如此实少，事虽误用，语自可传。其四：观世玉壶是其创，自有见。乘化之无穷，又别。其五：起语如此，安得不矍然，林卧观无始，定非俗语。其六：是古诗得意者。其十五：极似风意。其十六：古意。其二十一 "平生实爱才" 下：与王粲意同。其二十二：莫以心可玉，不变为之，入海求珠，语自佳矣。此如玉字，与前桃李花语同，参差不尽。类，故是一病，结得好。其二十八：其诗多言世外，此又以鬼谷自负，非无能者。其二十九：玉杯殒双蛾，谓妇人亦坐此，比之亲爱如复仇，内妒如桂树。其三十：多是叹世而卒不免于祸，子昂其子云乎。其三十一：此首起结转换皆畅竭可颂。其三十二：先天元命，皆非人所常道，嵩公虽不知何如，以胡冠喻，内外可见。第桃李花无喻，或是不言者得之。其三十三 "罗网与谁论" 下：后世诵其言而悲之。其三十五：忽复造意至此，避仇常事，被役复苦，比古愈奇。其三十六：晋厉并说，已警至。"天道与胡愿" "醉无醒" 谓诸夏为溺，遁胡为高，使人反复屡叹，能言，能言。"咄咄安可言，时醉而未醒" 下：沈着脱洒。

卷四
李白《古风三十二首》其七：语意音节，适可如此而之。其十四：此篇似学鲍照而作。其十八：结得更超。"所以桃李树，吐花竟不言"

下：十字不知何从出，不辨其说，谓出于成蹊，又浅浅知言者也。

李白《拟古八首》其一“青天何力力，明星如白石”下：自然好。“闺人理纨素，游子悲行役”下：不如行子夜中饭。其五：其初未有此意，肆言及此，达之又达。其八：极其愁思，语意终健。古诗唐诗之异以此，而观人亦以此，他人不如太白者，情事浅耳。谓其诗十九妇人，非知白者，亦非知诗者。

李白《关山月》“由来征战地，不见有人还”下：偶然玉门关一语，以白登清海，跋涉甚长。

李白《妾薄命》：兴尽语尽。“长门一步地，不肯暂回车”下，似妇人语。

卷五

李白《赠卢司户》：起意极苦，然不复为惨塞者。

李白《赠何七判官昌浩》“有时忽惆怅，匡坐至夜分”下：起意正同。“羞作济南生，九十诵古文”下：自谓素志如此。

李白《送杨山人归嵩山》“长留一片月，挂在东溪松”下：超然天地间，可以不死，其独不经人道哉。

李白《金乡送韦八之西京》：同是瞻望不及之意，能者自然。

李白《五松山送殷淑》：此其浅易者，意亦洒然。

李白《别鲁颂》：古意，选语。“独立天地间，清风洒兰血”下：收得意象高迥，自切事情。

卷六

李白《望庐山瀑布水》“海风吹不断，江月照还空”下：奇夐不复可道。

李白《高山四皓》：首尾无俗意，一似古题。

李白《春思》：平易近情，自有天趣。

李白《春日醉起言志》：流丽酣畅，欲胜渊明者，以其尤易也。诗皆如此，何以沈著为哉。

李白《月下独酌四首》其一：凡情俗态终以此，安得不为改观。“举杯邀明月，对影成三人”下：古无此奇。其二：缠绵散朗，渐入真趣，言语之悟入如此。

李白《寻阳紫极宫感秋作》：其自然不可及矣，东坡和此有余，终涉拟议。

卷七

杜甫总评：古今穷诗人称子美、郊、岛，郊、岛以其命而子美以其时。或曰："时与命不同耶？"曰："不同也。"使郊、岛生开元、天宝间计，亦岂能鸣国家之盛，而寒酸寂寞，顾尤工以老。则繇其赋分言之，亦为不幸也。若子美在开元，则及见丽人、友八仙，在乾元则扈从还京，归鞭左掖，其间惟陷郿数月，后来流落，田园花柳，亦与杜曲无异。若石壕新安之睹记，彭雅橘柏之崎岖，则意者造物托之子美，以此人间之不免，而又适有能言者，载而传之万年，是岂不亦有数哉。不然生天宝开元间有是作否，故曰时也，非命也。

杜甫《乐府二十一首》其二"出门日已远，不受徒旅欺"下：如亲历耳，苦极征行，孤往之意，人所不能自道。诗必如此序情，悯劳之际其庶几乎？其五：眼前语，意中事，通透自别，亦极哀怨之体，所以可传。其六：此其自负经济者，军中常有此人。其八：千载不死，堕泪未干。其九"众人贵苟得，欲语羞雷同"下：乃并与军中妒忌者之意得之，必不可少者。

杜甫《后出塞五首》其二：此诗之妙，可以招魂复起。"马鸣风萧萧"下：复欲一语似此始，千古不可得。其三"古人重守边，今人重高勋"下：此义亦人所未及也。其五：写至退军人，则无余矣。

杜甫《新婚别》：曲折详至，缕缕凡七转，微显条达。

杜甫《无家别》"久行见空巷，日瘦气惨悽"下：经历多矣，无如此语之在目前者。"家乡既荡尽，远近理亦齐"下：写至此，亦无复余恨，此其所以泣鬼神者。

杜甫《寒峡》：怨伤忠厚，得诗人之正。

杜甫《青阳峡》：谓前险已尽，至此依然相随来也。

杜甫《积草岭》：相去尚百里，想象如见顾休焉息焉之志也。

杜甫《凤凰台》：恳至不厌。

杜甫《万丈潭》"青溪合冥寞，神物有显晦"下：便合改视。"闭藏修鳞蛰，出入巨石碍"下：造意语。

杜甫《水会渡》"回眺积水外，始知众星乾"下：穷而不涩。

杜甫《剑门》：叹地险而恶负固者。又云：散文有所不能及也。

杜甫《成都府》"翳翳桑榆日，照我征衣裳"下：有何深意，到处自然。"鸟雀夜各归，中原杳茫茫"下：愤怨悲感，天性切至，读之黯然。"初月出不高，众星尚争光"下：语次写景，注者屑屑附会可厌。

卷八

杜甫《望岳》"齐鲁青未了，岱宗夫如何"下：即五字雄盖一世。

杜甫《大云寺赞公房》：如此自好。"灯影照五睡，心清闻妙香"下：便尔超悟。

杜甫《西枝村寻置草堂地夜宿赞公土室二首》其二"天寒鸟已归，月出山更静"下：自然境，自然语。

杜甫《玉华宫》：起结悽黯，读者殆难为情。"不知何玉殿，遗构绝壁下"下：哀思苦语，转换简远，有长篇余韵，末更自伤悲，非意所及。

杜甫《九成宫》"立神扶栋梁，凿翠开户牖"下：二语雄称。"巡非瑶水远，迹是雕墙后"下：感叹之尤得体者也。

杜甫《羌村三首》其一：当时适然，千载之泪常在人目，诗三百不多见也。

杜甫《述怀》"反思消息来，寸心亦何有"下：极一时忧伤之怀，赖自能赋而毫发不失。

杜甫《得舍弟消息》：苦心怨调，使人凄然，终鲜之痛惨于脊令死丧之喻，未有如此句之苦者，末尤可念，非深痛不能道。

杜甫《梦李白二首》其一：落月屋梁偶然，实景不可再遇。"死别已吞声，生别常恻恻"下：使其死耶，当不复哭矣。乃使人不能忘者，生别故也。其二：结极惨淡，情至语塞。"浮云终日行，游子久不至"下：起语千言万恨。"苦道来不易"下：梦中宾主语具是。"冠盖满京华，斯人独憔悴"下：刘云语出情痛，自别。

杜甫《夏日李公见访》"借问有酒不，墙头过浊醪"下：实事，他人以为不足道。"展席俯长流，清风左右至"下：自得适然。

杜甫《晦日寻崔戢李封》"崔侯初筵色，已畏空尊愁"下：写得浓至。

杜甫《赠卫八处士》：阳关之后，此语为畅。

杜甫《感兴九首》其三：旷然世外之见，沉著痛快。

杜甫《佳人》：字字矜到而不艰棘，尽不容尽。"夫婿轻薄儿，新人美如玉"下：闲言余语，无不可感。"侍婢卖珠回，牵萝补茆屋"下：似悲似诉，自言自誓，矜持慷慨，修洁端丽，画所不能，如论所不能及。

杜甫《喜晴》"春夏各有实，我饥岂有涯"下：善自宽。

杜甫《白马》：诗或托兴或纪事，托名不必商于不商于也。

杜甫《牵牛织女》"明明君臣契，咫尺或未容"下：谓近虽咫尺，非如期不合彼，淫奔失身，不如丈夫之见，有不然者，当悔何及。此十字俱有其意，但上面写不甚达其言，君臣之际，则可感矣。

杜甫《义鹘行》"修翎脱远枝，巨颡折老拳"下：此奇事适使子美闻之。

卷九

孟浩然：孟浩然诗如访梅问柳，偏入幽寺，与韦苏州意趣虽相似，然入处不同。

孟浩然《月下有怀》：亦自纤丽，与踈雨滴梧桐相似，谓其诗枯淡，非也。

孟浩然《送从弟下第后归会稽》"疾风吹征帆，倏尔向空没"下：发兴甚苦。

孟浩然《岁暮海上作》：奇壮淡荡，少许自足。

孟浩然《宿丛师山房待丁公不至》：景物满眼，而清淡之趣更自浮动，非寂寞者。

孟浩然《耶溪泛舟》：清溪丽景，闲远余情，不欲犯一字，绮语自足。

孟浩然《听郑五愔琴》：朴而不俚，风韵尚存。

孟浩然《万山潭》：出风露古始未有。古意淡韵终不可以众作律之，而众作愈不可及。

孟浩然《南归阻雪》：曲折凄楚。

孟浩然《秋登兰山寄张立》"愁因薄暮起，兴是清秋发"下：朴而不厌。"时见归村人，平沙渡头歇"下：其俚至此。

孟浩然《汉中漾舟》首联下：便好。"倾杯鸟鱼醉，联句莺花续"下：此虽清事，微近俗意，知此可以语此。

孟浩然《发汉浦潭》：美人常晏起，著此空阔又别，超众作以此。

"卧闻渔浦口，桡声暗相拨"下：别是一种清气，可人。

孟浩然《题终南翠微寺空上人房》：不必刻深，怀抱如洗。

王维《西施咏》"贱日岂殊众，贵来方悟稀"下：语有讽味，似浅似深。"君宠益娇态，君怜无是非"下：妙。

王维《齐州送祖三》：短懒意伤。"祖帐已伤离，荒城复愁人"下：只是眼前道不尽者。

王维《春中田家作》：卷耳之后，得此吟讽。又云：情至自然，掩仰有态。首联下：好。

王维《终南别业》：其质如此，故自难及。"行到水穷处，坐看云起时"下：无言之境，不可说之味，不知者以为淡易。

王维《崔濮阳兄季重前山兴》"悠悠西林下，自识门前山"下：又别又别，有道之言。

王维《冬日游览》：更似不须语言。"青山横苍林，赤日团平陆"下：下字佳。"秦地万方会，来朝九州牧"下：平实悲壮，古意雅辞，乐府所少。

王维《宿郑州》"明当渡京水，昨晚犹金谷"下：蔼然恋关之情。

王维《观别者》"切切委兄弟，依依向四邻"下：两语已绝。

王维《送别》"远树带行客，孤城当落晖"下："带"字画意，"当"字天然。

王维《休暇还旧业便使》题下：唐选作卢象诗。

王维《戏赠张五弟》"日高犹自卧，钟动始能饭"下：不必其人，直自输写。

王维《蓝田石门精舍》"安知前流传，偶遇前山通"下：此景自常有之，其诗亦若无意，故是佳趣。"再寻畏迷误，明发更登历"下：世外好事语。

卷十

储光羲《野田黄雀行》：兴寄杂出，无不有味，愈古愈淡，愈淡愈浓。

储光羲《樵父词》：不忧己，好神游，更高是在庄子言外，实证实悟。

储光羲《采莲词》：必欲总与人异。

储光羲《采菱词》：恳款备至，不在多，不在深。

储光羲《射雉词》：只如此自极余味。

储光羲《猛虎词》：诸词一样得古章句体，不须别意。

储光羲《题太玄观》"所喧既非我"下：是。

储光羲《述华清宫》：得洞歌体。

储光羲《陆著作挽辞二首》其一：好，似选语。

储光羲《游茅山五首》其一：甚悲。

储光羲《终南幽居献苏侍郎二首》其一：清洒深丽。其二"时有清风至，侧闻樵采音"下：幽素成章。

储光羲《同王十三维偶然作四首》其三：又入别调，转觉幽远，何也？

储光羲《田家杂兴八首》总评：首首皆妙，有此田家。其一：真隐者违俗之谈。其二：渊明之趣。其三：似是息嫡，矫矫不意出此。其五"贫士养情性，不复知忧乐"下：又好。其六：别是一种意态，言外悄然。其七：不着一语，意自然个中。其八：比陶差健，而瞻然各自好。

卷十一

常建：常建诗情景沉冥，不类著色。

常建《春词二首》其一"倚树春光迟"下：素淡本分。

常建《昭君墓》：千古词人之恨，写作当时事，断肠软语不落脂粉，故他作不及。"娥眉为枯骨"下：造意精巧。

常建《吊王将军墓》：短绝。"军败鼓声死"下：形容古所未至。

常建《宿王昌龄隐居》"松际露微月，清光犹为君"下：景同意别。

常建《江上琴兴》：等闲楚楚。

常建《送李十一尉临溪》：或□，或则有可有不可。"天际一帆影"下：语类高素。

常建《仙谷遇毛女意知是秦宫人》"羽毛经汉代，珠翠逃秦宫"下：语只如此好。

卷十二、卷十三

无评点

卷十四

韦应物：韦应物居官自愧，闵闵有恤人之心，其诗如深山采药饮泉坐石，日晏思归。又云：韦诗润者如石而孟诗如雪，虽淡无采色，不免有轻盈之意。又云：诵韦苏州一二语高处有山泉极品之妙。

韦应物《有所思》：逢春感兴，此等语不曾绝，但澹味又别也。

韦应物《相逢行》：极似惬意，又似鬼语。

韦应物《行行重行行》：古离别多矣，此作更古者以其有清静自然之美，如秋雨旷野自难为怀。"驱车背乡国，朔风卷行际"下：此卷此背，言之可伤。

韦应物《青青河畔草》：柔肠欲无而有不可犯之色，吾旧评此诗云，意深而语浅。又云：结语沉痛伤怀，而不为妖荡怨旷之态，如此而止。"此时深闺妇，日照纱窗里"下：不必深切而辞情适可，人不能道而点缀搜索自无以加。

韦应物《西北有高楼》：别是清丽，超凡入胜，可望而不可即者，末极寻常，以古调胜。吾旧评此诗云，淡而奇，奇而不烦。

韦应物《庭前有奇树》：常言常语，枯淡欲无。

韦应物《明月皎夜月》：月满秋夜长，但摘一语谁不知是苏州之妙，然得之全篇甚难，非尝徧阅，不知此篇具眼变化，后来姑发此例。

韦应物《凛凛岁云暮》：单居两语流动自然，复非苦吟所及，末意耿耿，情性适然，不假外物而见。

韦应物《明月何皎皎》：不言不笑，情景甚真，但觉丽情绮语皆不足道。

韦应物《效陶彭泽》：苏州诗去陶自近，至效陶则复取王夷甫语用之，故知晋人无不有风致可爱也。"物性有如此，寒暑其奈何"下：两语似达似怨，甚好。

韦应物《与友生野炊效陶体》：含章体素，默合自然。

韦应物《燕居即事》：句句实状。

韦应物《秋夜》：何必思索，洞见本怀。

韦应物《幽居》：古调本色，微雨一联，似亦以痴得之也。

韦应物《杂体二首》其一：其意正平而朴素可尚，非无衍丽，静且不惨。

　　韦应物《春宵燕万年吉少府中孚南馆》"河汉上纵横，春城夜迢递"
下：不独闲静，气概又阔，可讽。

　　韦应物《扈亭西陂燕赏》：浅语流动称情。

　　韦应物《寄全椒山中道士》：其诗自多此景，意及得意如此亦少。

　　韦应物《独游西斋寄崔主簿》"幽径还独寻，绿苔见行迹"下：萧然
今昔之感。

　　韦应物《初发扬子寄元大校书》"悽悽去亲爱，泛泛入烟雾"下：至
浓至淡，便是苏州笔意。

　　韦应物《淮上即事寄广陵亲故》：偶然景，偶然语，亦不可得。"秋
山起暮钟，楚雨连沧海"下：句好。"风波离思满，宿昔容鬓改"下：两
语足以极初别之怀。

　　韦应物《善福精舍示诸生》：甚有佳致，可诵。

　　韦应物《城中卧疾知阎薛二子屡从邑令饮因以赠之》：真素羞疑，亦
令人所悃道。

　　韦应物《暮相思》：只结句十字，神意悄然，得于实境，寻其上四语
则"顷"刻不能为怀，故题曰暮相思，彼何知作者用心苦耶！

　　韦应物《春中忆元二》：读苏州诗如读道书。

　　韦应物《夏夜忆卢嵩》：苦语不自觉。

　　韦应物《长安遇冯著》：不能诗者亦知是好。

　　韦应物《逢杨开府》：收拾惨怆自不在多。写得奇怪，对仗逼真，旧
见诗话至以为不类苏州，平生不知其沈著转换正在武皇升仙，起兴能令读
者堕泪。"身作里中横，家藏亡命儿"下：缕缕如不自惜，写得侠气动
荡，见者偏怜。太白亦云："托身白刃里，杀人红尘中。""两府始收迹，
南宫谬见推"下：杂出于未然，正是狡猾。

　　韦应物《送李儋》"离别何从生，乃在亲爱中"下：起十字自好。

　　韦应物《燕别幼暇与君贶兄弟》：曲折情景，甚至。

　　韦应物《送李十四山东游》"高歌长安酒，忠愤不可吞"下：善道人
意高处。"济事翻小事，丹砂驻精魂"下：此非太白不能当。

卷十五

　　韦应物《起度律师同居东斋院》：语有仙风道骨。

　　韦应物《京郊》"清风澹无虑"下：自以为得。"缘涧还复去"下：

游兴各自写。

韦应物《夏日》：此夏日诗，其尤苦也。

韦应物《对芳树》：亦何尝用意刻削，正自不可堪。

韦应物《秋夜二首》其一：吾读苏州诗至此，切怪其情近妇人。

韦应物《出还》：唐人诗气短，苏州气平短，与平甚悬绝，及其悼亡自不能不短耳。短者使人不欲再读。

韦应物《送终》：哀伤如此，岂有和声哉。而惨黯条达，愈缓愈长。

柳宗元：子厚古诗短调纡郁清美，闲胜长篇，点缀精丽；乐府托兴飞动，退之故当远出其下，并言韩柳亦不偶然。

柳宗元《溪居》：境与神会，不由思得，欲重见自难耳。

柳宗元《田家三首》其一：无怨之怨。

柳宗元《晨诣超师院读禅经》：妙处言不可尽，然去渊明尚远，是唐诗中转换耳。

柳宗元《南涧中题》：结得平淡，味不可言。"秋气集南涧，独游亭午时"下：子厚每诗起语如法，更清峭奇整。"始至若有得，稍深遂忘疲"下：精神在此十字，遂觉一篇苍然。

柳宗元《饮酒》"举觞酹先酒"下：先酒始为酒者。

柳宗元《觉衰》：怨之又怨而疑于达。庄子曰曳踵而歌商颂，声满田地，若出金石。"今年宜未衰，稍已来相寻"下：跌怨动人。"但愿得美酒，朋友常共斟"下：其最近陶，然意尤佳。

柳宗元《与崔策登西山》：南涧落句，犹有以自遗此怀，似此殊可念。"萦回出林杪"下：参差隐约，可尽而不尽。

柳宗元《掩役夫张进骸》题下：学陶不如此篇逼近，亦事题偶足以发尔。故知理贵自然。

柳宗元《咏荆轲》：结得词事较有体。

卷十六

陶翰《燕歌行》"雄剑委尘匣，空门唯雀罗"下：可感。

卷十七

沈颂《早发西山》：末疑有阙。

沈千运《感怀弟妹》"骨肉能几人，年大自疏隔"下：可叹。

孟云卿《伤时二首》其一：子昂风调。

卷十八
无评点

卷十九
戴叔伦：幼公诸诗，短处更深，长处愈浅。

卷二十
韩愈《秋怀诗十一首》总评：秋怀诗终是豪宕，非近语也。

韩愈《秋怀诗十一首》其二：甚怨。青青者萧也，故松柏如此耳。正言似反。其三：肮脏愈高。其四：可与古诗十九首上下，而气复过之。"秋气日恻恻，秋空日凌凌"下：恻恻、凌凌亦是自道。其五"离离挂空悲，槭槭抱虚警"下：又胜。"名浮犹有耻，味薄真自幸"下：又怨。其八：耿耿如在目前，荆公"抛书还少年"，不如此畅。"我坐默不言，童子自外至"下：谓童子不喻退，而诵诗耳。其九"空阶一片下，琤若摧琅玕"下：甚无紧要，造此奇崛。其十"强怀张不满，弱念缺易盈"下：时时有自得语。其十一：甚悲愤自足，有守死不易之志。陈去非以为躁，岂其然哉？又云：十韵皆豪壮感激不类选体，最后诗气短，然极耿切也。

韩愈《宿曾江口示侄孙湘》：气短极寥寥之思，非平生比也。

韩愈《感春》：无紧无要，写得沈至不同，末语动人。

孟郊《游子吟》：全是托兴，终之悠然，不言之感复非睨睨寒泉之比，千古之下犹不忘谈，诗之尤不朽者。

孟郊《古薄命妾》：其声如乐府，为近此，复以苦语胜。

孟郊《湘妃怨》"万里丧娥眉，潇湘水空碧"下：不苦死形容，自得大意。

孟郊《古别曲》：语虽如此，极是苦思。

孟郊《怨别》：古意沈著，甚有余情。"一别一回老，志士白发早"下：便极顿挫，殆不可复得。"在富易为容，居贫难自好"下：亦通透有味。

孟郊《劝酒》：起得似苦，曲折又极豪畅，善道人意。

孟郊《秋夕贫居述怀》：说尽。"千叶万叶声"下：创体。

孟郊《落第》：世上苦语，搜索略尽。

孟郊《秋怀》"疏梦不复远"下：精语。

孟郊《游终南》"日月石上生"下：未知其下云何，即此其出有不容至。"朝朝近浮名"下：警异。

孟郊《留别知己》"独为愁思人"下：怨痛复不可堪。

孟郊《与韩愈李翱张籍别》"物色岂有异"下：亦不料下句如此。

孟郊《悼吴兴张衡评事》：语不尽白，又高调之不可解者。

卷二十一

王建《将归故山留别杜侍御》：古意。"一日如一生"下：人之有此苦，不能道。

王建《七泉寺上方》"日高猿鸟合"下：好。"便宿南涧中"下：自在。

张籍《离怨》：甚是优游。"我当少年别"下：真是妇人本色。

李贺《铜雀妓》：不必苦心，居然自近选语。又云：直有墓中不能言者，却正如此，亦近大体。

李贺《塞下曲》"蓟门白于水"下：悲壮卓绝。

李贺《还自会稽歌》：此拟肩吾之作，安得不述梁亡之悲？其沈著憔悴在于自言秋衾铜辇之梦而庾自见，殆赋外赋也，塘蒲之叹融入秋晚，结语却如此，极是矣。

李贺《感讽》，咏严君平康伯，休而感讽。自见安能免此？其妙在言外，末语不收拾之，收拾更佳。

卷二十二、卷二十三

无评点

卷二十四

杜甫：子美大篇江河神怪不测，虽太白、退之天才罕及矣。

杜甫《北征》：孙莘老常谓老杜《北征诗》胜退之《南山诗》，王平甫以谓《南山》胜《北征》，终不能相服。时山谷方少，乃曰：若论工巧则杜《北征》不及《南山》；若书一代之事与国风雅颂相为表里，则《北征》不可无，而《南山》虽不作无害也。二公之论遂定。"甘苦齐结实"
下：长篇自然不可无此。又云：愁结中得从容讽刺，如此语乃大篇兴致。
"生理焉得说"下：《北征》精神全得一段尽意，他人窘态有甚不能自言，
又羞置勿道。"洒扫数不缺"下：数音朔，谓每有丧乱，终必反正。

卷二十五
无评点

卷二十六
李白《乌夜啼》：语有深于此者，然情之所至，皆不如此，则亦不必
深也。凡言乐府者，未足以知此。

李白《采莲曲》：浅语近情。

李白《行路难》：结得不至鼠尾，甚善甚善。

李白《远别离》：参差屈曲，幽人鬼语而动荡自然，无长吉之苦。

李白《蜀道难》：妙在起伏，其才思放肆，语次崛奇，自不在言。

李白《扶风豪士歌》"城门人开扫落花"下：偶然一览八句自佳。
"明日报恩知是谁"下：虽浅浅切甚，然而亦险激也。

李白《庐山谣寄卢侍御虚舟》"我本楚狂人"下：为此桀态。

李白《梦游天姥吟留别》"海日空中闻天鸡"下：甚显。"迷花倚石
忽已暝"下：甚晦。"日月照耀金银台"下：又甚显。"仙之人兮列如麻"
下：又甚晦。

卷二十七
李白《宣州谢朓楼饯别校书叔云》：崔嵬跌宕正在起一句，不称意诺
欲绝。

李白《金陵酒肆留别》：终是太白语别。

李白《南陵别儿童入京》：草草一语，倾倒至尽。起四句说得还山之
乐，磊落不辛苦，而情实畅然，不可胜道。

李白《忆旧游寄谯郡元参军》：却只如此结去，读起句便使人警倒。
"忆昔洛阳董糟丘，为余天津桥南造酒楼"下：当时人当时语，不知太白
援糟丘为重耶？而使千载知其人如此。"万壑度尽松风声"下：清景逼
人，终不刻意。"我醉横眠枕其股"下：起语如此，岂非人豪？"百尺清

潭写翠娥"下：清丽动人。"歌曲自绕行云飞"下：携妓衮景，写入天际，婉转情彻。

卷二十八

杜甫《贫交行》：只从俗谚，略证古意。

杜甫《秋风》：如竹枝乐府，矫矫长句，不必亲切为已。

杜甫《夜闻觱篥》：君知干戈如此，则不复恨行路矣。实历喟然。

杜甫《乾元中寓居同谷县作歌七首》其二：非必人人为我惆怅而有其色。首句下：一歌唤子美，二歌唤长镵，岂不奇崛？其五：何其魂招不来耶？归故乡也。"飒飒枯树湿"下：是旦景。其六：独此歌回春姿者，愿车驾反正之辞也，心所同然，千载如对。其七：声气俱尽。

杜甫《短歌行赠王郎司直》：豪气激人，堂堂复堂堂。"西得诸侯棹锦水"下：西得诸侯以下，谓王司直知我，我复舍此何何。

杜甫《莫相疑行》：写得彻至，怀抱如洗。

杜甫《醉歌行赠公安颜少府请顾公题壁》"君不见西汉杜陵老"下：面前人着两不见，唐突可人。

杜甫《高都护骢马行》：只如此语绝是。"与人一心成大功"下：亦是精气。"猛气犹思战场利"下：此气骨不可少。

杜甫《送孔巢父谢病归游江东兼呈李白》：其跌宕创体，类自得意，故成一家言。"春寒野阴风景暮"下：不必有所从来，不必有所指，玄又玄，众妙门。七字浩然，以其将隐也。"惜君只欲苦死留"下：两君见宾主。

杜甫《瘦马行》：展转沉重，忠厚恻怛，感动千古。

杜甫《乐游园歌》：每诵此语不自堪。又云：吾常堕泪于此。"绿云清切歌声上"下：婉约有态。"只今未醉已先悲"下：语达自别。

杜甫《寄韩谏议注》：此篇多渺茫恍惚，几失韩注，未竟合。

杜甫《饮中八仙歌》：不伦不理，各极其平生，极其醉趣，古无此体无此妙，谓为八仙甚称。

杜甫《骢马行》"银鞍却覆香罗帕"下：无紧要有风味。

杜甫《醉歌行》：人有此情，写得不浓至而止。

杜甫《忆昔行》"仙赏心达泪交堕"下：亦恳款数四。"倏忽东西无不可"下：恍惚语。"青儿黄熊啼向我"下：岑寂语，四句极俯仰形容之妙。

杜甫《哀王孙》：忠臣之尽心，仓卒之隐语，备尽情态。"屋底达官走避胡"下：起如童谣，省叙事处。

杜甫《观公孙大娘弟子舞剑器行》：浓至惨黯，如野苗中断，闻者自不堪也。"罢如江海凝清光"下：名状得意。

杜甫《苏端薛复筵简薛华醉歌》：豪侠。"端复得之名誉早"下：第能此起，不患辞穷。"汝与山东李白好"下：此老歌行之妙，有不自知其所至者。

杜甫《渼陂行》"水面月出蓝田关"下：写景入微，烟波远近，变态具足。"苍茫不晓神灵意"下：惨怆之容，窈渺之思。寻常赋乐事，则所经历骇愕者，置不复道。吾尝游西湖遇风雨，诵此语如同舟同时。

杜甫《奉先刘少府新画山水障歌》：玄淡活脱自在。

杜甫《韦讽录事宅观曹将军画马图引》：长篇意外，沦痛险绝。"神妙独数江都王"下：起得疏卤，正合古意。"无复射蛟江水中"下：四句沈著雅丽，政在事事记物，事在言外。

杜甫《丹青引赠曹将军霸》：首尾悲壮动荡，皆名言。首句下：起语激昂慷慨，少有及此。"文采风流今尚存"下：接得又畅。"富贵于我如浮云"下：突兀四语，能事志意，毕竟往复浩荡只在里许。又云：自是笔意至此，非思致所及。"迥立阊阖生长风"下："迥立"，意从容。"忍使骅骝气凋丧"下：名言。"必逢佳士亦为真"下：谓未遇佳士故。

杜甫《洗兵车行》：此篇对律甚严而舂容酝籍。"万国兵前草木风"下：悲壮少及。"紫禁正耐烟花绕"下：有气象，有风韵。"时来不得奇自强"下：事外句外，常有余力。

卷二十九

无评点

卷三十

王维《送友人归山歌二首》其一：不用楚调自适目前，词少而意多，尚觉盘谷歌意为凡。其二：宋玉之下，渊明之上，甚似晋人，不知者以为气短，知者以为琴操之余音也。

王维《陇头吟》：次第转折，恨惋何限，又非长篇所及。

王维《老将行》：满篇风致，收拾处常嫩而短，使人情事欲绝。又云：起结骄嫩，复胜老语。"寥落寒山对虚牖"下：愈出愈奇。

王维《寒食城东即事》"不用清明兼上巳"下：自是活动。

崔颢《渭城少年行》：崔颢落落酣歌自得，刻削乃不能及。

卷三十一

储光羲《新丰主人》：跌宕殊态。

储光羲《蔷薇》：转换流丽，可歌可舞，皆切题语。

张谓《赠乔林》：可想其人。

张谓《湖中对酒作》"昼行不厌湖上山"下：便觉楚楚。

常建《张公子行》：从闲人幽事忽写至败军亡将，险绝。

卷三十二

无评点

卷三十三

韦应物《横塘行》：却是怨意。

韦应物《听莺曲》"东方欲曙花冥冥"下：望而知为本色人也。

朗士元《郢州西楼吟》"今人爱闲江复清"下：此等语有兴有怨。

刘商《杂言同豆卢郎中郭南七里桥哀悼姚仓曹》：词意良苦。

杨衡《哭李象》"寂寞空余葬时路"下：起语如有夫（失）。

卷三十四

王建《春词》：艳情怨意，不远而足。

王建《雉将雏》：油然子母之爱，亦可悲也。

王建《神树词》：不足而有愁意。

王建《短歌行》：妙合人意，结语更妙。

王建《当窗织》"园中有枣行人食"下：古。

王建《田家留客》：情至语尽，歌舞有不能。"人客少能留我屋"下：起得甚浓。

王建《北邙行》：长处自然，不用口语，口语甚长。

张籍《送远曲》：能几许得恁沈着宛转数语矣。

张籍《古钗叹》：好。

张籍《各东西》：其不及王建者，材不尽也，然各自得体。

张籍《节妇吟》：好自好，但亦不宜系。

张籍《吴宫怨》：稍有古意。"江清露白芙蓉死"下：哀怨意引。

张籍《北邙行》：只如此自不可堪，真乐府之体也。

张籍《羁旅行》：须著如此结，愈缓愈不可听，他人不能道耳。"童仆问我谁家去"下：猝猝形容到此。

卷三十五

韩愈《拘幽操》"目掩掩兮其凝其盲"下：极形容之苦，不可谓非怒也。

韩愈《将归操》：旧读本作归来归来兮，似是。首句下：词意浅浅宜以调适当然者，自不可及。

韩愈《履霜操》：不怨非情也，乃怨也，此乃小弃之志耎，只饥寒履霜，反复感切，真可以泣鬼神矣，此所以为琴操也。

韩愈《雉鸡飞操》"当东而西当啄而飞"下：此其不可及处，写得别。

韩愈《残行操》：十操惟此最古意，以其不著述也。题本难赋此赋，得体。

韩愈《河之水二首寄子侄老成》其二：此其楚语也。

李贺《雁门太守行》：起语奇，赋雁门著紫土本嫩。后三语无甚生气，设为死敌之意，偏欲如此，颇似败后之作。"角色满天秋色里"下：有此一语方畅。"半卷红旗临易水"下：此等语不可无。

李贺《湘妃》"九山静绿泪花红"下：拈出自别。

李贺《昆仑使者》：古也好，此其深悲茂陵者。"元气茫茫收不得"下：甚有风刺。

李贺《贵生征行乐》：索意至此，习气尽见，此人间常事，猥态何以能言。

李贺《夜坐吟》"帘外严霜皆倒飞"下：奇语。

李贺《艾如张》：似古语，乃不觉其垂花插鬓者。

李贺《牡丹神曲》：又校自在。题下：此必古曲名。

李贺《天上谣》"银浦流云学水声"句下：浑浑语奇。又云：天河银浦似重复，长吉此类亦多，要为疏隽不问此耳，选诗中多有此例。

李贺《致酒行》：起得浩荡感激，言外不可知，真不得不迁之酒者，末转慷慨令人起舞。"我有迷魂招不得"下：又入梦境。

李贺《浩歌》：从南风起一句，便不可及。跌荡宛转，沉着痛快。豪侠少年之度，忽顾美人，情境俱至，妙处不必可解。"不须浪饮丁都护"下：李白有《丁都护歌》云："一唱都护歌心摧，泪如雨。""世上英雄本无主"下：跌荡愁人，杰特名言。"玉娘发薄不胜梳"下：亦不知何从至此。

李贺《公莫舞》：不必其有事，幽与鬼谋，才子赋古，但如目前，至三看宝玦，始喻本末，自不待言，"抱天语"，奇俊俯仰，甚称情事，复作项伯口语，尤壮。"日炙锦嫣王未醉"下：从容模仿，有情最妙。

李贺《金铜仙人辞汉歌》：此意思非长吉不能赋，古今无此神妙。神凝意黯不觉铜仙能言。奇事奇语，不在言，读至"三十六宫土花碧"，铜人堕泪已信。末后三句可为断肠，后来作者无此沈著，亦不忍极言其妙。

李贺《李凭箜篌引》"老鱼跳波守蛟舞"下：形容偏得于此，而于箜篌为近。"露脚斜飞湿寒兔"下：状景如画，自其所长，箜篌声碎，有之昆山玉，颇无谓。下七字妙语，非玉萧不足以当。石破天惊过于绕梁遏云之上，至教神妪，忽入鬼语。吴质懒态，月露无情。

李贺《梦天》：意近语超，其为仙人语亦不甚费力，使尽如起语，当自笑耳。"黄尘清水三山下"下：即桑田木语。

李贺《秋来》：非长吉自挽耶？

李贺《官街鼓》：神气至于仙，极矣。独屡言仙死，不怪之怪，乃大怪也。

李贺《勉爱行送小季之庐山》：语自不同，读亦心呕。"欲将千里别，持此易斗粟"下：非深爱不能道此兄弟情。"下国饥儿梦中见"下：苦哉。

李贺《宫娃歌》：意到语尽，无复余怨，丽语犹可及，深情难自道。"啼蛄吊月钩阑下，屈膝铜铺锁阿甄"下：两语极是憔悴。

李贺《春坊正字剑字歌》：虽笔画点缀簌密，而纵横用意甚丽。剑身、剑室、纹理、刻字、束带、色杂，无一叠犯，乃不妨句意，春容俯仰。秋郊语甚奇，不厌再言。

李贺《美人梳头歌》：如书如画，有情无语，更自可怜。

李贺《子都之事相为对望人云昔有之诗》：钩深索隐，如梦如画。又云：极言梁氏连夜盛燕而秦宫得志可见。至调鹦鹉夜半煮无不可道，故知作者妙于形容。末更奴态，人所不能尽喻，赋秦宫似秦宫，何多才也。"鸾篦夺得不还人"下：亦是妙思。

卷三十六

柳宗元《渔翁》：或为苏评为当，非知言者，此诗气浑不类晚唐，正在后两句，非蛇安足者。

卢仝《有所思》，奇怪秾丽而不妖，是之为畅。

卢仝《楼上女儿曲》：野情闺思，旷似谪仙，欲二首如此不可得。"条绿相思锦帐寒"下：有体。"使我双泪常潸潸"下：滔滔然如弦语怨彻，不复自惜。

卷三十七、卷三十八

无评点

卷三十九

李白《静夜思》：自是古意，不须言笑。

李白《玉阶怨》：矜丽素净可人，自愧前作。

李白《秋浦歌》：后联活活脱脱，真作家手段。

李白《夏日山中》：后人以此语入画，真复可爱，妙是结句。

李白《九日龙山饮》：同是棹歌，此与童谣等尔。

李白《对雪献从兄虞城宰》：蔼然恻然，可以感动。

王维《息夫人》：正尔憔悴得人。

王维《班婕妤二首》其二：语皆不刻而近。

王维《送别》：古今断肠，理不在多。

王维《赠弟穆十八》：淡淡有情。

王维《鸟鸣涧》：皆非着意。

王维《上平田》：语调并高。

王维《孟城坳》：复欲二语如此，俯仰旷达不可得。

王维《华子岗》：萧然更欲无言。

王维《鹿柴》：无言而有画意。

王维《辛夷坞》：其意不欲着一字，渐可语禅。

王维《漆园》：便在谢东山辈，口语皆成高韵。

孟浩然《送友之京》：甚不多语，神情悄然，比之苏州特怨甚。

孟浩然《春晓》：风流闲美，正不在多。

孟浩然《洛阳访袁拾遗不遇》：便不着字，亦自深怨。

卷四十

裴迪《孟城坳》：未为不佳，与维相去远甚。

杜甫《武侯庙》：语绝。又云：上句想望其风采犹在也，下句伤其
已死。

杜甫《复愁》：今又何知。

崔颢《长干行二首》其二：只写相问语，其情自见。

崔颢《江南曲》：其诗皆不用思致而流丽畅情，固宜太白之所爱敬。

王缙《别辋川别业》：清洒顿挫，略不动容。

卷四十一

韦应物《西郊期涤武不至书示》：钟情而语更达。

韦应物《寄卢陟》：题寄卢陟如是，此种风气亦复可诵。

韦应物《宿永阳寄灿律师》：苏州用意常在此等，故精练特胜，触处
自然。

韦应物《闻雁》：更不须语言。

韦应物《咏声》：其姿近道，语此渐超。

卷四十二

杨衡《题花树》"都无看花意，偶到树边来"下：来得惨淡。

卷四十三

柳宗元《江雪》：得天趣，独由落句五字道尽矣。

柳宗元《登柳州岷山》：渐近自然。

柳宗元《零陵早春》：皆自精切。

张籍《野田》：顿挫。

张籍《岸花》：好，不觉有兴。

武元衡《夏夜作》：此语有识。

李贺《代崔家送客》：有情语好。

孟郊《闺怨》：悽近。

卷四十四

无评点

卷四十五

无姓氏《伊州歌二首》：恨恨无极。

卷四十六

贺知章《回乡偶书二首》：说透人情之的。

卷四十七

李白《少年行》：语气凌厉快活，梦亦难忘。

李白《蛾眉山月歌》：含情悽婉，有竹枝缥缈之音。

李白《洞庭湖三首》其一：其所长在此，他人必不能及也。其三：
自是悲壮。

李白《望庐山瀑布水》：以为银河，犹未免俗也。

卷四十八

王维《寄河上段十六》：容易尽情，旧未有此。

王维《送元二使安西》：更万首绝句，亦无复近，古今第一矣。

王维《戏题磐石》：跌荡，野兴甚浓。

岑参《逢入京使》：辞达。

杜甫《漫兴》：善自遣如此。

高适《营州歌》：高古。

王之涣《凉州词》：得诚斋评，看更佳。

卷四十九

刘长卿《寻盛禅师兰若》：凄婉。

韦应物《登楼寄王卿》：高视城邑，真复如此开合，野兴甚浓，正是绝意，复赠两联，即情味不复如此。

韦应物《登宝意寺上方旧游》：凡语言天趣皆实历，无趣者，虽有味亦短。

韦应物《九日》：可悲，隔世与余同患。

韦应物《滁州西涧》：此语自好，但韦公体出数字，神情又别。故贵知言，不然不免为野人语矣。好诗必是拾得，此绝先得后半，起更难似，故知作者用心。

卷五十、卷五十一
无评点

卷五十二
柳宗元《柳州二月榕叶落尽偶题》：其情景自不可堪。

韩愈《题楚昭王庙》：比人评韩曲江寄乐天绝句，胜白全集，此独谓唱酬可尔。若韩绝句，正在《楚昭王庙》一首，尽压晚唐。

卷五十三
杜牧《寄扬州韩绰判官》：韩之风致可想，书记薄幸自道耳。

卷五十四、卷五十五、卷五十六
无评点

卷五十七
杜审言《和晋陵陆丞早春游望》首句下：起得怅恨。"云霞出海曙，梅柳渡江春"下：两句复自浩然。

卷五十八、卷五十九
无评点

卷六十
李白《与夏十二登岳阳楼》：甚为不俗。

孟浩然《临洞庭》：托兴可伤。又云：起得浑浑称题而气概横绝，朴不可易端居，感兴深厚。"气蒸云梦泽，波撼岳城诚"下：便别。

孟浩然《与诸子登岘山》：不必苦思，自然好。苦思复不能及。又云：起得高古，略无粉色而情境俱称，悲慨胜于形容，真岘山诗也，复有能言，亦在下风。

孟浩然《晚春》：亦自浩宕，结语情属不浅。"二月湖水清，家家春鸟鸣"下：又别。

孟浩然《宿立公房》"自入户庭前"下：亦自在有味。

孟浩然《游景光寺》"时爱绿萝闲"下：山行路尽，乃知此语有趣。

孟浩然《归终南山》：其亦最得意之诗，最失意之日，故为明主诵之。

孟浩然《寻张五回夜园作》"挂席樵风便"下：楚楚一字不妄。

孟浩然《过故人庄》：每以自在相凌厉。

孟浩然《裴司士见寻》：大巧若拙。

孟浩然《和李侍御堵松滋江》"鱼龙亦避骢"下：颂德语。

孟浩然《秦中寄远上人》"黄金燃桂尽，壮年逐年衰"下：非不经思，只是吐出。

孟浩然《宿永嘉江寄崔少府》"起视江月斜"下：不必思索皆有。

孟浩然《宿洞庐江寄广陵旧游》"风鸣两岸叶，月照一孤舟"下：一孤似病，天趣自得。

孟浩然《同卢明府钱张郎中除义王府司马海园作》：又极典刑，末意更浓。

孟浩然《送友东归》：慨然如叹，句句好，句句别。首句下：起得雄。

孟浩然《送子容进士举》"殷勤醉后言"下：写得浓尽。

孟浩然《留别王维》：末意更悲。"欲寻芳草去，惜与故人违"下：个中人个中语，看着便不同。

孟浩然《闲园怀苏子》：一种情绪。

孟浩然《途中遇晴》"天开斜景逼，山出晚云低"下：不似着意，语好。

孟浩然《赴京途中遇雪》"积雪遍山川"下：决不为小儿语求工者。

孟浩然《宿武阳川》：唱出随意，自无俗意。

孟浩然《永嘉浦逢张子容》：众山孤屿且不犯时景，句句淘洗欲尽。

卷六十一

王维《辋川闲居赠裴秀才迪》：类以无情之景述无情之意，复非作者所有。

王维《山居秋暝》：总无可点自是好。

王维《归嵩山作》"落日满秋山"下：已近自然。

王维《终南山》：语不深僻，清夺众妙。

王维《送张道士归山》"别妇留丹诀，驱鸡入白云"下：两语皆别。"人间若剩住，天上复离群"下：新意。

王维《送方诚韦明府》：平平写到尽。

王维《送刘司直赴安西》：无意之意。

王维《送张五谭归宣城》"欲归江森森，未到草萋萋"下：最是自得。

王维《送友人南归》"连天汉水广，孤客郢城归"下：尽谢点染，情思萧然。

王维《晚春闲思》：不俯仰刻画，甚有意味。

王维《观猎》：极是尽意。"风劲角弓鸣"下：气概。

卷六十二

杜甫《登兖州城楼》"浮云连海岱，平野入青徐"下：俯仰感慨语，何地无之。

杜甫《房兵曹胡马》"真堪托死生"下：仿佛老成，亦无玄黄，亦无牝牡。

杜甫《夜宴左氏庄》：豪纵自然，结语萧散。"风林纤月落"下：是起兴。"春星带草堂"下：景语闲旷。

杜甫《故武衡将军挽词》"哀诏惜精灵"下：上下含蓄，有美有恨。

杜甫《陪郑广文游何将军山林三首》其三"出门流水住"下：水自无住，但出何氏林，便觉景别，如此最是妙意。

杜甫《夜月》"遥怜小儿女，未解忆长安"下：愈缓愈悲，俛仰具足。

杜甫《喜达行在所三首》其二：此岂随人忧乐语。"间边暂时人"下：五字可伤，即旦暮人耳，暂时更警。

杜甫《收京》"又下圣明朝"下：沉痛敦厚，读之堕泪。

杜甫《晚出左掖》：焚谏草者，不欲人知也。此事君当然之体，结语读之数过，款款忠实。"归院柳边迷"下：秾丽可想。

杜甫《送翰林张司马南海勒碑》：爱之望之，祝之愿之。"冠冕通南极"下：大体。"春帆细雨来"下：驿程旅馆，又喜又悲。

杜甫《促织》：结得洒落，更自可悲。

杜甫《送远》：两语两意别离，则昨日矣。往往古人亦如我也，自怪其情之悲也。"鞍马去孤城"下：如画出塞图矣。

杜甫《后游》"花柳更无私"下：必如此，可以言气象矣。

杜甫《村夜》"邻火夜深明"下：自然。

杜甫《和裴迪登新津寺寄王侍郎》"蝉声集古寺"下：自然。

杜甫《送元二适江左》"江海送君情"下：渊渊乎其不可及。"公孙白帝城"下：事语自别，丹阳系晋室，语其忠，公孙白帝城则僭伪也。"取次莫论兵"下：感其经过论兵，岂非藩镇节度使有难言者乎？能如此读方有少进。此等结语，熟味最是深厚。

杜甫《玉台观》"文字鲁恭留"下：又极典重。

杜甫《别房太尉墓》：好景凄绝。"近泪无干土，低空有断云"下：钟情苦语，著"低""近"二字，唯孟东野有之。

杜甫《观李固请司马题山水图》"老去恨空闻"下：自伤足力之不继也。

杜甫《禹庙》"古屋书画蛇"下：皆本色语暗用。

杜甫《哭严仆射归榇》"风送蛟龙雨"下：谓其化为蛟龙而风雨之情境惨然，与天地意称。

杜甫《旅夜书怀》"星随平野阔，月涌大江流"下：等闲星月，着一涌字，复觉不同。

杜甫《长江》：接上不可晓。

杜甫《承闻故房相公灵榇自阆州启殡归葬东都有作》"一德兴亡后"下：岂玄龄后耶？

杜甫《洞房》：语不迫切而意独至、悲慨满目，然不低黯，故自可望。

杜甫《船下夔州郭宿雨湿不得上岸别王十二判官》"江鸣夜雨悬"下：精章不刻。

杜甫《宿昔》：猥亵不凡，风刺具有。

杜甫《骊山》"人间有赐金"下：使人不忍言好。

杜甫《吾宗》"忧国愿年丰"下：山林尘士，婉有余情。

杜甫《中宵》"落月动沙虚"下：语无诡时，写景入微。

杜甫《十七夜对月》"倚杖复随人"下：自是不经人道，谁不了此。

杜甫《日暮》"江山非故国"下：人人能言，人人不能言，与可惜欢娱地同耳。

杜甫《晓望》"天清木叶闻"下：语至不可解则妙耳。

杜甫《刈稻了咏怀》：初闻其战后，见野哭而已。五字悲甚，稍字尤萧索可怜，结意沉著，非托之悠悠者。

杜甫《登岳阳楼》"乾坤日夜浮"下：气压百代，为五言雄浑之绝。

卷六十三
卢象《杂诗》：十字才有沉著之意。

卷六十四
韦应物《奉送从兄宰晋陵》"立马愁将夕"下：妙。

韦应物《送汾城王主簿》：极秾丽而不脂粉，情理入微。"芳草归时徧"下：闲情婉约，可爱。

韦应物《送别覃孝廉》"门前芳草多"下：类以为幽致不觉可笑，谁家门前无此。"秭归通远徼"下：却自浑浑。

韦应物《送榆次林明府》"逢人关外稀"下：此等亦味外味。"路遥晋山微"下：无一句不合，此句尤极清润，作者可仰。

韦应物《送元仓曹归广陵》"旧国应无业"下：可悲。"他乡到是归"下：他人几许造次能通。

韦应物《送渑池崔主簿》"当时匹马客"下：如此世态尚可。

郎士元：士元诸诗殊洗练有味，虽自浓景，别有淡意。

郎士元《长安逢故人》"人中欲认谁"下：情至。

卷六十五
司空曙《冬夜耿拾遗王秀才就宿因伤故人》：语意闲到。

司空曙《经废宝庆寺》：起结皆好。

卢纶《落第后归终南别业》"身老是非间"下：怨极自然。

卷六十六
无评点

卷六十七
戴叔伦《客舍秋怀呈骆正字士则》"谏猎犹非时"下：五字甚怨而不伤。

张籍《蓟北旅思》"长因送人处，忆得别家时"下：晚唐更千首不及两语，无紧无要，自是沈著。

张籍《宿江店》"夜静江水百，路回山月斜"下：自然好。

张籍《夜到渔家》"行客欲投宿，主人犹未归"下：难得语意，自在如此。

张籍《宿临江驿》"江静觉鸥飞"下：五字寂寥。

卷六十八
贾岛《旅游》"故人无少年"下：短语不可复道。

贾岛《题李凝幽居》：敲意妙绝，下意更好，结又老成。

贾岛《山中道士》"种子作高松"下：又痴又嫩，痴可笑，嫩可惜。

姚合《春日早朝寄刘起居》"天语侍臣闻"下：自在。

姚合《郡中西园》"密林生雨意"下：好。

卷六十九
崔涂《除夜有感》：平生客中除夕诵此，不复更作。"渐与骨肉远，转与奴仆亲"下：字字亲切。

卷七十
无评点

卷七十一
骆宾王《灵隐寺》"天香云外飘"下：好。"水轻叶互凋"下："互凋"，语警。

卷七十二

杜审言《赠苏味道》"摇笔羽毛飞"下：语壮。

张九龄《郡内闲斋》：高爽沉着而句句婉美，韦苏州可得此风味。

卷七十三

无评点

卷七十四

王维《奉秘书晁监还日本》"九州何处远"下：九州用骀忌语。

王维《赠焦道士》"眺向一壶中"下：每作清素可贵。"送客乍分风"下：奇。

李白《中丞宋公以吴兵赴河南军次寻阳脱余之囚参谋幕府因赠之》：句句壮，末韵更佳。

孟浩然《登总持寺塔》：盛丽高旷，佛地幻语无不具。

孟浩然《西山寻辛谔》：自言其趣，亦颇简淡。

孟浩然《陪张丞相自松滋江东泊渚宫》：工处浑然，不似深思者。

孟浩然《送萧员外之荆州》"分今独黯然"下：写入中对，自旷自痴。

孟浩然《来阇梨新亭作》"碧网交红树，清泉尽绿苔"下：交与尽字，亦有模写，第不雕饰。

孟浩然《过吴张二子檀溪别业》"上筑依自然"下：一句欲尽，甚得妙意。"水竹数家联"下：成村可画。

卷七十五

杜甫《春归》"轻燕受风斜"下：有态。

杜甫《江陵望幸》"舟楫控吴人"下：且悲且喜，仓促有气。

杜甫《太岁日》"衣冠拜紫宸"下：等常大体。

杜甫《奉和严中丞西城晚眺》：暗相亲者，深欲倚以成功业也，惜哉。"地平江动蜀，天阔树浮秦"下："浮""动"二字最佳，"动"字为胜。

杜甫《送严侍郎到绵州，同登杜使君江楼燕》"天横醉后参"下：落落有气。

杜甫《奉观严郑公厅事岷山沱江图》：此篇句句看画意，政似未离本处。谓义尽分明，儿童之见也。

杜甫《临邑舍弟书至，苦雨，黄河泛溢，堤防之患，薄领所忧，因寄此诗，用宽其意》"百谷漏波涛"下：大家数语。

杜甫《行次昭陵》"群雄问独夫"下：有典有则。"日月寄高衢"下：状他父子间意。"铁马汗常趋"下：上句寂寥，下句清爽，皆玄意入冥矣。

杜甫《送杨六判官使西蕃》"敕书怜赞普"下：吐蕃君长名。

杜甫《冬日洛城北谒玄元皇帝庙》"身退毕周室，经传拱汉皇"下：在周时为柱史毕矣，然能使后代拱而师事之，此诗意也。

杜甫《谒先主庙》：首尾曲折，句句典实有味，真大手，真蜀先主庙诗，评意皆合。"志屈偃经纶"下：来得浑浑，有无限可感，开基季世君臣心事，不分远近，不立宾主，老人口老人耳，仿佛尽之矣。"雄图历数屯"下：寂寞语，壮浪。"剑阁复通秦"下：分之未几而复合乎彼，伤感无如此两句，旧解误甚。"枯水半龙鳞"下：寂寞语，奇丽。"况乃又风尘"下：十字归合古今。"应天才不小"下：使其果应天运，元德之才，亦岂小哉。"得士契无邻"下：谓武侯相得无此，即此便不可及。"飘零且钓缗"下：其自负如此。

杜甫《赠特进汝阳王二十二韵》"朝退若无凭"下，言其不藉责，势语独精嫩。"水敢问山陵"下，山陵指祖宗，最有体，味长。

杜甫《投赠哥舒开府翰二十韵》：归倚语，不俭相。"驾驭必英雄"下：颂赞有体，得故事外意。"乾坤绕汉宫"下：此语在投赠中有气，若铺写宫阙，则俗矣，作者自知之。"轩墀曾宠鹤"下：宠鹤卫懿公事，此语甚愧士大夫。"田猎旧非熊"下：谓得之微贱，诗中开合无限，类年略，举其似。

杜甫《上韦左相》"一气转洪钧"下：颂相业多矣，未有如此轩豁快意者。

杜甫《寄李白》"笔落惊风雨，诗成泣鬼神"下：彼此各称，自喻适意，太白足以当之。

卷七十六

卢象《赠张钧员外》"列宿动辉光"下：其形容人物如此，不见其俗，弥见其高。

王缙《同王昌龄裴迪诸人游青龙寺昙壁上人兄院集兄维》：好。

卷七十七

无评点

卷七十八

韦应物《送崔押衙赴相州》：赠人语如此有味。"黄金四海同"下：甚有气味。

卢纶《送鲍中丞赴太原》"黄金拥戍楼"下：倒用黄金事好。

张继《送判官往陈留》"风摇海未平"下：比兴深矣。

卷七十九

无评点

卷八十

贾岛《寄贺兰朋吉》"偶坐蝶成群"下：是谓流丽。

卷八十一

杜甫《奉送郭中丞兼太仆卿充陇右节度使》"和虏犹怀惠，防边讵敢警"下：上句有风，下句伤时。"无复穗帷轻"下：如箭入昭阳至穗帷金碗，愈甚矣，非所忍言。

杜甫《寄彭州高三十五使君适虢州岑二十七长史参三十韵》"词客未能忘"下：物情往往见弃，惟词客未忘耳。"篇终接混茫"下：子美自道，可为悟人。

杜甫《寄岳州贾司马六文巴州严八使君两阁老五十韵》：结语如此，使人意尽。"佳气拂同旋"下：乱来读此十字，哀痛殊生。"厩马解登仙"下：浅事不俗，俗意不俚。"书柜满怀笺"下：才复京，便有此乐，是此时残破巡幸，尚自庶几。"应用酒为年"下：甚言避祸之道，可念。

卷八十二

苏颋《奉和春日幸望春宫应制》"城上平临北斗悬"下：句壮。

卷八十三

崔颢《黄鹤楼》：但以滔滔莽莽有疏宕之气，故胜巧思。

李白《登金陵凤凰台》：开口雄伟脱落，雕饰俱不论，若无后两句，亦不必作，出于崔颢而时胜之以此云。

李白《题东溪公幽居》：律稳丽意。

李白《鹦鹉洲》：犹是凤台余韵，情景觉称，终觉豪胜，此以正平吊正平者。

王维《和贾至舍人早朝大明宫之作》"万国衣冠拜冕旒"下：帖子语，颇不痴重。

李憕《积雨辋川庄作》"阴阴夏木啭黄鹂"下：写景自然，造意又极辛苦。

李憕《春日与裴迪过新昌里访吕逸人不遇》：青山流水自在。

卷八十四

杜甫《城西陂泛舟》"春风自信牙墙动"下：佳处。

杜甫《奉和贾至舍人早朝大明宫》"宫殿风微燕雀高"下：壮丽自是，若非微字清丽，不免痴肥矣，谩发此义。

杜甫《宣政殿退朝晚出左掖》"雪残鸤鹊亦多时"下：佳处自在可想。

杜甫《紫宸殿退朝口号》"花覆千官淑景移"下：从容富丽。"天颜有喜近臣知"下：意外意。

杜甫《曲江》"莫厌伤多酒入唇"下：小纵绳墨，最是倾倒，律诗不甚缚律者。"苑边高冢卧麒麟"下：警策之至，可以动悟，不特丽句而已。

杜甫《曲江对酒》句首四句下：四句亦自恣肆。

杜甫《蜀相》：全首如此一字一泪矣。又云：写得使人不忍读，故以为至。又云：千年遗下此语，使人意伤。

杜甫《野老》句首四句下：句句洗削。"片云何意傍琴台"下：此等亦与人意无异也。

杜甫《和裴迪登蜀州东亭送客逢早梅相忆见寄》"若为看去乱乡愁"下：亦宛要沉着。

杜甫《送韩十四江东省亲》：子美自谓深悲极愁者。

杜甫《玉台观》"石势参差乌鹊桥"下：虽是江境语，有神隽。

杜甫《登楼》：先主庙中乃亦有后主，此亡国者何足祠？徒使人思诸葛梁父之恨而已。《梁甫吟》亦兴废之感也，武侯以之。

杜甫《宿府》"中天月色好谁看"下：上下沉著。

杜甫《秋兴》总评：八诗大体沉雄富丽，哀伤无限，尽在言外，故自不厌，确实小家数不可仿佛耳。其一"丛菊两开他日泪"下：此七字出。其二"听猿实下三省泪"下：语古。其三"信宿渔人还泛泛"下：泛泛无所得也。"刘向经传心事远"下，既前后不相涉，只用二人名，亦莫知其意之所在，落落自可。其五"东来紫气有函关"下：律句有此，自觉雄浑。其七"花萼夹城通御气，芙蓉小苑入道愁"下：两句写幸蜀之怨，怀故京之思，不分远近，如将见其实焉。"锦缆牙樯起白鸥"下：对句耳，不足为雅丽。其八"碧梧棲老凤凰枝"下：语有悲慨可念。"佳人拾翠春相问，仙侣同舟晚更移"下：甚有风韵，春字又胜。

杜甫《咏怀古迹二首》其一首联下：起得磊落。其二"伯仲之间见伊吕，指挥若定失萧曹"下：两语气概别，足掩上句之劣。知己语赞孔明者，不能复出此也。

杜甫《阁夜》：第三四句对看，自是无穷，俯仰可悲。

杜甫《返照》：语不轻易，感恨更多。"归云拥树失山村"下：字字着意。

杜甫《九日登高》：结复郑重。"不尽长江滚滚来"下：句自雄畅。

杜甫《送李秘书赴杜相公幕》"石出倒听枫叶下，橹摇背指菊花开"下：两句皆目击自然而险易天出，极舟行之妙也。

杜甫《小寒食舟中作》"老年花似雾中看"下：意虽索寞，语不寒俭。

卷八十五

钱起《赠阙下裴舍人》：有情有味有体，色深可观。

刘长卿《过贾谊宅》"湘水无情吊岂知"下：怨甚。

刘长卿《献淮宁军节度李相公》"家散万金训士卒，身留一剑答君恩"下：国尔忘家。

卷八十六

韦应物《寓居澧上精舍寄于张二舍人》"生事萧条空掩门"下：寂寞有沉着意。

皇甫曾《早朝日寄所知》"漏声遥在百花中"下：清丽。

卢纶《长安春望》"家在梦中何日到"下：自在。

卢纶《酬畅当嵩山寻麻道士见寄》"渡海传书怪鹤迟，阴洞石幢微有字"下：好。

张南史《陆胜宅秋雨中探韵同前》"已被秋风教忆鲙，更闻寒雨动飞觞"下：物理俱美，情致兼深。

第六节　《世说新语》刘辰翁评点辑校

刘辰翁，辛派词人的后劲，他不仅在诗歌、词、散文创作方面颇具建树，而且其诗文批点种类繁复，现存有 30 余种，内容包括经、史、子、集各个方面。尤其显著的是，他对《世说新语》的评点，开了小说评点之先河，很受后人重视。从《李卓吾评点世说新语补》二十卷中李卓吾的批语在形式上与刘辰翁完全一样可以看出，其小说评点不仅在形式上开启了明清小说评点家的总批、回批、夹批等评点方式，而且在小说美学观念等重要问题上亦开明清诸小说评点家的先河。他在批注《世说新语》时，从思想内容和艺术技巧等方面入手，虽寥寥数语，但很有见地，能很好地引导读者去认识、欣赏与鉴别，对《世说新语》的广泛流传产生了不可低估的作用，对后世的《世说新语》评点家如王世贞、王世懋、杨慎、李贽、袁中道、何良俊、凌濛初等具有重大的影响，其评点已和刘孝标的注释一样，成为《世说新语》中不可缺少的、有价值的组成部分，明末许自昌《樗斋漫录》在评论李卓吾等小说评点时，就推刘辰翁为小说评点的开山祖师，这一称号他是当之无愧的。

现存《世说新语》三卷本、六卷本、八卷本三大版本系统以及《世说新语补》和《李卓吾评点世说新语补》中均收录了大量刘辰翁的评语，共计四百余条，今以《世说新语》次序，广参诸本，辑录刘辰翁的全部评语。文字前的阿拉伯数字是每一节下每一小段的序号。

德行第一 *

1. "大丈夫当为国家扫天下"下：有志性命者，尚无暇试涕，其视天下，又不啻一室矣。

"不见丧主"下又云：此可名酒干矣。鸡酒颇简，斗米何多，万里裹粮，此恐不易。

3. "其器深广，难测量也"下：不浊易见，不清难知，故是能言。"虽清易挹耳"下：本语云：奉高"清而易挹"，四字有味，不宜去。

4. "皆以为登龙门"下：此复何德行。

6. "余六龙下食"下：六龙语鄙。"五百里贤人聚"下：元注有五百里内，复不可少。

7. "不知有功德与无也"下：意是耳，觉此语为烦。

8. "季方难为弟"下：家翁语。

9. "吾辈无义之人，而入有义之国"下：巨伯固高，此贼亦入德行之选矣。

10. 段末：写得可观。

11. "华捉而掷去之"下：捉掷未害其真，强生优劣，其优劣不在此。

12. "去之所以更远"下：名言。

13. "世以此定华、王之优劣"下：阅世而后知其难，赖有此语。管胜华，华复胜王，人不可以无辨。

14. "累迁太保"下：六十而仕，不害其为太保。

15. "未尝臧否人物"下：旷达之人而称其至慎，老贼复自有见也。

16. "未尝见其喜愠之色"下：又与忤物致憎、靳钟会意别。

18. "天之道也"下：此语可入佛经注疏。第已奉不足中表，恨偏。

19. 段末：戎从祖语，似同时。

20. 段末：形容甚至。

24. "同过江"下：两颊所著能几，足哺二儿？儿非甚小，在谷气不绝耳。哀哉！

---

* 序号为每一节下每一小段的序号，有些小段无刘辰翁评点。故序号是不连续的。

25. "尝应人请"下：谓以酒食请之。

27. "是以不如远矣"下：政自畏人知耳，善推其父。

28. "服攸齐衰三年"下：谓系儿树上者，喜谈全侄而甚之也。使其追及，任所能行，何事于系？言系者谬，罪系又非。

30. 段末：谓不欲人名其父交，非也。意必有长短之论。

36. "同子真之意也"下：使人想见其度，益叹其真。后人矜饰旷废，皆当愧死。

37. "谓恐因弹鼠而误发伤人也"下：解误，可笑。"今复以鼠损人"下：此复何足与于《德行》？正应弹鼠，不应弹人。

38. "是以啼耳"下：情真语快。

39. 段末：人生之此，足称寡过，更以尚主为嫌耳。

40. "食常五碗盘"下：五碗即不为少。

41. "时论以次多之"下：如此去官，亦大善。

42. 段末：俗人薄语。正是不得不耳。

43. "即日焚裘"下：恨哉！此母亦以是传。

44. "恭作人无长物"下：无紧无要，有襟有度。

45. 段末：如此细事，写得宛至，更有不厌。

47. "小吴遂大贵达"下：本为二吴孝行，而韩母在焉，善观人者也。

言语第二

1. "先生何为颠倒衣裳"下：奉高如此，不足道。又添一怪。

2. 段末：此语极未易，正是充胜。

5. "复有完卵乎"下：语自可伤。

8. "四座为之改容"下：只知《世说》，自可增入。脱衣无害，但觉度者在前，极是辛苦。彼鼓吏易衣，岂必在前耶？"魏武惭而赦之"下，孔语仓卒为操掩盖，固当有此。

10. "见桢匡坐正色磨石"下：狂宜有此，曹公不得不问。磨石甚奇，匡坐似晚。磨石甚有情致。"谬矣"下：失自责体以教臣悖。

11. "汗不敢出"下：可附滑稽。

14. 段末：不足辱言语之科。

15. "便逐先君归山阳经年"下：为贪慕叔夜至此，情痛可矜。嵇绍

《叙》它感发来历，皆别此。孺子忽忽过一生，惜哉！"恨量小狭"下：本语量狭，文采支离，可恨耳！

16. 段末：语意疏直。

17. "凤兮凤兮，故是一凤"下：佳对。

18. "不足多慕"下：向之此语，如负叔夜。

20. "臣犹吴牛，见月而喘"下：谓其作劳过多，畏见月疑日，若见月而喘，直常语耳。

21. 段末：与前"得一"，皆过本色。

23. "亦超超玄著"下：玄著，犹沉著。

25. "岂以五男易一女"下：一语坦然，敬服敬服。

26. 段末：最得占对之妙，言外谓下盐豉后，尚未止此。第语深约，可以意得，难以俊赏耳。

30. 段末：极鄙而隐。

31. "何至作楚囚相对"下：俯仰情至。

32. "亦复谁能遣此"下：似痴似懒，似多似少，转使柔情易断，非丈夫语。然非我辈，未易能言。

33. 段末：《世说》长处在写一时小小节次，如见、可想。

36. "此复何忧"下：此处大小仿佛。

38. "音飞而实不从也"下：解得精实。

40. "隐数人"下：隐作映解。

41. "此子疲于津梁"下：有味外味。

45. "澄以石虎为海鸥鸟"下：谓玩虎于掌中耳。

46. 段末：启宠纳侮。

47. "有表若此，非无献替"下：表辞甚佳，丈夫本志，反复略尽，复何求哉？若以外臣，辄及君侧，有非可必于深厚流俗近言，非事实。"故不贻陶公话言"下：似厚，似讥。

51. "不彼亲故不泣"下：被亲不被亲，作彼亲不彼亲。"不能忘情故泣"下：非小儿语。

54. "国自有周公"下：谓宜逊会稽王也。

55. "泫然流泪"下：写得沈至正在后八字耳。若止于桓大口语，安得如此凄怆！

56. "从公于迈"下：两得词体。

60. "某在斯"下：似讥不见也。

61. "不觉鸟兽禽鱼自来亲人"下：清言径造。

62. "损欣乐之趣"下：自家潦倒，忧及儿辈，真钟情语也。此少有喻者。

63. "贫道重其神骏"下：高视世外。

64. "自是金华殿之语"下：能言。

65. "是卿何物"下：重一语，故悲苦。

66. "此若天之自高耳"下：深于谈者，有深有浅。其义常解不能尽。

67. 段末：竟似不满。

69. "吾安得不保此"下：不谓真长、玄度有此谬谈。

70. "岂清言致患邪"下：唯谢东山能为此言，他人不近。

71. "未若柳絮因风起"下：有女子风致，愈觉撒盐之俗。

83. "居然有万里之势"下：黯然销魂，直是注情语耳，未在能言。

85. "丹楼如霞"下：董董四字，不直堪妒。

86. "故不如铜雀台上妓"下：此正堕泪之言，人不能识耳。

87. "何其坦迤"下：如此四字，极似无谓，亦有可思。

89. "何常之有"下：甚达。

92. "欲使其生于阶庭耳"下：对易问难，他人无此怀也。

93. 段末：小儿学语，体格未成，利锥书袋，面目可憎。

95. "泪如倾河注海"下：问哭近欸，答故当俳。

96. "不作萧敷艾荣"下：恨甚。

97. "则为许可"下：代佛何，小沙弥故俊。

105. "故当以为接神之器"下：瑚琏者，不患不贵重，有时不可无耳。

108. "将不畏影者"下："将不"犹"将无"也。

政事第三

3. "先父在太丘"下：必无父在称"先父"之理，未可以年十一故意之如此。注书或误来者。"孤法卿父"下：袁公语谬。

4. "然后得释"下：谓以此故下都，不成语。

5. "王济剔嬲不得休"下：谓众人持之，使不知止，此不当在"政事”之目。

6．“冲乃粗下意”下：亦非“政事”。

8．“而况人乎”下：也是“言语”，不当入“政事”。

12．“四座并欢”下：如此为佞，亦足称“政事”耶。

15．“后人当思此愦愦”下：当其时，或自有见，以为政事法则不可。

16．“乃超两阶用之”下：非此解，殆不喻。

17．“待我食毕作教”下：语甚是，然亦非所谓“政事”。

20．“一日万机，那得速”下：一日万机，正得速。

23．“何以为京都”下：此语有可有不可。游手尚可容，军政不可忽也。

24．“更写即奏”下：两得。

文学第四

1．“融果转式逐之”下：式所以卜追也，其兆如此，故知其死而不知其出于逃遁之术也。“贼夫人之子”下：皆其门人互相神圣所传，不足多辩。

5．“便面急走”下：令人畏至此，那得不为所中？

8．“恒训其所不足”下：看得又别。

15．“了不异人意”下：自是读《庄子》法。

16．“那得去”下：此时诸道人乃未知此。此我辈禅也，在达摩前。

18．“将无同”下：“将无同”，正是一言耳，何谓“三”？

19．“将受困寡人女婿”下：此岂王夷甫口中语？可笑，可憎，门市妇所不道。

20．“遂不起”下：却不是“看杀”，是论极。

21．“身今日当与君共谈析理”“身”字下：《世说》身字，时或可厌。

22．“辄翣如生母狗声”下：岂有所不可，故而形容，不服善之态常有此。

25．“南人学问，如牖中窥日”下：牖中窥日外面光，显处视月罅隙透。

28．“取手巾与谢郎试面”下：作如此琐语，又似可厌。

29.　"人当穿卿颊"下：亦是何等往复，传之后世。

30.　"后遂用支理"下：支论有何高妙，而称道甚至？

34.　"忽言及《四本》"下：此《四本论》，钟于户外遥掷，不肯开门迎敌；殷苦汤池铁城，何不云梯仰攻。

35.　"是真人不二法门者也"下：殆未是维摩诘也。

36.　"王都领域"下：领域未喻。

40.　"不辩其理之所在"下：理诚有之，各以辞胜，偏曲未有不通也。

41.　"今日与谢孝剧谈一出来""谈"字下：此何足哉？

42.　"王大惭而退"下：岂无此等，亦秽清流。

43.　"遂止"下：逸少护林公如此，足称沙林，然传之贻笑。

51.　"安可争锋"下：作如此语，更不成文。

52.　"远猷辰告"下：各情性所近，非谢公识量，此语为沓施，谁省？

53.　"即用为太常博士"下：此纤悉曲折，可尚。

55.　"正得《渔父》一篇"下：《渔父》伪书，何足千万？

59.　"便释然"下：果然。

61.　"远公笑而不答"下：不答最是。

62.　"乃至四番后一通"下：言有经纬，至料及三四，非强支持者，却恨不传。

65.　"此乃是君传解"下：两语得反复之妙。

66.　"豆在釜中泣"下："其在釜下燃，豆在釜中泣"十字自然，不待下句。

67.　刘应登评语下：凡称周公，未见既是居摄。"时人以为神笔"下：笔平顺适不少多，谓为惭笔固非，为神语亦谬。

73.　"太叔广甚辩给""广"字下：广，晋宗属。

76.　"林无静树，川无停流"下：八字慨然，不必有所起，不必有所指。"泓峥萧瑟"下："泓峥萧瑟"，乃不成语。

77.　"以'亮'为'润'云"下：作佞之佣。

78.　"见此张缓"下：似谓"此张纸"耳。

80.　"习凿齿史才不常"下："不常"即非常。"性理遂错"下：与奸雄语，正自难，然亦何至狂疾。

87．"此是安石碎金"下：此语无识，列之"文学"亦然。

90．"其傀别名启乎"下：与黄公垆语不多争。

92．"溯流风而独写"下：谈文有法，补句自佳。

94．"彦伯遂以著书"下：是谢公语别。

96．"当令齿舌间得利"下：谓文须利口也。又：谓露布流传，须剪裁浏亮可称颂。

100．"桓胤遂以书扇"下：未造理所。

102．"诔以之成"下：此何难至？粗遣而已。

方正第五

3．"近虽欣圣化，犹义形于色"下："欣圣化"是何等语？"义形于色"不当自言。

4．"亦复无淮"下：语甚感动，节次皆是。

6．"未敢闻命"下：其狎之未必以故，非纳交比。

7．"不可得而杂"下：亦似未见其弟不可。

8．"但见其上，未见其下"下：真"方正"之目也，神志凛然。

15．"时论乃云胜山公"下：直自愧其矮耳，不足言胜。

16．"武帝从之"下：憾而已，非"方正"之选。

20．"卿自用卿法"下：似狎耳，非"方正"也。

22．"衣服复有鬼邪"下：振古绝俗，得意之名言。

24．"义不为乱伦之始"下："乱伦"似为不类耳。

25．"我在遣女裁得尔耳"下：是缠绵语。又：委曲细碎，可观。

26．"阿奴好自爱"下：一样兄弟，厚薄如此。少年凌物，大有以此为方正。奇矫取名，取害心术，亦不得不辨。

27．"径便出"下：斯人于伦好如此，尚足伦名品邪？

29．"讵可便做栋梁自遇"下：劝柱、语柱自佳，语又佳。

30．"时咸谓无缘尔""咸"字下："咸"，恐是人名。

35．"想阁下不愧荀林父耳"下："靳之甚，非相期望也"。

36．"犹憎其眼"下：情誓甚真，宜在朝廷之上。

37．"任人脍截耳"下：小人语，岂识国家大体？见辱"方正"。

38．"众鸟犹恶其眼"下：与前则同，而造次几恶语异，故知记载难。

39. "陶公何为不可放"下：陶语殊横。"明日岂可复屈邪"下：其感激不轻，复自有佳处。

42. "非谓围棋见胜"下：丞相雅量，此年少不让，小伎自多，宜戒。

43. "乃作儿女子相问"下：此却非周嵩比。"请其话言"下：惜不见"话言"以下。

44. "宁可斗战求胜"下：如怒，如笑，"如馨"即如此。

45. "勿为评论宿士"下：此语可，第深公自道不可。

47. "定不如我"下：乃盛德语。亦取其真耳。

50. "会不能用"下：谓我若言，君亦不用。"听讯"谓同坐问囚语。"都不白"，不下意，如不著意。

51. "小人都不可与作缘"下：谓从此作因缘。

52. "不须陶胡奴米"下：恶其人，却其物。

53. "伊便能捉杖打人，不易"下：更无伦理。

54. "伊讵可以形色加人不"下：亦且不成语。

59. "门生辈轻其小儿"下：竟是小儿。

62. "可掷著门外"下：谓薄待大臣也，然殿牌比之蹙乌，掷去，似为不可。

65. "何小子之有"下：捷急语耳，非"方正"。

66. "宾主无愧色"下：索事分耳，非"方正"。

雅量第六

4. "取之，信然"下：当入"凫惠"。

9. "直是暗当故耳"下：孙玄问谭峻所暗书，正合平声。又：暗当似是俗语。今人说熟当，亦疑暗如谙，当上声。

15. "于是胜负始分"下：胜负本不待此，写得祖士少惭怍杀人。

16. "此中亦难得眠处"下：茂弘语谬。

19. "因嫁女与焉"下：晋人风致，著此故为第一。在古人中真不可无。

21. "举蜡烛火掷伯仁"下：仲智傲狠，故无别泪。

23. "此手那可使著贼"下：谓此箭若著贼，则亦当应弦而倒矣。谬喜其射艺之工，以悦安之。又：当时直复难处，苟以悦安之矫情。

24. "意色自若"下：颜之厚耳，非"雅量"。

27. "郗生可谓入幕宾也"下：古人常留此等与后人笑，今人则不然。

29. "乃趣解兵"下：桓自可笑人。

30. "不能为性命忍俄顷"下：与前泛海，各得自在。

31. "二人俱不介意"下：送一僧何至争近至此？子叔小人，语更深狠。

33. "谢奉故是奇士"下：我辈人也。

34. 段末：甚善，我辈所不及。

35. "意色举止，不异于常"下：只如此，本分，本分。

37. "了无此处"下：谓我在位时功之，自认吞虏。

38. "汝故是吴兴溪中钓碣耳"下：语独无取。独钓碣可用。

39. "而王不动"下：何等试法？

40. "适见新文，甚可观"下：甚得体，慢戏，复何足赞？

42. "中国尚虚"下：写得直截可憎，又自如见，人情有此，传闻之秽，小说不厌。

识鉴第七

2. "足为一方之主"下：此语未有喻者。

3. "况可亲之邪"下：名言。

4. "因与诸尚书言孙、吴用兵本意"下：兵不当废，何在孙吴。

5. "生儿不当如王夷甫邪"下：代父致辞。

14. "当在阿母目下耳"下：语甚可悲。

15. "江州当人强盛时，能抗同异"下：英贤独见，为鉴后来，龟不自灵，可伤可鉴戒。江州未必不以灭亲自诡，不知舒后如何？

21. "亦不得不与人同忧"下：此语别见发微者也。与真长说殷浩同。

23. "不得复云为名"下：此语自是。

赏誉第八

8. "如登山临下，幽然深远"下：少得此人。

12. "万物不能移也"下：绝妙举词。

13. "清伦有鉴识，汉元以来未有此人"下：清伦亦不成语。

34. "汝其师之"下：甚善，有味。

42. "差如得上"下：此神气又似矜傲。

45. "辄叹息绝倒"下：可倒。

52. "足散人怀"下：傲也。

65. "真海岱清士"下：此语甚不容易，不特包罩，多风刺。

67. "终为诸侯上客"下：一样语病，此复可可。

69. "庾昌仁为丰年玉"下：好语，有味。

71. 段末：晋语畅处别。

73. "同济艰不者也"下：真稚恭怀抱。

75. "自此以还，无所不堪"下：语自慷慨，第载为人妇父似婿有佳处。

76. "为来逼人"下：问向客，答向客，可观。

79. "可儿、可儿"下：奸雄自相羡，名德乃不之道。

81. "处长亦胜人"下：空函殆智。

84. "人可应无，己必无"下：不及前语。

86. "卿故堕其云雾中"下：有美有讥。

88. "道刘真长'标云柯而不扶疏'"下：比体。

102. "况今乡选，反违之邪"下：悦子自佳。

104. "尚自然令上"下：欲解不可，而可称数。

106. "简文目敬豫为'郎豫'"下：此一字连其人名，如谑如谥，更自高简。

107. "孙遂沐浴此言"下：庾言自佳，沐浴何物？

109. "刘尹知我，胜我自知"下：此亦古人所未道。

121. 段末：费辞说。

122. "王修载乐托之性""托"字下：落魄。

128. "不复使人思"下：此威仪韵度之则，一见而尽。

129. "司州造胜遍决"下：不可解，亦不足取。

131. "故欲太厉"下：何等语。

132. "我家亦以为傲朗"下：一字是病，另一字是德。

134. "文学镞镞"下：镞镞说意正是病。

138. "刘尹茗柯有实理"下：五字最妙。又：大道之极，昏昏默默。

139. "是许允婿"下：作文不知来历，害事。谢公似不通。

140. "天地无知，使伯道无儿"下：诔语如此，千古如生。

145. "勿以开美求之"下：此语疑劝袁勿友殷，自褒其美。

146. "何足乃重"下：不说真长说子敬，晋语高之。"阿见子敬，尚使人不能已"下：此等语不佳。

148. "身正自调畅"下：语不足道，而神情自近，愈见其真。

150. "不有此舅，焉有此甥"下：相佞。

154. "阿大罗罗清疏"下：罗罗，俚语。

155. "常有新意，不觉为烦"下：正是刺讥。

156. "足以映彻九泉"下：苦语痛事。

品藻第九

1. "元礼居'八俊'之上"下：《世说》之作，正在《识鉴》《品藻》两种耳。余备门类，不得不有，亦不尽然。

2. 段末：亦捷急变化语，即骏马所致，亦如此耳。

3. 段末总评：有怀其人。

11. 段末总评：故事。

12. "不知我进，伯仁退"下：未尝不自知。

13. "骐未达而丧"下：故是，福不及耳。

14. "有国士门风"下：两语各可观。

15. "其自有公论"下：此语庾目中无王，王目中无庾。

16. "长舆嵯蘖"下："嵯蘖"犹今言牙槎。又：得体。

18. "王丞相二弟不过江"下：此不过江语，亦隐约。

24. "憎人学问，三反"下：人人同。

26. "恒令人得上"下：得上亦足以发。"正自尔馨"下：有尊谢卑何之意。

27. "可恨唯此一条而已"下：此一条不小。

28. "逸少何缘复减万安邪"下：谓更胜耳。

29. "故是常奴耳"下：语甚有气。

30. "而兼有诸人之美"下：如此更高。

31. "嵇叔夜俊伤其道"下：笃论。

32. "有何不可"下：未足为据。

33. "故当以识通暗处"下：似谓裴暗。又：浅俗。

34. "我与我周旋，宁作我"下：此不肯逊，又不敢敬之意。

35. "自谓此心无所与让也"下：语烦。

37. "正是我辈耳"下：矜而无味。

38. "故当出我下"下：此语能长人格价。

41. "宁为管仲"下：元子欲为管仲，政以家有桓公。

46. "乐令亲授玺绶"下：非谢公问，弘度答，那知许事？

48. "往辄破的，胜我"下：韶令亦属矜持。

49. "那得乃尔失卒情"下：人人有区别，正坐失卒情处，可以为戒。

52. "不能复语卿"下：自佳。

54. "许将北面"下：甚未可也。

56. "江乃自田宅屯"下：不甚可晓。然可用。似谓田宅所屯聚也。

59. "润于林道"下：谁知二贤，只见谢公清润也。

60. "故当攀安提万"下：语强，有意思。

62. "造膝虽不深彻，而缠绵纶至"下：造膝是文谈，可厌。缠绵纶至，可观。

64. "勿学汝兄"下：似佞其子，而党林公。

66. "然已肤立"下：外貌。

67. "恐欲制支"下：便是争名。

70. "庾公自足没林公"下：只是一句。又：便与上句同。

82. "道季诚复钞撮清悟"句"钞撮"下：钞撮，犹掇拾。

规箴第十

4. "朕所以好之"下：乃似有风。

8. "郭氏小为之损"下：悲夫。

9. "口未尝言'钱'字"下：但意不在钱，言钱何害？

11. "命酌酒，一酣"下：一酣，语谬。

12. "时人以为名言"下：终是晋人。

13. "但与君门情"下："门情"字可称。

14. "冰衿而出"下：写得郑重可憎。

15. "至和独无言"下：为尔盛德不难，又看事如何，何徒独无言？

16. "峻遂止"下：谓放火阶乱，语稍不白。

17. "迂谬已甚"下：不论有无故实，甚可发明。

捷悟第十一

3. "所谓'绝妙好辞'也"下：虽经论注，犹觉难解，不知古人何见作此。

4. 段末总评：以上四则，皆德祖之所以可惜、所以致疑也。伤哉！

5. "遂使温峤不容得谢"下：未见桥当断不当断，亦非求酒炙时也。

6. "会稽太守"下：此等，后人不能亮也。又：嘉宾入幕府，岂得已哉？观其处父子间，有足取者。

7. "其悟捷如此"下：小夫之谈，何足言"悟"？

夙惠第十二

2. "魏武知之，即遣还"下：字形、语势皆称，奇事，奇事！

6. "上理不减先帝"下：不尽答而具。

豪爽第十三

1. "语音亦楚"下：王敦楚语。

2. "时人叹焉"下：自是可传，传此者恨少。

4. 段末总评：四则皆处仲，至此欲尽。

5. "今太子西池是也"下：如此，复何请为？

6. "我将三千军，槊脚令上"下：似为槛致之耳，故言俗字，容有通用。

8. "恨卿辈不见王大将军"下：馥心不服桓，故优王亦劣桓，然桓实胜王。

9. "谁能作此溪刻自处"下："溪刻"虽不可知，要是苦语。

10. "而童隶已呼为'镇恶郎'"下：小名镇恶，遂能断疟。第不知当时桓温愧此儿不？

11. "孙伯符志业不遂"下：可叹。

12. "觉一座无人"下：此复何足语人。

13. "梁王安在哉"下：以此为达，可笑。

容止第十四

1. "追杀此使"下：谓追杀此使，乃小说常情。

4. "李安国'颓唐如玉山之将崩'"下：何其开爽。

7. "委顿而反"下：理不犯群妪，何至委顿。

14. "珠玉在侧，觉我形秽"下：觉甥之好。

16. "若不堪罗绮"下：妇人语。

19. "时人谓'看杀卫玠'"下：谓侯见者多，徒欲看耳。

20. "可笑人"下：太白全用此语，似窃似偷。

21. "可作诸许物也"下：诸许，犹言一切也。

24. "唯丘壑独存"下：观此语，元规巍峨可想。

27. "自是孙仲谋、司马宣王一流人"下：英物尔丑。

32. "故自有天际真人想"下：俗语。

33. "此不复似世中人"下：雪中宜尔。

35. "轩轩如朝霞举"下：与"神君"语映。

36. "便自有寝处山泽间仪"下：仪态略似，但不成语。

企羡第十六

1. "赴客皆一作驴鸣"下：不应送客尽能驴鸣。

2. "但欲尔时不可得耳"下：至无紧要语，怀抱相似。

3. "又以己敌石崇"下：敌石崇，亦何等语。伤逝第十七。

9. "寻薨，下都葬焉"下：皆无据，独遗此，第资后人笔墨耳。

16. "人琴俱亡"下：亦是何物语，可用言情。

栖逸第十八

4. "茂弘乃复以一爵假人"下：如云借看。

5. "何必减骠骑"下：古无此语。

7. "今犹有孔郎庙"下：谬得人敬礼似死人，可怪羞，可戒。

10. "少孤如此"下：少孤、名陋皆怪，万年何辜？"万年可死"下：伪病，何死？

11. "后不堪，遂出"下：与后差互，皆惭甚。

13. "故当轻于天下之宝耳"下：小辨有理。

贤媛第十九

4. "亦竟不临"下：赋铜雀复少此咄咄。

16. "范钟夫人之礼"下：两妇著书。

17. "何为逼令自裁"下：减语大毒，害事。

18. "得方幅齿遇"下：方幅者，四面看得一样也。

19. "剉诸荐以为马草"下：富贵可致，此发不可为也。

20. "乃增吾忧也"下：真陶母。

21. "甚有宠，常着斋后"下：斋后著妾。

25. "汝可无烦复往"下：语悉世情，可以省。

26. "不意天壤之中，乃有王郎"下：怨恨至此，我辈所不能道，未可尽非。

27. "汝何以都不复进"下：妇人乃能激发。

30. "自是闺房之秀"下：晋时尼辈亦道此。

术解第二十

2. "实用故车脚"下：薪岂知劳，而烟气亦异耶？

4. "便径渡"下：马犹惜物。

6. "能致天子问耳"下：致问无理，致能来耳。

10. "其精妙如此"下：如此则羊脂可。

11. "于是悉焚经方"下：诊之似达，焚方又隘，无益盛德。

巧艺第二十一

14. 段末总评：正似留谱与后人。

任诞第二十三

13. "卿不得复尔"下：不成语。

17. "无可复用相报"下：市井笑语。

26. "卿可赎我"下：太真赌身奴价。

41. "定是二百五十沓乌檫"下：乌檫不知何物，当是猥语。

43. "每好令左右作挽歌"下：何足为异。

48. 段末总评：与"自远"同。

简傲第二十四

1. "可不与饮酒"下：殆用公荣语调公荣。

5. "卿得种来不"下：北人凌傲有此，然二陆自佳。不闻说刘道真者。

6. "神色自若，旁若无人"下：此鹊子何足以辱？

8. "我何由得相见"下：谢奕如不受驾驭，复以胜嘉。

11. "未知生，焉知死"下：亦似小说书袋子。

12. "阿螭不作尔"下："不作尔"三字极得情态，何必尔。

14. "诸君皆是劲卒"下：甚得骏态。

15. "鼠辈敢尔"下：备极世情，只"儿辈"是，别本作"鼠辈"，非。

17. "怡然不屑"下：兄弟所遭不同，达故自堪。

排调第二十五

14. "所以为宝耳"下：伯仁空洞见嘲。

15. "何足自称"下：二说皆有理，为伯仁难。

24. "卿辈亦那得坐谈"下：此贼终健。

27. "谢乃捉鼻曰"下：此捉鼻，似臭。

29. "夷甫无君辈客"下：不深不浅许。

37. "何必其枪邪"下：何物语？取笑。

46. "沙砾在后"下：二语易位，乃可。

47. 段末总评：羊公鹤可称，甚多甚多。

53. "何不使游刃皆虚"下：韩语别似有味，此处用不得。

60. "后袁山松欲拟谢婚"下：谋婿至矣。

62. "周参军且勤学问"下：谬污。

轻诋第二十六

1. "何有名士终日妄语"下：两可之辞。

6. "何处闻有蔡充儿"下：人之轻诋，更累其父。

9. "而卿今日作此面向人"下：邦国之叹，何必平生？

10. "乃复为之驱驰邪"下：又有谓真长如此者，为人自难。

12. "亦何辱如之"下：却又效袁、伏之袁。

13. "高柔也"下：真长对仁祖语，大是有情，谓偏处言轻，不足为高重耳。高柔误认。别本爱玩贤妻、隐而不遂，极可观。

14. "拙视瞻"下：谓真长酷。

17. "亡兄门未有如此宾客"下：是兴公果不为真长所许也。

18. "举君亲以为难"下：似谓玄度无忠国事耳。"举君亲"，谓忠孝两难也。

20. "孙家儿打折"下："三祖"上三代保留此笛。"虺吊瓦"，若非地名，即不祥短命。

22. "亡祖何至与此人周旋"下：兴公到处为死人所摭。

24. "无复谢语"下：狂托致败。

31. "不可使阿讷在坐头"下：甚恶之之辞。

33. "当复不烝食不"下：说得甚近人意。

假谲第二十七

1. "偷儿在此"下：仓促出词，又难。

2. "乘此得及前源"下：华池解渴之妙，存想有功。

3. "遂斩之"下：文字中留此，鬼当夜哭。

5. "剑至果高"下：自非露卧，剑至即上，又不知迁以避之。小说多巧。

8. "陶不觉释然"下：陶审自知。

11. "其谓无乎"下：以无救饥。

13. "故来省视"下：真有如此强口者，《世说》虽鄙，然种种备。

14. "得即烧之"下：为大人，故难。

黜免第二十八

2. "公闻之怒"下：此怒亦何可少。

4. "敕令免官"下：二怒皆可观。

6. "不能不恨于破甑"下：甚真。

7. "请避贤路"下：桓终可告语者，岂唯不忤而已。

俭啬第二十九

8. "兼有治事"下：小说取笑，陶未易愚。

9. "惊怪不能已已"下：吾见嘉宾，每有可喜。

汰侈第三十

1. "何预卿事"下：绝无斩人劝饮，血当盈庭矣。

6. "一哜便去"下：以此为快，是略无吝惜意也，要亦君夫杀之。

8. "以铁如意击之"下：此乃足为戏耳。

11. "王遂杀啖"下：与君父速之同。

12. "于此改观"下：何足改观？

忿狷第三十一

4. "知颜子为贵"下：于此识彦道。

6. "多矜咳"下："矜咳"二字，极不成语，然极有似。

7. "便各于裙带绕手"下：何物俗状。

8. "与诸从兄弟各养鹅共斗"下：不闻斗鹅何如。

谗险第三十二

3. "自可别诏召也"下：情理具是。

4. "谗言以息"下：小人奸态殊未易绝畏哉。

尤悔第三十三

1. "须臾，遂卒"下：丕安得为人？太后所以不哭也。

3. "可复得乎"下：三世将忌如此。

4. "所以卒无所建"下：意气不足恃，须是规模宏远，其可鉴也。

5. "不可复使羌人东行"下：导亦为此言耶？

6. "当取金印如斗大系肘后"下：不任受德可也，尔时当以取金印语为怨，非不幸也。"幽冥中负此人"下：非茂弘不闻此言。

8. "因为流涕"下：虽无有益，可以得人。

9. "峤绝裾而去"下：语晦昧，略不可晓。不知绝裾之是非。

10. "遂发背而卒"下：初不自知才品功业所称，两千石不自足，以燥死。

　　11. "宿命都除"下：思旷如此，复何足道？

　　13. "亦不足复遗臭万载邪"下：此等较有俯仰，大胜史笔。

　　16. "贤于让扬之荆"下：谈者刻薄，岂非更让荆耶？

纰漏第三十四

　　1. "谓是干饭"下："干饭"语赘。

　　4. "下饮"下：下饮谓设茶也。人才失志，此比甚多。

　　7. "寻当有所上献"下：如此谬，子孙之羞也。

　　8. "卿何以误人事邪"下：传闻亦不可无。

惑溺第三十五

　　3. "生载周"下：周岁也。

仇隙第三十六

　　5. "以凌辱之"下：右军审尔，非令德。"蓝田密令从事数其郡诸不法"下：右军为郡有不法耶？

结　　语

　　刘辰翁的评点历来毁誉参半，指责批评的如明人宋濂《杜诗举隅序》云："子美之诗，不白于世者五百年矣。近代庐陵大儒（刘辰翁）颇患之，通集所（用）事实，别见篇后，固无缴绕猥杂之病，未免轻加批抹，如醉翁呓语。终不能了了。"① 清人钱谦益《注杜诗·略例》也道："辰翁之评杜也，不识杜之大家数……而点缀其尖新俊冷单词只字，以为得杜骨髓，此所谓一知半解也。"② 黄生亦说："杜诗莫谬于虞注，莫莽于刘评。例如黄鹤、梦弼之类，纰缪虽多，然其名不甚著，人亦未尝称之，惟刘与虞公然于评诗得名，反得附杜公不朽，是可恨也。"③ 此种评判显然过于苛刻。明人胡应麟和清人贺裳的评价比较公允："刘辰翁评诗，有独到之见，然亦时溺宋人。"④ "须溪评诗极佳，然亦有过当处。"⑤ 在他的评点中的确存在不少缺憾与不足，根据其子刘将孙《刻长吉诗序》的记载，刘辰翁从事评点是在德祐乙亥以后，他在短短的时期内以一人之力，一下子评点那么多作家、作品，有贪多务博之嫌，有一些批语很难说是严谨科学的评价，对有些作家、作品的评点，不免草率，如对《阴符经》的批点就是草草收场，全书只有五条批语。对王安石诗的评点也有类似的毛病，前十卷评点很多，而后 40 卷则很少，给人以虎头蛇尾之感。因其评点的数量十分庞大，在评点中又重复出现很多大同小异的批语，几成套语，显得雷同而缺乏新意。从他的批语中，我们还知道，由于他是随读随

---

　　① 宋濂：《宋文宪公全集》卷一七，《四部备要》本。
　　② 钱谦益：《钱注杜诗》，上海古籍出版社 1979 年版，第 4 页。
　　③ 黄生：《杜诗概说》，《四库全书存目丛书》集部五，第 340 页。
　　④ 胡应麟：《诗薮》，第 121 页。
　　⑤ 贺裳：《载酒园诗话》，《清诗话续编》本，第 258 页。

批，即兴感悟，这是感性的认识而非理性的思考，属于印象式批评，显得零乱、琐碎，故缺乏系统和条理。因评点这种批评方式具有浓厚的主观因素，掺杂着个人的兴趣爱好，缺乏规范和限制，随意性太强，过于自由散漫，因此对于体会多的诗，他逐句加批，而于无甚体会的诗，只批两三字或三四字，甚至不加批语。有时他会从文章中的一二妙语生发开去，抛开作品的实际，割裂文义，横加发挥。其批语中亦有不少偏激不当之处，存在主观臆断、以偏概全的不足。刘辰翁的评点多属于字、词、句的批评，他采用分割式的方法，属于一种个别、局部、片段的批评，他在评点中往往不顾作品与作者的关系，有时甚至不太考虑于作品其他部分的关系，很少对诗人、作品的整体风格、特色进行全面的关照，也较少对文学现象进行规律的总结，缺乏自觉的圆融整体意识，很难给读者留下全面完整的印象。刘辰翁的评语大多是寥寥数语，不足以钩玄提要，阐发文学作品的精髓，他评点中所用的一些常用术语，如"好""妙""高""深""浅""老"等，过于简略，显得笼统、含糊、空泛而不具体，几乎是滥词套语，很难触及作品内部的实质和精髓，也不能给读者提供有益的启示和诱导，起不到"通作者之意，开览者之心"的作用。在他的评点中还有一些晦涩难懂的批语，四库馆臣即批评"其点论古书，尤好为纤诡新颖之词，实于数百年前预开明末竟陵一派"① 是很有道理的。此外，由于刘辰翁对作品是反复阅读，多次评点，使读者很难把握其中的规律，只有相互参照他的旧评和新批，才能看出他对作品的全面评价。

---

① 　永瑢等：《四库全书总目》，第 1409 页。

参考文献

（以书名汉语拼音为序）

A

（清）张金吾：《爱日精庐藏书志》，《清人书目题跋丛刊》（四），中华书局 1990 年版。

B

（宋）倪思著，刘辰翁评：《班马异同评》，续四库全书本。

（清）沈得寿：《抱经楼藏书志》，《清人书目题跋丛刊》（五），中华书局 1990 年版。

C

《沧浪须溪评点李杜诗》，明万历间刊本。

莫友芝著，傅增湘订补：《藏园订补邵亭知见传本书目》，中华书局 1993 年版。

傅增湘：《藏园群书经眼录》，中华书局 1983 年版。

《陈与义诗集》，中华书局 1982 年版。

《成都杜甫草堂收藏杜诗书目》，巴蜀书社 1981 年版。

（明）许自昌：《樗斋漫录》，续修四库全书本。

唐圭璋编：《词话丛编》，中华书局 1986 年版。

李复波编：《词话丛编索引》，中华书局 1991 年版。

《词林记事》，张思岩辑，成都古籍书店 1982 年版。

王兆鹏：《词史史料学》，中华书局 2004 年版。

唐圭璋：《词学论丛》，上海古籍出版社 1986 年版。

祁光录：《词艺术研究》，湖南教育出版社 2003 年版。

D

（汉）戴德著，（宋）刘辰翁评：《大戴礼记》，明朱养纯花斋刻本。

（清）杨绍和：《订补海源阁书目五种》，王绍曾、崔国光等整理订补，齐鲁书社 2002 年版。

孟元老等：《东京梦华录　都城记盛　西湖老人繁盛录　梦粱录　武林旧事》，中国商业出版社 1982 年版。

周采泉：《杜集书录》，上海古籍出版社 1986 年版。

杜甫撰：《杜诗详注》，仇兆鳌注，中华书局 1982 年版。

洪业、聂崇岐、李书春、赵丰田、马锡用：《杜诗引得》，上海古籍出版社 1985 年版。

G

（清）赵翼：《陔余丛考》，河北人民出版社 1990 年版。

张宏生：《感情的多元选择——宋元之际作家的心灵活动》，现代出版社 1990 年版。

《稿抄本明清藏书目三种》，北京图书馆出版社 2003 年版。

钱钟书：《管锥编》，中华书局 1986 年版。

（元）欧阳玄：《圭斋文集》，四部丛刊本。

（宋）周密：《癸辛杂识》，中华书局 1986 年版。

H

（清）沈曾植：《海日楼札丛》，中华书局 1962 年版。

《合刻宋刘须溪点校书九种》，明天启年间刻本。

（宋）刘克庄：《后村先生大全集》，《四部丛刊初编》本。

J

《集千家注批点补遗杜工部诗集》，台北大通书局 1974 年版。

谬荃孙、吴昌绶、董康：《嘉业堂藏书志》，复旦大学出版社 1997 年版。

（宋）辛弃疾，邓广铭注：《稼轩词编年笺注》，中华书局 1981 年版。

李贺著、吴正子笺注、刘辰翁评点：《笺注评点李长吉歌诗》，《四库全书》本。

《笺注评点李长吉歌诗》，《四库全书》本。

伍晓蔓：《江西宗派研究》，巴蜀书社 2005 年版。

《揭傒斯全集》，上海古籍出版社 1985 年版。

K

高津孝：《科举与诗艺——宋代文学与士人社会》，上海古籍出版社 2005
年版。

马茂军、张海沙：《困境与超越——宋代文人心态史》，河北教育出版社
2001 年版。

L

王友胜、李德辉校注：《李贺诗集注》，岳麓书社 2003 年版。

吴企明编：《李贺研究资料汇编》，中华书局 1994 年版。

杨燕起、陈可青、赖长扬编：《历代名家评〈史记〉》，北京师范大学出版
社 1986 年版。

（清）何文焕辑：《历代诗话》，中华书局 1981 年版。

（清）丁福保辑：《历代诗话续编》，中华书局 1983 年版。

程千帆、吴新雷：《两宋文学史》，上海古籍出版社 1998 年版。

段大林校点：《刘辰翁集》，江西人民出版社 1987 年版。

《刘须溪评点孟东野诗集》，明凌濛初刻朱墨套印本。

（清）刘大櫆、吴德旋、林纾：《论文偶记　初月楼古文绪论　春觉斋论
文》，人民文学出版社 1959 年版。

M

王重民辑录、袁同礼重校：《美国国会图书馆藏中国善本书目》，文海出
版社 1972 年版。

佟培基笺注：《孟浩然集注笺注》，上海古籍出版社 2000 年版。

钱鸿瑛著：《梦窗词研究》，上海古籍出版社 2005 年版。

杜信孚纂辑：《明代版刻综录》，周光培、蒋孝达参校，江苏广陵古籍刻
印社 1983 年版。

冯惠民、李万健编：《明代书目题跋丛刊》，书目文献出版社 1994 年版。

N

王伟勇：《南宋词研究》，台北文史哲出版社，民国七十六年。

张智华：《南宋的诗文选本研究》，北京师范大学出版社 2004 年版。

何忠礼、徐吉军：《南宋史稿》，杭州大学出版社 1999 年版。

方勇：《南宋遗民诗人群体研究》，人民出版社 2000 年版。

（清）赵翼：《廿二十史劄记校正》，中华书局 1984 年版。

P

田玉琪：《徘徊于七宝楼台——吴文英词研究》，中华书局 2005 年版。

Q

（宋）周密：《齐东野语》，中华书局 1986 年版。

黄虞稷：《千顷堂书目》，上海古籍出版社 1990 年版。

钱谦益：《钱注杜诗》，上海古籍出版社 1958 年版。

（元）陆文圭：《墙东类稿》，四库全书本。

（清）王夫之等撰：《清诗话》，上海古籍出版社 1999 年版。

郭绍虞编选：《清诗话续编》，富寿荪校点，上海古籍出版社 1983 年版。

李修生主编：《全元文》，第 10 册、第 20 册，江苏古籍出版社 2002 年版。

（元）袁桷：《清容居士集》，四部丛刊本。

R

严绍璗：《日本藏宋人文集善本钩沉》，杭州大学出版社 1996 年版。

（清）杨守敬：《日本访书志》，辽宁教育出版社 2003 年版。

（宋）洪迈：《容斋随笔》，上海古籍出版社 1996 年版。

S

（宋）阮阅：《诗话总龟》，人民文学出版社 1987 年版。

（宋）魏庆之：《诗人玉屑》，上海古籍出版社 1959 年版。

（明）胡应麟：《诗薮》，上海古籍出版社 1979 年版。

（南朝）刘义庆：《世说新语汇校集注》，刘孝标注，朱铸禹汇校集注，上
    海古籍出版社 2002 年版。

王能宪：《世说新语研究》，江苏古籍出版社 1992 年版。

陈自力：《释惠洪研究》，中华书局 2005 年版。

（清）叶得辉：《书林清话》，中华书局 1957 年版。

《四库辑本别集拾遗》，栾贵明辑，中华书局 1983 年版。

（清）永瑢等：《四库全书总目》，中华书局 1965 年版。

（清）潘永因：《宋稗类钞》，书目文献出版社 1985 年版。

张希清：《宋朝典章制度》，吉林文史出版社 2001 年版。

（宋）江少虞：《宋朝事实类苑》，上海古籍出版社 1982 年版。

谢桃坊：《宋词辨》，上海古籍出版社 1998 年版。

谢桃坊：《宋词概论》，四川人民出版社 1990 年版。

唐圭璋：《宋词纪事》，上海古籍出版社 1982 年版。

上疆村民选编：《宋词三百首笺注》，唐圭璋笺注，上海古籍出版社 1979
　年版。

张惠民编：《宋代词学研究资料汇编》，汕头大学出版社 1993 年版。

程民生：《宋代地域文化》，河南大学出版社 1997 年版。

萧东海编注：《宋代吉安名家诗词文选》，江西高校出版社 2001 年版。

杨庆存：《宋代散文研究》，人民文学出版社 2002 年版。

张思齐：《宋代诗学》，湖南人民出版社 2000 年版。

周裕锴：《宋代诗学通论》，巴蜀书社 1997 年版。

姚瀛艇：《宋代文化史》，河南大学出版社 1992 年版。

孙望等：《宋代文学史》，人民文学出版社 1996 年版。

张毅：《宋代文学思想史》，中华书局 1995 年版。

王水照主编：《宋代文学通论》，河南大学出版社 1997 年版。

张毅编：《宋代文学研究》，北京出版社 2001 年版。

蒋述卓等编：《宋代文艺理论集成》，中国社会科学出版社 2001 年版。

（清）万斯同：《宋季忠义录》，《四明丛书》本。

顾易生等：《宋金元文学批评史》，上海古籍出版社 1996 年版。

祝尚书：《宋人别集叙录》，中华书局 2002 年版。

王岚：《宋人文集编刻流传丛考》，江苏古籍出版社 2003 年版。

（清）丁传靖：《宋人轶事汇编》，中华书局 1981 年版。

《宋人总集叙录》，中华书局 2004 年版。

郭绍虞辑：《宋诗话辑佚》，中华书局 1980 年版。

郭绍虞：《宋诗话考》，中华书局 1979 年版。

吴文治主编：《宋诗话全编》，江苏古籍出版社 1998 年版。

（清）厉鹗：《宋诗纪事》，上海古籍出版社 1983 年版。

钱钟书选注：《宋诗选注》，人民文学出版社 1982 年版。

（元）脱脱等：《宋史》，中华书局 1977 年版。

（明）陈邦瞻：《宋史纪事本末》，中华书局 1977 年版。

陆心源辑撰：《宋史翼》，中华书局 1986 年版。

朱迎平：《宋文论稿》，上海财经大学出版社 2003 年版。

沙灵娜选注：《宋遗民词选注》，巴蜀书社 1995 年版。

（明）程民政：《宋遗民录》，《知不足斋丛书》本。

欧阳光：《宋元诗社研究丛稿》，广东高等教育出版社 1996 年版。

（清）黄宗羲：《宋元学案》，全祖望补修，中华书局1986年版。

罗立刚：《宋元之际的哲学与文学》，复旦大学出版社1999年版。

孔凡礼点校：《苏轼诗集》，中华书局1982年版。

刘尚荣：《苏轼著作版本论丛》，巴蜀书社1988年版。

T

钱钟书：《谈艺录》，中华书局1984年版。

乔象钟、陈铁民主编：《唐代文学史》，人民文学出版社1995年版。

万曼：《唐集叙录》，中华书局1980年版。

陈伯海主编：《唐诗汇评》，浙江教育出版社1995年版。

吴熊和主编：《唐宋词汇评》，浙江教育出版社2004年版。

唐圭璋：《唐宋词简释》，上海古籍出版社1981年版。

刘扬忠：《唐宋词流派论》，福建人民出版社1999年版。

吴熊和：《唐宋词通论》，浙江古籍出版社1998年版。

俞平伯选释：《唐宋词选释》，人民文学出版社1979年版。

龙榆生选：《唐宋名家词选》，上海古籍出版社1980年版。

（明）胡震亨：《唐音癸签》，上海古籍出版社1981年版。

（清）于敏中、彭元瑞等：《天禄琳琅书目　天禄琳琅书目后编》，《清人书目题跋丛刊》（十），中华书局1995年版。

徐子方：　《挑战与抉择——元代文人心态史》，河北教育出版社2001年版。

（宋）胡仔：《苕溪渔隐丛话》，人民文学出版社1962年版。

（清）瞿镛：《铁琴铜剑楼藏书目录》，《清人书目题跋丛刊》（三），中华书局1990年版。

W

（清）耿文光：《万卷精华楼藏书记》，《清人书目题跋丛刊》（九），中华书局1993年版。

《王荆文公诗李壁注》，上海古籍出版社1993年版。

刘辰翁评点：《王孟诗评》，清光绪五年巴陵方氏碧琳琅馆刊朱墨印本。

（唐）王维著，（清）赵殿成笺注：《王右丞集笺注》，上海古籍出版社1984年版。

（宋）陈骙、李涂：《文则　文章精义》，人民文学出版社1960年版。

（明）吴讷、徐师曾：《文章辨体序说　文体明辨序说》，人民文学出版社

　　1962 年版。

周裕锴：《文字禅与宋代诗学》，高等教育出版社 1998 年版。

（元）吴澄：《吴文正公集》，《四库全书》本。

X

（明）田汝成：《西湖游览志》，上海古籍出版社 1980 年版。

（明）田汝成：《西湖游览志余》，上海古籍出版社 1998 年版。

叶德辉：《郋园读书志》，上海古籍出版社 2010 年版。

沈治宏、刘琳：《现存宋人著述总录》，巴蜀书社 1995 年版。

（清）王士祯：《香祖笔记》，上海古籍出版社 1982 年版。

吴企明注：《须溪词》，上海古籍出版社 1998 年版。

（宋）陆游著，刘辰翁评选：《须溪精选陆放翁诗集后集》，四部丛刊本。

《须溪评点选注杜工部诗》，明刻本。

《须溪评点选注杜工部诗》，明正德四年云根书屋刻本。

《须溪先生批点孟浩然集》，明凌濛初刻套色印本。

（唐）王维著，（宋）刘辰翁评点：《须溪先生校本唐王右丞集》，四部丛
　　刊本。

《须溪先生校点韦苏州集》，明凌濛初刻朱墨套印本。

（清）毕沅：《续资治通鉴》，中华书局 1957 年版。

（元）程钜夫：《雪楼集》，四库全书本。

Y

（元）刘将孙：《养吾斋集》，《四库全书》本。

（清）陆心源：《仪顾堂题跋》，《清人书目题跋丛刊》（二），中华书局
　　1990 年版。

（清）刘熙载：《艺概》，上海古籍出版社 1979 年版。

查洪德：《元代文学文献学》，中国社会科学出版社 2002 年版。

顾嗣立编选：《元诗选》，中华书局 1987 年版。

（清）雒竹筼遗著，李新乾编补：《元史艺文志辑本》，北京燕山出版社
　　1999 年版。

（汉）袁康著，（宋）刘辰翁评点：《越绝书》，明万历间刻本。

（元）戴表元：《剡源戴先生文集》，四部丛刊本。

（明）宋濂等：《元史》，中华书局 1976 年版。

Z

邵懿辰撰：《增订四库简明目录标注》，邵章续录，上海古籍出版社 1979
　年版。

张人凤编《张元济古籍书目序跋汇编》，商务印书馆 2003 年版。

（清）周中孚：《郑堂读书记》，《清人书目题跋丛刊》（八），中华书局
　1993 年版。

《中国版刻图录》，文物出版社 1960 年版。

杨绳信：《中国版刻综录》，陕西人民出版社 1987 年版。

谢桃坊：《中国词学史》，巴蜀书社 2003 年版。

《中国丛书综录》，上海古籍出版社 1982 年版。

《中国风俗通史》（宋代卷），上海文艺出版社 2001 年版。

张伯伟：《中国古代文学批评方法研究》，中华书局 2002 年版。

《中国古籍善本书目·经部、史部、子部、集部、丛部》，上海古籍出版
　社 1989—1998 年陆续出版。

《中国科学院图书馆藏中文古籍善本书目》，科学出版社 1994 年版。

王重民：《中国善本书提要》，上海古籍出版社 1983 年版。

于立君、王安节：《中国诗文评点史研究》，时代文艺出版社 2001 年版。

陈伯海主编：《中国诗学史》（宋金元卷），鹭江出版社 2002 年版。

袁行霈主编：《中国文学史》（第三册），高等教育出版社 1999 年版。

参考论文（以发表时间先后为序）

缪钺：《灵谿词说（续十三）——论文天祥词、论刘辰翁词》，《四川大学
　学报》（哲学社会科学版）1985 年第 3 期。

杨星映：《刘辰翁在中国古代小说批评史上的地位》，《重庆师范学院学
　报》（哲学社会科学版）1986 年第 4 期。

陈金泉：《刘辰翁小说评点的美学思想》，《江西社会科学》1990 年第
　1 期。

吴企明：《刘辰翁年谱》，《中国韵文学刊》1990 年第 2 期。

周文康：《刘辰翁生卒年考辨》，《贵州教育学院学报》（社会科学版）
　1995 年第 3 期。

田芳：《〈须溪词〉论》，《吉首大学学报》（社会科学版）1996 年第 1 期。

周兴陆：《刘辰翁诗歌评点的理论和实践》，《华中师范大学学报》（哲学

社会科学版）1996 年第 2 期。

刘宗彬：《刘辰翁年谱》，《吉安师专学报》1997 年第 3 期。

孙琴安：《刘辰翁的文学评点及其地位》，《天府新论》1997 年第 6 期。

郭延龄：《山中岁月海上情——辛派词人刘辰翁和他的［柳梢青］〈春感〉》，《榆林高等专科学校学报》1998 年第 3 期。

李璞：《刘辰翁三年飘流行迹补考》，《华东师范大学学报》（哲学社会科学版）2000 年第 2 期。

李璞：《由"二语外率鄙俚"谈开去——论刘辰翁对于词语言风格的主张》，《中国韵文学刊》2001 年第 1 期。

李璞：《论刘辰翁对稼轩范型的总结、继承与发展》，《湖南大学学报》（社会科学版）2001 年第 2 期。

萧庆伟：《〈须溪词〉人物交游初考》，《赣南师范学院学报》2002 年第 1 期。

邱昌员、黄敏、谢精兵：《凤林书院词人群体略论》，《赣南师范学院学报》2002 年第 2 期。

汤江浩：《论刘辰翁评点荆公诗之理论意蕴》，《华中科技大学学报》（社会科学版）2003 年第 1 期。

朱丽霞：《刘须溪对辛稼轩的接受》，《同济大学学报》（社会科学版）2003 年第 6 期。

张静：《刘辰翁杜诗批点本的三种形态》，《杜甫研究学刊》2004 年第 1 期。

霍有明、牛海蓉：《刘辰翁暮年词作论》，《陕西师范大学学报》（哲学社会科学版）2004 年第 1 期。

曹辛华：《论刘辰翁的小说评点修辞思想——以〈世说新语〉评点为例》，《山东师范大学学报》（人文社会科学版）2004 年第 2 期。

陈海娟：《宋代元夕词探微》，《淮海工学院学报》（人文社会科学版）2004 年第 3 期。

顾宝林：《刘辰翁咏春词的意蕴解读》，《江西教育学院学报》2004 年第 4 期。

沈家庄、顾宝林：《遗民执杖唐巾起——论刘辰翁词作遗民心态特征》，《广西大学学报》（哲学社会科学版）2004 年第 6 期。

余靖静：《〈名儒草堂诗余〉新论》，《浙江大学学报》（人文社会科学版）

2004 年第 6 期。

张静：《刘辰翁有意评点过词吗?》，《江西社会科学》2004 年第 12 期。

廖泓泉：《节令词　招魂曲——简论刘辰翁节令词的特点》，《内蒙古财经
　学院学报》（综合版）2005 年第 1 期。

刘明今、杜娟：《刘辰翁父子与宋元之际江西文坛》，《文学遗产》2005
　年第 4 期。

附录一 有关刘辰翁评点的研究论文

杨星映：《刘辰翁在中国古代小说批评史上的地位》，《重庆师范学院学报》（哲学社会科学版）1986年第4期。

陈金泉：《刘辰翁小说评点的美学思想》，《江西社会科学》1990年第1期。

周兴陆：《刘辰翁诗歌评点的理论和实践》，《华中师范大学学报》（哲学社会科学版）1996年第2期。

孙琴安：《刘辰翁的文学评点及其地位》，《天府新论》1997年第6期。

汤江浩：《论刘辰翁评点荆公诗之理论意蕴》，《华中科技大学学报》（社会科学版）2003年第1期。

张静：《刘辰翁杜诗批点本的三种形态》，《杜甫研究学刊》2004年第1期。

曹辛华：《论刘辰翁的小说评点修辞思想——以〈世说新语〉评点为例》，《山东师范大学学报》（人文社会科学版）2004年第2期。

张静：《刘辰翁有意评点过词吗?》，《江西社会科学》2004年第12期。

宗瑞冰：《评点视野下的孟浩然诗歌艺术——以刘辰翁评点孟浩然诗为例》，《殷都学刊》2005年第4期。

赵爱荣、焦印亭：《刘辰翁评点王维诗著作叙录》，《现代语文》2011年第8期。

焦印亭：《刘辰翁批点杜甫诗论略》，《杜甫研究学刊》2008年第1期。

焦印亭：《徐渭评批李贺诗探析》，《天中学刊》2008年第1期。

焦印亭:《文学评点的奠基人——刘辰翁》,《古典文学知识》2008年第2期。

焦印亭:《刘辰翁评批李贺诗探析》,《南昌高专学报》2008年第2期。

焦印亭:《刘辰翁评点杜甫诗版本叙录》,《杜甫研究学刊》2009年第3期。

附录二 高楚芳与其《集千家注批点杜工部诗》

一 高楚芳其人其书

杜诗研究宋元之际号称"千家注杜","千家注杜"之说与一部书密切相关,此书就是高楚芳的《集千家注批点杜工部诗》,又名《集千家注杜诗》或题《刘辰翁批杜诗》。该书元、明、清三代不断翻刻,流传很广,影响深远,是所有《集千家》本的祖本。周采泉曾云:"高本自元迄今,嬗递至六百余年,翻刻不绝,远胜于黄鹤、徐宅、蔡梦弼各家注。所以高本在杜诗校刻史上,实可成一脉相承之完整系。"①

高楚芳(1255—1308),生平传记资料见诸刘将孙《养吾斋集》卷三十一《高楚芳墓志铭》。高楚芳,名崇兰,字楚芳,号芳所,安成人。生宝祐乙卯(1255)四月二十四日,卒元至大戊申(1308)八月七日,年五十四,刘辰翁门人。刘辰翁之子刘将孙《高楚芳墓志铭》云:"高氏派汴,来自吉水,归仙分泰溪,又从嘉林徙至桔山十一世。始大,及事朱南山、文丞相、吾先君子须溪先生。""芳所名崇兰,字楚芳,眉宇有俊意,自少即洒脱颖异。在师不烦橘山加意择所从。……喜交乡大夫先生,无不得其爱重。里名辈困乏,时而周之。"② 高崇兰曾跟从晏镐民学诗,学成之后科举废除,遂退居乡里,专心著述。

高楚芳的另一业师刘辰翁是杜诗研究史上的一个大家,一生对杜诗用力最多,其子刘将孙曾云:"先君子须溪先生……平生屡看杜集……他评

---

① 周采泉:《杜集书录》,上海古籍出版社1986年版,第101页。
② 刘将孙:《养吾斋集》卷三十一,《文渊阁四库全书》本。

泊尚多，批点皆各有意，非但谓其佳而已。"① 刘辰翁从事文学评点除了"纤思寄怀"，其次就是教授门生儿子的需要，这在其评点的批语中有明确的记载：《集千家注批点·补遗杜工部诗集》卷五《秦州杂诗二十首》其二："苔藓山门古，舟青野店空。月明垂夜露，云逐度溪风"句下刘辰翁评曰："可言云逐风，不可风逐云，诗才不须如此，评以喻儿辈。"② 其子刘将孙在《笺注王荆文公诗序》中亦言："先君子须溪先生于诗喜荆公，尝评点李注本，删其繁，以付门生儿子。"③ 因此，台静农在论及刘辰翁评点时，曾这样写道：

辰翁生当宋末，其诗学不免受"四灵""江湖"余风的影响，境界不高。而其所以专事评点者，则因国亡隐遁家居，以次教授后生，如其子将孙所说"以付门生儿子"……④

高楚芳与刘辰翁两家"姻亲交往以世"，刘辰翁曾为高氏十一世先祖橘山公题墓，而刘将孙又为高崇兰撰写墓志铭，可见交往之深。高崇兰投在刘辰翁门下虚心受教，濡染颇深。刘辰翁曾选批杜诗编成《兴观集》，因未能刊行，现已亡佚。刘辰翁的另一门人罗履泰曾在高崇兰之前也曾编过《须溪批点选注杜工部诗》，可见刘辰翁的杜诗研究深得弟子辈的认可。因此高楚芳编刻杜甫诗歌，即取《兴观集》及未收入此集的刘氏批语，复选录杜集旧注，编成此书。其中收录了其师刘辰翁的诸多评点，此本所集注家多本于蔡梦弼本与黄鹤本，其价值全在于批点。故书成之后高楚芳又请刘辰翁之子刘将孙作序：

有杜诗来五百年，注者以二三百数。然无善本，至或伪苏注，谬妄钳劫可笑。自或者谓少陵诗史，谓少陵一饭不忘君，于是注者深求而强附，句句字字必附会事实曲折，不知其所谓史、所谓不忘者，公之天下，寓意深婉，初不在此。诗有风有隐，工部大雅，与三百篇相望，讵有此心胸哉？此岂所以为少陵！第知肤隐，以为忠爱，而不知

---

① 刘将孙：《杜工部诗集序》，《集千家注批点补遗杜工部诗集》卷首，台北大通书局1974年版。
② 《集千家注批点补遗杜工部诗集》卷五，台北大通书局1974年版。
③ 李壁：《笺注王荆文公诗》，中国国家图书馆藏元大德五年（1301）王常刻本。
④ 台静农：《记王荆公诗集李壁注的版本》，《台静农论文集》，安徽教育出版社2002年版，第163页。

陷于险薄，凡注诗尚意者，又蹈此弊，而杜集为甚。诸后来忌诗、妒诗、疑诗、开诗祸，皆起此而莫之悟，此不得不为少陵辨之也。先君子须溪先生，每浩叹学诗者各自为宗，无能读杜诗者，类尊丘垤，而恶睹昆仑。平生屡看杜集，既选为《兴观集》，他评泊尚多，批点皆各有意，非但谓其佳而已。高楚芳类粹刻之，后删旧注无稽者、泛滥者，特存精确必不可无者，求为序以传。坡公谓杜诗似《史记》，今闻者持以坡语，大不感异，竟无能知其所以似《史记》者。予欲著之此，又似评杜诗为懵。独为注本言之：注杜诗如注《庄子》，盖谓众人事、眼前语，一出尽变。事外意、以外事，一语而破无尽之书，一字而含无涯之味。或可评不可注，或不必注，或不当注。举之不可偏，执之不可著，常辞不极于情，故事不给予弗也。然讵能能尔尔。是本净其繁芜，可以使读者得于神，而批评摽掇足使灵悟，故草堂集之郭象本矣。楚芳于是注，用力勤、去取当、校正审，贤他本草草籍吾家名以欺者甚远。相之者，吾门刘郁云。大德癸卯冬庐陵刘将是尚友书。①

从刘将孙序文中可知，高楚芳编集此书是为整理规范杜集旧注，去伪存真；校正罗履泰的编刻之误，务求精审。通过刘将孙的《高楚芳墓志铭》"（楚芳）方聚佳士校《杜诗注》如日课，其所尚固然"得见，《集千家注批点杜工部诗》去伪存真，校正精审，远较罗履泰本为上，成书后又得到刘辰翁、刘将孙父子亲自校刻，因其校正精审、编次得当、别裁有据、简明扼要的特点成为历代刻书家争相翻刻的热点，也是历代学者研究杜诗的常备之书。周采泉在比较了罗履泰《须溪批点选注杜工部诗》与高楚芳《集千家注批点杜工部诗》之后，曾有精当之论："罗履泰与高崇兰同为刘辰翁门下士，罗刻早于高刻数年，高刻旨在校正罗刻之误。高氏平时颇留心坟典，其所刻之刘辰翁本，虽亦标《集千家》，由于刘将孙父子亲自校刻，去伪存真，于罗履泰本自有霄壤之别。"②

《集千家注批点杜工部诗》总共二十卷，元大德癸卯（大德七年，

---

① （宋）刘将孙：《杜工部诗集序》，《集千家注批点补遗杜工部诗集》卷首，台北大通书局 1974 年版。

② 周采泉：《杜集书录》，第 112 页。

1303）原刻，后代翻刻本极多，共收诗一千四百二十余首，体例以编年为序，诗歌后面罗列旧注，刘辰翁的评点附于诗句的下面。卷首载有王洙、王安石、胡宗愈、蔡梦弼四人之序，以《游龙门奉先寺》诗为首，以《过洞庭湖》诗结尾。是书所集注家近百，但以黄鹤、蔡梦弼、王洙三家注为主，保存了宋人注杜的精华，四库馆臣高度评价曰："宋以来注杜各家，鲜有专本传世，遗文绪论，颇赖此书以存，其筚路蓝缕之功，未可尽废也。"①

《集千家注批点杜工部诗》收录了欧阳修的《欧公诗话》、杨万里的《诚斋诗话》、葛立方的《韵语阳秋》（亦名《葛常之诗话》）、许顗的《彦周诗话》、陈师道的《后山诗话》、叶梦得的《石林诗话》、蔡启的《蔡宽夫诗话》、强幼安的《唐子西文录》、无名氏的《漫叟诗话》、黄彻的《黄常明诗话》等十几种宋人诗话著作有关杜诗的评论，这些诗话分别从字词用法、典故、格律、语言、审美风格等诸多方面阐发杜诗。对宋人笔记中有价值的论杜资料他也有辑录，如苏轼的《东坡志林》、严有翼的《艺苑雌黄》、陆游的《老学庵笔记》、邵伯温的《邵氏闻见录》、曾达成的《独醒志》、洪迈的《鹤林玉露》、赵兴时的《宾退录》、赵明诚的《金石录》、吴曾的《复斋漫录》、蔡兴宗的《蔡兴宗正异》。《集千家注批点杜工部诗》完整收录了刘辰翁的杜诗评点，诗歌共计350多首，批语共计470多条，这对于研究刘辰翁的诗歌评点规律具有非常的文献价值。

高楚芳的《集千家注批点杜工部诗》被明、清两代的注家奉为圭臬，往往将其视为范本，"自元迄明所有《集千家》本，大致均以高本为祖本"。② 例如明代单复的《读杜愚得》，"其笺注典故，皆剿掇《千家注》，无所考证"。③ 其诗作编年、编纂体例、辑注方式、批点形式分别对明吴见思的《杜诗论文》，清杨伦的《杜诗镜铨》、仇兆鳌的《杜诗详注》、金圣叹的《杜诗解》产生了深远的影响。

---

① 纪昀等：《四库全书总目》卷一百四十九《集千家注杜诗提要》，中华书局1965年版，第1281页。

② 周采泉：《杜集书录》，第112页。

③ 纪昀等：《四库全书总目》卷一百七十四《读杜愚得提要》，中华书局1965年版，第1532页。

二 现存高楚芳编《集千家注批点杜工部诗》版本

（一）元刊本

（1）《集千家注批点杜工部诗》二十卷，大德七年（1303）原刻本。

元高楚芳编，卷首有"须溪先生刘会孟评点"一行，并有"须溪刘氏""将孙"等印，书前有大德癸卯刘将孙序，有朱笔批校，三十二册。黑口，每页二十二行，行二十二字，现藏北京大学图书馆。此本清瞿镛《铁琴铜剑楼藏书目录》卷十九，邵懿辰撰、邵章续录《增订四库简明目录标注》卷十五、孙星衍《平津馆鉴藏书籍记》内编卷四著录。

（2）《集千家注批点杜工部诗集》二十卷、文集二卷，元至大元年（1308）云衢会文堂校刻本。有"文集"二卷，"附录"一卷，诗二十卷，目录末有"云衢会文堂戊申孟冬刊"，九册，缺十四、十五、十六三卷，半页十四行，行二十四、五、六字不等，细黑口，双鱼尾，左右双边，现藏成都杜甫草堂。

（3）《集千家注批点杜工部诗集》二十卷、附年谱一卷，元至正十一年（1351）潘宅积庆堂刊本，七册，现藏日本大谷大学附属图书馆。

（4）《集千家注批点杜工部诗集》二十卷，文集二卷。元刻本，六册。现存一至十二卷。宋庐陵刘辰翁会孟评点、元庐陵高崇兰楚芳编，半页十四行，行二十五字，间有十三行者，小字双行，行二十六字，细黑口，双鱼尾，左右双边。现藏成都杜甫草堂。

（5）《集千家注批点杜工部诗集》二十卷，文集二卷，杜工部年谱一卷，附录一卷，元刊本，共十册。每半页有界十二行，行二十四字，注文双行，黑口，四周双边，间或左右双边，版心题"杜诗 X 卷"，下记页数，藏日本内阁文库。

（6）《集千家注批点杜工部诗集》二十卷，文集二卷，杜工部年谱一卷，附录一卷，元刊本，共五册。每半页有界十二行，行二十四字，注文双行，黑口，四周双边，间或左右双边，卷三有朱笔训点。藏日本石井积翠轩文库。

（7）《集千家注批点杜工部诗集》二十卷，文集二卷，杜工部年谱一卷，附录一卷，元刊本。每半页有界十二行，行二十二字，注文双行，黑口，四周双边，间或左右双边，藏日本广岛大学附属图书馆、大东急记念文库。

（二）明刊本

（8）《集千家注批点杜工部诗集》二十卷，文集二卷，年谱一卷，附录一卷，明初刊本。每半页有界十二行，行二十二字，注文双行，黑口，四周双边，间或左右双边，藏日本东洋文库。

（9）《集千家注批点杜工部诗集》二十卷，明永乐甲午清江书堂刊本，十一册。每半页有界十二行，行二十二字，注文双行，卷首有大德癸卯刘将孙《序》，次有《杜工部年谱》，《序》后有"永乐甲午清江书堂新刊"两行木记，现藏日本御茶之水图书馆。

（10）《集千家注杜工部诗集》二十卷、文集二卷。刘辰翁评点、高楚芳编，明嘉靖十五年明易山人校刻本。半页八行，行十七字，小字双行，字数同，白口，双边，双对鱼尾，版心有卷次页数，中缝有刻工姓氏，白绵纸印，现藏成都杜甫草堂。

（11）《集千家注批点杜工部诗集》二十卷，明正德十四年（1520）刘氏安正堂刻本，前有谢中《序》，明正德十三年（1519）胡缵宗《序》，半页十行，行二十三字，小字双行，字数相同，黑口，四周双边，现藏中国国家图书馆、辽宁省鞍山市图书馆、江苏省邗江县档案馆；日本米泽市立图书馆。

（12）《集千家注批点杜工部诗集》二十卷，附年谱一卷，明嘉靖八年（1530）靖江懋德堂刊本，十册。每半页有界八行，行十八字，黑口，四周双边。现藏日本东洋文库、京都大学文学部中国语学文学哲学研究室、御茶之水图书馆。

（13）《集千家注批点杜工部诗集》二十卷，附年谱一卷，明嘉靖八年（1530）重刊本。每半页有界八行，行十九字，白口，四周双边。现藏于日本东洋文库、御茶之水图书馆。

（14）《集千家注杜工部诗集》二十卷、文集二卷。明万历三十年（1603）许自昌刻本。半页九行，行二十字，白口，小字双行同，四周双边，间或左右双边。现藏于成都杜甫草堂、南京图书馆、北京师范大学图书馆、湖南师范大学图书馆；日本宫内厅书陵部、京都大学文学部中国语学文学哲学研究室、爱知大学附属图书馆简斋文库、福井县立大野高等学校。

（15）《重刻千家注杜诗全集》二十卷，文集二卷，年谱一卷，附录一卷。明万历九年（1582）陇西金銮刻本，十二册。半页十行，行二十二字，小字双行，字数相同，白口，左右双边，单鱼尾，版心有卷次页数，诗句下及篇末载刘辰翁评语，现藏成都杜甫草堂、北京师范大学图书馆、中国科学院图书馆、山东大学图书馆、浙江省图书馆。

（16）《集千家注批点杜工部诗集》二十卷，文集二卷，附年谱一卷，黄升校，明万历九年（1582）刊本，藏于国内的为二十四册，藏于日本的为十二册。每半页有界八行，行十七字，白口，四周双边，注文双行，行同正文，单鱼尾，页码下有写刻工姓名，楷书。现藏于成都杜甫草堂和日本东洋文库、静嘉堂文库。

（三）清刊本

（17）《集千家注杜工部诗集》二十卷。刘辰翁评点、高楚芳编，清乾隆七年（1743）怡亲王胤祥明善堂刻本，国内藏本十二册，日本藏本八册。半页八行，行十七字，小字双行，字数同，白口，双边，双对鱼尾，版心有卷次页数，中缝有刻工姓氏，用楷书写刻。现藏成都杜甫草堂、中国国家图书馆、日本国会图书馆。

附录三　凌氏刊刻刘辰翁评点著作考述

　　凌濛初（1580—1644），字元房，号初成，别号"即空观主人"，湖州府乌程县晟舍镇人，明代末年著名的文学家和雕版印书家。崇祯中以副贡授上海丞，署海防事，后征入何腾蛟幕府。所编《初刻拍案惊奇》《二刻拍案惊奇》与冯梦龙的拟话本小说"三言"齐名，在文学史上享有盛誉。凌濛初父辈虽刻印不少书，但大规模经营套版印刷是从他开始的。他的套版印书有《琵琶记》四卷、《诗选》七卷、《李于麟唐诗广选》七卷、《陶靖节集》八卷、《王摩诘诗集》七卷、《孟东野集》十卷、《苏老泉全集》十二卷、《东坡禅喜集》十四卷、《苏长公启表》等。

　　凌稚隆为凌濛初叔父，也是笃志好学之士，曾刊刻《史记评林》一百三十卷、《五车韵瑞》一百六十卷、《春秋左传评注测义》七十卷、《史记纂》二十四卷、《汉书评林》一百卷和《吕氏春秋》二十六卷。凌瀛初，凌濛初从弟，字玄洲，号玉兰。刻印过南朝宋刘义庆《世说新语》六卷四色本、《世说新语》八卷四色本。

　　凌氏所刻之书用料俱佳，纸大都用洁白的绵纸和宣纸，偶尔有用竹纸的，质地也坚韧耐久。墨是上等好墨，所印书籍字体清晰，开卷便有一股书香扑面而来，因此"凌刻本"在明末风靡一时，盛享名气。明代著名文学家、评论家陈继儒曾高度评价："吴兴朱评书籍出，无问贫富，垂涎购之。"① 明代文学家、藏书家胡应麟亦云："余所见当今刻本苏、常为上，金陵次之，杭又次之。近湖刻、歙刻骤精，几与苏常争价。"② 同代文学家谢肇淛亦称"金陵、新安、吴兴三地，剞劂之精，不下宋版，楚、

---

　　① 陈继儒：《史记钞·序》，明万历闵刻朱墨印本史记钞。
　　② 胡应麟：《少室山房笔丛》卷四，上海书店出版社 2009 年版，第 44 页。

蜀之刻皆寻常耳"。① 凌氏所刻之书正文一律楷书印刷，规格工整，评语、旁注用手写体。一般多刻四周单边，而无竖直界格，这样便于行字旁套印不同颜色的评点、批注。所刻之书都做断句处理，增加集评，集中了各家的意见，有助于读者研究、比较、借鉴，方便了士人的阅读和学习。

由于明代的评点著作多以经书、诗歌为对象，而刘辰翁、方回的诗文评点本的销路又很好，正如叶德辉《书林清话》卷二《刻书有圈点之始》所云："刘辰翁，字会孟，一生评点之书甚多。同时方虚谷回亦好评点唐宋人说部诗集。坊估刻以射利，士林靡然向风。"② 刘辰翁是宋末元初的著名遗民，也是辛派词人后期的代表人物。在中国文学评点史上更是具有举足轻重的地位，他对《世说新语》的评点，开创了明清小说戏曲评点之先河。

刘辰翁评点的对象涉及诗歌、散文、词、小说，内容包括经部、史部、子部、集部各个方面，计有《大戴礼记》《越绝书》《班马异同评》《史汉方驾》《荀子》《阴符经》《老子道德经》《庄子南华真经》《南华经》《列子冲虚真经》《虞斋三子口义》、陶渊明诗、阮籍诗、李贺诗、王维诗、孟浩然诗、韦应物诗、孟郊诗、李白诗、杜甫诗、《刘辰翁批点三唐人诗集》《韦孟全集》《王孟诗评》《盛唐四名家集》《文选》诗、《古今诗统》《兴观集》、王安石诗、苏轼诗、陈与义诗、陆游诗、汪元量诗、《合刻宋刘须溪点校书九种》《世说新语》《广成子》《古三坟》等 30 多种，他的评点已成为这些著作版本流传中的重要组成部分，他无疑在文学评点历史上占有相当重要的地位，在后世得到了很高的评价。胡应麟将其与严羽、高棅并称："严羽卿之诗品，独探玄珠；刘会孟之诗评，深会理窟；高廷礼之诗选，精及权衡。三君皆具大力量，大识见，第自运俱未逮。"③ 又说："刘辰翁虽道越中庸，其玄件邃览，往往绝人，自是教外别传，骚坛巨目。"④ 胡震亨也很推崇刘辰翁的评点："宋人诗不如唐，诗话胜唐。南宋人及元人诗话，又胜宋初人。如严之吟卷，刘之诗评，解会超

---

① 谢肇淛：《五杂俎》卷十三，上海书店出版社 2001 年版，第 266 页。
② 叶德辉：《书林清话》，中华书局 1957 年版，第 33 页。
③ 胡应麟：《诗薮》，上海古籍出版社 1979 年版，第 191—321 页。
④ 同上。

矣。"① 故凌氏家族大量刊刻刘辰翁诗文评点著作也就不足为怪了，凌濛初对刘辰翁的诗文评点本评价甚高，他在《李长吉歌诗跋》中引用李东阳有关刘辰翁诗文评点的评价并指出："先辈称，善言诗者咸服膺宋刘须溪先生，李文正公《麓堂诗话》称其语简意切，别自一机杼，诸人评诗者皆不及，良然。"②

凌氏家族编订、刊刻、收录刘辰翁诗文评点著作有以下几种。

一 史部

（1）《史记评林》一百三十卷。凌稚隆辑，明万历二年至四年（1575—1577）凌稚隆刻本，十行十九字，小字双行同，白口，左右双边。现藏于北京市国家图书馆、北京大学图书馆、清华大学图书馆、四川大学图书馆、中国人民大学图书馆等71家图书馆。

（2）《史记评林》一百三十卷。凌稚隆辑，李光缙增补，明万历刻本。六十册，十一行二十四字，小字双行同，白口，左右双边。现藏于国家图书馆等国内25家图书馆。

（3）《汉书评林》一百卷。凌稚隆辑，明万历九年（1582）凌稚隆自刻本，八十册，上栏镌评下栏，十行二十字，小字双行同，白口，左右双边。现藏于国家图书馆、北京师范大学图书馆、首都图书馆、上海图书馆、太原市图书馆、四川大学图书馆、西南民族大学图书馆、吉林省图书馆、甘肃省图书馆、青海医学院图书馆等国内56家图书馆。

二 子部

（1）《世说新语》三卷（刘宋刘义庆撰、梁刘孝标注）、《世说新语补》四卷（明何良俊撰、王世贞删定）。凌濛初刻本，现藏于北京大学图书馆、中国社会科学院文学所、上海图书馆、天津师范大学图书馆、吉林省图书馆、山东省图书馆、南京图书馆、四川省图书馆。

（2）《世说新语》六卷。宋刘辰翁、刘应登、明王世懋评。明凌濛初、凌瀛初刊朱、黛、黄、黑四色套印本，有凌瀛初跋。六册，八行十八

---

① 胡震亨：《唐音癸签》，上海古籍出版社1981年版，第332页。
② 凌濛初：《李长吉歌诗跋》，明凌濛初刻朱墨套印本李长吉歌诗。

字，白口，四周单边。除正文墨印外，评点为蓝色者刘辰翁笔也，朱色者王世懋笔也，黄色者刘应登笔也，正文与评笔十分醒目。现藏于首都图书馆、北京师范大学图书馆、上海图书馆、辽宁省图书馆、吉林省图书馆、浙江温州市图书馆、湖北省图书馆、武汉图书馆、湖北省襄樊市图书馆、湖北省荆州市长江大学图书馆。

（3）《世说新语》八卷。刘宋刘义庆撰，梁刘孝标注，宋刘辰翁、刘应登、明王世懋评，明凌瀛初刻四色套印本。八册，八行十八字，小字双行同，白口，四周单边。现藏于国家图书馆、北京大学图书馆、北京师范大学图书馆等国内 46 家图书馆。

（4）《南华经》十六卷。晋郭象注，宋林希逸口义、刘辰翁点校，明王世贞评点、陈仁锡批注。明人凌君实刻四色套印本，八行十八字，白口，四周单拦，郭象淡墨，林希逸胭脂，王世贞朱红，刘辰翁深青。现藏国家图书馆、上海图书馆、天津图书馆、北京大学图书馆、北京师范大学图书馆、中国科学院图书馆、中华书局图书馆、吉林省图书馆、山东省图书馆、故宫博物院图书馆、华东师范大学图书馆、上海师范大学图书馆、南开大学图书馆、内蒙古师范大学图书馆、吉林大学图书馆、黑龙江大学图书馆、西北大学图书馆等国内 41 家图书馆。

三　集部

（1）《李长吉歌诗》四卷外集一卷。唐李贺撰，宋刘辰翁评点，明凌濛初刻闵氏朱墨套印本《盛唐四名家集》本，八行十九字，白口，左右双栏，眉上镌评。清李尧臣跋，现藏国家图书馆、北京大学图书馆、北京师范大学图书馆、天津图书馆、南京图书馆、浙江省图书馆、辽宁省图书馆。

（2）《王摩诘诗集》七卷本。唐王维撰，宋刘辰翁评点，明吴兴凌濛初刻套色印本，八行十九字，白口，左右双栏，眉上镌评，此书有凌濛初跋。现藏于浙江宁波天一阁、北京师范大学图书馆、天津图书馆、上海图书馆、国家图书馆、南京图书馆、浙江省图书馆、辽宁省图书馆。

（3）《孟浩然诗集》二卷。明万历天启年间凌濛初朱墨印《盛唐四名家集》本。宋刘辰翁、明李梦阳评，二册，八行十九字，白口，左右双栏，有凌濛初跋，又有凌毓枏校题名。清丁丙跋，现藏南京图书馆、北京师范大学图书馆等国内多家大型图书馆。

（4）《韦苏州集》十卷附一卷。唐韦应物撰，宋刘辰翁等评，八行十九字，白口，左右双拦，万历间凌濛初刊朱墨套印本。浙江大学图书馆、中国科学院图书馆有藏。

（5）《孟东野诗集》十卷。唐孟郊撰，宋刘辰翁等评点，有凌濛初跋，八行十九字，白口，左右双边，眉上镌评。万历间凌濛初刊朱墨套印本。南京图书馆、上海图书馆、国家图书馆有藏。

（6）《李白诗选》五卷。唐李白撰，明杨慎等选、宋刘辰翁等评，有凌濛初凡例，万历间凌濛初刊朱墨套印本。收藏地不详。

（7）《李杜诗选》十一卷。包含李诗选五卷、杜诗选六卷。明张含编，杨慎等评，明凌濛初刊刻朱墨二色套印本。现藏于清华大学图书馆、北京师范大学图书馆、中国社会科学院文学所图书馆、故宫博物院图书馆、中共北京市委图书馆、天津图书馆、西北大学图书馆、山东大学图书馆、南京图书馆、浙江省图书馆、浙江宁波天一阁、安徽省博物馆、湖南省图书馆、湖南师范大学图书馆、四川省图书馆、成都杜甫草堂。

（8）《刘辰翁批点三唐人诗集》十四卷。凌濛初辑，明万历间吴兴凌濛初刊刻朱墨套印圈点本（存王维、孟浩然诗），两种共六册，每半页八行，行十九字，北京大学图书馆收藏。

（9）《陶韦合集》十八卷附二卷。凌濛初编，宋刘辰翁等评，明末凌濛初刊朱墨套印本。此书包括《陶靖节集》八卷（晋陶潜撰、宋汤汉等笺注）、总论一卷、《韦苏州集》十卷拾遗一卷（唐韦应物撰、宋刘辰翁、明高棅等评）。十册，八行十八字，白口，四周单边。现藏国家图书馆、中国人民大学图书馆、北京师范大学图书馆、中共中央党校图书馆、首都师范大学图书馆、中国社会科学院文学所图书馆、故宫博物院图书馆、上海图书馆、天津图书馆、辽宁省图书馆、吉林大学图书馆、陕西省博物馆、南京图书馆、浙江省图书馆、河南省图书馆、湖南省图书馆、贵州省博物馆。

（10）《盛唐四名家集》二十四卷。明末凌濛初刊朱墨套印本，八行十九字，白口，左右双栏。此书包括《王摩诘诗集》七卷（唐王维撰，宋刘辰翁、明顾璘评）、《孟浩然诗集》二卷（唐孟浩然撰，宋刘辰翁、明李梦阳评）、《李长吉歌诗》四卷外诗集一卷（唐李贺撰，宋刘辰翁评)、《孟东野诗集》十卷（唐孟郊撰，宋国材、刘辰翁评）。国家图书馆、上海图书馆、北京大学图书馆、北京师范大学图书馆、天津图书馆、南京图书馆、浙江省图书馆、辽宁省图书馆、美国哈佛大学哈佛燕京图书馆藏有此本。

附录四　刘辰翁评批李贺诗探析

内容摘要：刘辰翁在中国文学批评史上是第一位评点大师，同时又是第一个对李贺诗歌做全面评点的诗评家，极具代表性与时代意义。本文详细论述了他评批李贺诗的显著特点，并对这些特点的成因做了探析，以期全面展现刘辰翁诗歌评点的特色。

关键词：刘辰翁；李贺诗；评批；奇崛；自然；有情

在唐代文学历史上有一种奇特而又耐人寻味的现象，一些作品数量不是很多，成就又不是特别杰出的作家，往往以其别致的风貌赢得时人与后人浓厚的兴趣和无穷的探索欲望，李贺就是其中突出的一位。李贺，字长吉，生于福昌昌谷（今河南省宜阳县），其诗以虚幻荒诞的意象、幽冷艳丽的色彩、奇诡神秘的气氛，形成了别具一格的"长吉体"，自中唐至五四运动1100多年的时间里，共有300多家对李贺诗有或誉或毁的不同评价，而这300多家中，以宋季的刘辰翁对李贺诗的评价尤为引人注目。

刘辰翁，其诗文评点种类很多，共评点47位唐代诗人及苏轼、王安石、陈与义、陆游、汪元量等五位宋代诗人，影响甚大，开一代风气。在宋末元初，他率先评点李贺诗，开后人大量选评李长吉诗之先河。元代盛行"长吉体"，与刘辰翁的评点关系甚大。其子刘将孙《刻李长吉诗序》云："先君子须溪先生于评诸家诗最先长吉。盖乙亥避地山中，无以纾思寄怀，始有意留眼目，开后来，自长吉而后及于诸家。尚恨书本白地狭，旁注不尽意，开示其微，使览者隅反神悟，不能细论也。自是传本四出，近年乃无不知读长吉诗，效长吉体。……先君子又尝谓：吾做《兴观集》，最可发越动悟者，在长吉诗。"① 同时元人程钜夫《严元德诗序》称赞道："自刘会孟尽发古今诗人之密，江西诗为之一变，今三十年矣，而师昌谷、简斋最盛。"② 四库馆臣将刘辰翁的评点和吴正子的笺注合为一编，题曰《笺注评点李长吉歌诗》，并给予肯定的评价："辰翁论诗以幽隽为宗，逗后来竟陵弊体。所评杜诗，每舍其大而求其细。惟评贺诗，其宗派见解，乃颇相近，故所得较多。"③

　　李贺诗共 240 多首，被刘辰翁评点过的有 130 多首。他评批李贺诗首先注意到了"昌谷体"遣词命意的奇崛险怪、自出机杼处，体现了他通脱拔俗的艺术趣味与好奇尚新的文学思想。针对李贺诗不同寻常的特点，杜牧《李贺集序》批评道："理虽不及，辞或过之。"④ 因此在不少人看来，李贺诗的不足就在于"少理"，刘辰翁则提出了针锋相对的意见。《评李长吉诗》云："若眼前语，众人意，则不待长吉能之，此长吉所以自成一家欤。"⑤ 充分肯定了长吉诗之所长"正在理外"，他的这一卓见对后世影响深远，清人贺贻孙就认为，李贺诗蕴藉含蓄，与唐诗的总体特征相符，"唐诗所以夐千古，以其绝不言理。""宋程朱诸公，惟其谈理，是以无诗。"⑥ 董伯英《协律钩玄序》亦云："长吉义深而蕴远之诗也。""深在情，不在辞；奇在空，不在色。至谓其理不及，则又非矣。诗者，缘情之作。非谈理之书。"⑦ 对于贺诗"理不及""辞过之"的迷离特色，刘辰翁的评点富有启发意义。例如评《贵公子夜阑曲》云："语不必可解，而得之于心。"评《浩歌》云："情境俱至，妙处不必可解。"评《蜀国弦》云："乍看浑未喻《蜀国弦》，但觉别是一段情绪，自不必语辞也。"评《月漉漉篇》云："不可解，也自好。"评《石头晓》云："不言留别，而有留别之色，妙不著相。"评《古邺城童子谣效王粲刺曹操》云："虽不尽晓刺义，终是古语可爱。"⑧ 对不少"理不及""辞过之"这

　　① 李修生主编：《全元文》（第 20 册），江苏古籍出版社 2000 年版，第 146 页。
　　② （元）程钜夫：《雪楼集》，影印文渊阁四库全书（1202 册），台北：台湾商务印书馆 1986 年版，第 135 页。
　　③ （清）永瑢等：《四库全书提要》，中华书局 1965 年版，第 1293 页。
　　④ 吴企明：《李贺研究资料汇编》，中华书局 2004 年版，第 8 页。
　　⑤ 段大林校点：《刘辰翁集》，江西人民出版社 1987 年版，第 210 页。
　　⑥ 吴企明：《李贺研究资料汇编》，中华书局 2004 年版，第 268 页。
　　⑦ 同上书，第 314 页。
　　⑧ 同上书，第 58—69 页。

样一类"无理而妙"的诗句，不可解，也不必求解。某些优秀诗作语义不够确定，伸缩幅度较大，有可供填补的空白，给读者留下了思索和回味的空间，直接造成了读者感受和理解的差异，达到了扑朔迷离的奇特效果，从而增添了艺术魅力。虽然难以坐实其具体内涵，但读者仍能感受和体味出其中包蕴的微妙而又不易名言的人生体验与情绪，尽管读者对作品有见仁见智的不同解说，但仍被其托意空灵、兴寄深微的境界和传达出的情感而倾倒，承认它是富于艺术感染力的。钱钟书曾说："古人病长吉好奇无理，是盖知有木义而未识有锯义耳。"① 刘辰翁越过了文字的表层，掌握了李贺诗内在的"只可意会，不可言传"的本色，这比宋人及明清诗家极力疏解仍不得其解乃至于穿凿附会的做法无疑是胜出一筹的。他认识到贺诗有"正在理外""妙处有不可言""无意之意，更似不须语言"的特点，是深受当时以禅论诗风气的影响，"如此议论，岂非严沧浪无迹可求，尽得风流之绪余乎？"② "刘须溪以不解解之，此深解长吉者也。"故"目辰翁为沧浪正传，似无不可"③。刘辰翁敏锐地意识到了：李贺诗奇异，以理求之，不宜理解；越过此障，则涣然冰释。刘辰翁对贺诗所长"正在理外"的见解，已经触及了诗歌创作中不同于抽象的逻辑思维的艺术规律和形象思维特征，文学艺术不是用抽象的概念、判断、推理去反映社会生活，而是用艺术概括的方式去从客观现象中选择提炼具有本质特征的感性材料，熔铸为艺术形象，它与科学中的逻辑思维不同，可以违背事物的逻辑，想象、联想、夸张都是不可或缺的手段，在逻辑思维上是不合理、不真实的，而在形象思维中则符合艺术真实的规律。刘辰翁之前的诸多评家很少注意到这一点，他的见解可说是抓着了李贺诗歌的精髓。

在刘辰翁评点过的 130 多首诗中，被他批以"奇怪""奇隽""浑浑语奇""奇语""甚奇""奇异""峭异""奇崛""奇绝""凡语转奇""不随人后""独取不经人道者""字字不随人后""入手自别""拈出自别"等评语的共有 30 多处，这类诗有《李凭箜篌引》《金铜仙人辞汉歌》《猛虎行》《拂舞歌辞》《宫街鼓》《雁门太守行》《马诗》（其四、其

---

① 钱钟书：《谈艺录》，中华书局 1984 年版，第 51 页。
② 同上书，第 106 页。
③ 同上书，第 427 页。

八）、《夜坐引》等。与奇绝险怪的遣词命意相应的是，刘辰翁注意到了李贺在唐代诗人中喜欢写鬼诗，用鬼字，诗中充满了凄凉的鬼境和阴森怪诞的鬼气。例如评《七夕》云："鬼语之浅浅者。"评《苏小小墓》云："古今鬼语无此惨淡尽情。"评《感讽五首》其三云："人情鬼语。"评《怀春引》云："徒以鬼、苦、白、死为诡耳。"① 他的这些评批准确把握到了贺诗艺术特征的主流：构思不落常套，超越寻常轨辙，驱遣和铸造新奇的语言，以达到奇谲瑰丽的诗境。喜欢取材于神话、传说，驰骋想象，驱遣一切天人万物，构造出波谲云诡、迷离惝恍的境界，即使是日常生活的常见事物作为表现对象，他也要加以联想和夸张，使之带有神奇不凡的意味。

　　其次，难能可贵和值得重视的是，刘辰翁认识到了贺诗在奇崛之外还有自然天成的一面，在其评点过的 130 多首中，94 首是乐府古诗。有 10 首是批以"自然好""妙极自然""亦近自然""至浅语，亦独步""景语亦近自然"。这类诗有《残丝曲》《追和柳恽》《李夫人》《蝴蝶梦》等。因为汉魏六朝古诗总体风格是清新自然高古浑融，所以刘辰翁在欣赏自然美的同时，对"古"也有特殊的好感。"古"字在辰翁的评语中共出现十多次，如评《申胡子觱篥歌》云："其长复出二谢，可喜。索意造语，古意。"评《古邺城童子谣效王粲刺曹操》云："虽不尽晓刺义，终是古语可爱。"评《艾如张》云："似古诗，乃不觉其垂花插髻者。"评《长歌续短歌》云："起六句，皆有古意。"评《上云乐》《秋凉诗寄正字十二兄》皆云："古。"评《休洗红》云："古意。"②

　　汉乐府古诗，平易质朴，是作者心声的自然表达，信笔写来，浑然天成，极少修饰雕琢，具有唐释皎然《诗式》所谓"天予真性，发言自高"的纯真之美。在刘辰翁的评点中，他已注意到贺诗吸收了乐府古诗、民间歌曲谣辞的质朴意味，并明确揭示了贺诗与它们的渊源关系，如评《马诗二十三首》其二十二云："此是郭景纯汉武非仙才意"；评《石城晓》云："选语起，佳。"评《后园凿井歌》云："托之谣体，长吉短语，自不必一一可晓。"评《蝴蝶舞》云："好。质而不俚，丽而不浮。似谣体，

---

① 吴企明：《李贺研究资料汇编》，中华书局 2004 年版，第 58、59、65、69 页。
② 同上书，第 63—69 页。

似令曲，不厌其碎，蝴蝶语最妙。"《追和何谢铜雀妓》评曰："不必苦心，居然自近选语。"评《申胡子觱篥歌》云："其长复出二谢，可喜。索意造语，古意。"评《河南府试十二月乐词并闰月（正月）》"上楼迎春新春归，暗黄著柳宫漏迟"云："是辞调。"①

从刘辰翁的评点中不难看出他的审美倾向与独到的见解，唐宋以来的诸多评家，大多只注意贺诗"峭异""奇崛""奇绝"的一面，而不太留意贺诗中自然真率的一面，而刘辰翁在欣赏贺诗自然天成的同时，还发掘出了它与汉魏六朝的密切关系。这为后人研究贺诗与乐府古辞、民间歌谣、郭璞、二谢、选体的继承关系以及理解贺诗中鬼神、闺思、宫怨之作提供了有价值的参考意见，可见他的眼光高出别人一筹。他的这一过人识见得到了后人的积极响应，清末谭嗣同曾说："尝观古今集部，求其完善无疵，渊明之外，厥惟昌谷，语言明白如话，不烦解释，亦惟昌谷。"②

最后，他在评批中融入了个人的情感体验，从读者的角度来进行，以作品的艺术感染力、"情"作为标准。例如《浩歌》"世上英雄本无主"句下评云："跌荡愁人。"评《宫娃歌》云："丽语犹可及，深情难自道也。"评《堂堂》云："然语意险涩，非久幽独困，得之无聊，未足以知此。"《勉爱行二首送小季之庐山》"欲将千里别，持我易斗粟"句下评云："非深爱不能道此兄弟情。"在"真可念郊原，晚吹悲号号"句下评云："语自不同，读亦心呕。"评《代崔家送客》云："有情语，好。"《公莫舞歌》"日炙锦嫣王未醉"句下评曰："从容模仿，有情最妙。"评《马诗二十三》其十曰："悲甚。此语不可复读，元不苦涩。"《恼公》"春迟王子态，莺啭谢娘慵"句下评曰："情景入微。"评《房中思》云："情事不吝。"评《感讽五首》其三云："不犯俗尘，人情鬼语，殆不自觉，结语十字，可笑可伤。"评《美人梳头歌》曰："如画，有情无语，更是可怜。"评《罗浮山人与葛篇》曰："贺虽苦语，情固不浅。"③ 刘辰翁在长吉体虚幻荒诞的意象和奇险文字的背后能感受到贺诗"思深情浓"，这是以前唐宋批评家所没有认识到的。

① 吴企明：《李贺研究资料汇编》，中华书局 2004 年版，第 58—69 页。
② 同上书，第 388 页。
③ 同上书，第 58—69 页。

　　从刘辰翁的批点中可以看出：他认识到了贺诗有奇崛、自然和有情的特点，完善了过去对贺诗风格单一的不全面评价，对李贺及其诗作出了完整和较为准确的评价。他评批李贺诗，正值蒙古灭宋、避地山中之时，他的目的是"纾思寄怀"，他生于宋代，山河易主、沧桑巨变的现实，他无力改变，内心充满了酸楚悲哀与苦闷愤激之情，这与满怀热情、怀有抱负而又被压抑的李贺的境遇是相似的，内心灵魂深处的感受也是相通的。刘辰翁的遗民心态和李贺诗歌蕴含的抑郁悲情地相似，是他认识到贺诗"有情"的契机，因此他对李贺诗的评批实是借他人之酒杯，浇自己国破家亡之块垒。他评批李贺诗除了时代原因外，还有深层次的诗学原因。

　　宋初沿袭唐五代的诗风，而一些有开拓意识的作家就谋求一条不同于唐诗的发展之路。例如通过学韩而走上创新之路的欧阳修就主张作诗应因难见巧，愈险愈奇。显然这是一种反常之道。苏轼有"出新意于法度之中"的主张，当时声势颇大的"以俗为雅"的诗学主张，都是追求奇险的例子。在这样背景下形成的北宋末年江西诗派的奇绝瘦硬的风格，并成为宋诗的代表。江西诗派影响深远，一直笼罩着整个南宋诗坛直至元朝初年。以江西诗派为代表的宋诗是对唐诗强用力的"变体"。江西派的其他作家也大都尚新求奇，《王直方诗话》云："宋景文云'诗人必自成一家，然后传不朽，若体规画圆，准矩作方，终为人之臣仆'。故山谷诗云：'文章最忌随人后。'又云：'自成一家如逼真'，诚不易之论也。"[1] 身为"西江余闰"的刘辰翁，受当时论诗风尚和江西诗派的影响是不可避免的。

　　有趣的是，在宋代诗学中与尚新求奇相对的自然观也在同步发展并行不悖。从宋初的田锡、王禹偁，到苏氏父子都有主张自然的文艺观。例如擅长奇险拗硬之体的黄庭坚就力图消解超越奇险与自然这样的矛盾状态，陶诗的自然平淡就成为他企慕追求的理想状态，他十分推崇杜甫夔州诗及韩愈自潮州还朝后之文章都是自然之作。江西派的陈师道诗风虽然枯涩瘦硬，但其《后山诗话》却主自然。朱弁《风月堂诗话》说诗人的胜语，均得于自然，非资博古。为自然诗学观壮大声势注入活力的还有理学家的诗学观。理学家主张"文以载道""文道一体"，文是道的自然流露，他

---

　　① 郭绍虞：《宋诗话辑佚》，中华书局1980年版，第52页。

们继承传统诗学中的"情性说"，但赋予"情性说"以新的内涵，"性"成了天理内化于人的"仁"本体，因此诗所吟咏的是合乎理的情，在他们看来，既然文是道的自然流露，那么上乘的风格就是不假雕饰的天籁自然，他们不满江西诗派的雕饰奇拗，追求质朴天成，在传统上要继承汉魏六朝崇尚高古淳朴的诗风。朱熹《向芗林文集后序》说："一觞一咏，悠然若无意于工拙，而其清爽闲旷之姿，魁奇跌宕之气，虽世之刻意于诗者不能有以过也。"① 又说："古人文章大率只是平说而意自长……如《离骚》初无奇字，只恁说将去，自是好。后来如黄鲁直恁地着力作，却自是不好。"② 刘辰翁的青少年时代正直理学大兴，其家乡江西又是南宋理学的中心之一，他的老师江万里就是朱学弟子，并在白鹿洞书院学习过，刘辰翁《鹭洲书院江文忠公祠堂记》介绍说江万里的父亲、老师在"遭违禁之时，窃窃传习朱氏"③。后江万里仿朱熹白鹿洞书院在吉州创办白鹭洲书院，对理学在庐陵的传播有很大贡献。刘辰翁的另一位老师欧阳守道是朱熹的再传弟子，黄宗羲《宋元学案》卷八八记载，江万里创办白鹭洲书院，曾致欧阳守道为诸生讲学。从刘辰翁的经历中可以看出他有很深的理学渊源背景，其谈诗论艺的观念不会不受到理学家的浸润。其崇尚自然的文艺观在《欧阳翌植诗序》中鲜明地体现出来："诗无改法，生于其心，出于其口，如童谣、如天籁，歌哭一声，虽极疏憨朴野，至理碍词亵，而识者常有得其情焉。……荆轲、项羽临歧决绝之词，出于不抉，《大风歌》一发，有英气，比《秋风》祝草远矣。彼句锻月炼，岂复有兴趣万一哉。"④ 当时的诗学风尚是奇险与自然并行不悖的，刘辰翁又身为"西江余闰"并亲炙两大理学家，故他评批贺诗既欣赏其奇崛又推崇其自然有情，也就不难理解了，这种诗学观是富于艺术辩证法思想的。

刘辰翁评批贺诗偏重于文学的内部研究，主要对贺诗构思之独特、立意之奇崛、用词之秾丽有较多较细的分析，鲜及作者的生平、创作背景、典故的来源、句意的疏解等外部问题，他的评点随意、感性、琐碎，这与宋诗话以记事、摘句、随感漫笔的方式谈诗论艺的大的诗学背景密切相

---

① （宋）朱熹：《朱子文集》卷七六，《四部丛刊》，商务印书馆 1929 年版。
② 蒋述卓等：《宋代文艺理论集成》，中国社会科学出版社 2000 年版，第 876 页。
③ 《刘辰翁集》，江西人民出版社 1987 年版，第 85 页。
④ 同上书，第 174 页。

关。尽管他的见解不够系统，但对李贺诗艺术的研究具有开拓之功，且有迥异于其他诸家的独特之处，这有利于我们从不同的视角全面准确地理解和把握李贺的诗心文心，从其评点中可以使我们获得不少有意义的认识价值。

后　记

　　关注宋末著名遗民、东南文坛领袖刘辰翁，始于 2004 年年末，对其诗、词、散文成就的思考，承蒙中国社会科学出版社郭沂纹副总编的厚爱，《刘辰翁文学研究》于 2011 年面世。现呈现于读者面前的小书，是近几年笔者对刘辰翁评点的一些认识与体会。

　　时光荏苒，虽为一事无成而懊恼，但心中一直充满感激。期间有太多需要感激的人，他们的关心帮助让我铭记在心。回想多年前任教于豫西南鄙陋的乡村中学，读书中遇到难解的问题时，长时间得不到解决，无奈冒昧地写信求教于省内外多所高校的老师，我与他们素昧平生，但无不得到诸位老师及时的回信和详细的答疑、指导。他们是：河南大学的张豫林老师、卢永茂老师、杜运通老师（现在韩山师范学院）、陈江风老师（现在郑州轻工业学院）、郭振生老师；郑州大学的许华伟老师（现在河南文艺出版社）；南京大学的许结老师、王立兴老师、胡有清老师（现在江苏省台联）、郭熙老师（现在暨南大学）；广西师范大学的胡光舟老师、胡大雷老师；中国社会科学院文学所的刘扬忠老师；华中师范大学的王庆生老师；西北师范大学的付俊琏老师。这些老师中我只和杜运通老师在河南南阳见过一面，其他老师未曾谋面，这令我至今心存感激。

　　中国作家协会会员、云南省作家协会副主席、云南民族大学文学与传媒学院教授李骞先生，在工作和生活中益我甚多，两本专著的面世都得到了由他负责的项目经费的资助，对他长期的关心、帮助，至今从未向他表示、表达过什么，但他不以为意仍一如既往，这也是我内心敬重他、视之如兄长的原因之一。

　　为他人作嫁衣裳的编辑安芳女士，对本书进行了认真审读把关，做了大量严谨而细致的工作，颇费心力，字里行间浸透了她辛勤的汗水，在此谨致衷心的谢意。

笔者才疏学浅，资质愚钝，书中疏漏、失误之处，恳请读者不吝赐教。

焦印亭

2014 年 7 月记于春城